Unter allen Beeten ist Ruh'

Das Buch

Pippa Bolle verlässt nur zu gerne hin und wieder ihre verrückte Berliner Familie und bietet ihre Hilfe als Haushüterin an. So stolpert sie von einem sonderbaren Fall in den nächsten und wird unfreiwillig zur Ermittlerin. In ihrem ersten Fall geht es um Betrug, Eifersucht und das liebe Geld …

Warum passiert das gerade Ihnen, Frau Bolle?

Wenn ich das mal wüsste! Haushüten schien Ruhe und Konzentration für meine Arbeit als Übersetzerin zu garantieren – und jetzt das …

Sind Sie ein Familienmensch?

Unbedingt – wenn dazu auch meine Freunde zählen dürfen. Und all die Menschen, die mir noch begegnen werden. Es gibt keine Fremden in der Welt – nur Freunde, die ich noch nicht kenne.

Wo sind Sie am liebsten?

Immer da, wo ich gerade bin: Berlin, England, Frankreich … Die Welt steckt so voller Überraschungen, dass ich überlege, meine Erlebnisse von Auerbach & Keller aufschreiben zu lassen!

Was ist Ihr größter Wunsch?

Dass sich viele Leute für mich interessieren und ich dadurch noch viele Fälle erleben und erzählen darf.

Die Autorinnen

Frau Auerbach lebt und arbeitet als freie Autorin im Rheingau. Sie schreibt Krimis, Kurzgeschichten, fiktionale und dokumentarische Drehbücher. Sie liebt einsame Inseln aller Längen- und Breitengrade, auf denen und über die sie schreibt. Ihre lebenslange Passion gilt Shakespeare und einem guten Glas Single Malt Whisky.

Frau Keller ist seit 2005 freie Schriftstellerin, nachdem sie u. a. als Köchin gearbeitet, Veranstaltungen organisiert, internationale Pressearbeit gemacht und Schauspieler betreut hat – natürlich nacheinander. Nach vielen Jahren im Ruhrgebiet ist sie zu ihren familiären Wurzeln zurückgekehrt und lebt jetzt an der Nordseeküste.

Auerbach & Keller

Unter allen Beeten ist Ruh'

Ein Schrebergarten-Krimi

List Taschenbuch

Besuchen Sie uns im Internet:
www.list-taschenbuch.de

MIX
Papier aus verantwortungsvollen Quellen
FSC® C083411

Originalausgabe im List Taschenbuch
List ist ein Verlag der Ullstein Buchverlage GmbH, Berlin.
1. Auflage Mai 2011

Konzeption: semper smile Werbeagentur GmbH, München
Umschlaggestaltung: bürosüd° GmbH, München
Titelillustration: Gerhard Glück
Satz: LVD GmbH, Berlin
Gesetzt aus der Sabon
Papier: Holmen Paper Hallsta, Hallstavik, Schweden
Druck und Bindearbeiten: CPI – Clausen & Bosse, Leck
Printed in Germany
ISBN 978-3-548-61037-5

Für alle echten Wittigs

–

Freunde, wie sie im Buche stehen.

Personen

Pippa Bolle – will eigentlich nur in Ruhe arbeiten

Pippas Familie:

Effie & Bertie Bolle – Englische Rose & Berliner Tausendsassa
Freddy Bolle – stets hungriger Polizist der Berliner Wasserschutzpolizei
Hetty Wilcox – Pippas Großmutter und Ratgeberin

Die Insel und ihre Bewohner:

Schreberwerder – idyllische (Alp-) Trauminsel mitten in der Havel
Karin Wittig – Pippas beste Freundin, hat jede Menge Humor
Matthias Wittig – Karins Gatte, hat jede Menge Geduld
Sven Wittig – cleverer Teenager, sieht mehr, als er sollte
Lisa Wittig – ist zum ersten Mal verliebt
Viktor Hauser – überlässt Pippa sein Haus und geht auf eine Reise
Luis Krawuttke – Berliner Urgestein und Betreiber der Inselkantine
Dorabella von Schlittwitz – Grande Dame von Schreberwerder
Herr X – Künstler mit Vergangenheit und speziellen Vorlieben

Lutz Erdmann – hat hochfliegende Pläne, die nicht jedem gefallen
Angelika Christ – hält Lutz für den Mann ihres Lebens
Gerdi Kästner – hütet einen Flohzirkus und ist bereit zu kämpfen
Stephan Kästner – ist kurz davor, den Mut zu verlieren
Emil, Anton, Lotte & Luise Kästner – Flöhe mit Hang zu guter Literatur
Pia Peschmann – freut sich auf ein neues Leben in Frankreich
Jochen Peschmann – wird von alten Sünden eingeholt
Daniel Peschmann – ist glücklich verliebt in Lisa
Bonnie Peschmann – ist unglücklich verliebt in Sven
Ida Marthaler – Direktorin einer Schule und Hobby-Forscherin
Heinz Marthaler – forscht unermüdlich, wie viel Alkohol er vertragen kann

Außerdem:

Nante, der Fährmann – flotter Ex-Polizist und passionierter Dichter
Felix Maier – ungeliebter Bruder und Geocacher
Kommissar Schmidt – Ermittler am Rande des Nervenzusammenbruchs
Annette Julius – ambitioniert bei Tag und bei Nacht
Christian Bergner – Anwalt mit Vorliebe für Handschlag-Verträge
die Rieke – kommt, wenn die Glocke läutet

Prolog

Der märkische Sand knirschte unter Lutz Erdmanns italienischen Schuhen, als er den Weg durch die Parzellen einschlug. Mit leichtem Stirnrunzeln musterte er die feine Staubschicht, die sich der glänzenden Eleganz bemächtigt hatte, und verfluchte die Angewohnheit der Bewohner von Schreberwerder, täglich vor ihren Kleingärten zu harken.

Erdmann straffte die Schultern. Bald würde sich das alles ändern. Dafür würde er sorgen. Dies war seine persönliche Mission, und sie würde gelingen.

Aus dem Augenwinkel sah Erdmann, wie Herr X auf der anderen Seite seines lächerlichen Gartenzaunes die Spritze mit dem Unkrautvertilgungsmittel sinken ließ und ihm nachstarrte. Lutz Erdmann lächelte spöttisch. Du kommst auch noch dran. Künstler. Notorisch pleite. Leichtes Spiel.

Er sah nicht mehr, dass Herr X die Augen zusammenkniff und einen dicken Strahl aus der Sprühflasche in seine Richtung schickte. »Ungeziefer«, murmelte Herr X.

Dann verließ er seine Stangenbohnen und rannte zum einzigen Fahnenmast der Insel. Eilig hisste er die blutrote Flagge mit dem schwarzen Totenkopf. Jetzt waren Viktor und Luis an der Reihe. Und Plan B.

Lutz Erdmann sah nicht zurück. Kerzengerade stand er vor einer schmiedeeisernen Pforte, die er liebend gerne eingerissen hätte, zupfte noch einmal an der Zellophanfolie, die sich um sündteure Calla und Strelizien bauschte, und zog an der Glockenschnur. Ein helles Läuten erklang.

Fast augenblicklich erschien Dorabella von Schlittwitz' schlanke Gestalt in der Tür ihres Schreberhäuschens. Sie zog die Stirn in Falten und kam dann mit Hilfe zweier Krücken erstaunlich gewandt den Plattenweg entlang. Lutz Erdmann knipste ein strahlendes Lächeln an, das von Dorabella jedoch weder beachtet noch erwidert wurde. Am Gartentor hob sie drohend eine Krücke und bellte: »Sie stören!«

Lutz Erdmann zuckte mit keiner Wimper. Er hielt den Blumenstrauß hoch und gurrte: »Herzlichen Glückwunsch zum Geburtstag, liebe gnädige Frau. Hätten Sie einen Moment Zeit?« Er griff nach der Klinke des Tores. »Darf ich ...?«

»Nein«, antwortete Dorabella bestimmt. »Wir haben nichts zu besprechen. Sie bekommen meine Parzelle nicht. Ihr Angebot ist lächerlich.«

Erdmann zog ein Kuvert aus der Innentasche seines Blazers. »Warten Sie ab, gnädige Frau. Wenn Sie meinen neuen Vorschlag sehen ...« Er hielt Blumenstrauß und Umschlag über das brusthohe Tor und fügte hinzu: »Das ist ein Gutschein für einen Luxustag in meiner Wellness-Oase in der Innenstadt. Mein Geschenk für Sie, liebe Frau von Schlittwitz: Lassen Sie sich verwöhnen. Massage, Faltenreduktion durch Akupunktur, Fettabbau durch Tiefenwärmebehandlung ...«

Dorabellas Gesicht verfinsterte sich. »Sie meinen also, dass ich das nötig habe?«

Lutz Erdmann lächelte ölig. »Natürlich nicht, gnädige Frau, aber welche Dame von Welt ließe sich nicht gern ...«

»Und Sie denken außerdem, dass tote Blumen für die alte Schrapnelle das Richtige sind, um sich an die steife Welt da draußen zu gewöhnen, während ich …«, sie wies mit der rechten Hand auf die üppig blühende Blumenpracht um sich herum, »… das alles hier habe? Sie sind ein sehr dummer Mensch, wenn Sie glauben, dass ich meinen Garten aufgebe.«

Sie schnaubte verächtlich und riss ihm mit einer schnellen Bewegung den Gutschein aus der Hand. Ohne Erdmann eines weiteren Blickes zu würdigen, drehte sie sich um und humpelte hinter ihr Häuschen.

Erdmann sah ärgerlich auf den verschmähten Strauß. Halsstarrige alte Krähe! Die Blumen hatten ein verdammtes Vermögen gekostet. Warum mussten alte Leute immer so verflucht störrisch sein! Peschmanns wollten doch auch verkaufen, und Angelika Christs Kapitulation lag nur noch ein paar Stunden persönlicher Zuwendung entfernt …

Bei dieser Vorstellung lächelte Erdmann zufrieden. Mit sechs von zwölf Parzellen gehörte die Insel faktisch ihm. Mehr als die Hälfte der Insel. Da wurde es für die anderen schon langsam ungemütlich. Wenn er erst anfing zu bauen, würden sie ihn noch anflehen, ihre Grundstücke zu kaufen – dann aber zu seinen Konditionen.

Im Hochgefühl des Siegers drehte er sich um – und prallte gegen Viktor Hauser und Luis Krawuttke, die sich unbemerkt hinter ihm aufgebaut hatten. Die beiden alten Herren hielten die Arme vor der Brust verschränkt. Ihre finsteren Gesichter zeigten wilde Entschlossenheit.

Einen Atemzug später fiel der Strauß mit den makellosen Blumen in den märkischen Sand.

Kapitel 1

»Freddy! Pippa! Die ›britischen Buletten‹ sind fertig!«

Pippa Bolle fuhr erschrocken zusammen, als sie die Stimme ihres Vaters direkt hinter sich hörte, und stieß dabei ihr Wasserglas um. Der Inhalt ergoss sich über das wuchtige englisch-deutsche Wörterbuch, das aufgeschlagen auf ihrem Schreibtisch lag. Mit Hilfe der weiten Ärmel ihrer Strickjacke versuchte sie hektisch, das Malheur zu beseitigen und drückte dabei das Wasser nur noch tiefer in die Seiten. Ketchup, Gemüsebrühe, Butter, Tee, Tränen ... und jetzt San Pellegrino: Das Nachschlagewerk hatte im Laufe seiner Einsätze vieles aufgesogen. Jetzt hatte es *Geburtswehen – Gefrierbrand* erwischt. Es wurde wirklich allmählich Zeit, dass sie lernte, mit Online-Lexika zu arbeiten.

Pippa warf einen resignierten Blick auf ihren Schreibtisch. Dort lag ihre aktuelle Arbeit mit dem beeindruckenden Titel: *»Die Veränderung des Gefieders beim Podiceps cristatus oder Gemeinen Haubentaucher unter umweltbezogenen Stressbedingungen der verschiedenen Brutzonen und Jahreszeiten«*. Ein Übersetzungsauftrag der Freien Universität Berlin, Kategorie Doppel-L: langweilig, aber lukrativ.

»Kommst du? Und bring Freddy mit«, schob Bertold Bolle hinterher, als seine Tochter sich nicht rührte.

»Ich arbeite gerade«, sagte Pippa vorwurfsvoll, wenn auch wenig überzeugend.

»Dann machst du eben später weiter«, schlug ihr Vater vor und verschwand wieder in der elterlichen Wohnung.

Dann machst du eben später weiter – wenn das so einfach wäre! Wenn sie an einer Übersetzung arbeitete, benötigte sie absolute Konzentration. Eine Unterbrechung konnte verheerende Folgen haben, weil sie Gefahr lief, den Faden – und vor allem das Interesse – an den trockenen Stoffen zu verlieren, die ihr die Berliner Hochschulen zukommen ließen. Pippa seufzte. Diese Aufträge brachten Geld, hatten aber mit den erträumten literarischen Übersetzungen ebenso viel zu tun wie ein Haubentaucher mit einem Hammerhai.

In diesem Moment wurde von Freddys Seite die zweite Verbindungstür aufgerissen. Eine Einladung zum Essen, und schon erwachte ihr kleiner Bruder aus seinem Phlegma. Freddy stolperte über seine eigenen Füße, als er durch Pippas Wohn-Schlaf-Arbeitszimmer eilte.

Pippa schlenderte hinter ihm her, stellte sich an den gusseisernen Aga-Herd, den ihre Mutter aus England importiert hatte, und sah zu, wie diese die letzte Fuhre Buletten à la Britannia aus dem brutzelnden Fett holte.

»Danke, dass du heute allein gekocht hast, Mum«, sagte Pippa.

»You're welcome, Dear«, antwortete Effie in ihrer Muttersprache und schichtete die Frikadellen kunstvoll auf die Platte mit der Bulettenpyramide. »Hauptsache, du bist mit diesem schrecklichen Text ein Stück weitergekommen. Bertie, denk an die Servietten. Freddy, an der Tür steht die Kühlbox mit den Getränken. Pippa, du nimmst die Schale mit dem Obstsalat.«

»Mum, sei bitte nicht böse, aber ...« Pippa sah ihre Mutter bittend an.

»Du musst doch auch mal Pause machen, Love, kein Mensch kann ohne Unterbrechung ordentlich arbeiten«, befand Effie kategorisch.

Pippa schüttelte den Kopf. »Ich bin gerade mittendrin. Wenn ich jetzt aussetze, kriege ich heute nichts mehr fertig. Ich nehme mir zwei Buletten mit an den Schreibtisch. Grüß alle von mir, ja?«

Obwohl ihre Mutter unwillig die Stirn runzelte, schnappte sich Pippa zwei Bratlinge und ging zurück in ihr Arbeitszimmer.

Sie öffnete das Fenster, das auf den Hinterhof der Transvaalstraße 55 hinausging, und sah hinunter.

Heinrich Zille hätte dieses Bild nicht schöner malen können: Ein vollständiges Karree aus Vorder- und Hinterhaus, verbunden durch zwei Seitenflügel, und ein vom Berliner Straßenlärm gänzlich unberührter, liebevoll gepflegter Innenhof bildeten einen in sich geschlossenen Kosmos, der von lebhaften Familien nebst Trabanten bewohnt wurde. Lautstark bewohnt: Das harmonische Miteinander der Hausgemeinschaft führte oft zu Unterhaltungen von Fenster zu Fenster – besonders gerne auch quer über den Hof.

Leider.

Pippa holte tief Luft. Ein bisschen weniger Idylle und ein wenig mehr Privatsphäre wären für ihre Arbeit in jeder Hinsicht besser. Sie hatte in den letzten sieben Jahren in Italien gelebt und bemühte sich jetzt intensiv, alte und neue Auftraggeber zu rekrutieren, um in Deutschland wieder Fuß zu fassen. Das ging nur mit fehlerfreier, exzellenter Arbeit, und die gab es bei Pippa nur in Ruhe und Ungestörtheit.

Aber einem geschenkten Gaul sah man nicht ins Maul. Die kleine Einzimmerbleibe zwischen der Hauswartswohnung ihrer Eltern und der Junggesellenbude ihres Bruders war offiziell als Hausmeisterbüro deklariert und kostete sie keinen Cent Miete, was exakt zu ihrem derzeitigen Budget passte. Sie scherzte oft mit ihrer Freundin Karin, dass sie sich ihren Beruf als Übersetzerin eigentlich nur mit freier Kost und Logis leisten konnte.

Unten im Hof versammelten sich bereits die Hausbewohner zum traditionellen gemeinsamen Picknick.

Der mürrische Ede Glassbrenner aus dem ersten Stock strahlte ausnahmsweise über das ganze Gesicht und reichte Mira Kasulke mit pompöser Geste eine Tube Löwensenf, während Miras Zwillingsschwester Käthe eine große Schüssel Kartoffelsalat auf den langen Tapetentisch stellte, der bei Hoffesten als improvisiertes Buffet diente. Die drei waren die Urgesteine der Hausgemeinschaft, seit über fünfzig Jahren wohnten sie in der Transvaal 55. Sven und Lisa, Karins Kinder, trugen gemeinsam einen Korb in den Hof, der mit Fladenbroten und Baguette gefüllt war. Lisa schaute nach oben, entdeckte ihre Patentante am Fenster und winkte stürmisch. Pippa lächelte zurück. Lisa war zwar erst dreizehn, aber man sah bereits, dass sie eine Schönheit werden würde und das auch wusste. Kein Zweifel: Die Schlange männlicher Bewunderer würde sich von der Tür ihrer Wohnung im zweiten Stock durch das ganze Treppenhaus ziehen und bis auf die Straße reichen.

Pippa gegenüber öffnete sich ein Fenster. Bekir Abakay rief in den Hof: »Wir bringen Baklava! Brauchen Platz für viermal Blech!« Die Ankündigung löste allgemeinen Jubel aus, denn die köstliche türkische Süßspeise seiner Mutter Olcay, der Matriarchin der Sippe, war auf den regelmäßigen Picknicks der Hausgemeinschaft der Renner.

Pippa spürte, wie ihr das Wasser im Munde zusammenlief. Der Haubentaucher drohte, in Richtung Horizont davonzuschwimmen.

Die Tür zum Vorderhaus ging auf, und eine kleine Prozession betrat den Innenhof. Als Erste erschien Effie, die Platte mit ihren Buletten wie eine Monstranz in den Händen, gefolgt von Bertie, beladen mit Servietten und Besteck. Dann folgten die vier Schauspielschülerinnen aus der »Grazien-WG«, zweiter Stock rechts, und als Schlusslicht Freddy, Mengen von Getränken balancierend. Gleichzeitig redete er eifrig auf Miriam ein, die fürsorglich mehrere Flaschen Wein aus seinen Armen rettete.

Isabella ist also abgemeldet, dachte Pippa amüsiert. Jetzt ist Miriam das Ziel seiner romantischen Träume. Dann kommt vermutlich Asta. Danach vielleicht Annett. Und dann kann er wieder mit Isabella anfangen. Der Ärmste, wann würde er endlich begreifen, dass sich ohne ernsthaften Einsatz keiner seiner romantischen Träume jemals erfüllen würde?

Pippa sah neidisch auf die muntere Gesellschaft hinunter. Gleich würde unter dem Vorsitz ihrer Mutter das fröhliche Gelage beginnen.

Die Hausgemeinschaft traf sich einmal im Monat und rekapitulierte die vergangenen vier Wochen, diskutierte eventuelle Probleme und äußerte Wünsche an die Runde. Im Sommer wurden bei Regen die Markisen ausgefahren und ein paar Sonnenschirme aufgespannt. Im Winter traf man sich entweder bei Bolles in der Hausmeisterwohnung oder bei den exzentrischen Kasulke-Zwillingen, die, obwohl längst im rentenfähigen Alter, noch immer ihr großes Schneideratelier betrieben. Je älter sie wurden, desto unkonventioneller gerieten ihre Entwürfe; sehr zum Entzücken Pippas, die ihre eigenen Ideen in den extravaganten Kreationen verwirklicht sah und diese mit Begeisterung trug.

Effie Bolle hatte durch einen Roman aus der Jahrhundertwende die Kiez-Bräuche des Kaiserreiches kennengelernt und ihren ganzen Ehrgeiz als Hauswartin dreingesetzt, das traditionelle Gemeinschaftsessen einer Hausgemeinschaft wieder einzuführen. Diese Treffen waren ihr Ersatz für die abendlichen Besuche im Dorfpub, die sie aus ihrer englischen Heimat kannte und die dort für viele das soziale Ereignis der Woche bildeten.

Effies Bemühungen um eine gute Hausgemeinschaft waren von außerordentlichem Erfolg gekrönt. Inzwischen galt eine Wohnung in der Transvaal 55 im gesamten Afrikanischen Viertel von Berlin als besonders erstrebenswert. Während andere Hausbesitzer im Wedding sich plagen mussten, um an solvente Mieter zu kommen, verwaltete Bertie Bolle eine Liste von Anfragen, deren Reihenfolge er nach eigenem Gusto gestaltete. Vor einem knappen Jahr hatte er die Bewerbung der vier jungen Schauspielschülerinnen aus der Grazien-WG heimlich ganz nach oben geschoben, um seinem phlegmatischen Sohn bei der Suche nach der Frau fürs Leben diskret unter die Arme zu greifen. Bisher ohne Erfolg.

Jetzt stand Effie am Tapetentisch und arrangierte die mitgebrachten Köstlichkeiten der Nachbarn. Sie scherzte mit Oma Olcay, schickte Freddy hierhin und dorthin, um Tische aufzustellen und Stühle zu holen, und strich der wuselnden Kinderschar der Abakays über die Köpfe, bevor sie sich Lisa zuwandte, die sie am Ärmel gezupft hatte.

Pippa grinste breit. Effie war eine echte englische Rose, mit zartem Teint, honigblond getönten Haaren und einer

Vorliebe für pastellfarbene Twinsets, in denen sie sehr ladylike wirkte. Das Grazien-Kleeblatt hatte Effie den Spitznamen »Mylady« verpasst, und die gesamte Hausgemeinschaft hatte den Ehrentitel aufgegriffen.

Effie war Pippas Vorbild, aber da sie nicht deren zarte Statur, sondern die kräftige Figur ihres Vaters geerbt hatte, musste sie früh die Hoffnung aufgeben, diese Ähnlichkeit auch äußerlich zu erreichen. Aber sie teilte mit ihrer Mutter die typisch englische Vorliebe für Kopfbedeckungen. Hüte, Mützen, Kappen, Schals aller Art waren ihre Sammelleidenschaft und hatten bei ihrem Umzug den Großteil ihrer Kisten und Koffer gefüllt.

Seit sie vor drei Monaten Leo und Florenz verlassen hatte, war die Hausgemeinschaft Pippas Halt und Stütze. Sie bewahrte sie davor, ihren Entschluss rückgängig zu machen, die Koffer zu packen und wieder in Leos Arme zu eilen.

Niemand hatte ihr Vorwürfe gemacht, ihre Trennung kommentiert oder unangenehme Fragen gestellt. Jeder war bemüht, sie aufzuheitern: Oma Olcays exotische Köstlichkeiten trugen bereits Früchte auf ihren Hüften, und die Kasulke-Schwestern hatten sie als Rubens-Modell für ihre aktuelle Kollektion engagiert. Von ihrer Freundin Karin war Pippa mit den Worten »Mensch, bin ich froh, dass du wieder da bist. Dafür verzichte ich gern auf unsere jährlichen Besuche in der Toskana!« willkommen geheißen worden.

Pippa schreckte aus ihren Gedanken auf. Die Abakay-Kinder und Lisa hatten sich zu einem kleinen Chor formiert und skandierten unter ihrem Fenster: »Tante Piiih-Paaaah, Tante Piiih-Paaaah, komm ruuun-taaaah!«

Die anderen Picknick-Teilnehmer blickten lachend zu ihr

hoch, und Pippa sah ihrer Mutter an der Nasenspitze an, dass sie die Kinder dazu angestiftet hatte.

In einer Pantomime des Bedauerns zuckte Pippa mit den Schultern, winkte in den Hof hinunter, schloss das Fenster und setzte sich wieder zu den Haubentauchern und ihrem stressgeplagten Gefieder. Den nächsten Satz las sie fünfmal, bevor sie seine Bedeutung begriff, weil sie immer noch auf das Gelächter aus dem Innenhof hörte. Pippa seufzte.

Die enge Hausgemeinschaft hatte einen Haken: Ihr Bedürfnis nach Ruhe und Privatsphäre geriet ins Hintertreffen. Wenn sie auf eigenen Füßen stehen wollte, musste sie genug Geld verdienen, um sich endlich selbst eine Wohnung leisten zu können.

Eine Wohnung, die genug Ruhe bot, um sich zu konzentrieren und ihre Übersetzungen flott und fehlerfrei abzuliefern.

Eine Wohnung, in der das muntere Treiben im Hof nicht die normale Lautstärke eines Radios übertönte.

Eine Wohnung, in der sie nicht ständig abrufbar war für kleine Erledigungen und den Gassi-Gang der Hunde des Hauses.

Sie brauchte eine Wohnung, die man abschließen konnte.

Ihre eigene Wohnung.

Pippa runzelte unwillig die Stirn, als es an der Tür klingelte. Bestimmt hatte Freddy wieder den Korkenzieher vergessen. Aber machte ja nichts, Pippa war schließlich oben und konnte aufspringen und die Tür öffnen. Schrieb sie halt später weiter …

Sie riss die Tür auf und sah sich zu ihrer Überraschung Karin und Matthias gegenüber.

»Ich habe von oben gesehen, dass du nicht im Hof bist«, sagte Karin und schmiegte sich an Matthias, der den Arm um ihre Schultern gelegt hatte. »Wir wollen dich abholen.«

»Lieb gemeint, aber ich muss arbeiten«, antwortete Pippa düster, »du bist ungefähr die Zehnte, die mich hinunterlocken will.«

»Dann bist du ohnehin aus dem Takt. Wir gönnen uns eine kuschelige Teepause, und danach kannst du weitermachen. Ich habe etwas Wichtiges mit dir zu besprechen.«

Pippa zögerte einen Moment und nickte dann. »Mylady hat bestimmt Earl Grey auf dem Aga.«

Karin Wittig gab ihrem Gatten einen Klaps auf den Hintern. »Geh vor, Schatz. Ich komme gleich nach. Ich will nur kurz ...«

»*Kurz* – na klar.« Matthias grinste und ging die Treppe hinunter. »Ich seh' dich dann nächste Woche ...«

»Geh doch schon mal rein«, sagte Pippa zu Karin und schloss die Wohnungstür, »ich bringe alles mit. Milch und Zucker?«

»Beides – und so viel wie möglich.«

Durch die Verbindungstür ging Karin in Pippas kleines Reich und schlenderte zum Schreibtisch.

Pippa hatte gerade die Teekanne auf das Tablett gestellt, als ihre Freundin nebenan in schallendes Gelächter ausbrach und rief: »Was sind denn die Bar-Devisen der Haubentaucher? Würmer oder Muscheln?«

»Bitte?«

Als Pippa den Raum betrat, las Karin kichernd vor: »... *so steht zu befürchten, dass die Bar-Devisen des Podiceps cristatus besonders in unseren Breiten aufgrund raumgreifender Verstädterung in erschreckend hoher Zahl abnehmen werden.* Ich kenne mich mit Flugbuchungen aus, nicht mit Federn. Aber so, wie ich das verstehe, sieht es an der Haubentaucher-Börse gerade sehr schlecht aus.«

Pippa riss Karin das Manuskript aus der Hand und starrte ungläubig darauf. Dann begann sie zu lachen.

»*Badewiesen!* Badewiesen wollte ich schreiben!«

Pippa lachte, bis ihr die Tränen kamen, und Karin ließ sich anstecken.

»Da siehst du, was passiert, wenn ich dauernd gestört werde. Wenn ich das abgegeben hätte, wäre ich zusammen mit den Haubentauchern baden gegangen!« Sie wischte sich die Lachtränen von den Wangen. »Ehrlich, ich weiß nicht, ob ich lachen oder weinen soll. Das darf mir einfach nicht passieren, sonst kriege ich keine Aufträge mehr. Wenn sich das herumspricht ...«

Beim bloßen Gedanken an die Konsequenzen schauderte sie.

»*Tante Piiih-Paaah, Tante Piiih-Paaah ...*«, sang der Kinderchor im Hof. »Da! Hörst du?« Pippa rang in komischer Verzweiflung die Hände.

»Kein Wunder, dass du nicht richtig arbeiten kannst. Du brauchst eine eigene Wohnung«, stellte Karin fest.

»Kennst du eine, die billiger ist als diese hier? Hier zahle ich mit nichts als meiner Geduld.«

»Genau darum bin ich hier«, sagte Karin, »sonst hätte ich dich nicht gestört. Ich weiß eine Lösung.«

Pippa sah ihre Freundin skeptisch an. »Unter einer Million Schmerzensgeld heirate ich nicht noch mal.«

»Viel besser!« Karin machte eine Kunstpause und fuhr dann fort: »Schreberwerder. Da ist es wirklich ruhig!«

»Ich soll auf die Insel ziehen? In euren Schrebergarten?«

Pippa kannte die kleine Havelinsel im Norden Berlins aus Kindertagen, denn Karins Vater besaß dort seit Jahrzehnten ein Grundstück. Aber erst vor vier Jahren, als Pippa schon lange mit Leo in Italien lebte, hatten ihre Freunde dort eine eigene Parzelle erworben. Bisher hatte sich keine Gelegenheit ergeben, Karin auf der Insel zu besuchen. »Aber den braucht ihr doch selber – der Sommer beginnt gerade. Die Kinder sind bestimmt nicht begeistert, wenn ich ihr Hochbett belege.«

»Nicht unser Garten«, rief Karin triumphierend, »der meines Vaters!«

»Ich dachte, Viktor ist Dauerwohner.« Pippa zeigte auf ihr kleines Reich. »Ich glaube kaum, dass er mit mir tauschen will.«

»Mein Vater ist dank Sven zum Cyber-Opi avanciert und surft unermüdlich durchs World Wide Web. Jetzt plant er eine lange Reise mit dem Wohnmobil. Durch Italien. Mit Internetbekanntschaften. Er hofft mal wieder, die Frau fürs Leben zu finden. Er sucht jemanden, der sein Häuschen hütet. Ich habe dich vorgeschlagen.«

»Wann will dein Vater denn losfahren?«, fragte Pippa zögernd.

»Morgen Abend.«

Vor ihrem geistigen Auge sah Pippa Viktor Hausers Parzelle, die Gemüsebeete, die regelmäßig gejätet und bewässert werden mussten, Obstbäume, Sträucher mit Beeren aller Art, üppig blühende Blütenpracht, den saftig grünen Rasen ... und sie sah Karins Vater mit Strohhut und ausgeblichener Jeans-Latzhose, wie er in seinem Garten werkelte. Zum Bild eines Schrebergartens, vor dem geistigen Auge oder real, gehörte für Pippa zwingend ein Mensch, der auf Knien durch seinen Garten robbte und Unkraut zupfte. Und genau so hatte sie es aus Kindertagen in Erinnerung, wenn sie mit Karin in Viktor Hausers Garten spielte.

»Ich verstehe nichts von Gartenarbeit. Dein Vater erschlägt mich, wenn ich seinen Garten ruiniere.«

»Darum kümmern sich seine Freunde. Nur regelmäßig sprengen musst du und die Eier der Hühner gerecht an die Nachbarn verteilen.«

Pippa vergaß alle weiteren Bedenken. »Das kann ja nicht so schwer sein. Das könnte ich schaffen.«

Grinsend wiegte Karin den Kopf. »Warte, bis du die Nachbarn kennenlernst.«

Kapitel 2

Die Ampel sprang auf rot. Freddy bremste viel zu spät und schaffte es nicht mehr, dem Blitz zu entgehen.

»Verdammte Berliner Straßen«, fluchte er, »viel zu eng und viel zu voll! Bei der Wasserschutzpolizei sind wir besser dran: die Havel, die Spree, die Kanäle ... die Weite!«

»Eben«, bestätigte Pippa, »dann verstehst du ja, warum ich deinem Beispiel folge und mich aufs Wasser zurückziehe. Zu Wind und Wellen und Ruhe. Himmlischer Ruhe.«

Freddy verzog ärgerlich das Gesicht über seinen taktischen Fehler und wechselte die Strategie. »Überleg es dir noch mal, Pippa. Du bist ein Stadtmensch. Ich weiß aus eigener Erfahrung, dass zu viel Ruhe auch ... unruhig machen kann. Tagaus, tagein auf dem Boot. Immer das gleiche Wasser. Das muss man wirklich mögen. Im Sommer holt man sich einen Sonnenbrand und im Winter eine Blasenentzündung.«

»Schreberwerder ist eine Insel, Freddy, kein Boot. Bei Sonne finde ich Schatten unter einem Baum, bei Regen Schutz in einem Häuschen mit zwei Zimmern und einem dicken Holzofen. Und im Winter bin ich längst zurück in der Transvaal 55. Leider.«

Pippa sah ihren Bruder von der Seite an. Sein grimmiges Gesicht sprach Bände. Seit dem ersten Tag ihrer Rückkehr nach Berlin hatte er es genossen, die Füße nach dem Dienst hochlegen zu können, denn Pippa nahm ihm viele lästige Pflichten ab. Die Aussicht auf die Vertreibung aus diesem

Paradies und die Vorstellung, ab sofort wieder allein für Einkaufsdienste, das Hüten fremder Kinder und Gassi-Gehen der Hunde zuständig zu sein, brachten beim sonst so maulfaulen Freddy ungeahnte rhetorische Fähigkeiten ans Tageslicht.

»Schreberwerder ist perfekt für mich«, erklärte Pippa sanft und nicht zum ersten Mal, »außerdem bleibe ich nicht ewig fort. Nur solange Karins Vater mit seinen Internetbekanntschaften durch Italien gondelt. Und wir wünschen ihm doch beide einen langen, erholsamen Urlaub, nicht wahr?«

»Du wirst dich einsam fühlen«, begehrte Freddy verzweifelt auf, »und langweilig wird es auch. Keinerlei Abwechslung außer deinen Haubentauchern.«

Pippa sah aus dem Seitenfenster, um ihr Grinsen zu verbergen. »Nett, dass du dich um meine Unterhaltung sorgst, aber ich ziehe nach Schreberwerder, damit ich genau davon ein bisschen weniger habe. Außerdem leben auf der Insel ganz reizende Menschen.«

»Verschrobene Waldschrate und wortkarge Eigenbrötler.«

»Je wortkarger, desto besser«, parierte Pippa.

»Ich habe verstanden«, schnappte Freddy und hüllte sich in beleidigtes Schweigen, bis der kleine Anleger in Sicht kam.

Freddy parkte den klapprigen Fiat seiner Eltern und sah auf die Havel, als wäre sie sein persönliches Eigentum. Während sie Pippas Reisetaschen, den Laptop-Rucksack und zwei große Kisten entluden, demonstrierte Freddy, dass er über alles und jeden auf den Berliner Gewässern Bescheid wusste.

»Dein Schiff heißt *Rieke*, reines Passagierschiff, bis zu dreißig Personen, freies Vor- und Achterdeck und ein Salon für Regen. Die *Rieke* pendelt im Zwei-Stunden-Takt zwischen den nördlichen Havelinseln und dem Festland. Das hier ist eine der Bedarfsanlegestellen«, dozierte er und zeigte auf eine Messingglocke. »Du musst läuten, wenn das Schiff in Sicht kommt. Dann weiß Nante Bescheid und holt dich ab. War mal ein Kollege von mir, bevor er den Fährdienst übernahm.« Freddy klang ein klein wenig neidisch. »Jetzt ist er sein eigener Herr und muss keine Nachtdienste mehr schieben.«

Pippa angelte einen Fährplan aus dem Plexiglashalter neben der Schiffsglocke und las das handgemalte Schild.

Einmal läuten und kurz warten, dann bringt Nante dich zum Garten!

Sie lachte. »Humor scheint der Mann jedenfalls zu haben!«

»Und pünktlich ist er auch.« Freddy zeigte auf die *Rieke*, die gerade auf Tegelort zusteuerte.

Pippa läutete kräftig. Ein lautes Tuten der Fähre war die prompte Antwort.

Freddy wagte einen letzten Vorstoß. »Die *Rieke* fährt nur von acht Uhr früh bis zehn Uhr abends. Sollten dir heute Nacht Bedenken kommen, ruf mich im Dienst an. Ich erkläre deine Rettung von Schreberwerder sofort zum Notfall und bin ruckzuck mit dem Schnellboot da, um dich in die Transvaal zurückzuholen. Wenn du willst, stelle ich die Kisten schon mal in den Wagen zurück. Für alle Fälle.« Er sah sie hoffnungsvoll an.

Pippa unterdrückte ein Lächeln. Jeder wusste, dass ihr Bruder auf der Station der Wasserschutzpolizei in der Regel einen sehr ruhigen Dienst schob und Wörter wie *ruckzuck* oder *sofort* höchstens aus der Theorie kannte.

»Danke, Freddy. Ich weiß dein Angebot zu schätzen. Allein der Gedanke, jederzeit von der Insel herunterzukönnen, wird jeglichen Inselkoller im Keim ersticken.«

Freddy knurrte etwas Unverständliches und fing die Leinen auf, die ihm der Kapitän der *Rieke* zuwarf.

Nante war fast zwei Meter groß und konnte auf der Brücke nur sitzen oder leicht gebückt stehen. Er hatte schwarze Locken und wettergegerbte Haut und entsprach Pippas Bild von einem entspannten Flussschiffer, der zufällig ein paar Passagiere aufliest.

»Hm.« Freddy musterte Nante, als dieser geschmeidig auf den Landungssteg sprang und ihnen entgegenkam. »Die neue Arbeit tut ihm gut.«

»Das kann man wohl sagen.« Pippa blinzelte rasch die aufkeimende Erinnerung an ihren braungebrannten Italiener fort.

Nante tippte mit zwei Fingern an den Schirm seiner Kapitänsmütze. »Hallo, Exkollege! Was macht unser Revier?«

»Arbeit.« Da ihm klargeworden war, dass Pippa sich unwiderruflich nach Schreberwerder einschiffte, fiel Freddy in seinen einsilbigen Gesprächsmodus zurück.

»Was verschafft mir die Ehre deines Besuches? Willst du eine Runde mitfahren?«

Während Nante sich mit Freddy unterhielt, hatte er Pippas Koffer auf die Fähre gewuchtet und wandte sich der ersten Kiste zu.

Freddy zeigte auf Pippa. »Meine Schwester Pippa. Nach Schreberwerder.«

Nante stutzte einen Moment und reichte Pippa dann die Hand. »Dann sind Sie also der Neuzugang. Gratulation, Sie haben gegen mich gewonnen. Das kommt selten vor.«

»Gewonnen? Was denn?« Pippa war so erstaunt, dass sie vergaß, ihre Hand aus der Nantes zu lösen.

Nante lächelte strahlend und musterte Pippa unauffällig

von der Schiebermütze über die weiße Leinenjacke und die abgetragenen Jeans bis hin zu den orangefarbenen Strohsandalen.

»In Viktors Haus hätte ich es auch eine Weile ausgehalten«, erklärte er. »Ich habe ihm sogar angeboten, das Dach neu zu decken. Aber Viktor wollte partout frisches Blut auf der Insel. Jetzt verstehe ich, warum.« Er ließ ihre Hand los.

»Oh. Das tut mir leid. Ich wusste nicht ...«

Nante winkte lässig ab. »Keine Sorge, ich werde trotzdem nicht von der Insel fernzuhalten sein. Ich habe Familie dort.«

Er griff nach der kleineren Kiste und stutzte, als diese sich keinen Millimeter bewegte.

Pippa packte schnell mit an. »Bücher«, sagte sie verlegen, »alle, die ich schon seit Jahren lesen will.«

Gemeinsam hievten sie die Kiste an Bord.

»Dem Gewicht nach zu urteilen, kommt Viktor also in etwa drei Jahren zurück«, schnaufte Nante, »das wäre mir sowieso zu ...«

Er brach mitten im Satz ab und sah staunend Freddy zu, der leichthändig die zweite, größere Kiste an Bord trug. »Irgendwas muss sich auf dem Revier doch verändert haben, wenn selbst Freddy jetzt diese riesige ...«

Freddy warf Pippa einen Blick zu, und sie verkniff sich ihm zuliebe zu verraten, was die große Kiste enthielt: Kopfbedeckungen aller Art. Ihre Vorliebe für Hüte, Schals und Mützen in allen Formen und Farben hatte in der Schule begonnen, wo sie ständig für ihre roten Haare gehänselt wurde. So hatte sie schon früh gelernt, sich hinter ihren Büchern zu verschanzen und unter Kappen und Kapuzen zu verstecken. Erst in Italien hatte man sie für ihre tizianrote Haarpracht offen bewundert – aber da war sie bereits so daran gewöhnt, gut behütet zu sein, dass sie nicht mehr darauf verzichten wollte.

Pippa umarmte ihren Bruder zum Abschied. »Grüß die Family von mir. Mum soll mal zum Schwimmen auf die Insel kommen und sich ausruhen. Anruf genügt. Bis bald.«

Sie hängte sich den Laptop-Rucksack um und bestieg die Fähre.

Erst als Freddy die Leinen losmachte, die *Rieke* ablegte und der Steg sich langsam von ihr entfernte, beschlich Pippa ein banges Gefühl. Jetzt gab es kein Zurück mehr.

Was, wenn sie sich auf der Garteninsel wirklich einsam fühlte und ihre Sehnsucht nach Leo und Florenz übermächtig wurde? Was, wenn die Kiste voll literarischer Seelentröster kein ausreichendes Bollwerk gegen die Einsamkeit bot?

Pippa seufzte.

Wenn die Haubentaucher flügge geworden waren, konnte sie nur hoffen, dass der Aufenthalt auf der Insel unterhaltsam genug und ihre Tage ausgefüllt waren.

Kapitel 3

Viktor Hauser stand vor dem Spiegel und prüfte den Sitz seines Panamahutes. »Meinst du, der ist richtig?«, fragte er Dorabella, während er sie besorgt im Spiegel beobachtete.

Dorabella lag mit geschlossenen Augen auf dem alten Ledersofa. »Nimm den Borsalino«, murmelte sie, »der hat so was Verwegenes. Das passt zu dir.«

Viktor drehte sich zu ihr um. »Bist du wirklich sicher, dass ich fahren soll?«

Seine Freundin öffnete die Augen und sah ihn entgeistert an. »Du willst doch jetzt keinen Rückzieher machen, oder? Maja, Agnes, Bertha und Co. – alle warten auf dich.«

»Ich hoffe, wenigstens eine davon kann dir auch nur annähernd das Wasser reichen.« Viktor ging zum Sofa und setzte sich neben Dorabella, die bei der Bewegung zusammenzuckte. »Hast du Schmerzen, Liebste?«

Dorabella versuchte ein Lächeln. Die Anstrengung war ihr anzusehen. »Nicht mehr als sonst. Nein. Ich habe Angst.«

»Weil ich gehe?«

Dorabella sah ihn durchdringend an. »Davor, dass du wiederkommst.«

Viktor nickte und erhob sich. Dorabella stöhnte, als sich ihre Schmerzen durch die neuerliche Erschütterung wieder bemerkbar machten.

»Ich bringe dir deine Tropfen.« Viktor ging zu seinem

Esstisch, auf dem ihre Handtasche stand. Er griff hinein und reichte ihr wortlos ein Medizinfläschchen.

Dorabella lächelte. »Du hast recht. Sich jetzt noch zurückzuhalten ist lächerlich. Bring mir bitte einen Esslöffel und ein wenig Zucker.«

Sie blickte auf die Uhr. »Luis wird jeden Moment hier sein. Haben wir noch irgendetwas zu besprechen?« Sie verzog das Gesicht, als sie die Medizin schluckte.

Viktor schüttelte den Kopf. »Ich denke, es ist alles bestens geplant.« Er sah zu zwei riesigen Koffern hinüber, die sein Schreberhäuschen auszufüllen schienen. »Luis kümmert sich um den Garten, und Herr X übernimmt das Einkaufen für dich, bringt dich zum Arzt und zum Frisör. Pippa wird sich um die Hühner kümmern und um das Haus. Ich denke, ich habe an alles gedacht.«

»Ich glaube, dass es eine gute Idee war, Nante nicht hier einziehen zu lassen, denn er hätte …«

In diesem Moment steckte Luis seine Nase zur Tür herein. »Die *Rieke* hat gerade in Tegelort abgelegt. Jetzt wird es Ernst, mein Lieber. Du übernimmst die Welt und ich Dorabella.«

Während die *Rieke* langsam Richtung Marienwerder tuckerte, genoss Pippa die Junisonne und die frische Brise der Havel. Diese Seite von Berlin bekamen Touristen nur selten zu sehen und wenn, dann nur vom Deck der berühmten Weißen Flotte aus. Pippa erinnerte sich noch an den scharfen Grenzverlauf, der ganz in der Nähe Ost und West nicht nur getrennt, sondern auch seltsame Blüten getrieben hatte. Auf der gegenüberliegenden Seite hatte es tatsächlich eine Lücke in der Mauer gegeben: eine Tür, die die Schrebergärtner eines West-Berliner Kleingartenvereins benutzen durften, um zu ihren Parzellen auf dem Territorium der Deutschen Demokratischen Republik zu gelangen. Eine Exklave der ganz besonderen Art.

Pippa lächelte. Rosenkohl und Stangenbohnen trotzten jeder Diktatur. Wenn das kein tröstlicher Gedanke war. Damals wurde das gesamte Ufer scharf bewacht, heute konnte die *Rieke* friedlich ihre Bahnen ziehen: vom Tegeler See bis Konradshöhe und über Hakenfelde und Jungfernheide wieder zurück in den Tegeler See. Auf ihrer Tour legte sie an kleinen Inseln an, deren Wochenendhäuser durch ihre Abgeschiedenheit vom Großstadttrubel besonders begehrte Objekte waren.

Pippa warf einen Blick auf das Achterdeck. Außer drei weiteren Fahrgästen, die die Rundfahrt als günstige Variante zu den teuren Fahrgastschiffen gewählt hatten, und zwei Fahrradfahrern, die ihren Ausflug ab Jungfernheide fortsetzen wollten, gab es keine weiteren Passagiere, dafür aber eine große Anzahl Einkaufstüten und -taschen, an denen Namenszettel hingen. Daneben stapelten sich Getränkekästen und Unmengen Sechserpacks Berliner Weiße und Mineralwasser.

»Haben Sie eine kinderreiche Familie, Nante?«, rief Pippa zur Brücke hinein und deutete auf die Taschen.

Nante nickte und machte eine ausladende Handbewegung, die die Inselwelt um sie herum einschloss. »Das trifft den Nagel auf den Kopf – jedenfalls wenn man das Benehmen einiger Insulaner betrachtet. Besonders die Herrschaften auf Schreberwerder sind oft alles andere als erwachsen – aber sagen Sie denen nicht, dass Sie das von mir haben!«

Gekonnt wich Nante einem Motorboot aus, das aus der Wasserenge zwischen Valentins- und Schreberwerder geschossen kam.

»Montags und freitags gehe ich vormittags für die Dauerwohner einkaufen. Die Mittagsfähre hat dann die Ware an Bord. Bestellungen nehme ich jederzeit entgegen. Sie können auch adressierte Taschen und Kisten an die Anleger liefern lassen. Mitnahme von Fracht ist bei der Monatskarte inklusive.«

»Und wo bekomme ich so eine Karte?«

Er zeigte auf eine kleine Kiste neben dem Eingang zur Brücke. Auf dem Deckel stand in geschwungenen Lettern: *Nantes Pille gegen Seelentief – die Rundfahrt ohne Großstadtmief.*

»Jeder, der mir einen guten Spruch für die *Rieke* bringt, bekommt eine Sonderfahrt gratis«, sagte er.

»Ich dachte, die Sprüche sind von Ihnen.«

Nante nickte. »Bis jetzt ja – aber ich hoffe immer noch auf einen, der es besser macht.«

Pippa öffnete das Kästchen und fand zu ihrem Erstaunen zuoberst auf etlichen anderen Fahrkarten eine mit ihrem Namen. Bevor sie etwas sagen konnte, erklärte Nante: »Hat Viktor bezahlt. Falls Sie es länger aushalten, sollen Sie mir Bescheid sagen. Ich rechne dann am Ende mit ihm ab.«

Pippa nahm die Monatskarte aus dem Kästchen und wollte sie in ihrem Rucksack verstauen.

»Lassen Sie die Karte mal ruhig, wo sie ist. Das tun die anderen auch. So können Sie sie nicht verlieren.«

Pippa ahnte, dass dieses Angebot nicht jedem zuteil wurde. Sie gehörte jetzt zum exklusiven Verein derjenigen, die dieses Schiff jederzeit besteigen durften und willkommen waren. Sie wollte sich bei ihm bedanken, aber er schüttelte abwehrend den Kopf.

»Karin und Viktor haben gute Vorarbeit geleistet. Demnach müssen wir alle dankbar sein, dass Sie überhaupt bei uns sind. Eine echte Globetrotterin mit Intellekt.« Er seufzte. »Für die *Rieke* sind Sie allerdings eine Herausforderung: Die liegt heute tief im Wasser. Die Großbestellungen für die Insulaner ist sie ja gewöhnt – aber Ihre Bücher!«

Pippa grinste. Sie würde dieses Schiff definitiv öfter benutzen, und das nicht nur für die neuneinhalb Minuten zwischen Tegelort und Schreberwerder.

In diesem Moment pfiff Nante leise durch die Zähne. »Sieh mal an: ganz großer Bahnhof für die neue Insulanerin.«

Er zeigte auf den Landungssteg, auf dem sich sechs Laubenpieper eingefunden hatten.

Pippa schüttelte den Kopf. »Eher fliegender Wechsel. Viktor will heute noch nach Frankfurt. Da trifft er sich mit seiner … Reisebegleitung.«

Nante grinste. »So wie ich das verstanden habe, mit der ersten von vielen.«

»Karin nennt sie die Frankfurt-bis-Mailand-Frau«, fügte Pippa hinzu. »Dann kommt die Mailand-bis-Rom-Bekannte und danach die Rom-Neapel-Capri-Begleiterin. Und so weiter und so weiter. Rund um den Stiefel.«

Nante zog genießerisch die Luft ein. »Ich frage mich, ob das auch hier möglich wäre … die Hakenfelde-Wasserstadt-Frau, die Schreberwerder-Saatwinkel-Geliebte …«

Pippa lachte und sah dann wieder hinüber zum Anleger. Vom Empfangskomitee erkannte sie nur Karins Vater. Heute allerdings hatte Viktor Hauser seine gewohnte Uniform – Latzhose und kariertes Hemd – gegen einen leichten Sommeranzug vertauscht und trug dazu einen Panamahut, der seine noch immer volle, schlohweiße Haarpracht verdeckte. Auf einer Schubkarre neben ihm lagen zwei imposante Koffer.

»Bella Figura, wie der Italiener sagen würde«, stellte Nante anerkennend fest.

Pippa zog einen Zettel aus der Hosentasche. »Kennen Sie die anderen Bewohner der Insel? Ein Luis und eine Dorabella sollen mich einweisen.«

Nante nickte. »Zusammen mit Viktor Schreberwerders Hardcore-Dauerwohner.« Er zeigte auf eine Dame stattlichen Alters, die sich gerade schwer auf die Bank am Ende des Landestegs fallen ließ und ihre Krücken gegen die Balustrade lehnte. »Dorabella von Schlittwitz, echte Wilmersdorfer Witwe. Kein Geld – aber Haltung.« Die Bewunderung in Nantes Stimme war nicht zu überhören. »Sie ist schwer krank. Schmerzen überall, aber nie ein Wort über ihre Krankheit. Wie die noch ihren Garten schafft, ist allen ein Rätsel.« Nante drehte das Steuer und brachte die *Rieke* langsam längsseits. »Luis Krawuttke ist der kleine Dicke neben Viktor.«

Pippa musterte den Mann: Mitte sechzig, klein, grauhaarig und mit verwegenem Viertagebart.

»Einen Freund wie Luis gewinnt man nicht im Roulette. Wenn der Sie mal mag, haben Sie auf der Insel ausgesorgt.«

»Und wer sind die anderen?«

»Die beiden, die aussehen, als hätten sie Stöcke verschluckt und würden einander nicht kennen, sind das Ehepaar Marthaler. Die fahren immer schon Sonntagmittag zurück in die Stadt. Die gehören zu der Spezies Mensch, die sich an einem freien Tag unwohl fühlt und gegen ihr Schuldgefühl hohe Kultur verordnet, um mitreden zu können und beschäftigt zu wirken. Vor denen ist keine Opernpremiere sicher, allerdings ist sie die treibende Kraft. Wenn Sie ihm einen Krug Gin Tonic hinstellen, ist er auch zufrieden.« Er deutete auf Pippas Bücherkiste. »Jede Wette: Diese Bücher hat Ida Marthaler alle schon gelesen. Aber nicht zum Spaß. Reine Entspannung ist nicht ihr Ding.«

Pippa lächelte. »Nante, vor Ihnen muss man sich in Acht nehmen. Sie beobachten zu gut. Alte Polizistenangewohnheit?«

Nante grinste zurück. »Nein, reine Bosheit.«

Auf einen Fingerzeig des Kapitäns hin nahm sie die Leinen und warf sie Richtung Landungssteg. Luis Krawuttke fing sie mit erstaunlicher Geschicklichkeit auf und hatte die *Rieke* im nächsten Atemzug festgemacht.

Die Marthalers stiegen wortlos ein. Ida Marthaler setzte sich in die Kajüte, während ihr Mann aufs Achterdeck verschwand.

»Dicke Luft«, raunte Nante Pippa zu, als er ihr von Bord half. »Jedes Mal, wenn ich kurz davor bin, einer Frau einen Heiratsantrag zu machen, kommen die beiden auf mein Schiff – und ich bin sofort der Meinung, dass mir die Berliner Luft zum Leben reicht.«

»Herzlich willkommen auf Schreberwerder, Pippa!«

Dorabella von Schlittwitz hatte sich erhoben und war zum Ende des Anlegers gekommen. Sie begrüßte Pippa mit unerwartet festem Händedruck. Dann drehte sie sich zu Viktor um und sah ihm in die Augen. »Arrivederci, Viktor. Ich hoffe, die Frau ist es wert.«

Viktor nahm sie in den Arm. »Frauen sind es immer wert. Und diese besonders.«

»Jetzt mach, dass du wegkommst. Du hast einen Zeitplan einzuhalten. Mir wäre gar nicht wohl bei dem Gedanken, dass nicht alles wie am Schnürchen klappt.«

»Du kannst dich ganz auf mich verlassen.« Dann schlug

Viktor seinem Freund Luis auf die Schulter. »Pass mir auf die beiden Mädels auf und sieh zu, dass Pippa immer etwas Ordentliches zu essen hat.« Pippa wollte protestieren, aber Viktor hob die Hand. »Mittags um 13 Uhr essen alle Insulaner bei Luis, auch Nante. Luis ist unsere Inselkantine. Er war früher Koch auf einem dieser Kreuzfahrtschiffe, der kann aus Sauerampfer und Grünklee ein Vier-Sterne-Menü zaubern.«

Luis wurde rot. »Mach jetzt, dass du uff'n Dampfer kommst«, sagte er mit vor Verlegenheit belegter Stimme, »sonst kann die *Rieke* die Verspätung nie wieder uffholen.«

Viktor ging noch einmal zu Dorabella und küsste ihr die Hand, dann umarmte er Pippa und übergab ihr den Hausschlüssel. »Der ist eher symbolisch«, sagte er, »wir schließen hier auf Schreberwerder nicht ab. Aber er soll dir zeigen, dass mein Haus jetzt ganz dir gehört.«

Luis schob Viktor auf die *Rieke.* »Nun geh endlich. Du machst es uns nur unnötig schwer. Wir werden uns um die Kleene schon kümmern. Sieh lieber zu, dass dich keen Regentropfen erschlägt und du jesund wiederkommst. Dat ist die Hauptsache.«

Die *Rieke* legte ab. Alle winkten, als stünde Viktor an Bord der *Gorch Fock* und hätte vor, die Welt zu umsegeln. Als die kleine Fähre in der Wasserenge zwischen Baum- und Valentinswerder verschwand, sagte Luis: »Den sehen wa erst wieda, wenn seine Manneskraft nachlässt.«

Dorabella lachte. »War das jetzt Neid oder Häme?«

Luis zwinkerte ihr zu. »Schätze, das kannst du besser beurteilen als ich.«

»Also doch Neid.« Dorabella kicherte. »Dann kommt jetzt ja deine große Chance. Sei schon mal ein Schatz und trag Pippas Sachen ans Haus. Meine Einkäufe kannst du mir später bringen.« Dann wandte sie sich an Pippa. »Kommen Sie, meine Liebe. Ich bin sicher, Sie wollen endlich ins Haus.«

Pippa bot Dorabella ihren Arm als Stütze, und sie gingen langsam zu dem kleinen Dorfplatz, der an den Anleger anschloss.

»Lassen Sie mich ruhig hier auf der Bank sitzen. Ich bin sicher, Sie möchten Ihr neues Heim allein beziehen, ohne störende Zuschauer. Wenn Sie Fragen haben oder Gesellschaft brauchen, gehen Sie einfach den Mittelweg hinunter und zählen ab. Parzelle 4, auf der linken Seite – da finden Sie mich.«

Pippa lächelte Dorabella dankbar an. Sie wünschte sich in der Tat nichts sehnlicher, als endlich allein zu sein, nachdem ihre spontane Entscheidung, Viktors Angebot anzunehmen, eine Nachtschicht Kofferpacken bedeutet hatte.

»Vielen Dank, Frau von Schlittwitz, ich …«

»Ich heiße Dorabella, und Sie heißen Pippa«, unterbrach Dorabella. »Mit diesen Namen sollten wir uns doch bestens verstehen, meine Liebe, was meinen Sie?«

»Jawohl, Frau Nachbarin.« Pippa deutete eine kleine, ironische Verbeugung an. »Dann sehen wir uns spätestens, wenn mir das Mehl für den Einstandskuchen fehlt!«

Pippa öffnete die niedrige Holztür und betrat beinahe andächtig den Raum, der sie in den nächsten Wochen und Monaten beherbergen sollte. Zwei große Fenster zeigten nach Westen und gaben den Blick frei auf den Garten, den Landungssteg und das Wasser. Das dritte Fenster ging zwar nach Norden, bot dafür aber ungehinderte Sicht auf den Tegeler See und das gegenüberliegende Ufer. Hier stand ein kleiner Esstisch, auf dem ein großer Topfkuchen wartete.

Ein dicker Briefumschlag war mit Hilfe eines eindrucksvollen Küchenmessers am Kuchen festgespießt. *Beim Essen zu lesen!*

Pippa grinste, als sie den Brief befreite und sich ein dickes Stück Kuchen abschnitt. Dann öffnete sie den Umschlag und holte eine lange Liste mit Anweisungen hervor. Viktor hatte nichts vergessen. In seiner Abhandlung werden seine acht Hühner und zwei Hähne mit Vorlieben, Abneigungen, Gefiederbeschreibung – und Namen – vorgestellt. Außerdem wurde Pippa gebeten, ab und an die Größe der Eier zu kontrollieren und bei Unterschreitung der Minimalmaße ein Stärkungsmittel zu verabreichen. Viktor beschrieb außerdem genauestens, wie das Wasser vom Brunnen in den Warmwasserboiler gepumpt wurde, wann es ratsam war, die Gasflasche von Luis wechseln zu lassen und wo sie an kühleren Abenden ausreichend Holz für den Kaminofen fand. Ein Tagesablauf, in dem auf das Mittagessen bei Luis und den abendlichen Sonnenuntergangsumtrunk auf dem Dorfplatz oder in seiner Hütte hingewiesen wurde, lag ebenso bei wie Vorschläge, wie und bei wem sie sich in allen Wechselfällen des Kleingärtnerlebens Hilfe holen konnte.

Pippa seufzte selig und sah sich um.

Außer der kleinen Küchenzeile gab es ein gut gefülltes Bücherregal, in dem Viktor für sie vorsorglich ein Brett freigeräumt hatte. Vom alten Ledersofa aus sah man durch die Fenster auf das Wasser hinaus und konnte den Sonnenuntergang betrachten. Gleich daneben stand eine kleine Bar, deren Inhalt bewies, dass die Kleingärtner von Schreberwerder in der Lage waren, aus einem Teil ihrer Erträge flüssige Nahrung herzustellen.

Pippa ließ sich auf das Sofa fallen und schloss die Augen. Für Getränke war gesorgt. Für Obst und Gemüse musste sie nur kurz vor die Haustür treten, und ihren rauchenden Kopf konnte sie mit einem Sprung ins Havelwasser kühlen, wenn ihr danach war. Und es war still. Niemand sprach, es gab keine laute Musik, und kein Ball wurde zum Fenster hereingeworfen, um sie zum Spielen aufzufordern.

Konnte der Mensch es besser haben? Pippa fiel nichts ein.

Die nächsten Stunden verbrachte sie damit, ihr neues Reich in Beschlag zu nehmen. Sie bugsierte ihre Koffer die enge Stiege in den Giebel hinauf und stieß einen Schrei des Entzückens aus. Der Raum unter den Dachschrägen hatte zwar die Grundfläche der gesamten Hütte, war dafür aber niedrig. Nur unter der höchsten Stelle des Giebels konnte Pippa aufrecht stehen, aber das tat dem Charme des Zimmers keinen Abbruch. Viktor hatte die Wand an der Stirnseite komplett verglast. Das gab dem niedrigen Raum nicht nur freundliche Helle, sondern machte es auch möglich, dort an einem winzigen Schreibtisch zu arbeiten und sich gleichzeitig vom herrlichen Blick auf andere Parzellen, den Anleger und das Wasser inspirieren zu lassen. Der Raum war voller Bücher: Sie reihten sich beidseitig an den Längswänden entlang, stapelten sich an der hinteren Giebelwand, oder lagen, mit Lesezeichen versehen, neben dem Bett.

Dem Schreibtisch gegenüber stand das alte Messingbett, auf das ihre Freundin Karin sie bereits mit den Worten »Nicht mal die Prinzessin auf der Erbse hätte an diesem Bett etwas auszusetzen!« vorbereitet hatte.

Pippa warf sich mit einem Jubelschrei in die Kissen, genoss die wohlige Wärme und kuschelige Weichheit – und war im nächsten Moment eingeschlafen.

Kapitel 4

Als Pippa am nächsten Morgen erwachte, war es noch dunkel. Regen prasselte aufs Dach, und ein stürmischer Wind peitschte die Zweige einer Golderle gegen die Giebelfenster. Pippa lag ganz still. Sie genoss die Wärme des komfortablen Bettes und die beruhigenden Geräusche der Natur. Keine Ablenkung. Hier gab es nichts, was sie von ihren Aufträgen abhielt. Hier war Zeit und Ruhe, die Haubentaucher fristgerecht flügge werden zu lassen.

Pippa kuschelte sich tiefer in die Kissen.

Sie erinnerte sich schwach, mitten in der Nacht aufgestanden zu sein, um etwas zu trinken zu holen. Danach war sie endlich aus Jeans und Bluse in den Schlafanzug geschlüpft. Sie war kurz vor das Haus getreten, um nach den Sternen zu sehen, aber das heranziehende Unwetter hatte die Juninacht verdunkelt. Schemenhaft sah sie das Anlegen eines Motorbootes am Landungssteg und hörte das Lachen einer Frau, die offenbar nur noch mit Hilfe ihres Begleiters gehen konnte. Um in ihrem Schlafanzug von den beiden nicht entdeckt zu werden, war Pippa in ihren Schlafgiebel zurückgeklettert, bevor das Pärchen an ihrem Haus vorbeikam. Beim Einschlafen hatte sie dem Himmel gedankt, dass sie Viktors Haushüterin sein durfte.

Pippa beschloss gerade, sich Laptop und Manuskript ins Bett zu holen und dem Haubentaucher in gemütlicher Atmosphäre zu Leibe zu rücken, als sie ein dicker Tropfen Wasser mitten ins Gesicht traf. Alarmiert riss sie die Augen auf und sah zu ihrem Entsetzen, dass an der Decke bereits ein zweiter Tropfen entstand, der sich aus einem stetig größer werdenden Wasserfleck direkt unter dem Dachbalken speiste.

Sie sprang auf, kletterte die Stiege hinunter und kam mit einem Kochtopf bewaffnet zurück. Auf dem Kopfkissen bildete sich bereits ein großer feuchter Fleck, und es sah ganz so aus, als würden die Tropfen immer schneller fallen. Pippa fluchte. Kein Wunder, dass Nante als Bezahlung für seinen Aufenthalt in Viktors Schrebergarten eine Dachreparatur angeboten hatte.

Pippa lief zur Glaswand und sah zu Luis' Häuschen hinüber. Trotz des immer stärker fallenden Regens konnte sie erkennen, dass das Erdgeschoss bereits hell erleuchtet war und dicker Rauch aus dem Schornstein quoll.

»Luis Krawuttke, ich fürchte, du bekommst ungebetenen Besuch und das, bevor die Töpfe voll sind«, murmelte Pippa.

Im Erdgeschoss war es kühl. Die Küchenuhr zeigte sechs Uhr. Pippa füllte den Kessel und setzte ihn auf den Gasherd. Dann nahm sie den großen, flachen Weidenkorb, der neben dem Ofen stand und flitzte durch den Regen ums Haus herum zu dem Verschlag, in dem das Brennholz lagerte. Mit gefülltem Korb rannte sie wieder zurück ins Trockene. Aber die Sintflut, die gerade auf Schreberwerder niederging, war schneller. Ihr Schlafanzug klebte regengetränkt an ihren Rundungen, und aus ihren Haaren tropfte es.

Pippa klapperten die Zähne vor Kälte. Als sie die Ofenklappe öffnete, entdeckte sie gerührt, dass Viktor den Ofen schon für sie vorbereitet hatte und ihr heldenhafter Sturz in die Fluten überflüssig gewesen war. Sie hielt ein Streichholz an die kunstvolle Papier-Holzscheit-Pyramide und sah erleichtert zu, wie das Feuer hell aufflackerte.

Pippa ging in den kleinen Badanbau und stellte sich unter die Brause. Erwartungsvoll drehte sie am Hahn – und wurde mit eiskaltem Wasser übergossen. Ihr gellender Schrei hallte über die ganze Insel.

Sie hatte gerade noch Zeit, sich bibbernd trocken und warm zu rubbeln, als sie hörte, wie ihre Haustür aufgerissen wurde und Luis jemandem Befehle zubellte.

»Du kiekst unten, icke oben! Pippa! Pippa, wo sind Sie? Wat is passiert?«

Zitternd vor Schreck und Kälte sah sich Pippa nach geeigneter Bekleidung um. Sie griff zu Viktors grüner Anglerhose und schlüpfte hastig hinein.

Bevor sie die nasse Schlafanzugjacke über ihren nackten Oberkörper zerren konnte, wurde die Badezimmertür aufgerissen und ein fremder junger Mann mit zotteligen Haaren und dem Gesichtsausdruck eines Kindes stand vor ihr.

»Hier ist sie«, hauchte er und starrte Pippa an, als wäre sie eine eben der Havel entstiegene Meerjungfrau.

»Ich habe gestern Abend vergessen, den Boiler vorzuheizen«, stotterte sie und zog den Latz der Gummihose noch ein wenig höher, um wenigstens das Notdürftigste zu verdecken.

In diesem Moment erschien Luis in der Tür und schob den Fremden aus dem winzigen Badezimmer.

»Juten Morjen, Jnädichste. Völlich richtich – bei diesem Wetter beißen de Fische am besten«, kommentierte er gutgelaunt ihren ungewöhnlichen Aufzug. »Können wa Ihnen sonst noch wat Jutet tun?«

Pippa sah peinlich berührt zu Boden und wollte zu einer Erklärung ansetzen, aber Luis wehrte mit der Hand ab. »Hauptsache, alles in Ordnung. Alte Leute brauchen nich viel Schlaf, und unser Herr X«, er zeigte mit der Hand hinter sich, »jeht imma erst im Morjenjrauen ins Bett. Se ha'm keen jestört.«

Pippa versuchte ein Lächeln und trat auf dem kalten Steinfußboden von einem Fuß auf den anderen.

»Der Kochtopf in Ihrem Bett hat schon allet erzählt. Zieh'n Se sich wat Warmes an, und wir kieken in de Zwischenzeit nach'm Dach. Schätze, Viktor hat verjessen, dat Leck zu stopfen.«

Während Pippa in Jeans und Pullover stieg, hörte sie durch die halb geschlossene Tür, wie Luis und der junge Mann die Dachreparatur besprachen.

Als sie in den Wohnraum kam, saßen die beiden am Tisch, hatten heiße Zitrone vor sich stehen und mampften Viktors Topfkuchen. Luis sah sich im Wohnzimmer um. Immer, wenn er einen ungewohnten Gegenstand erblickte, nickte er kaum merklich. Schließlich deutete er auf ein kleines, silbergerahmtes Porträtfoto. Pippa hatte es am Vorabend unschlüssig hin- und hergetragen. Nachdem es ihr auf dem Nachtkästchen zu nah gewesen war, hatte sie es kurzerhand mitten auf den Esstisch gestellt, um später einen passenderen Standort zu suchen.

»Wer is' denn der Adonis?«, fragte Luis, und Herr X blickte neugierig auf das Foto und dann auf Pippa.

»Mein ... Mann. Leonardo. Er wohnt in Italien. Florenz. Wir leben getrennt.«

Luis wiegte den Kopf. »Also Ex? Und dann stellste dir 'n Bild von ihm inne Bude, Mächen?« Mit dem Wechsel ins Berlinerische wechselte er ganz natürlich zum Du.

Pippa nahm das Bild in die Hand. »Ich dachte, wenn ich es jeden Tag sehe, gewöhne ich mich daran, dass es das Original in meinem Leben nicht mehr gibt ...«, sagte sie.

»Na, dat is woll 'ne Jeschichte, die ick bei mächtich heißem Schlehenwein janz ausführlich hören muss. Heute Abend, in meene Bude. Nach jetaner Arbeet.«

Pippa sah unglücklich auf Leos Bild und wusste nicht, was sie entgegnen sollte. Herr X kam ihr zur Hilfe. Er räusperte sich und sagte: »Wir fangen besser gleich mit der Reparatur an. Wird nicht lange dauern, dann ist alles wieder dicht. Ich ziehe neue Dachpappe auf und du sicherst, Luis. Und Viktors Freundin geht solange rüber zu mir und nimmt ein heißes Bad. Handtücher liegen in dem kleinen Einbauschrank gleich neben der Waschmaschine.«

»Jenau so machen wir et.«

Bevor Pippa protestieren konnte, hatte Luis ihr einen Regenschirm in die Hand gedrückt und sie aus der Haustür geschoben. »Wenn wa fertich sind, frühstücken wa zusammen.«

»Aber ich weiß doch nicht, wo Herr X ...?«, versuchte Pippa, zu protestieren. »Ich ...«

Luis grinste. »Keen Problem, immer dem Namen nach. Wirste schon sehen.«

Er verschwand im Haus, und Pippa machte sich auf den Weg. Es goss noch immer in Strömen, und der Regenschirm nutzte nur wenig. Sie notierte im Kopf, dass sie Karin anrufen und sie bitten musste, Ölzeug für sie mitzubringen.

Pippa marschierte den Mittelweg zwischen den Parzellen entlang, der »Dorfstraße« genannt wurde, und wo der Heidesand bereit schien, Unmengen von Flüssigkeit aufzunehmen, bevor er sich in eine Schlammwüste verwandelte.

Die Dorfstraße führte von der Anlegestelle und dem kleinen Platz mit Bank bis fast an das andere Ende der Insel. Sie endete in einem schneckenförmigen Heckenlabyrinth aus Weißdorn, Eibe und Liguster, in dem das Stromaggregat der Insel versteckt war.

Pippa passierte auf der rechten Seite ein protziges Tor mit einem wuchtigen Namensschild, das auch dem Eingang eines Schlosses zur Ehre gereicht hätte und verriet, dass diese Geschmacklosigkeit einer Familie Erdmann gehörte. Die Ausmaße der Parzelle hinter dem Eingangstor degradierten Luis' angrenzenden Garten zu zwergenhafter Größe. Direkt gegenüber lag Karins Parzelle. Zwischen ihrem Kleingarten und dem ihres Vaters gab es keinen Zaun, dennoch wirkte auch dieses Grundstück kümmerlich im Vergleich zu dem der Erdmanns.

Gleich darauf blieb Pippa vor Überraschung stocksteif stehen und starrte sprachlos auf das Bild, das sich ihr in der Parzelle neben Karins Garten bot: unzählige Skulpturen in X-Form, in unterschiedlichen Größen und verschiedensten Materialien. Holz, Speckstein, Metall, Keramik, naturbelassen oder mit bunten Ornamenten bildeten einen Jägerzaun der ganz besonderen Art. Sie betrat fast ehrfurchtsvoll den Garten. Hier standen Skulpturen in wilder Mischung – alle in der gleichen Form. Einige von Rosen umrankt oder ganz mit Moos verkleidet, andere hochglanzpoliert.

Pippa ging zur Haustür, der ein gläserner Windfang in Form eines Tipis vorgesetzt war, das dem Namen seines Besitzers alle Ehre machte. Pippa grinste.

Erst beim Eintreten bemerkte sie, dass der kleine Bungalow neuerer Bauart war als die Häuser auf den anderen Parzellen. Das Gebäude war mit dem Häuschen auf dem Nachbargrundstück wie ein Doppelhaus verbunden. Drüben war zu dieser Morgenstunde noch alles dunkel, aber die genaue Zeichnung der Beete und die besonders eben gehaltenen Wege, auf denen auch Gehbehinderte sicher vorankommen konnten, ließen vermuten, dass Dorabella dort das Regiment führte.

Sie ging durch die peinlich saubere Küche in einen Atelierraum mit Hunderten von Zeichnungen des Lieblingsobjektes des Künstlers an den Wänden und unzähligen Exponaten in allen Formen und Größen. Eine Hängematte mit Schlafsack zeigte, dass Herr X diesen Raum auch als Schlafzimmer nutzte. An einer Seite der Wand gab es eine Tür und einen großen Einbauschrank.

Die Tür führte ins Badezimmer und damit zum ersehnten, dampfend heißen Wasser. Für die nächste halbe Stunde dachte Pippa nur noch an wolkigen Schaum und paradiesisch wohlige Wärme.

Einen halben Arbeitstag später ging Pippa hungrig hinüber zu Luis' Mittagstisch und überlegte, wie sie sich angemessen für das geflickte Dach revanchieren konnte. Allerdings befürchtete sie, dass weder Luis noch Herr X etwas von Dankbarkeit hören wollten.

In Luis' Wohnraum gab es nichts als zwei große Tische mit Stühlen, eine professionell ausgerüstete Küchenzeile und eine Bar, die die gesamte Rückwand der Hütte einnahm.

Luis rührte in einem riesigen Topf, aus dem es nach Erbsensuppe duftete.

»Das ist ja wie eine richtige Kantine hier«, sagte Pippa und sah sich neugierig um. »Habt ihr kein Vereinsheim auf der Insel?«

»Dafür is Schreberwerder zu kleen«, erklärte Luis, »und als Eijentümer von unsere Parzellen fallen wa ohnehin nich unter das Bundeskleingartengesetz.«

Er zog den Topf vom Herd und begann, Wiener Würstchen hinein zu schneiden. »Da hab ick kurzerhand meine Hütte als Treffpunkt anjeboten. Zum Wohnen reichen ma der Jiebel und der Jarten. Die Bar habe ick beim Abwracken von eene Jacht erjattert. Herr X hat den Aufbau verschlankt, und schon war allet tutti. Der Rest is im Jägerzaun.«

Pippa ging zur Bar hinüber und entdeckte neben einigen ausgesuchten Whiskysorten noch Cognac, Sherry, Grenadine, Rum: alles, was man für einen guten Cocktail benötigte.

»Dorabella liebt et extravajant«, erklärte Luis, »se hat geniale Ideen für Mixjetränke. Schmecken immer. Wirste seh'n.«

Als er Pippas skeptischen Blick sah, griff er hinter die Bar und präsentierte ihr eine Flasche besten Sangiovese. »Wir catern ooch für Fernweh.«

Pippa schluckte einmal in Erinnerung an Italien und nickte dann. »Sehr gut. Dann gebe ich die Flasche zur Feier des Tages aus. Mein Einstand und mein Dank für ein trockenes Haus.«

Luis nickte anerkennend und stellte die Flasche auf den Tisch. »Heute kommen mehr zum Essen. Die Insel wird langsam voller. Feiertagswoche: Himmelfahrt.«

Pippa setzte sich an den Esstisch, von dem aus sie freien Blick auf den Landungssteg hatte, und beobachtete, wie die *Rieke* auf Schreberwerder zuhielt. Luis servierte ihr einen Teller Suppe, und Pippa löffelte begeistert.

»Das schmeckt wunderbar. Sie sind ein Genie!«

Luis schüttelte den Kopf. »Also, junge Dame: nich mehr siezen. Hier wird sich jeduzt. Die netten Leute jedenfalls. Und rück schon mal rum, gleich kommt Nante. Der hat wenich Zeit und sitzt immer jerne mit Blick uffe *Rieke*.«

Die Fähre hatte angelegt, und als Erstes stieg das Ehepaar aus, das Pippa am Tag zuvor auf der *Rieke* gesehen hatte.

»Die Marthalers«, sagte Luis erstaunt. »Wat wollen die denn heute schon hier?«

Auf dem Landungssteg griffen die Marthalers nach ihrem Gepäck und gingen los, ohne nach rechts oder links zu sehen. Ihre Gesichter sahen missmutig aus, und sie sprachen kein einziges Wort miteinander.

Eine sechsköpfige lebhafte Familie kam als Nächste. Alle trugen transparente Plastikregenmäntel in leuchtenden Farben. Durch die spitzen Kapuzen sahen die zwei Erwachsenen mit ihren vier kleinen Kindern wie eine Familie fröhlicher Zwerge aus, als sie, bepackt mit prall gefüllten Plastiktaschen, im Gänsemarsch den Steg entlangmarschierten.

»Die Kästners«, verkündete Luis. »Wohnen inne Borsigsiedlung uff 55 Quadratmeter, ohne Balkon. Wie im Karnickelstall. Die sind jede freie Minute hier. Kannste duzen.«

Pippa grinste. Duzen bedeutete also, die Qualitätskontrolle der Insulaner bestanden zu haben.

Jetzt entstiegen der *Rieke* ein Ehepaar und zwei Teenager, denen man deutlich ansah, dass sie jetzt lieber am anderen Ende der Welt wären, statt Zeit auf Schreberwerder zu vergeuden.

»Peschmanns.« Luis spuckte den Namen aus, als hätte er einen schlechten Geschmack.

Pippa drehte sich erstaunt um. »Nicht duzen?«

Luis schüttelte bestimmt den Kopf. »Dat ham die sich verscherzt.«

Er verschränkte die Arme vor der Brust und schob die Unterlippe vor. »Die verkoofen an Erdmann. Verräter.«

»Kommt das nicht immer mal wieder vor, dass jemand seinen Garten verkauft?«

»Nicht an Lutz Erdmann!«, sagte Luis heftig. »An jeden, aber nicht an Schmutz-Lutz!«

»Auf die Gefahr hin, dass ich von der Insel gejagt werde«,

tastete Pippa sich vorsichtig vor, »was genau ist so schlimm daran, dass die Peschmanns an Lutz …?«

Weiter kam sie nicht.

Luis sprang auf und begann, hin und her zu laufen. »Schlimm? Dat ist nicht schlimm, dat ist eine Katastrophe. Lutz macht vor nix halt. Der will alles. Die janze Insel. Wenn Peschmanns verkoofen, jehören dem schon vier Parzellen. Von zwölf!« Luis holte tief Luft. »Die Marthalers hatter ooch schon inne Mangel. Ida würd ja nicht verkoofen. Aber er, der Schluckspecht. Der macht allet zu Jeld. Leichtes Spiel für Lutz.«

In diesem Moment ging die Tür auf, und Dorabella kam herein. Sie war ohne Krücken unterwegs und sah sehr zufrieden und entspannt aus.

»Luis, was haben wir uns vorgenommen? Beim Essen nicht dieses Thema«, tadelte sie sanft.

Luis stellte Dora einen großen Teller Eintopf hin und machte ein zerknirschtes Gesicht.

»Meine Schuld. Ich will einfach alles wissen, was mit Schreberwerder zu tun hat«, verteidigte Pippa den Koch. »Es interessiert mich wirklich. Was will Lutz Erdmann denn mit den Parzellen?«

»Er will die ganze Insel in seinen Besitz bringen und dann ein Hanf-Hotel bauen!«, sagte Dorabella.

»Irjend so'n Öko-Quatsch, mit dem man de Leute de Kohle ausse Tasche zieht. Er will überall Hanf anpflanzen und damit kochen. Als ob der wat von Kochen vasteht!«, ereiferte sich Luis.

»Aber das ist doch illegal!«, entfuhr es Pippa. »Was soll das werden: ein Paradies für Kiffer?«

Dorabella lachte amüsiert. »*Der* Hanf doch nicht, meine Liebe.«

»Der andere, aus dem man Seile und Stoffe macht«, warf Luis ein. »Damit kann man anscheinend Jeld vadienen. Richtich viel Jeld.«

»Beruhige dich, Luis«, sagte Dorabella, »es gibt hier Gott sei Dank ein paar Leute auf der Insel, die niemals verkaufen werden, egal, welche Geschütze Lutz auffährt.«

»Lasst mich raten«, sagte Pippa, »Viktor, die Wittigs, Herr X und ihr.«

»Und die Kästners kricht'er ooch nich. Obwohl ... die habm nich viel Jeld uff de hohen Kante. Wenn der denen een Anjebot macht, dat se nich ablehnen können ...« Luis wiegte den Kopf. »Bei allen anderen bin ick ma ooch nicht sicha. Besonders bei Angelika, sie is 'ne ...«

Luis' Satz blieb unvollendet, denn Nante kam herein, stutzte einen Moment, zog dann seinen Südwester aus und setzte sich zu Dorabella und Pippa. »Was immer der alte Grantler Ihnen auch gerade erzählt hat, Pippa: Angelika ist eine sehr nette und wirklich attraktive junge Frau, die ...«

»... leider sehr beeinflussbar ist«, vollendete Dorabella den Satz und sah Nante bedeutungsvoll an, der ihrem Blick schnell auswich.

»Aber mit der Hälfte der Parzellen kann Erdmann doch nichts anfangen, oder?«, fragte Pippa.

Luis setzte sich wieder an den Tisch. »Natürlich nich. Aber der wird nich lockerlassen. Der Kerl ist vor ein paar Tagen Dorabella so uffe Pelle jerückt, dass wa eingreifen mussten. Dem trau ick allet zu. Der war schon als kleener Bengel een arroganter Drecksack.« Luis schnaufte wütend und trommelte mit den Fingern auf die Tischplatte. »Der jeht üba Leichen, jede Wette. Sein Vater is ooch ziemlich plötzlich jestorben.«

Dorabella seufzte betont theatralisch. »Bitte, Luis. Nicht

schon wieder diese alte Geschichte. Gib uns lieber noch einen Nachschlag von deiner köstlichen Suppe. Aber für mich keine Würstchen mehr, mein Lieber. Sonst passe ich später nicht mehr in meinen Rollstuhl.«

Während Luis ihrer Aufforderung nachkam, linste Pippa unauffällig auf ihre Armbanduhr.

Dorabella hatte ihren Blick aufgefangen und lächelte. »Und, Pippa, ich darf doch *du* sagen?«

Pippa nickte.

»Wenn ich hier fertig bin, würdest du mich dann nach Hause begleiten? Nante muss gleich wieder aufs Schiff, und Luis hat noch andere hungrige Mäuler zu füttern. Dann wird es hier für mich langweilig.«

Pippa grinste. »Ausgesprochen gerne. Meinen Rotwein trinken wir dann beim Sonnenuntergang, oder? »

Nante deutete nach draußen in den Regen. »Kein feuriger Sonnenuntergang heute. Das bleibt so bis morgen.«

Er grinste und deklamierte: »Und fehlt der Stadt der Sonnenschein, dann kehr auf Schreberwerder ein und trinke Pippas Einstandswein!«

Kapitel 5

Die nächsten zwei Tage waren nichts als Regen und Ruhe. Nichts tropfte mehr, und im Ofen knisterte und knackte das Holz. Pippa arbeitete beharrlich und mit Hilfe vieler Liter Tee. Sie hatte gerade ein besonders kniffliges Kapitel über Witterungseinflüsse auf das Paarungsverhalten der Haubentaucher abgeschlossen, als es an der Tür klopfte.

Sie stand auf, streckte ihre steifen Glieder und öffnete. Herr X lächelte sie schüchtern an und trat von einem Bein auf das andere. Er hielt einen schäbigen Karton an die Brust gedrückt.

»Komm doch rein«, sagte Pippa und öffnete einladend die Tür.

»Nur, wenn ich nicht störe.«

Sie schüttelte vehement den Kopf. »Ich habe für heute wirklich genug gearbeitet.«

Herr X errötete leicht und trat ins Haus. Er stand verlegen mitten im Raum und schien nicht weiterzuwissen.

»Setz dich doch. Tee?«

Herr X schüttelte den Kopf. Er stellte den Karton mitten auf den Tisch. »Für dich. Als Willkommensgeschenk.«

»Ach, das ist aber nett. Danke schön.«

Sie öffnete das Geschenk und tastete sich durch Holzwolle, bis ihre Finger auf etwas Glattes stießen.

»Vorsicht, zerbrechlich«, murmelte Herr X. »Darf ich?«

Als Pippa nickte, griff er in den Karton und zog ein gläsernes X heraus, das er vorsichtig auf den Tisch stellte. Er wühlte noch einmal durch die raschelnde Holzwolle und förderte zwei gläserne Stopfen zutage, wie man sie für angebrochene Weinflaschen verwendet.

»Für dich«, wiederholte Herr X und sah sie erwartungsvoll an.

Pippa sah ratlos auf das Geschenk.

»Gefällt es dir nicht?« Er sah enttäuscht aus.

»Doch, ich finde alles aus Glas sehr ... elegant.«

Herr X strahlte. »Du kannst es als Vase benutzen«, erklärte er, »oder als Likörkaraffe. Ganz wie du willst.«

»Ich könnte farbiges Wasser hineinfüllen und es auf die Fensterbank stellen«, schlug Pippa vor, »es sieht bestimmt schön aus, wenn die Sonne hindurchscheint.«

Wieder errötete Herr X.

Bevor das Schweigen unbehaglich werden konnte, deutete Pippa auf das gläserne X. »Kannst du von deiner Kunst leben?«

Er zuckte mit den Schultern. »Geht mal besser, mal schlechter. Ich brauche nicht viel. Ich baue im Garten viel Obst und Gemüse an. Parzelle und Haus gehören mir. Von Zeit zu Zeit verkaufe ich eine Skulptur. Das reicht. Und wenn es nicht reicht, biete ich einem neureichen Heini übriggebliebene Xe als moderne Gartenzaunskulptur an. Das funktioniert immer. Genau so, als ob Hundertwasser ein Haus anmalt.«

Aus diplomatischen Gründen verzichtete Pippa auf einen Kommentar dazu, dass Herr X sich mit Friedensreich Hundertwasser auf eine Stufe stellte. Stattdessen wechselte sie das Thema.

»Hat Lutz dir auch Geld für deine Parzelle geboten?«

Herr X schnaubte verächtlich durch die Nase. »Zwanzigtausend. Dieser Idiot kann einfach nicht begreifen, dass mir das Geld völlig gleichgültig ist. *Aber du lebst doch von der Hand in den Mund*, hat er gesagt, *für dich müssen zwanzigtausend doch ein Vermögen sein!* Dieser Kleingeist. Versteht rein gar nichts von den wahren Dingen des Lebens.«

»Immerhin hat er schon eine ganze Menge Unfrieden gestiftet zwischen den Insulanern«, sagte Pippa und dachte an Luis' Bemerkungen.

»Das kannst du laut sagen. Der gibt nicht so schnell auf. Morgen schmeißt er eine Riesenparty für uns Insulaner, um uns rumzukriegen.«

Pippa sah Herrn X erstaunt an. »Und da geht ihr hin?«

»Alle gehen hin. Um sein pompöses Buffet zu plündern und seinen Rasen zu zertrampeln. Dafür hören wir auch seinen Vorträgen zu und freuen uns bei einem gepflegten Glas Champagner, dass nichts draus werden wird. Hanf-Hotel! Braucht doch kein Mensch.«

Pippa wurde einer Antwort enthoben, weil die Glocke am Gartentor bimmelte. Ein etwa siebenjähriger Junge mit weizenblondem, zerzaustem Haarschopf kam zur Haustür gehüpft.

»Du bist Pippa Bolle«, verkündete der Knirps, »und du sollst nachher zum Essen kommen. Bei uns.«

Pippa sah lächelnd auf den Kleinen hinunter. »Und wo ist das?«

»Bei Mama und Papa. Du bist neu auf der Insel, und du sollst zum Grillen kommen. Wo ist denn Opa Viktor?«

»Der ist im Urlaub. Ich wohne solange in seinem Haus und passe ein bisschen auf.«

»Hm.« Der Junge spähte um Pippa herum ins Innere der Hütte. »Tag, Onkel X.«

»Tag, Emil«, erwiderte Herr X.

»Ich gehe dann mal wieder«, sagte Emil. Er sah Pippa forschend an und fragte dann vorsichtig: »Wenn du in Opa Viktors Haus wohnst, machst du dann alles genauso wie Opa Viktor?«

»Ich denke schon. Wie wäre es, wenn du mir später genau erklärst, was ›alles‹ ist, damit ich nichts falsch mache?«

Der Junge nickte eifrig. »Mach ich. Bis nachher dann.« Er drehte sich um und schickte sich an, zu gehen.

»Und wann ist nachher?«, fragte Pippa.

Emil hüpfte bereits in Richtung Gartentor. »Jetzt!«, rief er über die Schulter zurück und winkte dann jemandem außerhalb Pippas Blickfeld enthusiastisch zu.

Sekunden später kam Dorabella von Schlittwitz in Sicht. Sie stützte sich auf ihren Gehstock und ging langsam den Weg entlang auf Pippa zu. Sie zog einen kleinen Bollerwagen hinter sich her.

»Guten Tag, meine Liebe«, sagte Dorabella, »wie ich sehe, geben sich die Nachbarn hier die Klinke in die Hand. Hat Emil seine Neugier nicht mehr ausgehalten? Zauberhafter kleiner Junge.«

»Ich habe gerade erfahren, dass bei den Kästners Würstchen für mich auf dem Grill liegen.«

Dorabella lächelte und zeigte auf den Korb in ihrem Bollerwagen. »Ich bringe den Aperitif, meinen selbstgebrannten Himbeergeist.«

»Immer herein. Herr X ist auch gerade da.«

Pippa nahm den Korb und half Dorabella die zwei Stufen zum Haus hinauf.

Herr X und Dorabella begrüßten sich, und Pippa holte Schnapsgläser aus dem Küchenschrank.

»Möchte jemand Kaffee dazu?«, fragte Pippa.

»Mir genügt Alkohol«, sagte Herr X grinsend, der sich in Dorabellas Gegenwart sichtbar entspannte.

»Bloß keinen Kaffee, sonst bekomme ich heute Nacht kein Auge zu«, erklärte Dorabella, »und wenn ich etwas brauche, dann ist es mein Schönheitsschlaf.«

Herr X lachte. »Als ob du mit dem Einschlafen Probleme hättest, Dora. Und wenn, dann komme ich rüber und lese dir eine Gutenachtgeschichte vor.«

Zu Pippas Verwunderung stießen die beiden sich an und kicherten wie Verschwörer. »Versprochen?«, fragte Dorabella. »Dann bring mich mal zurück, damit Pippa zu den Kästners kann. Ich rieche Stephans Käsewürstchen bis hierher.«

Herr X reichte Dorabella galant den Arm, und die beiden verschwanden in der anbrechenden Dämmerung.

Fünf Minuten später schlenderte Pippa selbst die Dorfstraße entlang. Gleich neben Erdmanns Prunksitz stand »Die Peschmanns« auf einem Keramikschild am Gartentor. Die Besitzer waren damit beschäftigt, ihre Sachen zu packen. Vor der Hütte standen gefüllte Taschen und Kartons, durch das geöffnete Fenster dröhnte ein Staubsauger. Die Parzelle grenzte direkt an Erdmanns Grundstück, so dass er sich wie ein Ausschlag immer weiter ausbreiten konnte, wenn die Peschmanns an ihn verkauften.

»Hier sind wir!«, rief eine Kinderstimme von der Seite.

Emil Kästner stand im offenen Tor der nächsten Parzelle und grinste sie zahnlückig an.

»Oh, da wäre ich ja beinahe vorbeigelaufen. Wie gut, dass du aufgepasst hast«, sagte Pippa, und der kleine Junge strahlte stolz.

Pippa folgte ihm einen gepflasterten Weg entlang. Die Hütte der Kästners stand auf dem hinteren Teil der Parzelle, die wie mit einem Lineal in zwei Hälften geteilt war. Links lag der Nutzgarten mit Gemüse- und Kräuterbeeten, verschiedenen Beerensträuchern und Obstbäumen. Rechts war das Reich der Kinder, mit Rutsche und Sandkasten.

In einem aufblasbaren Planschbecken schwammen Plastikboote und eine Armada gelber Gummienten. Drei kleine blonde Kinder stritten um die einzige Schaukel, die am Ast eines großen Laubbaumes befestigt war. Auf einem gepflasterten Platz stand ein ebenfalls blonder, hochgewachsener Mann an einem Grill und wendete mit einer Grillzange die Fleischstücke und Würstchen auf dem Rost.

»Das sind meine Geschwister«, erklärte Emil, »Anton, Lotte und Luise.«

Pippa stutzte einen Moment, sah von einem Kind zum anderen und grinste dann. »Freut mich, endlich die echten Kästner-Kinder kennenzulernen.«

Emil hüpfte aufgeregt auf und ab. »Papi! Papi! Die Pippa Bolle ist da!« Der Mann am Grill sah hoch. Er kam lächelnd auf Pippa zu und streckte ihr die Rechte hin. »Willkommen bei den Kästners. Ich bin Stephan.«

Sie schüttelte die angebotene Hand. »Danke für die Einladung.«

Stephan Kästner nickte. »Viktor hat mächtig Werbung für dich gemacht. Wir sollen gefälligst nett zu dir sein.«

»Klingt wie eine Drohung«, scherzte Pippa.

Kästner lachte herzlich. »Ist es auch. Vor Viktor und Dorabella haben hier alle Respekt. Alle. Ohne Ausnahme. Sogar meine Holde.« Er wandte sich zum Haus und rief: »Gerdi! Unser Gast ist da!«

Eine sportlich wirkende junge Frau trat aus der Tür. Sie

hatte schwarze, zu einem Pferdeschwanz gebundene Haare, trug ein einfaches Shirt und über dem Knie abgeschnittene Jeans. Ihre ganze Erscheinung erinnerte Pippa an jemanden, aber ihr wollte nicht einfallen, an wen.

Gerdi begrüßte sie ebenso herzlich wie Stephan und bat Pippa an einen gedeckten Tisch. »Setz dich doch. Waldmeisterbowle?«

Pippa nickte und stellte zufrieden fest, dass hier allein Viktors Wort gereicht hatte, sie nahtlos in die Gruppe der erwünschten Personen einzureihen.

Dorabella und Herr X saßen bei Kerzenschein auf einem Samtsofa in Doras Häuschen. Vor ihnen standen zwei gefüllte Weingläser und eine zierliche Porzellan-Etagere mit Pralinen. Herr X holte aus einer Keramikdose ein paar getrocknete Blüten, zerrieb sie zu kleinen Krümeln und stopfte diese in eine langstielige Tabakspfeife, die er Dorabella reichte.

»Meine Liebe, dir gehört der erste Zug.«

»Nach dir«, sagte Dorabella.

Herr X knipste ein Feuerzeug an, hielt die Flamme an den gefüllten Pfeifenkopf und zog. Es knisterte leise, und Herr X inhalierte tief. Als er den Rauch ausblies, verbreitete sich süßlich-würziger Duft im Raum. Er reichte die Pfeife an Dorabella weiter und hielt die Flamme an den Kopf, während die alte Dame rauchte. Ihr Blick wurde verschwommen, und sie lehnte sich entspannt zurück.

Herr X kicherte. »Also wirklich! Kein Auge zubekommen! Schauspielerin!«

Die Pfeife wanderte noch einmal zwischen ihnen hin und her, dann legte Herr X sie im Aschenbecher ab. Er warf Dorabella, die mit geschlossenen Augen im Sofa lehnte, einen besorgten Blick zu. Als hätte sie es gespürt, öffnete sie die Augen.

»Geht es dir gut, Dora?«

Sie nickte. »Sieht man das nicht?«

Herr X lächelte. »Du hast mit Appetit Erbsensuppe gegessen, habe ich gehört. Das hat mich gefreut.«

Sie deutete auf die erloschene Pfeife. »Dank Mother Hemp. Was würde ich in meiner Lage nur ohne meine beste Freundin tun? Ich bin so froh, dass ihr mich mit ihr bekannt gemacht habt.«

»Ich möchte nicht wissen, was du gedacht hast, als wir dir davon erzählt haben«, sagte er.

Dorabella forderte ihn mit einer Geste auf, die Pfeife noch einmal zu stopfen. »Das kann ich dir sagen, mein Freund. Ich war entsetzt. Ich sollte Drogen konsumieren? Hasch rauchen?«

»Gras«, korrigierte er liebevoll.

Sie winkte ab. »Was auch immer. Drogen jedenfalls. Verbotene Drogen. Damals wusste ich ja nicht, dass es mir wirklich hilft, meine Krankheit auszuhalten.«

»Das konnten wir nicht mehr mit ansehen. Du bist immer dünner und schwächer geworden, weil du keinen Appetit mehr hattest«, erinnerte er sich.

Dorabella wurde ernst. »Ich kann verstehen, warum die jungen Leute gerne Gras rauchen. Es entspannt und macht friedlich.«

Herr X runzelte die Stirn. »Alles zur richtigen Zeit und am richtigen Ort. Ich möchte nicht von einem bekifften Autofahrer über den Haufen gefahren werden. Und viele Jugendliche fangen einfach zu früh damit an. Die werfen dann die Schule hin, weil sie morgens schon bedröhnt sind.«

»Aber für mich ist es ein Segen. Es hilft mir wie kein anderes Medikament. Ist es nicht widersinnig, dass ich ohne Probleme Morphium bekomme, von dem ich todsicher süchtig werde, mich mit diesem kleinen Pfeifchen aber strafbar mache?«

»Na, in deinem Alter würden sie dich bestimmt nicht in den Knast stecken.«

Er reichte ihr die Pfeife. Ihre Hände zitterten leicht, die blauen Adern standen stark hervor.

»Aber sie würden mir meine Pflanzen wegnehmen. Und dann …«

»Die sind in deinem Gewächshaus gut versteckt. Einseitig durchsichtiges Glas. Tolle Erfindung. Es kann nichts passieren.«

»Dein Wort in Gottes Ohr«, sagte Dorabella und ließ sich von ihm Feuer geben.

»Kann ich dir helfen?«, fragte Pippa.

Gerdi Kästner schüttelte den Kopf. »Ist alles fertig. Wir warten nur noch auf meinen Bruder – ah, da ist er ja. Dann können wir anfangen. Kinder! Hände waschen! Nante, hilfst du Stephan mit dem Fleisch?«

Pippa drehte sich verblüfft um. »Nante! Sie sind Gerdis Bruder? Deshalb kam sie mir so bekannt vor.«

Nante verbeugte sich vergnügt. »Sie ist die Ältere und Weisere. Und ich kann besser dichten.«

»Ihr siezt euch?« Stephan warf einen amüsierten Blick auf Nante und Pippa. »Aber nicht in Parzelle 7.«

Ein paar Minuten später saßen alle an der Tafel. Schüsseln mit Kartoffel- und Tomatensalat wurden herumgereicht, jeder nahm sich Fleisch und Bratwürstchen von der großen Platte in der Mitte des Tisches.

»Wohnst du bei Opa Viktor?«, fragte Anton, der trotz

seiner knapp fünf Jahre Würstchen am laufenden Meter vertilgte.

»Nur, solange Opa Viktor im Urlaub ist », sagte Pippa.

»Machst du auch alles so wie Opa Viktor?«, piepste Luise, das lebhaftere der Zwillingsmädchen.

»Das hat Emil mich auch schon gefragt. Ich hoffe, ihr helft mir alle, damit ich nichts falsch mache.« Pippa sah Emil an.

Der Junge schielte zu seiner Mutter hinüber. »Wir helfen Opa Viktor im Garten. Unkraut zupfen und Hühner füttern, Gras zusammenrechen, wenn er gemäht hat. Oder wir pflücken die Erdbeeren und Johannisbeeren.«

»Klingt ganz so, als wäre ich da ebenfalls auf eure Hilfe angewiesen.«

Die Kinder warfen sich besorgte Blicke zu. Pippa ahnte, dass ihr eine wesentliche Information fehlte. Sie wollte gerade nachfragen, als Nante sie vielsagend ansah. Pippa kombinierte: Viktor hatte den Kindern offenbar ein paar Cent für ihren Einsatz gegeben. Die Kästners machten nicht den Eindruck, als könnten sie es sich leisten, vier Kindern Taschengeld zu zahlen.

»Ich werde alles *genau* so machen wie Opa Viktor, das verspreche ich euch.«

Die Geschwister strahlten erleichtert. Das schon fest verschlossen geglaubte Tor zu Brausebonbons, Schaumwaffeln und Lakritz war wieder geöffnet.

Jetzt hielt es die Kinder nicht mehr auf den Stühlen. Auf ein Nicken ihres Vaters liefen alle vier zurück zum Sandkasten.

»Nur noch fünf Minuten«, rief Gerdi den Kindern hinterher. »Dann ab ins Bett.«

»Hoffentlich weißt du, was da alles auf dich zukommt,

Pippa. Die vier können sehr anhänglich sein.« Nante lächelte. »Und sie suchen immer jemanden, der ihnen vorliest. Eine echte Tortur, von der man nur wieder loskommt, wenn Herr X oder Dorabella ablösen.«

Stephan Kästner zwinkerte in die Runde. »Apropos Herr X. Heute Nacht war wieder Vollmond, habe ich gehört.«

Er und Nante prusteten los.

»Vollmond?«, fragte Pippa erstaunt. »Gestern war Neumond.«

Gerdi rollte mit den Augen. »Ihr Kindsköpfe. Findet ihr es lustig, unseren Gast zu veräppeln? Du musst wissen, Pippa: *Vollmond* hat hier eine ... andere Bedeutung.«

Stephan kicherte, und Nante erklärte: »Herr X badet heimlich in Erdmanns Pool, wenn der nicht da ist. Nackt.« Er machte eine Kunstpause und forschte in Pippas Miene nach einer Reaktion. Dann fuhr er fort: »Und wenn sein Allerwertester in der Nacht leuchtet ...«

»... dann ist auf Schreberwerder Vollmond!«, vervollständigte Gerdi den Satz ihres Bruders und grinste.

Pippa ließ sich von der allgemeinen Heiterkeit anstecken und lachte mit. Die Vorstellung, wie der schüchterne Herr X splitterfasernackt durch die Nacht schlich, um in Lutz Erdmanns Luxuspool seine Bahnen zu ziehen, hatte ihren Reiz.

»Hallo, Nachbarn!«

Pippa reckte den Hals, um zu sehen, wer gerufen hatte. Am Zaun, der die Kästnersche Parzelle vom Grundstück der Peschmanns trennte, stand die Frau, die Pippa tags zuvor mit ihrer Familie beim Verlassen der *Rieke* gesehen hatte.

Nante und Stephan reagierten nicht, aber Gerdi Kästner sagte knapp: »Tag, Pia. Was gibt's?«

»Wir räumen unsere Hütte aus, aber wir können nicht

alles mitnehmen. Wollt ihr mal gucken, ob ihr irgendetwas gebrauchen könnt?«

»Die feinen Herrschaften«, grollte Nante leise, »wollen den alten Krempel wohl nicht mehr, wo sie jetzt Aussicht auf Erdmanns Geld haben.«

»Nante!«, mahnte Gerdi. Dann rief sie laut: »Für uns nicht, Pia, die Hütte platzt schon aus allen Nähten. Aber danke, dass du an uns gedacht hast.«

Pia Peschmann wollte sich schon umdrehen, als Pippa spontan aufstand und sagte: »Ich würde das Angebot sehr gern annehmen, wenn ich darf. Ich bin Pippa Bolle. Ich hüte Viktor Hausers Parzelle, solange er unterwegs ist.«

Sie war neugierig, die Verräter näher kennenzulernen.

»Gern«, erwiderte Pia Peschmann, »komm rüber.« Sie winkte den Kästners noch einmal freundlich zu und ging dann wieder in ihr Häuschen.

»Ihr nehmt es mir doch nicht übel, wenn ich mir die Sachen mal ansehe?«, fragte Pippa ihre Gastgeber.

»Natürlich nicht. Schön, dass du bei uns warst.« Gerdi lächelte.

»Du willst doch nicht wirklich zu denen da drüben ...«, fuhr Nante auf, wurde aber von seiner Schwester mit einem erneuten scharfen »Nante!« gebremst. Stephan sagte nichts.

»Danke, dass ich euer Gast sein durfte«, verabschiedete sich Pippa, »ich revanchiere mich, versprochen.«

Alle persönlichen Gegenstände hatte die Familie bereits eingepackt, und ihr Häuschen sah nackt und unbewohnt aus.

Pia Peschmann schüttelte Pippa die Hand. »Ich heiße Pia.«

»Ich bin Pippa.«

»Ein schöner Name – Pippa. Ungewöhnlich. Englisch?«

Pippa nickte. »Meine Mum ist Britin mit einer ausgeprägten Vorliebe für Namen, die es nicht nur in Deutsch und Englisch gibt, sondern die auch Doppelkonsonanten enthalten. Mein Vater zieht meine Mutter regelmäßig damit auf, dass er bei ihr nur eine Chance hatte, weil er Bolle heißt.«

Pippa blickte sich neugierig um. »Und das wollt ihr alles zurücklassen? Die Möbel sind doch in Ordnung.«

»Wir ziehen nach Toulouse«, erklärte Pia, »mein Göttergatte arbeitet bei Airbus. Bisher ist er wochenweise gependelt, aber wir haben uns entschieden, endlich mitzugehen. Und jetzt fangen wir langsam an, unsere Zelte in Berlin abzubrechen.« Sie seufzte. »Ich werde Schreberwerder furchtbar vermissen. Aber je konsequenter ich mich trenne, desto besser.«

Ein verschwitzter Mann kam zur Tür herein. Er stutzte bei Pippas Anblick.

»Darf ich vorstellen? Jochen, mein Mann. Jochen, das ist Pippa. Sie hütet Viktors Parzelle, solange er in ...?« Sie sah Pippa hilfesuchend an.

»Italien«, soufflierte Pippa.

»In Italien ist«, beendete Pia Peschmann ihren Satz.

»Freut mich«, sagte Jochen Peschmann. »Deine Bekanntschaft zu machen, meine ich. Nicht, dass Viktor in Italien ist.« Er lachte. »Ich rede wirres Zeug. Einfach nicht auf mich hören. Dieser Umzug macht mich konfus.«

»Bist du draußen fertig?«, fragte Pia, und ihr Mann nickte.

»Dann ab unter die Dusche, und ich mache uns einen Tee. Du auch eine Tasse, Pippa?«

Pippa nickte. Ihre Neugier wuchs mit jeder Minute, die sie in der Gesellschaft der beiden verbrachte. Durch die offene Aversion der übrigen Inselbewohner den »Verrätern«

gegenüber hatte sie sich das Ehepaar anders vorgestellt: kleingeistig, geldgierig, ohne Moral.

Pia stellte eine Dose mit Keksen und drei angeschlagene Porzellanbecher auf den einfachen Esstisch. »Du musst entschuldigen, die Tassen sind etwas rustikal, aber das meiste ist schon in Kartons.«

»Auf den Inhalt kommt es an, nicht auf die Verpackung«, sagte Pippa und setzte sich.

Jochen tauchte in frischer Kleidung und mit feuchten Haaren wieder auf.

»Du arbeitest in Toulouse? Die Gegend soll ja sehr schön sein.«

»Ich zeige dir Fotos!« Pia sprang auf und verschwand im Nebenraum.

»Ich liebe die Stadt«, sagte Jochen, »sie ist jedem gegenüber tolerant. Ein bisschen wie Berlin.«

Pippa zuckte innerlich zusammen.

Sie konnte nur hoffen, dass niemand je herausfand, wie weit sie sich von dieser Toleranz entfernt hatte, als sie bereit gewesen war, die Meinung der anderen über die Peschmanns völlig kritiklos zu übernehmen. Sie blätterte durch das Fotoalbum, das Pia ihr gebracht hatte, und betrachtete interessiert die wunderschönen Landschaftsaufnahmen des Canal du Midi, der Garonne und der Montagne Noir.

Jochen strahlte Pippa an. »Wir suchen bereits nach einem passenden Haus in der Umgebung von Toulouse. Mit den fünfundzwanzigtausend, die uns Erdmann für unsere Parzelle versprochen hat, kommen wir unserem Traum ein ganzes Stück näher. Damit könnten wir eine ordentliche Anzahlung leisten.«

Unter den Dingen, die den Umzug nach Frankreich nicht

mitmachen würden, entdeckte Pippa nicht nur einige Kerzenständer, die ihr gefielen, sondern auch einen breitkrempigen Sonnenhut mit roter Schleife samt riesiger Hutnadel. Voll bepackt machte sie sich in der Dunkelheit auf den Heimweg.

Es war der erste wirklich warme Juniabend, und der feine Sand knirschte unter ihren Schritten, als sie auf Viktors Haus zuging. Sie dachte daran, wie sehr sie sich auf Karin freute, als eine Männerstimme sie unvermutet ansprach.

»Pippa Bolle, nicht wahr?«

Sie fuhr erschrocken herum, und zwei der Kerzenständer landeten im Sand.

Ein Mann, etwas jünger als sie selbst, war auf den Weg getreten. Er lächelte und deutete eine Verbeugung an. »Wenn ich mich vorstellen darf: Lutz Erdmann. Und Sie sind die junge Dame, die Viktors Platz eingenommen hat, möchte ich meinen.«

»Stimmt«, sagte Pippa, während sie darauf wartete, dass ihr Gegenüber sich als Kavalier erwies und die Kerzenständer aufhob, damit sie den Rest ihrer Ladung nicht auch noch verlor.

Erdmann trug einen Anzug und feine Lederschuhe. Er hatte viel Gel gebraucht, um seine Naturkrause zu bändigen, was ihn etwas unseriös wirken ließ. Aber da Pippa heute schon einmal auf ihre Vorurteile hereingefallen war, ermahnte sie sich, keine voreiligen Schlüsse zu ziehen.

»Machen Sie mir bitte die Freude, zu meiner Party morgen Abend zu kommen. Gern in Begleitung.« Er machte eine Pause und schmalzte: »Eine so attraktive Frau wie Sie ist doch bestimmt nicht allein auf der Welt ...«

»Ich komme gern, Herr Erdmann«, sagte Pippa und ließ

ihren Blick demonstrativ zu den Kerzenständern hinunterwandern.

Hastig bückte er sich, hob mit spitzen Fingern die staubigen Gegenstände auf und legte sie Pippa in den Arm.

Pippa nickt ihm zu und ging weiter.

Lutz Erdmann starrte Pippa Bolle aus zusammengekniffenen Augen hinterher. Er rang um Fassung.

Gerade noch hatte er geglaubt, alle Komponenten der komplizierten Schreberwerder-Gleichung zu kennen, da tauchte im wahrsten Sinne des Wortes eine Unbekannte auf.

Eine Unbekannte, die sich erdreistete, ihn aufzufordern, altes Gelumpe aus dem Dreck zu klauben. Sie sollte mal ein paar Kilo abnehmen, dann müssten sich nicht andere für sie bücken. Etliche Kilo, für seinen Geschmack. Seinem Beuteschema entsprach diese Frau definitiv nicht, aber wenn er seinen speziellen Charme bei ihr einsetzen musste, um an Viktors Parzelle zu kommen, würde er das tun. Er sollte sich an sie heranmachen, bevor sie unter den Einfluss der Schlittwitz-Hexe geriet. Aber auch für die Alte hatte er noch eine kleine Überraschung in petto, die ihr die Entscheidung, doch noch an ihn zu verkaufen, deutlich erleichtern würde.

Lutz lachte leise. Vielleicht dauerte es so etwas länger, aber er würde jede einzelne Parzelle kriegen, eine nach der anderen. Und wenn er die Dicke mit dem albernen Sonnenhut dafür flachlegen musste, würde er auch das tun.

Kapitel 6

Der nächste Tag begann mit einem wunderbaren Sonnenaufgang. Pippa beschloss, vor dem Frühstück einen Spaziergang zu machen. Die Insel schien noch zu schlafen, lediglich ein paar Vögel begrüßten, lauthals zwitschernd, die Sonne. Langsam schlenderte Pippa die Dorfstraße entlang und folgte dem verschlungenen Weg des Heckenlabyrinths bis in dessen Mitte. Dorabella hatte ihr erzählt, dass Herr X das Labyrinth entworfen und gepflanzt hatte. Ihre Stimme hatte dabei wie die einer stolzen Mutter geklungen. Die Mission war geglückt: Die Hecken verbargen perfekt den hässlichen Transformator.

Pippa kam um die letzte Biegung vor dem Mittelpunkt des Labyrinths und stand unerwartet vor einem jungen Mann, der vor einer Holzbank auf dem Boden hockte und etwas vergrub. Er trug eine weite Jeans und hatte die Kapuze seiner Sweatshirtjacke über den Kopf gezogen. Pippa keuchte erschrocken. Der Mann fuhr hastig hoch. Erst jetzt sah sie, dass in einem kleinen Loch in der Erde ein kistenförmiger Gegenstand lag, der in eine Plastiktüte eingewickelt war.

»Was … was tun Sie hier? Wer sind Sie?« Ihr Herz klopfte bis zum Hals, aber sie wich nicht zurück, auch wenn es sie größte Überwindung kostete. Sie fühlte sich unbehaglich, weil sie wegen der Kapuze kaum etwas von seinem Gesicht sah.

Der junge Mann stand auf, lächelte und sagte: »Guten

Morgen. Tut mir leid, wenn ich Sie erschreckt habe. So früh am Morgen hätte ich hier niemanden erwartet.«

»Was tun Sie hier?«, wiederholte Pippa ihre Frage.

Der junge Mann bückte sich und hob den Gegenstand aus der Grube. Aus der Tüte zog er eine kleine Metallkiste. »Ich bin Geocacher. Ich richte einen neuen Cache ein. Sehen Sie?« Er öffnete den Deckel der Kiste. »Das ist mein Hobby.«

»Kisten vergraben?«, fragte Pippa zweifelnd.

Der junge Mann lächelte wieder. »Das trifft es nicht ganz. Diese Kiste hier, das ist ein Cache. Überall auf der Welt sind solche Kisten versteckt, und der Spaß besteht darin, sie zu finden. Die Positionen sind im Internet nachzulesen, und für die Suche danach benutzt man ein Navigationssystem. Allein in Berlin und Umgebung gibt es Tausende solcher Verstecke. Ein wenig wie früher die Schnitzeljagd. Und jetzt richte ich diesen neuen Cache ein, damit die Leute mal eine wirklich harte Nuss zu knacken haben.«

»Und dann graben Sie das Ding aus, sehen es sich an und buddeln es wieder ein?«

Er schüttelte den Kopf. »Das wäre langweilig. Hier, schauen Sie mal rein.«

Er hielt ihr die geöffnete Kiste unter die Nase. Pippa sah ein Sammelsurium von Dingen: zwei große Knöpfe, eine gelbe Gummiente, einen Fahrplan der *Rieke*, einen benutzten Fahrschein und eine abgegriffene Taschenbuchausgabe von Erich Kästners *Emil und die Detektive*. Am Boden der Kiste lag ein dickes weißes Kuvert. Pippa sah ihr Gegenüber fragend an.

»Also, der Clou ist: Sie wählen etwas aus dem Angebot aus und tun etwas Neues hinein. Und dann posten Sie das im Internet. Und immer so weiter. Eigentlich können Sie das in fast jedem Land der Erde tun.« Er zuckte mit den Schultern. »Macht Spaß, ehrlich.«

»Und den gesamten Grundstock haben Sie jetzt hineingetan?«

»Genau.«

»Und was ist in dem Umschlag? So eine Art Lageplan?«, fragte Pippa neugierig.

»Das erfährt nur derjenige, der diesen Briefumschlag gegen einen anderen Gegenstand austauscht.«

»Dann werde ich wohl auch mal auf Schatzsuche gehen müssen«, sagte Pippa. Sie verabschiedete sich von dem jungen Mann und schlenderte langsam zu Viktors Parzelle zurück.

Erst viel später fiel ihr auf, dass sie den jungen Mann nicht gefragt hatte, ob es denn erlaubt sei, auf einer Privatinsel einen Schatz zu vergraben. Und wie er vor dem ersten Anlegen der *Rieke* nach Schreberwerder gekommen war.

Aber da saß sie bereits auf der kleinen Terrasse hinter dem Haus und hoffte, sich darauf verlassen zu können, dass das Schild mit der Aufschrift *Bitte nicht stören* am Gartentor seinen Dienst tat.

Von ihrem Platz aus hatte sie freie Sicht auf den Anleger, wo reges Treiben herrschte. Nicht nur die *Rieke* kam regelmäßig vorbei, auch private Boote legten an und brachten Menschen und Material für Erdmanns große Party. Ein kleiner Mann in Kochkleidung dirigierte lautstark und mit beiden Armen fuchtelnd die Anlieferung großer Kisten auf Rollbrettern, die unter lautem Rumpeln über den hölzernen Steg gefahren wurden. Die Kästner-Kinder lungerten auf dem Dorfplatz herum und beobachteten neugierig den ungewohnten Rummel.

Ein schickes kleines Schnellboot brauste heran, sprühte Gischt über den Landungssteg und brachte einen Mann im eleganten Seidenanzug, der einen teuer wirkenden Aktenkoffer trug. Mit eiligen Schritten strebte er über den Anleger und wurde am Dorfplatz von Lutz Erdmann in Empfang genommen.

»Lutz«, sagte der Mann im Seidenanzug mit einer knappen Verbeugung, »dein Anwalt und Notar steht zu deiner Verfügung.«

Lutz Erdmann schlug seinem Gegenüber jovial auf die Schulter.

»Gut, dass es noch geklappt hat, Christian. Ich dachte schon, unser schöner Plan löst sich in Wohlgefallen auf.«

Der Anwalt lachte. »Keine Sorge. Ich habe alles Notwendige dabei. Ich kassiere heute Abend jeden ein, der laut über den Verkauf seiner Parzelle nachdenkt. Sieh du nur zu, dass reichlich Alkohol fließt – und du meine Provision rechtzeitig überweist.«

Erdmann grinste. »Mit dem, was ich auf die Insel geschafft habe, können wir ganz Berlin betrunken machen. Bist du sicher, dass alles legal ist?«

Der Anwalt nickte. »Handschlag-Vertrag, das ist das Stichwort. Es gilt das sogenannte gesprochene Wort. Und wenn ich dann zufällig in der Nähe bin und das bezeugen kann ...«

Die beiden Männer lachten und gingen gemeinsam Richtung Erdmanns Parzelle.

Einige Stunden später kamen die Wittigs. Pippa flitzte aus dem Garten und den Steg entlang, um ihre Freunde zu begrüßen.

»Frau Wittig!«

»Frau Bolle-bei-Hauser!«

Pippa und Karin fielen sich in die Arme.

Matthias grinste. »Schön, wenn man sich nach langen Jahren wiedersieht!«

»Tag, Matthias. Na, ihr beiden?« Pippa umarmte kurz Lisa und Sven. »Kann ich euch tragen helfen?«

Karin schüttelte den Kopf. »Wir haben nicht viel dabei, es sind ja leider nur anderthalb Tage. Außerdem schlagen wir uns heute bei Lutz den Bauch voll.«

»Bei all dem Zeug, das schon den ganzen Tag auf die Insel geschleppt wurde, muss wirklich niemand befürchten, dass er verhungert oder verdurstet«, sagte Pippa.

Die beiden Freundinnen schlenderten langsam der übrigen Familie hinterher. Matthias, Lisa und Sven waren bereits an ihrer Parzelle angelangt und öffneten das Gartentor.

»Tee?«, fragte Pippa.

»Sehr, sehr gern«, antwortete Karin. »Ich komme zu dir, ja?«

Zehn Minuten später sah Karin sich neugierig in der Hütte ihres Vaters um. Sie grinste, als sie das Porträt von Leo entdeckte und sagte: »Stimmt ja, ich habe noch etwas für dich.« Sie zog einen Brief aus ihrer gehäkelten Umhängetasche, einem grellblauen Ungetüm von Muttertagsgeschenk, das sie ihrer Tochter Lisa zuliebe ständig benutzte. »Hier. Für dich.«

Pippa nahm den Brief entgegen. Ihre Hand zitterte leicht. Leos schöne, geschwungene Handschrift auf dem Umschlag berührte sie mehr, als sie erwartet hatte. Sie legte den Brief auf den Schreibtisch, ohne ihn zu öffnen.

»Gar nicht neugierig?«, wollte Karin wissen.

»Ach, den lese ich später«, sagte Pippa leichthin und wich

dem forschenden Blick ihrer Freundin aus. »Setz dich. Ich freu mich so, dass du hier bist. Endlich wieder ein vertrautes Gesicht.«

»So schlimm?« Karin lachte. »Eigentlich sind doch alle ganz nett. Aber ich habe auch noch nie dauerhaft hier gewohnt. Keine Ahnung, wie es ist, wenn das tagelang die einzigen Menschen sind, die man zu Gesicht bekommt.«

»Nein, nein, das sind wunderbare Leute hier. Luis, Dorabella, die Kästners, Herr X ...«

Pippa deutete mit dem Daumen auf die Fensterbank hinter sich, auf der das gläserne X in der Sonne schimmerte. Pippa hatte es mit Wasser gefüllt und zwei Rosenblüten in die Arme gestellt. »Geschenk!«

»Uuuuh ...«, raunte Karin mit spitzen Lippen, »da hat aber jemand mächtig Eindruck gemacht. Ich kann mich nicht erinnern, dass Herr X jemals ein persönliches X verschenkt hat. Hut ab.«

»Du denkst doch nicht etwa ...« Pippa verstummte erschrocken.

»Dass X in dich verknallt ist? Sprich das Unaussprechliche ruhig aus, meine Liebe!«

»Nie im Leben. Er denkt, in mir eine verwandte Seele gefunden zu haben. Eine Künstlerin, die am Rande des Existenzminimums vegetiert – genau wie er selbst. Das ist alles. Verliebt? Niemals!«

»Kann ich mir, ehrlich gesagt, auch nicht vorstellen«, gab Karin zu, »ich habe noch nie eine Frau bei ihm gesehen.« Sie nippte am heißen Tee, lehnte sich zurück und streckte die Beine aus. »Ah, es ist wunderbar, mal wieder da zu sein. Und dass du hier bist, macht es für mich perfekt. Wenn meine Familie mir zu viel wird, komme ich zu dir und bin in Sicherheit. Ein Traum!«

Sie schwiegen eine Weile und genossen es, nebeneinander auf dem Sofa zu sitzen.

»Hast du Lutz Erdmann schon getroffen?«

Pippa verdrehte die Augen und tat so, als müsste sie würgen. »Was für ein Widerling. Er hat mir die Hand abgeleckt und geschleimt, als wollte er mich in sein Bett quatschen.«

»Rechne mit dem Schlimmsten. Der Kerl ist zu allem fähig«, sagte Karin. »Dabei kalt wie eine Hundeschnauze. Du solltest sehen, wie er mit Angelika Christ umgeht. Für ihn ist sie lediglich *Parzelle 6*. Nur merkt sie das leider nicht. Grauenhaft. Die Marthalers bringt er mit seinem Kaufangebot für ihre Parzelle an den Rand der Scheidung. Es gibt auch noch andere Geschichten über ihn. Zum Beispiel über den Tod seines Vaters. Der alte Erdmann war ein Ehrenmann von altem Schrot und Korn. Unbegreiflich, dass so eine Kröte wie Lutz sein Sohn sein soll.«

»Hat er noch Geschwister?«

»Gott bewahre. Mehr von der Sorte würde unsere schöne Mutter Erde nicht verkraften.« Karin sah auf die Uhr. »Ich muss mal rüber. Ich gehe nicht davon aus, dass die Insel-Kinder zur Party eingeladen sind. Oder hast du etwa eine Hüpfburg in seinem Garten gesehen?«

Pippa schüttelte den Kopf. »Keine Clowns, keine Luftballons, keine Hüpfburg.«

»Typisch Lutz. Für den existieren Kinder nicht. Dann müssen Sven und Lisa heute Abend ran und Aufpasser spielen. Ich geh rüber zu Gerdi und kläre, ob die Kinder bei denen oder bei uns schlafen.«

Sie erhob sich vom Sofa und musterte Pippa kritisch. »Was ziehst du denn an?«

»Nichts Besonderes. Irgendwas halt. Und meinen neuen Sonnenhut.« Pippa fischte das Peschmann'sche Wagenrad vom Regal. »Schau mal, diese Hutnadel ist ein Gedicht. Ich werde einfach ein bisschen Gemüse aus dem Garten feststecken und ...«

Karin stemmte empört die Hände in die Hüften. »Untersteh dich. Wir machen heute Eindruck. Ich habe jede Menge Flitterkram dabei. In zwei Stunden bin ich wieder hier, und dann schrillen wir uns auf. Da kenne ich keine Gnade.«

Ohne eine Antwort abzuwarten, fegte sie aus der Tür.

Pippa blieb auf dem Sofa zurück. Aus dem Augenwinkel sah sie zu dem Kuvert aus cremefarbenem Bütten hinüber: ihre Adresse mit Tinte geschrieben, sepiafarbene Tinte, die Leo für private Briefe benutzte. Es drängte sie, den Brief zu lesen, aber gleichzeitig hatte sie Angst davor.

Sie stand auf und ging in die Küche, um sich einen Espresso zu machen. Diese Situation erforderte ein heißes, starkes Getränk.

Mit der winzigen Tasse ging sie zurück und setzte sich an den Schreibtisch. Zögernd öffnete sie das längliche Kuvert und zog den Briefbogen heraus. Dann schlürfte sie vorsichtig das brühheiße Gebräu, atmete tief durch und las: »Cara mia, bitte komm zu mir zurück. Ich werde mich ändern. Das Haus ist leer ohne Dich. Ti amo, carissima. Ich lege Dir mein Herz zu Füßen ... Leo.«

Pippa seufzte. Sie wünschte, Leo würde endlich aufgeben und sie zufrieden lassen. Die Trennung war ihr nicht leichtgefallen, aber sie hatte nun einmal den Wunsch, mit jemandem zu leben, der die Worte des Briefes nicht nur schrieb, sondern auch lebte. Wie viele Geliebte, glaubte Leo, konnte sie noch ertragen?

Sie nahm den Brief, stopfte ihn in den Holzofen und hielt ein brennendes Streichholz daran. Leos Brief verschwand als kleines Rauchwölkchen durch den Schornstein aus Pippas Leben.

Einer nach dem anderen trafen die Partygäste ein. Lutz Erdmann stand am Gartentor und begrüßte jeden einzelnen mit Handschlag. Neben ihm wartete ein Kellner mit einem gefüllten Tablett darauf, die Gäste zu bewirten.

»Hoffentlich gibt es hier auch ein anständiges Bier«, murmelte Stephan Kästner, als er ein filigranes Champagnerglas in die Pranke gedrückt bekam.

Pippa und Karin ließen sich den Champagner schmecken und stießen mit Dorabella an, die in eleganter Abendrobe erschienen war. Ihre weißen Haare waren sorgfältig hochgesteckt, und sie hatte Rouge und Lippenstift aufgetragen.

»Dora, du siehst bezaubernd aus«, sagte Karin, »hast du heute noch ein Rendezvous oder willst du nur Erdmann um den Finger wickeln?«

»Wer weiß ...« Dorabella lächelte geheimnisvoll. »Aber ich gebe das Kompliment gern an euch zurück.« Sie deutete auf Pippas Kopfbedeckung und nickte anerkennend. »Sehr apart, meine Liebe. Wunderbar zu deinen Haaren.«

Die Kappe hatte Pippa vor Jahren auf einem Amsterdamer Flohmarkt gefunden. Sie erinnerte an das Hütchen, das Robin Hood in Hollywoodfilmen trug, war aber aus pflaumenfarbenem Samt. Eine verwegene Fasanenfeder, die sie mit ihrer neuen Hutnadel befestigt hatte, ragte wie eine Antenne in die Luft. Dazu trug sie aus der aktuellen Kollektion der Kasulke-Schwestern ein fließendes beerenfarbenes Kleid, das mit kleinen maigrünen Blümchen übersät war.

Als alle Anwesenden mit Getränken versorgt waren, stellte sich Lutz Erdmann auf ein kleines Podest und bat um Ruhe.

»Mein lieben Nachbarn, darf ich um Ihre geschätzte Aufmerksamkeit bitten?«

Pippa fiel auf, dass Lutz niemanden duzte.

»Bitte, nehmen Sie Platz«, sagte er und deutete auf einige Stühle, die vor dem Podest in Reihen aufgestellt waren. Hinter Lutz war eine Tafel aufgebaut, die mit einem Tuch verhängt war.

»Ich werde Sie – bevor die Party richtig beginnt und das Buffet eröffnet wird – mit einem kleinen Vortrag langweilen, was Sie mir hoffentlich verzeihen werden.« Er lächelte ölig in die Runde. »Ich möchte Ihnen gern erklären, wie ich mir die Zukunft unserer kleinen Insel vorstelle.«

»Hört, hört«, rief eine Stimme, die Pippa nicht identifizieren konnte. Die Partygäste begaben sich langsam zu den Stühlen und suchten sich einen Platz. Pippa sah sich unauffällig um. Nur zwei Personen – abgesehen vom zahlreich präsenten Personal – waren ihr unbekannt: der Anzugträger, den sie mittags mit dem Schnellboot hatte ankommen sehen, und eine aufwendig frisierte Frau um die dreißig, die ein tief dekolletiertes Sommerkleid trug und mit Schafsblick an Erdmanns Lippen hing.

Pippa stieß Karin an und deutete unauffällig auf die Frau.

»Darf ich vorstellen: *Parzelle 6*. Angelika Christ«, flüsterte Karin, »mit der wird er leichtes Spiel haben.«

Vorn an der Tafel zog Lutz eben mit großer Geste das Tuch herunter und sah sich beifallheischend um. Alle starrten auf ein Bild von Schreberwerder. Die Insel war aus der Vogelperspektive zu sehen, aber völlig verändert. Auf Lutz' Grundstück stand ein größerer Gebäudekomplex, und es gab viele neue kleine Wege. Alle vorhandenen Häuschen standen noch, aber die individuelle Bepflanzung der Parzellen war einer gleichmäßigen Begrünung gewichen. Über dem

Plan stand in großen Lettern: »Hanf-Resort Schreberwerder«, rechts und links des Schriftzugs prangte ein stilisiertes Hanfblatt.

»Warum Hanf – das werden Sie sich jetzt sicher alle fragen«, begann Lutz einen langatmigen Vortrag über die segensreichen Eigenschaften der Hanffaser.

Pippa hörte nur mit halbem Ohr zu und beobachtete die Gesichter der Umsitzenden. Dorabella und Herr X sahen amüsiert aus, Luis Krawuttke und Stephan Kästner grimmig, Gerdi desinteressiert. Die Marthalers flüsterten zornig aufeinander ein, ohne Lutz die geringste Beachtung zu schenken. Pia und Jochen Peschmann wirkten höflich interessiert, während Angelika Christ ein Gesicht machte, als wäre sie auf einer christlichen Erweckungsveranstaltung und würde in diesem Moment zum wahren Glauben finden.

»... und deshalb wird das Hanf-Resort besonders für Allergiker ein Ort der Erholung sein. Durch Ihre gute Tat können Sie alle dazu beitragen, diesen segensreichen Ort zu schaffen.«

Lutz Erdmann sah sich um, als würde er Beifall erwarten, aber lediglich Angelika Christ war aufgesprungen und spendete Applaus.

»Du liebe Güte«, flüsterte Karin und verdrehte die Augen. »Die führt sich auf, als würde Robbie Williams sein T-Shirt ausziehen. Ich brauche einen Schnaps, aber sofort.«

Pippa und Karin gingen zur Bar und bestellten sich eisgekühlten Wodka. Sie stießen an und kippten das kalte Getränk in einem Schluck hinunter.

Zwei Meter weiter eröffnete Erdmann mit großer Geste das Buffet. Opulent häuften sich die Leckereien, völlig übertrieben sowohl in Menge als auch in Exklusivität: Austern, Langusten, teuerster Kaviar, Hummer, Finger-Food, Sushi ...

»Ein paar ordentliche Grillhähnchen und Kartoffelsalat hätten es auch getan«, maulte Stephan Kästner hinter Pippa, »wer will schon Austern-Glibber?«

»Etwas mehr Weltoffenheit, Stephan«, tadelte Dorabella milde und ließ sich Kaviar und Hummer auf einem Teller anrichten. »Nutz es aus, dass es diese wunderbaren Dinge umsonst gibt.«

»Angeberkram«, knurrte Stephan, »glaubt der Kerl etwa, dass er uns beeindrucken kann?«

»Hat er doch schon«, erwiderte Dorabella und lächelte, »sonst würdest du hier nicht solch einen Wind machen, oder?«

Kästner wurde rot, ließ sich aber vom Koch einen gemischten Teller zusammenstellen.

Pippa sah sich um. Ein paar Meter weiter standen die Marthalers und stritten sich.

»Wir wären verrückt, das Angebot nicht anzunehmen!«, schrie Heinz Marthaler. Er hatte einen hochroten Kopf und schwankte leicht.

Seine Frau Ida verzog angewidert das Gesicht. »Großer Gott, wie hast du es fertiggebracht, jetzt schon betrunken zu sein? Die Parzelle ist meine biologische Versuchsanstalt. Ich will und werde sie nicht verkaufen, wie oft muss ich dir das noch sagen?«

»Aber das Geld!«

»Ich werde deine Seitensprünge und Cocktailbars nicht länger finanzieren. Verkaufen kommt nicht in Frage, hörst du?«

»Mir egal, was du sagst. Ich will verkaufen.«

Luis kam an den beiden vorbei und grinste breit. »Na, wer hat bei euch die Hosen an? Sieht schlecht für dich aus, was, Heinz?«

Ehe Ida Marthaler reagieren konnte, verkündete ihr Gatte: »Ich verkaufe, basta!«

Wie aus dem Boden gewachsen, stand der Seidenanzug bei der streitenden Gruppe und hielt Heinz Marthaler ein Klemmbrett mit Formular unter die Nase. »Wenn Sie hier bitte unterschreiben wollen?«

Marthaler war sichtlich überfordert und stammelte: »Wa … was? Wer sind Sie?«

»Christian Bergner. Ich bin Herrn Erdmanns Rechtsanwalt und Notar. Sie haben gerade gesagt, dass Sie Ihre Parzelle verkaufen wollen. Das gesprochene Wort gilt. Ihre Unterschrift bitte, hier.«

Während die Marthalers den Anwalt nur verblüfft anstarrten, sagte Luis: »Was'n det für 'ne linke Nummer? Du spinnst wohl! Verschwinde, aber plötzlich.«

Der Anwalt sah ihn an, als hätte er ein ekliges Insekt vor sich. »Mit Ihnen spreche ich nicht. Und ehe Sie sich weiter aufplustern: Herr Marthaler muss nicht einmal unterschreiben. Ein Handschlag ist rechtsgültig.«

Luis ballte die Rechte zur Faust und schlug blitzschnell zu. Der Hieb traf den Anwalt am Kinn, und er fiel wie ein gefällter Baum.

»*Dat* is'n Handschlach, du Popanz.«

Luis marschierte hoch erhobenen Hauptes zur Bar, wo er von Stephan Kästner, Herrn X und Matthias Wittig mit Schulterklopfen empfangen wurde. Lutz Erdmann tauchte auf und half seinem Anwalt wieder auf die Beine, wobei er beschwichtigend auf den wütenden Mann einsprach.

Pippa, Karin und Dorabella saßen zusammen, nippten am stetig nachgeschenkten Champagner und hatten die Szene gleichermaßen amüsiert wie entsetzt verfolgt.

»Ganz großes Kino«, sagte Karin, »so kenne ich Luis ja gar nicht.«

Dorabella lächelte. »Seine Mähne mag weiß sein, aber im Herzen ist er noch immer ein junger Löwe. Seht mal da.«

Sie deutete auf ein weiteres interessantes Grüppchen: Angelika Christ, Lutz Erdmann und den Notar, der sich von Luis' Angriff erholt zu haben schien. Angelika erzählte lautstark, wie sehr sie durch Lutz' Vortrag beeindruckt sei und dass er sie »absolut überzeugt« habe, ihre Parzelle zu verkaufen. Wieder zückte der Anwalt sein Klemmbrett. Angelika versicherte sich, dass sie die Aufmerksamkeit möglichst vieler Partygäste genoss, und setzte dann schwungvoll ihre Unterschrift auf das Papier.

Gerdi Kästner gesellte sich zu Pippa und den anderen.

»Habt ihr gesehen?« Sie deutete mit dem Kinn auf Angelika.

»War ja deutlich genug«, kicherte Karin und hielt dem herbeigeeilten Kellner zum x-ten Mal ihr Glas hin.

»Wisst ihr, was ich glaube?« Gerdi winkte die anderen näher heran und senkte die Stimme. »Der Erdmann will uns alle besoffen machen. Man braucht ja eine Fliegenklatsche, um sich diese aufdringlichen Kellner vom Leib zu halten.«

»Die Männer finden es super.« Karin zeigte auf die Bar, wo sogar Jochen Peschmann mit den anderen zechte. Offenbar hatte der Alkohol die wehrhaften Insulaner dem Verräter gegenüber milde gestimmt.

»Ich geh mal zu Pia. Sie sitzt so ganz alleine«, verkündete Gerdi Kästner und ging zu ihrer Nachbarin hinüber.

Es dämmerte langsam, und die verschwenderisch im Garten verteilten Lampions leuchteten auf. Der Anwalt schlich mit seinem Klemmbrett von einem Grüppchen zum nächsten, erntete aber überwiegend giftige Blicke und Kommentare.

»Guten Abend, die Damen!«

Nante setzte sich neben Dorabella. Sofort kam ein Kellner angewieselt und fragte nach seinen Wünschen. Nante bestellte ein Bier und nickte anerkennend. »Das nenne ich Service. Habe ich etwas verpasst?«

Karin gab ihm in Telegrammform eine Zusammenfassung des bisherigen Abends.

»Ich hätte auch gern eine Parzelle auf Schreberwerder«, sagte Nante nachdenklich.

»Das wäre wirklich schön, Nante. Du gehörst hierher. Weiß jemand, wie viel Lutz für Peschmanns Parzelle geboten hat?«, fragte Dorabella.

»Fünfundzwanzigtausend«, erwiderte Pippa.

Nante hob die Hände. »Da kann ich nicht mithalten, das ist zu viel. Der Kauf der *Rieke* hat meine Ersparnisse geschluckt.«

»Ich übernehme das«, verkündete Dorabella überraschend. »Ich fände es herrlich, Lutz einen Strich durch die Rechnung zu machen.«

»Kommt nicht in die Tüte, Dora«, wehrte Nante erschrocken ab, »du hast doch selbst gerade genug zum Leben.«

»Das lass mal meine Sorge sein. Ich erwarte in den nächsten Tagen eine größere Summe. Du kannst sicher sein, dass ich keine Gelegenheit haben werde, das Geld selbst auszugeben – es sei denn jetzt. Komm mit, Nante.«

Dorabella erhob sich ächzend von ihrem Stuhl und nahm den Arm, den Nante ihr anbot. Langsam gingen sie über den Rasen zum Tischchen, an dem Pia Peschmann mit Lutz Erdmann mittlerweile in ein intensives Gespräch vertieft war.

»Ohren spitzen«, raunte Pippa Karin zu.

Dorabella und Nante waren vor dem Tischchen stehen geblieben. »Dürfen wir?«

Erdmann sprang beflissen auf und stellte für Dorabella

einen Stuhl zurecht. Sie setzte sich, Nante blieb hinter ihr stehen.

»Pia, ich hoffe, du hast noch keinen Vertrag unterschrieben?«, fragte Dorabella liebenswürdig

Pia Peschmann schüttelte erstaunt den Kopf.

»Sehr gut. Dann möchte ich dir im Namen des jungen Mannes hinter mir ein Angebot machen: Deine Parzelle ist ihm dreißigtausend Euro wert. Mit anderen Worten – er bietet fünftausend mehr als Lutz.«

Pia Peschmann sah sprachlos vor Überraschung von einem zum anderen und dann hilflos zu ihrem Mann, der herüberkam und Nante begeistert auf den Rücken schlug.

Lutz Erdmann wurde dunkelrot und sprang empört auf. »Wie bitte? Das verbiete ich!«

Dorabella ignorierte ihn und fuhr fort: »Überleg es dir, Pia. Dreißigtausend. Für eure Zukunft in Toulouse. Und Nante hätte die Parzelle neben seiner Schwester.«

Erdmann ging drohend auf Nante zu. »Was haben Sie überhaupt auf meiner Party zu suchen? Ich habe Sie nicht eingeladen! Verschwinden Sie sofort von meinem Grundstück, oder ich rufe die Polizei! Das ist Hausfriedensbruch!«

Pippa sprang auf und lief zu Nante, stellte sich neben ihn und schlang ihm den Arm um die Taille. »Der Herr ist meine Begleitung«, sagte sie freundlich, »ich hatte Sie doch richtig verstanden, dass ich jemanden mitbringen darf?«

Sie lächelte Erdmann strahlend an, der wütend die Stirn runzelte, sich abrupt umdrehte und davoneilte.

»Gut gemacht, meine Liebe«, sagte Dorabella und wandte sich wieder an Pia Peschmann. »Das Angebot ist absolut ernst gemeint. Bitte, Schreberwerder darf nicht an Erdmann fallen. Verkauft an Nante.«

»Wir wüssten nicht, wem wir unsere Parzelle lieber gäben«, sagte Pia und besiegelte unter dem Applaus der anderen Insulaner ihre Absicht mit dem einzigen echten Handschlag-Vertrag des Abends.

»Gut.« Dorabella sah auf ihre kleine goldene Armbanduhr. »Zeit für mich, zu gehen. Mein Wannenbad wartet. Ich will mich nur noch von den anderen verabschieden.«

»Ich begleite dich«, bot Nante an, aber sie lehnte ab.

»Danke, mein Lieber. Aber ich möchte jetzt lieber allein sein.«

Es war bereits weit nach Mitternacht, als Pippa, Karin und einige andere die Party verließen. Nur der harte Kern, bestehend aus Luis, Herrn X, Stephan und Matthias, blieb noch an der Bar stehen. Lutz Erdmann versuchte, die aufbrechenden Gäste aufzuhalten, stieß aber allseits auf taube Ohren.

Arm in Arm schlenderten Pippa und Karin zu Pippas Domizil.

»Hast du die Marthalers noch einmal gesehen?«, wollte Pippa wissen.

Karin schüttelte den Kopf. »Ihn ja, sie nicht. Keine Ahnung, wo sie abgeblieben ist. Wahrscheinlich ist sie irgendwann beleidigt nach Hause gerauscht. Würde ich auch, wenn mein Mann sich derart sinnlos betrinken würde. Aber ...«, Karin hob demonstrativ den Zeigefinger, »... ich habe etwas anderes gesehen, was ich überaus interessant finde.«

»Was?«

»Angelika Christ und Lutz Erdmann. Knutschend.«

»Ach komm, hör auf! Die waren bestimmt angesäuselt.«

Karin schüttelte den Kopf. »Angelika vielleicht, aber Lutz nicht. Der war stocknüchtern.«

»Na und? Vielleicht hat er sich einfach in sie verliebt. Kann doch sein.«

Karin lachte auf. »Lutz steht auf filigrane blonde Elfen, die möglichst nicht älter als fünfundzwanzig sein dürfen. Typ Paris Hilton. Unsere arme Angelika sieht daneben aus wie eine Handarbeitslehrerin.«

»Vielleicht hat sie ganz andere Qualitäten, von denen wir nicht einmal etwas ahnen.«

»Genau. Ihre Parzelle.« Karin grinste. »Na, was hältst du von den Insulanern, Pippa? Du hast uns ja jetzt alle auf einem Haufen erlebt.«

Pippa sah sich suchend um. »Nicht alle. Ich vermisse den smarten jungen Mann, der mir beim Morgenspaziergang begegnet ist.«

»Smarte junge Männer?« Karin schüttelte den Kopf und seufzte theatralisch. »Schön wär's! Die gibt's hier nicht.«

Pippa runzelte die Stirn. »Merkwürdig. Er schien sich hier ganz zu Hause zu fühlen.«

»Wie sah er denn aus?«

»Mitte zwanzig, groß, beneidenswert schöne braune Haare, Grübchen und ein charmantes Lächeln.«

»Also, wenn das so ist, sag mir auf jeden Fall Bescheid, wenn er dir noch einmal über den Weg läuft. Den muss ich sehen.« Karin gähnte und streckte sich. »Ich bin todmüde. Ich verschwinde. Ist ohnehin Zeit, nach den Kindern zu sehen. Lisa und Sven dürften mittlerweile zu Hause sein. Kommst du morgen mit, die Peschmanns verabschieden?«

»Das entscheide ich morgen. Wenn ich mit dem Manuskript gut weiterkomme, arbeite ich lieber, statt zu unterbrechen. Falls ich nicht auftauche, grüß die beiden bitte von mir.«

»Mach ich.«

Die Freundinnen umarmten sich, und Karin verschwand in der Dunkelheit der Nacht.

Kapitel 7

Die Abschiedsfeier bei den Peschmanns am nächsten Mittag war turbulent und fröhlich. Pia und Jochen waren überglücklich, ihre Parzelle in guten Händen zu wissen und nicht zum Untergang Schreberwerders beizutragen. Es wurde lautstark Dorabellas Lob gesungen.

»Die Hauptperson fehlt«, sagte Karin, »Dorabella sollte dabei sein, wenn wir sie feiern!«

Herr X ließ sich nicht lange bitten. »Ich gehe nachsehen. Luis, kommst du mit? Vielleicht braucht Dora Hilfe.«

Luis nickte, und die beiden gingen über die Dorfstraße hinüber zu Dorabellas Parzelle, während die anderen begannen, ein Lied zu Doras Ehren zu proben.

Dorabellas Tür stand einen Spalt offen. Luis klopfte, aber niemand antwortete.

»Dora? Alles in Ordnung?«

Herr X stieß die Tür ganz auf und lauschte. Nichts war zu hören. Die beiden Männer gingen ins Haus. Der Wohn-Schlafraum war peinlich sauber, das Bett unberührt. Sie sahen sich besorgt an.

Luis deutete auf die verschlossene Badezimmertür.

»Mittags?«, fragte Herr X.

»Wo sollte sie sonst sein?«

Sie zögerten, aber schließlich drückte Luis die Klinke herunter und steckte den Kopf durch die Tür. Herr X, dessen Blick in den Raum durch Luis versperrt war, sah, wie sich die Hand des Freundes plötzlich um die Klinke krampfte.

»Was ist? Was ist mit Dora?«, rief Herr X, und Luis trat schweigend zur Seite.

Dorabella von Schlittwitz lag in der gefüllten Badewanne, ihr Kopf war zur Seite geneigt. Der Wasserspiegel ging bis knapp unter den Wannenrand und bedeckte Mund und Nasenlöcher.

»Dorabella«, keuchte Herr X, rannte zur Wanne und zog impulsiv den Stöpsel. Das Wasser lief gurgelnd ab, aber selbst ein Laie konnte sehen, dass diese Maßnahme zu spät kam. Dorabella von Schlittwitz war tot.

Herr X drehte sich zu Luis um. In seinen Augen glänzten Tränen. »Was sollen wir tun?«

»Du weißt, was du zu tun hast«, sagte Luis ernst, »ich verschaffe dir genug Zeit. Ich gehe nicht zu den Peschmanns zurück, die anderen erfahren es noch früh genug. Ich gehe hinüber zu Pippa. Sie soll Polizei und Notarzt rufen.«

»Ich hole eine Decke. Sie kann nicht ... sie soll nicht ...« Herrn X versagte die Stimme.

Luis nickte. »Tu das. Und lass niemanden herein.«

Pippa saß auf der kleinen Terrasse vor dem Haus und war in ihr Manuskript vertieft, als plötzlich ein Schatten auf sie fiel. Sie sah hoch und erschrak. Luis stand vor ihr. Er sah uralt aus, bleich, mit eingefallenen Wangen und tiefen dunklen Schatten unter den Augen.

Pippa sprang auf. »Luis – setz dich. Was ist passiert? Du siehst aus ... warte, ich hole dir ein Glas Wasser.«

Der alte Mann ließ sich schwer auf einen Stuhl fallen, winkte aber mit müder Geste ab. »Es ist Dorabella«, sagte er mit brüchiger Stimme, »du musst den Notarzt rufen.« Er machte eine erschöpfte Pause. »Und die Polizei.«

Pippa sank zurück auf ihren Stuhl.

»Die Polizei?«, flüsterte sie entsetzt. »Wie? Was …?«

»Sie liegt in der Badewanne. Sie …«, Luis rang für einen Moment um Fassung, »… sieht sehr friedlich aus. Ich … wir haben sie beim Brunch vermisst, und da wollten X und ich nachsehen, ob …« Er seufzte und erhob sich mühsam. »Ich geh jetzt zurück, X ist bei Dora geblieben. Er sollte im Moment nicht allein sein. Wenn du es dann auch den anderen sagst?«

»Ich … natürlich. Kann ich sonst noch irgendetwas …?«

Luis schüttelte den Kopf. Mit schweren, langsamen Schritten schlurfte er den Weg entlang zum Gartentor und wandte sich nach links.

Pippa sah ihm hinterher und ging dann ins Haus. Sie atmete tief durch und wählte die Nummer der Wasserschutzpolizei. Zu ihrer Erleichterung war ihr Bruder im Dienst, und sie wurde sofort zu ihm durchgestellt.

»Freddy! Du musst herkommen! Ein Todesfall!«

Freddy reagierte ruhig und professionell. »Hast du den Notarzt schon gerufen, Pippa?«

»Nein. Nein. Du bist der Erste, den ich … ich meine, die Polizei … ach, ich bin so froh, dass du Dienst hast, Freddy.«

»Wer ist es?«

»Dora. Dorabella von Schlittwitz, Dauerwohnerin. Eine alte Dame. Sie ist in der Badewanne … ertrunken.«

»Hast du sie …?«

»Nein«, sagte Pippa schnell, »Luis hat sie gefunden. Luis Krawuttke. Bitte, Freddy, komm, so schnell du kannst. Ich … Dora hat die vierte Parzelle auf der linken Seite und ich …«

»Wir werden euch finden. Wir kennen Schreberwerder«,

sagte Freddy sanft, »geh jetzt zu den anderen, wenn du allein bist. Ich bringe den Notarzt mit.«

Pippa stürmte durch den Garten der Peschmanns in das kleine Häuschen. Man hatte in der schon geräumten Wohnküche einen Tapetentisch mit kleinem Buffet aufgebaut, um das sich alle Nachbarn versammelt hatten – bis auf Lutz Erdmann und Angelika Christ. Gelächter und Stimmengemurmel erfüllten den Raum.

Ein selbstgemaltes Schild an einer kleinen Girlande, die gerade von Daniel und Bonnie an der Wand befestigt wurde, sagte *Danke Dorabella*. Die beiden Peschmann-Teenager waren zwar in einem Alter, in dem Erwachsene nicht unbedingt ihre besten Freunde waren; Dorabella allerdings trug dazu bei, dass sie in Frankreich eine passende Bleibe fanden, und das verlieh ihr – zumindest vorübergehend – einen hohen Coolness-Faktor. Sven und Lisa hatten ihr Tischfussball herübergeholt und spielten gegen die Kästner-Kids, die auf kleinen Schemeln standen, damit sie die Griffe erreichen konnten.

Pippa verharrte im Türrahmen. Diese behagliche Stimmung würde sie nun zerstören müssen.

Karin war die Erste, die Pippas Anwesenheit bemerkte. »Da bist du ja! Hast es dir doch anders über…« Sie stockte mitten im Wort und rief erschrocken: »Was ist los? Du bist ja ganz blass!«

»Ich …« Verzweifelt rang Pippa um Worte. »Ich … ich habe schlimme Nachrichten. Dora … Luis und Herr X haben Dora gefunden.«

Bei Doras Namen verstummten alle schlagartig und wandten sich Pippa zu.

Sie schluckte und sagte leise: »Sie ist tot.«

Niemand sagte ein Wort.

Sven rührte sich als Einziger. Sein Gesicht war grau, als er einen Schritt auf Pippa zu stolperte und mit brüchiger Stimme sagte: »Tante Dora? Aber wieso denn? Gestern Abend war sie doch noch ... Auf jeden Fall, als ...« Er verstummte, und sein entsetzter Blick flog zu jemandem außerhalb Pippas Blickfeld. Dann murmelte er: »Mir ist schlecht.« Ehe ihm jemand zu Hilfe eilen konnte, sank er ohnmächtig zu Boden.

Die nächsten Minuten waren reines Chaos.

Matthias hob seinen Sohn auf und trug ihn hinüber in ihre Hütte. Karin lief weinend hinterher, immer wieder Svens Namen rufend. Die anderen redeten aufgeregt und konfus auf Pippa ein und bombardierten sie mit Fragen, die sie nicht beantworten konnte.

»Ich war doch nicht dabei!«, wiederholte sie ein ums andere Mal. »Ich weiß doch auch nur von Luis, was passiert ist! Er sagt, wir sollen hier auf die Polizei warten.«

»Polizei, wieso denn Polizei?«, nörgelte Heinz Marthaler. »Muss sich Luis denn immer wichtig machen?«

Ida Marthaler presste die Lippen zusammen und zog ihren Gatten hastig aus dem Fokus der allgemeinen Aufmerksamkeit, in den er sich mit seiner Bemerkung katapultiert hatte.

»Ich habe meinen Bruder verständigt, der ist bei der Wasserschutzpolizei. Er wird ...«

Pippa verstummte, als sich das Heulen einer Polizeisirene näherte.

Herr X zuckte zusammen, als er die Sirene hörte. Konzentriert sah er sich um. Das Gewächshaus war blitzblank gefegt, und gerade noch rechtzeitig hatte er die letzten Pflanzen auf seinem Dachboden hinter einer falschen Wand in Sicherheit gebracht. Rasch ging er in Gedanken alles durch. Doras Haus war sauber, alle verräterischen Utensilien waren verschwunden, alle Aschenbecher gespült.

Er verließ Doras Haus und stellte sich zu Luis ans Gartentor.

»Alles erledigt?«, fragte der alte Mann leise.

Herr X nickte. »Ich glaube nicht, dass ich etwas vergessen habe. Die Staatsmacht kann anrollen.«

Luis atmete erleichtert aus.

»Wir müssen Viktor Bescheid sagen«, sagte Herr X. »Er wird am Boden zerstört sein.«

»Das kann Karin übernehmen.« Luis runzelte die Stirn. »Eine Woche Italien und dann das. Ausgerechnet, wenn er weg ist …«

Er straffte die Schultern, als er sah, wie zwei Polizisten, gefolgt von einem dicklichen, keuchenden Arzt mit einer großen Tasche, den Weg entlanggehastet kamen.

Luis hob den Arm und winkte. »Hier!«

»Wo ist die Tote?«, fragte der Arzt knapp. Er atmete schwer und wischte sich mit einem großen Stofftaschentuch den Schweiß von der Stirn.

»Kommen Sie bitte mit.« Herr X drehte sich um und ging voraus.

»Mein Name ist Bolle, Freddy Bolle«, stellte sich der größere Polizist Luis vor. »Sie haben die Tote gefunden?«

Luis nickte. »Wir haben Dora – Dorabella von Schlittwitz – bei einer Feier vermisst. Herr X und ich wollten sie holen, und da haben wir sie gefunden. In der Badewanne. Ertrunken.«

»Herr X? Hat der Mann auch einen richtigen Namen?«

Luis sah ihn verblüfft an. »Keine Ahnung ... Herr X eben.«

Freddy Bolle zog einen Block aus der Brusttasche seiner Uniform und klappte ihn auf. Sein Kollege reichte ihm einen Stift. »So, dann fangen wir mal ganz von vorne an. Ihr Name, bitte.«

Pippa stand noch immer mit den Ehepaaren Marthaler, Peschmann und Kästner am Gartentor der Peschmann'schen Parzelle. Alle reckten die Hälse und spähten hinüber zu Dorabellas Grundstück, wo Freddy sich mit Luis unterhielt und Notizen machte.

Ihr Bruder hatte ihr im Vorbeilaufen nur zugenickt. Sein Kollege war kurz stehen geblieben und hatte sie gebeten, mit den anderen auf die Befragung zu warten. Dann war er Freddy gefolgt.

»Der Polizist, der mit Luis spricht, ist mein Bruder Freddy«, erklärte Pippa nicht ohne Stolz. »Er wird alles aufklären, ganz sicher.«

»Wieso denn aufklären?«, fragte Gerdi. »Ich dachte, Dora wäre in der Wanne ertrunken?«

»Ja schon, aber die Polizei muss trotzdem alles überprüfen.«

»Ach ja? Warum denn?« Ida Marthalers Stimme klang eine Spur zu schrill.

»Es ist ein Unglücksfall mit Todesfolge. Da wird das immer gemacht, damit Fremdeinwirkung oder Selbstmord ausgeschlossen werden können«, antwortete Pippa zögernd und ärgerte sich im gleichen Moment, nicht den Mund gehalten zu haben. »Ich gucke mal nach Sven«, fuhr sie eilig fort und ging hinüber zu den Wittigs. Sie würde schon nicht gleich verhaftet werden, weil sie der Anweisung der Polizei, bei den anderen zu warten, nicht Folge geleistet hatte.

Sven lag auf dem Sofa im Wohnraum, er war gerade wieder zu sich gekommen. Karin saß mit verweintem Gesicht neben ihm auf einem Stuhl und hielt seine Hand. Matthias legte gerade ein nasses Handtuch auf seine Stirn.

»Tante Dora, das kann doch nicht …«, schluchzte der Junge, »sie war doch gestern noch … ich verstehe das nicht …« Er schlug die Hände vors Gesicht.

Pippa zog sich einen Stuhl heran und setzte sich an Karins Seite. »Freddy hat einen Arzt mitgebracht. Vielleicht kann der auch nach Sven sehen.«

»Gute Idee. Ich regele das.« Matthias drückte Karins Schulter und ging hinaus.

Pippa sah sich in der Hütte um. »Wo ist Lisa?«

»Draußen«, sagte Karin, ohne ihren Sohn aus den Augen zu lassen, »hält sich an Daniel fest, denke ich. Die sind seit einiger Zeit unzertrennlich.«

»Wie geht es ihr? Ist sie auch …?« Pippa deutete mit dem Kinn auf Sven, und Karin schüttelte den Kopf. »Die hat Liebeskummer, weil Daniel nach Frankreich geht. Da hat nichts anderes mehr Platz.«

»Dein Vater?«, murmelte Pippa.

Karin seufzte. »Ich werde ihn gleich anrufen. Er wird sich sicher um Doras Beerdigung kümmern wollen. Die beiden sind …« Sie stockte. »… waren …«

»Soll ich das übernehmen? Er hat mir seine Nummer dagelassen.«

Karin schüttelte den Kopf. »Es ist besser, wenn ich mit ihm rede.«

»Na gut.« Pippa umarmte die Freundin. »Ich gehe dann mal wieder zu den anderen.«

In Peschmanns Garten war Freddy von den aufgeregten Insulanern umringt. Gelassen beruhigte er die Anwesenden, um die routinemäßige Befragung durchzuführen, die bei derlei Unglücksfällen bei Betroffenen und Trauernden häufig auf Unverständnis stieß.

»Sind alle Inselbewohner hier versammelt?«, fragte Freddy.

Unverständliches Gemurmel von allen Seiten war die Antwort.

»Einer nach dem andern.« Freddys Stimme klang streng. »Noch einmal: Wer fehlt?«

Gerade als Pippa hinzutrat, sagte Gerdi Kästner: »Lutz Erdmann und Angelika Christ fehlen von den Insulanern. Karin und Sven Wittig sind in Wittigs Haus.«

Freddy nickte. »Kann jemand Herrn Erdmann und Frau Christ holen?«

»Das erledige ich.« Stephan Kästner machte sich auf den Weg.

»Außerdem fehlen natürlich alle, die außer uns Insulanern gestern Abend sonst noch auf Schmutz ... äh, Erdmanns Party waren«, fuhr Gerdi Kästner fort.

»Aha?« Freddys Stift schwebte über dem Block. »Das wären? Irgendwelche Namen?«

Alle sahen sich ratlos an, dann meldete sich Pippa zu Wort: »Da war ein Anwalt namens Breitner oder so ähnlich. Außerdem jede Menge Personal, Köche, Servicekräfte und so weiter. Das musst du Lutz Erdmann fragen. Der hat die Leute engagiert. Und ehe ich es vergesse: Nante war auch da.«

»Hier hat also eine Party stattgefunden, bei der Sie alle anwesend waren?«

»Mehr oder minder. Einige von uns waren zeitweise mehr als abwesend«, kicherte Heinz Marthaler und erntete böse Blicke.

Pippa wollte weiteren unnötigen Kommentaren vorbeugen und sagte: »Alle Insulaner waren da, außer den Kindern. Sven hat auf die Kästner-Kinder aufgepasst, und Lisa, Bonnie und Daniel haben bei Wittigs neue Computerspiele ausprobiert.«

Stephan Kästner kehrte in Begleitung von Lutz Erdmann und Angelika Christ zurück, die beide sehr verschlafen aussahen und von der Störung wenig erbaut schienen. Angelika Christ trug eine trotzige Miene zur Schau, und Lutz wirkte gelangweilt.

Gerdi zog die Augenbrauen hoch und musterte Angelika, die noch immer das tief ausgeschnittene Kleid von der Party trug, von oben bis unten.

»Lutz Erdmann? Angelika Christ?«

Beide nickten auf Freddys Frage hin.

»Wir sind also jetzt vollzählig?«

»Bis auf Karin und Sven, die ...«, begann Pippa.

Freddy winkte ab. »Die sind drüben im Haus, ich weiß. Gut. Dann teile ich Ihnen den ... Sachverhalt mit.«

Alle starrten ihn schweigend an.

»Ihre Nachbarin Frau von Schlittwitz wurde tot in ihrer Badewanne aufgefunden. Offenbar ist die alte Dame ertrunken. Wahrscheinlich ist sie in der vollen Wanne eingeschlafen und dann unter Wasser gerutscht. Wir gehen von einem Unfall aus.«

»Niemals!«, platzte Luis heraus. »Dat gloob ick nich. Niemals!«

Freddy wandte sich um und musterte den wütenden alten Mann. »Und wieso glauben Sie das nicht?«

»Weil Dora immer nur zwei Handbreit Wasser einjelassen hat. Jeder weeß det!«

Herr X nickte bestätigend, aber Freddy sagte geduldig: »Herr Krawuttke, Ihre Nachbarin war eine alte Frau und sehr krank. Wir haben schwere Medikamente gefunden, und Sie haben selbst erzählt, dass Frau von Schlittwitz gestern auf der Party das eine oder andere Gläschen Champagner getrunken hat. Der Arzt hat mir bestätigt, dass sich Wechselwirkungen zwischen Schmerzmitteln und Alkohol ergeben können, die unter Umständen sogar zu Bewusstlosigkeit führen. Es ist tragisch, aber sie ist in der Badewanne ertrunken.«

»Det gloob ick nich!«, wiederholte Luis aufgebracht. »Heeßt det, Se wollen Doras Tod nich untersuchen?«

»Herr Krawuttke, ich verstehe Ihren Schmerz. Besonders bei Unglücksfällen wünscht man sich eine Erklärung, mit der man weiterleben kann. Irgendetwas, was deutlich macht, dass man nicht mehr hätte helfen können.« Freddy sah in die Runde. »Der Arzt hat nichts festgestellt, was darauf schließen ließe, dass Frau von Schlittwitz gelitten hat. Es gibt außerdem keine Anzeichen von äußerer Gewalt. Da sind keine Einbruchsspuren, keine blauen Flecken, nichts, was auf einen Kampf hindeutet.« Freddy lächelte verständnisvoll. »Ich weiß, dass es für Freunde und Angehörige schwer ist, den Tod eines geliebten Menschen zu akzeptieren. Glauben Sie mir bitte: Wenn wir auch nur den geringsten Zweifel an diesem Ergebnis hätten ...«

»Ach, erzähl doch nichts!«, rief Luis verzweifelt. »Is euch doch ejal, Dora war ooch bloß 'ne alte Frau!«

Er drehte sich abrupt um und marschierte wütend aus dem Garten, gefolgt von Herrn X.

Freddy sah den beiden nachdenklich hinterher, dann klappte er seinen Block zu.

»Wir sind hier fertig. Sie können in meiner Dienststelle erfahren, wohin der Leichnam von Frau von Schlittwitz gebracht wurde. Ich danke Ihnen für Ihre Zeit.« Er nickte Pippa zu. »Du weißt, wie wir zu erreichen sind. Wenn du willst, telefonieren wir später, ja?«

Als Freddy gegangen war, herrschte unbehagliches Schweigen, bis Lutz Erdmann beiläufig fragte: »Weiß zufällig jemand, wer die Parzelle erbt?«

Alle stierten ihn sprachlos an, nur Gerdi Kästner reagierte. »Luis würde Sie für diese Pietätlosigkeit genauso zu Boden schicken wie Ihren schmierigen Anwalt gestern«, schnappte sie und ging drohend einen Schritt auf ihn zu.

Lutz grinste breit. »Wieso pietätlos? Ich muss doch wissen, an wen mein Angebot ergeht. Und die Peschmanns sind ja jetzt auch wieder zu haben ...«

Jochen Peschmann packte Lutz unvermittelt am Ärmel und zerrte ihn über den Steinplattenweg zum Gartentor. »Raus aus meinem Garten, Erdmann. Und wenn ich in Toulouse in der Jugendherberge wohnen muss – Sie kommen mir nicht mehr auf meinen Grund und Boden. Verschwinden Sie.«

Lutz Erdmann riss sich empört los und holte Luft. Die eisigen Blicke der übrigen Anwesenden hielten ihn allerdings davon ab, seiner Wut freien Lauf zu lassen. Er drehte sich auf dem Absatz um und marschierte in Richtung seiner Parzelle. Angelika Christ stöckelte ihm eilig hinterher.

»Was war denn da draußen los?«, fragte Karin, als Pippa zurück ins Haus kam.

»Lutz Erdmann hätte es beinahe geschafft, von der aufgebrachten Menge gelyncht zu werden.«

Pippa erzählte Karin, was im Garten der Peschmanns vorgefallen war, und die schüttelte fassungslos den Kopf.

»Lutz ist ein ... ein ... ein richtiger Widerling!«, brach es aus ihr heraus. »Weißt du, dass ich ihm als Kind mal das Leben gerettet habe? Er wäre beinahe ertrunken. Ich hätte damals einfach in die andere Richtung sehen sollen ...« Sie schüttelte sich. »Und jetzt habe ich seinetwegen auch noch Gedanken, für die sich jeder zivilisierte Mensch schämen muss! Ich könnte ihn ...«

»So kenne ich dich ja gar nicht«, sagte Pippa staunend.

»Ich mich auch nicht. Aber Lutz holt aus jedem das Schlechteste heraus. Schrecklich.«

»Was hat der Arzt zu Sven gesagt?«

»Er hat ihm eine Spritze gegeben, damit er sich beruhigt und sich ausschläft. Er meint, der Junge zeigt Schocksymptome, wird sich aber wieder beruhigen, wenn er sich erst an den Gedanken gewöhnt hat, dass seine geliebte Tante Dora gestorben ist.« Karin sah liebevoll zum schlafenden Sven hinüber. »Sven ist eben doch sensibler, als man vermuten würde, wenn man ihn sonst so sieht.«

»Hast du schon mit deinem Vater ...«

Karin nickte. »Er ... er hat ganz gefasst reagiert. Er sagt, er kommt morgen mit dem ersten Flieger aus Mailand zurück nach Berlin und dann gleich nach Schreberwerder.« Sie zögerte kurz. »Er würde gern in sein Haus zurück, bis die Beerdigung vorüber ist.«

Pippa seufzte. »Dann heißt es für mich und die Haubentaucher: zurück in die Transvaal 55. Oder kann ich solange in euer Haus ziehen?«

»Das wird eng. Ich werde auf der Insel bleiben, bis Sven

sich erholt hat. So schicke ich ihn nicht in die Schule.« Sie runzelte die Stirn und dachte nach. »Und wenn du in Dorabellas Haus …? Oder ist dir das zu unheimlich?«

»Ich weiß nicht recht. Was werden Herr X und Luis zu dem Vorschlag sagen?«

»Dass es gut ist, das Haus gerade jetzt in den besten Händen zu wissen.«

Pippa fand Luis und Herrn X vor X' Haus auf einer Bank sitzend. Auf dem Tisch vor ihnen stand eine halbleere Flasche von Dorabellas Selbstgebranntem, aus der gerade großzügig in Wassergläser nachgeschenkt wurde.

»Pippa!«, rief Luis mit leicht verwaschener Stimme. »Setz dich zu uns, wir trinken auf Dorabella.«

»Ich habe ein Anliegen«, begann Pippa, aber Luis unterbrach sie mit einer Handbewegung.

»Später. Zuerst wird auf Dora getrunken.«

Herr X nickte. Er hatte rote Augen und schniefte. Er ging ins Haus und kam mit einem Glas wieder zurück.

Pippa zog sich einen windschiefen Holzstuhl heran und setzte sich. Luis schob ihr das randvoll gefüllte Glas hin und hob sein eigenes.

»Auf Dora, die Unersetzliche.«

»Auf Dora«, murmelten Pippa und X.

Während Herr X und Luis ihre Gläser ansetzten und mit einem Ruck des Kopfes nach hinten leerten, nahm Pippa nur einen vorsichtigen Schluck. Fruchtiger Birnengeist rann ihr brennend die Kehle hinunter.

»Nicht schlecht«, sagte Pippa hustend, »der hat aber … Wumms.«

»Jenau wie Dora. Die hatte ooch Wumms«, verkündete Luis und schenkte sich nach.

»Pippa, du hast gesagt, du hast ein Anliegen?«, fragte Herr X.

»Ich ... ja ... äh, das klingt vielleicht ein wenig seltsam, aber Viktor kommt zurück, und ich brauche für ein paar Nächte einen anderen Schlafplatz.«

Die beiden Männer sahen sie erwartungsvoll an.

»Ja, und Karin hat den Vorschlag gemacht, ich könnte vielleicht bei Dora ...?«

Luis und Herr X wechselten einen schnellen Blick, und X nickte kaum merklich. Dann sagte er: »Warum nicht. Das ist eine gute Idee. Dora wäre sicher einverstanden. Komm mit.«

Er stand auf und ging in sein Haus. Als Pippa zögerte, murmelte Luis: »Na, jeh schon mit.«

Herr X wartete in seinem Wohnraum auf sie. Er zog einen Schlüssel aus der Hosentasche und schloss zu Pippas Erstaunen die Tür eines großen Kleiderschranks auf. Dann schob er ein paar Jacken zur Seite und öffnete die Rückwand, die in einen weiteren, leeren Schrank führte. Verblüfft beobachtete Pippa, wie er von innen die zweite Tür entriegelte und damit den Blick in Dorabellas Wohnzimmer freigab.

»Bitte einzutreten.«

Pippa trat sprachlos durch die Schranktüren in eine andere Welt. Zierliche antike Möbel, Blumenstoffe, Rüschen und edle Spitze beherrschten den kleinen, altrosa getünchten Raum. Ein dunkelrotes Samtsofa und ein verschnörkeltes Tagesbett standen sich gegenüber, dazwischen ein niedriger, runder Tisch. An die Fensterseite des Raumes hatte Dorabella einen Esstisch mit drei Stühlen gestellt.

»Schön hier«, sagte Pippa und sah sich um.

Auf dem Kaminsims entdeckte sie eine antike Tischuhr,

die von der anmutigen Statuette einer sitzenden Leserin gekrönt war.

Herr X folgte ihrem Blick. »Das war ihr Lieblingsstück.« Seine Stimme klang belegt. Er schluckte krampfhaft und räusperte sich, bevor er weitersprach. »Das ... das Bad habe ich geputzt. Du kannst alles benutzen, es ist ... sauber.«

Seine Augen füllten sich mit Tränen, und Pippa legte ihm die Hand auf den Arm.

»Ihr habt euch sehr gemocht, nicht wahr?«

Herr X nickte. »Wir haben viel Zeit miteinander verbracht und abends oft beieinandergesessen. Ich habe ihr ein bisschen geholfen, mit dem Haushalt und den Einkäufen. Sie war eine echte Dame.«

»Glaubst du auch, dass ... ich meine, das, was Luis vorhin zu meinem Bruder Freddy gesagt hat ...?« Pippa wusste nicht weiter.

»Du meinst, dass es kein Unfall war?«

Pippa nickte.

Er wiegte nachdenklich den Kopf. »Ich habe keine Ahnung, aber ich bin verwirrt, das gebe ich zu. Dora hat wirklich niemals ...«, er sah sie eindringlich an und wiederholte: »... *niemals* mehr als zwei Handbreit Wasser eingelassen. Sie hatte Angst, auszurutschen. Als ich sie vorhin fand ...«, er schluckte wieder schwer, »... ging ihr das Wasser bis über die Nase. Sie war ein Stück in die Wanne hineingerutscht, weil sie ihre Gummimatte nicht benutzt hat. Wenn sie aufrecht gesessen hätte ...« Er sah Pippa verzweifelt an. »Ich habe ihr immer wieder gesagt, sie soll die Gummimatte nicht vergessen.«

»Und wenn sie wirklich eingeschlafen ist, während das Wasser noch einlief? Der Champagner, die Schmerzmittel, die Müdigkeit – wer weiß. Derartige Unfälle passieren.«

Herr X schüttelte den Kopf.

»Du hast doch gehört, was dein Bruder gesagt hat. Der Warmwasserboiler war voll.« Herr X sah sie ernst an. »Es ist kein neues Wasser nachgelaufen. Der Wasserhahn war zugedreht!«

Kapitel 8

Am nächsten Tag traf Viktor Hauser wieder auf Schreberwerder ein. Er war blass, aber beherrscht und redete nur das Nötigste. Luis, Herr X und er setzten sich sofort zusammen, um die Trauerfeier zu planen und die letzten Wünsche ihrer Freundin zu erfüllen.

Bereits vor Jahren hatte Dorabella mit einem Bestatter eine Vereinbarung geschlossen und alles vom Grabplatz bis zur späteren Grabpflege bezahlt und organisiert. Die Trauerfeier sollte auf Schreberwerder stattfinden, danach würde die *Rieke* den Sarg und die Trauergemeinde die Havel hinauf zum Friedhof Heiligensee zur Beisetzung bringen.

Obwohl Viktor Hauser ihr angeboten hatte, dass er bei Luis oder Herrn X übernachten könne, entschied sich Pippa für Doras Häuschen, um den Trauernden Zeit für sich selbst zu geben. Dennoch brachte sie es nicht fertig, dort zu schlafen. Sie beschloss, die Nacht im Freien zu verbringen und schleppte eine Gartenliege hinter Doras Haus. Ihre Melancholie würde sie mit einer Flasche von Dorabellas Schlehenwein vertreiben.

Zum Abendessen ging Pippa zu Karin, die einen Topf Spaghetti mit Tomatensauce gekocht hatte.

»Kommen die anderen auch?«, fragte Pippa und umarmte die Freundin. »Kann ich dir noch helfen?«

»Nein, wir zwei sind ganz unter uns. Matthias und Lisa

sind kurz in die Transvaal zurück, und sowohl mein Vater als auch Luis und Herr X nehmen zurzeit ausschließlich flüssige Nahrung zu sich. Sven schläft. Und ja, du darfst Parmesan reiben.«

»Sven schläft? Immer noch oder schon wieder?«

»Zwischendurch war er wach, aber er spricht kein Wort. Ich hatte ihm vorgeschlagen, Ida zu holen, doch darauf hat er so entsetzt reagiert, dass ich davon abgesehen habe.«

Pippa ließ das Stück Parmesan sinken. »Ida Marthaler? Wieso denn ausgerechnet sie?«

»Sie versteht etwas von Homöopathie und anderen Heilmitteln. Du weißt schon, Schüssler-Salze und so. Dora hat sie auch zur Seite gestanden, soweit ich weiß.« Karin lachte leise. »Leider ist Ida aber nicht nur irgendeine Biochemikerin und Nachbarin auf Schreberwerder, sondern gleichzeitig auch Svens Schuldirektorin.«

»Du meine Güte! Kein Wunder, dass Sven sie nicht an seinem Bett sitzen haben will.«

Nach dem Essen bat Karin Pippa, bei Sven zu bleiben, während sie sicherstellte, dass es Viktor an nichts fehlte.

Sven lag im Nebenzimmer auf dem Bett seiner Eltern. Er schlief, warf sich aber unruhig hin und her. Pippa setzte sich auf den Stuhl neben dem Bett und beobachtete ihren Patensohn besorgt, als Sven im Schlaf unzusammenhängende Wörter zu murmeln begann. Auf seiner Stirn bildeten sich Schweißperlen.

»Haben Sie ...«, stammelte er, »... Ich bin nicht schuld ... Warum ... Nein! ... Tante Dora! Nein, bitte ...!«

Mit einem lauten Schrei fuhr er hoch, starrte blicklos und verwirrt um sich und keuchte: »Ich habe nichts gesehen, ehrlich!«

Seine Augen wurden klar, und er fuhr wie ertappt zusammen, als er Pippa erkannte. »Tante Pippa! Wo ist Mama?«

Pippa sah ihn forschend an. »Hattest du einen schlechten Traum?«

Er wandte den Blick ab und flüsterte: »Ich weiß nicht. Ich kann mich nicht erinnern.«

»Soll ich dir das glauben? ... Erzähl schon. Das erleichtert. Es bleibt unser Geheimnis, wenn du möchtest.«

Svens Augen taxierten Pippa genau. »Versprochen?«

»Du kannst dich auf mich verlassen.«

Sven nickte langsam. »Ich war da in der Nacht.«

»Welche Nacht? Wo?«, fragte Pippa erstaunt.

»Bei Tante Dora. In ihrem Gewächshaus.«

»Was hast du denn mitten in der Nacht im Gewächshaus gemacht? Ich dachte, du passt mit Lisa auf die Kästner-Kinder auf.«

Sven wurde knallrot. »Hab ich ja auch. Aber Lisa wollte sich von Daniel allein verabschieden, und da haben die beiden Bonnie zu mir geschickt.« Sven sah Pippa verlegen an. »Die ist nun wirklich nicht meine Kragenweite. Viel zu jung. Die ist genauso schnell eingeschlafen wie die Kästner-Kinder. Und da bin ich nur kurz mal weg, um was zu holen.«

»Aus Dorabellas Gewächshaus?« Pippa schüttelte den Kopf. »Was gibt es denn da zu holen?«

Sven biss sich schuldbewusst auf die Lippen. Er winkte sie nahe zu sich und flüsterte ihr ins Ohr: »Gras.«

Pippa war sofort klar, dass er damit nicht etwa Zierrasen meinte, und lachte laut auf. »Aus Dorabellas Gewächshaus. Sicher.«

»Doch, ehrlich! Die haben da Cannabis gezüchtet.« Plötzlich grinste er breit. »*Gutes* Cannabis. Und ich weiß, wo der Schlüssel zum Vorhängeschloss ist.«

»Das glaube ich nicht«, sagte Pippa. »Du nimmst mich doch auf den Arm.«

»Kannst du aber glauben«, feixte Sven. »Ich habe die beiden kiffen sehen. Tante Dora und Herrn X. Ganz bestimmt.« Langsam wurde Sven munterer. »Ich habe das zufällig entdeckt. Wir brauchten mal so eine Schere, um Rosen abzuknipsen, und Mama hat gesagt, ich soll Tante Dora fragen. Aber die war nicht da, und ich dachte, sie hat bestimmt nichts dagegen, wenn ich in ihrem Gewächshaus nachsehe und mir die Schere ausborge. Und da habe ich es gesehen: ungefähr zwanzig Cannabispflanzen mit riesigen Blüten. Echt, Wahnsinn.«

»Das war bestimmt diese andere Cannabispflanze, die Lutz Erdmann anbauen will. Und die beiden haben schon mal ...«

Sven schüttelte bestimmt den Kopf. »Die hätten doch überhaupt keine Wirkung, wenn man die raucht. Und die von Tante Dora ... oh, Mann. Die haben gewirkt.«

»Also gut. Dora hat Cannabis angebaut, und in der Nacht, als sie starb, wolltest du dir etwas holen.« Pippa holte tief Luft. Svens Schockzustand ließ sich nicht damit erklären, dass er sich vielleicht zufällig in Dorabellas Nähe aufgehalten hatte, als sie starb.

Vorsichtig fragte sie: »Und weiter?«

»Ich ... ich habe sie gesehen. Sie kam aus dem Haus von Tante Dora. Und ... und dann war Tante Dora tot!« Sven ließ sich erschöpft zurück in die Kissen fallen. »Tot!«, flüsterte er.

Pippa wartete, bis er sich wieder beruhigt hatte.

»Und du hast jemanden gesehen.«

Sven nickte zögernd.

»Sven, wen hast du gesehen?«

Er sank in sich zusammen und schwieg.

»Sven, es ist sicher ganz harmlos, aber es ist nicht gut, wenn du es mit dir herumschleppst und vielleicht irgendjemanden grundlos verdächtigst.«

Er wand sich in offensichtlicher Pein. Schließlich flüsterte er kaum hörbar: »Frau Marthaler. Sie ist aus Tante Doras Haus gekommen. Genau um Mitternacht. Und jetzt ist Tante Dora tot.«

Pippas Gedanken überschlugen sich. Ida Marthaler war vielleicht die Letzte, die Dora lebend gesehen hatte – und sie hatte Freddy nichts davon erzählt!

»Sven, war Tante Dora auch da, als Frau Marthaler im Haus war? Hast du sie gesehen?«

Sven schüttelte den Kopf. »Ich habe sie nicht gesehen, ich habe aber auch nicht nachgeschaut. Ich wollte doch nicht, dass mich jemand sieht … Ich war so erschrocken, als die Marth… äh, Frau Marthaler plötzlich aus der Tür kam, ich konnte mich gerade noch verstecken. Und als sie weg war, bin ich ganz schnell zurück zu den Kästners. Ich hatte ja keine Ahnung.«

Er sah sie ängstlich an.

»Meinst du, ich hätte Tante Dora noch retten können?« Seine Stimme klang vor Angst kindlich und dünn.

»Nein, sicher nicht. Als deine Lehrerin gegangen ist, war bestimmt noch alles in Ordnung.«

Pippa spürte selbst, dass ihre Antwort nicht ganz glaubhaft klang, aber Sven schien zufrieden zu sein.

»Weißt du«, sagte er, »ich habe einen Moment lang gedacht, dass vielleicht die Marthaler Tante Dora umge… Aber wenn ich mich vertan hätte und hätte sie beschuldigt … das Abi hätte ich mir abschminken können.«

»Ich verstehe – böse Zwickmühle. Aber für einen Mord

braucht man ein Motiv. Und Frau Marthaler hatte gar keinen Grund, Dorabella etwas zu tun. Sie waren einfach nur langjährige Nachbarn.« Pippa versuchte, so zuversichtlich wie möglich zu klingen. Sie hätte nicht sagen können, ob sie mit diesen Worten eher sich selbst oder ihren Patensohn zu beruhigen versuchte.

»Wenn du willst, kann ich ja mal mit Frau Marthaler reden«, sagte sie. Als sie Svens alarmiertes Gesicht sah, fügte sie hinzu: »Ich werde natürlich sagen, dass ich sie gesehen habe, als sie aus dem Gartentor kam. Was meinst du?«

Sven nickte. »Gute Idee.« Er sah erleichtert aus.

»Du wirst sehen, es gibt immer eine Erklärung. Für alles.«

Was sie nicht laut aussprach, war, dass eine Erklärung nicht immer harmlos sein musste.

Das Gespräch mit Sven ging Pippa noch immer durch den Kopf, als sie schon längst in ihren Schlafsack gekuschelt die Sterne über sich betrachtete. Ida Marthaler, die nachts aus Dorabellas Haus kam und der Polizei diesen wichtigen Umstand verschwieg … und ein Gewächshaus voller Marihuana.

Pippa überlegte, mit wem sie darüber sprechen sollte. Mit Herrn X, der offenbar Doras heimliche Leidenschaft geteilt hatte? Oder mit Viktor, der Dora mehr als nur freundschaftlich verbunden gewesen war? Ob es ein Testament gab, das die beiden bedachte? Oder sollte sie mit Nante reden, für den Dorabella sogar ihre Ersparnisse opfern wollte und der nun den Schrebergarten der Peschmanns nicht würde kaufen können?

Langsam driftete Pippa in den Schlaf, mitten hinein in einen wilden Traum, in dem sämtliche erwachsenen Bewohner Schreberwerders in bunter Hippiekleidung in Dorabellas Garten auf dem Rasen saßen, riesige Joints kreisen ließen und selbstgebrannten Schlehenschnaps tranken.

Die Klinke knarrte leise, als die schwarz gekleidete Gestalt sie vorsichtig hinunterdrückte. Die Person hielt einen Moment inne, um zu lauschen. Dann huschte sie auf Zehenspitzen hinein und zog die Tür hinter sich zu, gab sich aber keine besondere Mühe, leise zu sein.

Der dünne Lichtstrahl einer Taschenlampe tanzte zitternd durch den Raum und verharrte auf Dorabellas zierlichem Kirschholz-Sekretär. Eine Schublade nach der anderen wurde quietschend aufgezogen und wieder geschlossen, alles wurde langsam und vorsichtig nach einem Mechanismus für ein eventuelles Geheimfach abgetastet.

Schließlich zog die Gestalt scharf die Luft ein und drückte auf einen verborgenen Knopf. Mit leisem Klicken öffnete sich ein verstecktes Fach, und der Eindringling zog einen Briefumschlag hervor, der mit den Worten *Mein letzter Wille* beschriftet war. Er faltete ihn nachlässig zusammen und stopfte ihn sich hinten in die Hosentasche.

Wie ein Schatten huschte die Gestalt wieder zur Tür hinaus, nachdem sie sich vergewissert hatte, dass auf Schreberwerder alles ruhig war. Leise Schritte knirschten auf dem feinen Sand der Dorfstraße.

Pippa lag mit klopfendem Herzen und angehaltenem Atem auf der Gartenliege. Ein Geräusch hatte sie aus tiefstem Schlaf hochfahren lassen. Sie versuchte sich zu orientieren. Auf einmal war sie sich völlig sicher, dass da noch jemand war.

Sie aktivierte durch einen Knopfdruck die Beleuchtung ihrer Armbanduhr. Die Ziffern schimmerten rot in der

Dunkelheit und zeigten die Uhrzeit: 3.28 Uhr. Selbst Herr X würde um diese Zeit nicht einfach Dorabellas Haus betreten, geheime Schranktür hin oder her. Oder konnte Viktor nicht schlafen und war noch einmal in Doras Haus gegangen, um Abschied zu nehmen?

Krampfhaft versuchte Pippa, sich zu beruhigen. Gerade als sich ihr Herzschlag wieder normalisierte, klappte leise die Haustür zu und versetzte ihr einen erneuten Schreck. Kaum hörbare Schritte entfernten sich Richtung Steg.

Pippa befreite sich aus dem warmen Schlafsack und schlich auf Zehenspitzen zur Vordertür. Die Insel lag völlig ruhig da, nur die Wellen klatschten leise an das nahe Ufer. Pippa konnte plötzlich nicht mehr sagen, ob sie die Geräusche nicht doch geträumt hatte. Sie beschloss, sich im Haus umzusehen.

Im Wohnzimmer schaltete sie das Deckenlicht an. Der hell erleuchtete Raum sah aus wie gewohnt. Wer immer der Eindringling gewesen war – er hatte keine sichtbaren Spuren hinterlassen.

Kapitel 9

Am Tag von Dorabellas Beisetzung strahlte die Sonne aus tiefblauem Himmel.

Das Beerdigungsunternehmen hatte nach Dorabellas Wünschen auf dem Dorfplatz ein großes Zeltdach errichtet und einige Reihen Stühle aufgestellt. Da die Insulaner wussten, wie sehr Dora diese Blumen liebte, hatten alle ihre Rosen geschnitten, um den Sarg und die *Rieke* angemessen zu schmücken.

Der Sarg ruhte auf einem Katafalk. Mannshohe Windlichter enthielten dicke, cremefarbene Kerzen, und ein schmales Pult stand für diejenigen bereit, die ein paar Worte sagen wollten.

Langsam füllten sich die Stuhlreihen mit Trauergästen, die auch von benachbarten Inseln herübergekommen waren. Alle waren festlich gekleidet; selbst Herr X trug einen schwarzen Pullover.

Nante erschien in Begleitung eines jungen Mannes, der in seinem dunklen Anzug ein wenig wie ein Konfirmand aussah. Bei seinem Anblick sprang Lutz Erdmann empört auf und sagte scharf: »Was hast du hier zu suchen? Verschwinde!«

»Ich habe das gleiche Recht, hier zu sein wie jeder andere«, erwiderte der junge Mann und setzte sich mit Nante in die zweite Stuhlreihe, ohne Lutz eines weiteren Blicks oder Wortes zu würdigen.

Pippa reckte neugierig den Hals, aber sie konnte nicht erkennen, um wen es sich bei Nantes Begleiter handelte, da sie die beiden nur von hinten sehen konnte. Immer, wenn der junge Mann den Kopf bewegte, verdeckte ihr einer der anderen Trauergäste die Sicht.

Punkt zehn Uhr trat Viktor Hauser an das Rednerpult, und das leise Gemurmel der übrigen Gäste verstummte.

Viktor räusperte sich und sagte: »Liebe Freunde, an einem strahlenden Tag wie diesem zeigen sich Schreberwerder, die umliegenden Inseln und die Havel von ihrer besten Seite, um gemeinsam mit euch unserer geliebten Freundin Dorabella das letzte Geleit zum Friedhof Heiligensee zu geben. Da Dora keine Verwandten hat, sind und waren wir alle nur zu gerne ihre Familie. Sie war uns allen eine Freundin, Vertraute, Seelentrösterin und Gefährtin. Den Kindern war sie eine liebevolle Ersatzoma, die immer einen Keks und eine Tasse Kakao für ihre kleinen Besucher hatte und der sie auf wundersame Weise besser gehorchten als den eigenen Eltern ...«

Pippa legte den Arm um Sven, als der Junge neben ihr zu weinen begann, und zog ihn sanft an sich. Seit ihrem vertraulichen Gespräch hatte er sich zwar deutlich erholt, aber Schock und Verwirrung waren ihm nach wie vor anzumerken.

Schräg vor ihnen nahmen Lutz Erdmann und Angelika Christ geräuschvoll Platz. Erdmann trug einen demonstrativ gelangweilten Gesichtsausdruck zur Schau. Er polierte sich auffällig die Fingernägel, während Viktor seine Rede beendete und abschließend sagte: »Jeder, der möchte, kann jetzt etwas sagen.«

Viktor trat vom Pult zurück, verbeugte sich vor dem Sarg und ging zurück an seinen Platz in der ersten Reihe.

Nach kurzem Zögern erhob sich Luis und ging nach vorne. Sein Gesicht war eingefallen und blass. Er sah lange den Sarg an, bevor er zu sprechen begann: »Dorabella … Niemand, der dir jemals begegnet ist, hätte dich *nicht* lieben können …«

Zu Pippas Bestürzung stieß Lutz Erdmann bei diesen Worten ein leises, höhnisches »Tss!« aus.

Karin, die direkt hinter ihm saß, beugte sich vor und zischte »Mistkerl!« in sein Ohr.

Erdmann wurde dunkelrot und wandte sich wütend in Karins Richtung.

»Das hat ein Nachspiel, Schmutz-Lutz«, flüsterte Karin noch. »Versprochen.«

Erdmann zuckte mit den Schultern. Grinsend drehte er sich zu Angelika Christ um und begann mit ihr zu tuscheln.

Luis trat an den Sarg und legte seine Hand auf das dunkel polierte Holz. Tränen liefen ihm über die stoppeligen Wangen, als er zu seinem Platz zurückkehrte und Herrn X zunickte, der sich sofort erhob und zum Pult ging.

»Ich möchte über Dorabella sprechen, die mir eine echte Freundin war …«, begann er, aber dann versagte seine Stimme. Er starrte fassungslos auf den Sarg, als würde er in diesem Moment erst begreifen, was geschehen war. Hilflos sah er Luis an, öffnete den Mund, schloss ihn wieder und schüttelte den Kopf. Luis sprang auf und führte Herrn X zu seinem Stuhl zurück.

Niemand sagte etwas.

Plötzlich erhob sich Lutz Erdmann, strich sein Leinensakko glatt und sagte: »Dann werde ich mal, schließlich bin ich hier so etwas wie …«

»So etwas wie *was* bitte?«, zischte Karin aufgebracht. »Wofür hältst du dich? Für den König von Schreberwerder, der zu seinen devoten Untertanen spricht?«

Sie machte Anstalten, aufzuspringen und ihn aufzuhalten, aber Sven hielt sie am Ärmel fest.

»Lass doch, Mama«, flüsterte er und sah sie flehend an.

Widerstrebend sank sie zurück auf ihren Stuhl.

Lutz Erdmann hatte am Pult Position bezogen, streifte Karin mit einem hochmütigen Blick und deklamierte salbungsvoll: »Wir nehmen Abschied von einer großen Frau, von einer Dame mit Stil und Geschmack, die von uns allen tief verehrt wurde. Wir werden sie sehr vermissen, ihren Humor, ihre Güte und ihr Verständnis. Sie hinterlässt eine Lücke in unserer Gemeinschaft, die nicht so schnell wieder geschlossen werden wird.«

»Bestimmt nicht durch dich!«, knurrte Matthias leise.

Lutz sah in die Reihen der Trauernden und fuhr fort: »Ich möchte die Gelegenheit nutzen, noch ein paar Worte in eigener Sache zu sagen. Wir sind gerade alle hier versammelt und ich möchte Ihnen und dem eventuellen Erben von Dorabella noch einmal das Angebot machen, Ihre Parzellen …«

Weiter kam er nicht.

Stephan Kästner und Matthias standen wortlos auf, packten jeder einen seiner Arme und trugen ihn zum Landungssteg. Dort ließen sie den verblüfften Lutz einen kurzen Moment über dem Wasser schweben, bevor sie ihn mit Schwung in die Havel beförderten. Alle applaudierten, nur Angelika Christ lief entsetzt zum Steg.

»Ja, Dorabella«, sagte Viktor in den Beifall hinein, »wie du siehst, erfüllen wir heute sogar deine geheimsten Wünsche. Dorabella lebe hoch!«

Während die anderen klatschten, beobachtete Pippa, wie Lutz Erdmann triefend an Land kam und die Faust drohend gegen die Trauergemeinde schüttelte. Als Angelika ihm helfen wollte, wehrte er sie grob ab und ging in Richtung seiner

Parzelle davon. Ein paar Sekunden später hörte man sein Gartentor mit lautem Scheppern ins Schloss fallen.

Pippa überlegte kurz und ging dann nach vorn zum Pult. Sie würde es nicht zulassen, dass Lutz allen die Feier verdarb.

»Die meisten von euch kennen mich erst wenige Tage«, sagte sie und blickte auf den rosengeschmückten Sarg, »und ich durfte nur eine viel zu kurze Woche lang Dorabellas Gesellschaft genießen. Sie hat mich herzlich auf eurer schönen Insel willkommen geheißen, hat mich eingeladen und …«, Pippa lächelte bei der Erinnerung, »… mit ihrem gleichermaßen köstlichen wie teuflischen Selbstgebrannten bewirtet. Dorabella war eine gelassene Dame, die ich bereits nach unserem ersten Zusammentreffen bewundert habe. Sie war eine wahrhaft positive Natur und sie hatte wunderbare Menschen an ihrer Seite.« Pippa sah zu Viktor, Luis und Herrn X hinüber. »Ich war und bin beeindruckt von ihr, und ich bedaure zutiefst, dass ich keine Zeit mehr hatte, sie näher kennenzulernen. Gute Reise, Dorabella.«

Viktor ging zu Pippa und küsste ihr die Hand. »Ich danke dir, Pippa.«

Er drehte sich zur Trauergemeinde um und verkündete: »Bevor wir Dorabella auf der *Rieke* zu ihrer letzten Ruhestätte begleiten, wollen wir auf ihr Wohl trinken.«

Auf einem Tisch, um den sich die Trauergäste jetzt versammelten, stand ein Tablett mit Schnapsgläsern und einem beachtlichen Vorrat von Dorabellas Birnengeist. Für die Kinder und Jugendlichen gab es alkoholfreie Waldmeisterbowle. Man stieß miteinander an und unterhielt sich leise.

Auf ein Zeichen hin traten die Mitarbeiter des Bestatters, sechs ernst dreinschauende Herren in schwarzen Anzügen und weißen Handschuhen, an den Katafalk mit Doras Sarg und schoben ihn über den Steg zur wartenden *Rieke*.

Nante ging voraus und half, den Katafalk mit Hilfe von breiten Bohlen an Bord zu hieven. Er hatte einen Teil der Bänke auf dem Deck abgeschraubt, um Platz zu schaffen. Duftende Rosengirlanden schmückten Geländer und Reling, die Flagge der *Rieke* wehte auf Halbmast.

Pippa hatte es übernommen, die Kästner-Kinder zu hüten, um den Eltern die Möglichkeit zu geben, an der Beisetzung teilzunehmen. Jetzt stand sie mit dem ungewohnt schweigsamen Emil am Steg und sah zu, wie die Trauergäste nach und nach an Bord gingen.

Viktor hatte den Arm um den weinenden Sven gelegt. Karin und Matthias saßen auf einer Bank und hatten Herrn X wie ein kleines Kind zwischen sich genommen. Lisa hielt mit Daniel Händchen. Sie flüsterten miteinander. Die Peschmanns und das Ehepaar Kästner kamen gemeinsam an Bord, als hätte es nie Feindschaft zwischen ihnen gegeben. Die Marthalers gingen wie Fremde nebeneinander her. Ida Marthaler wirkte betroffen, aber gefasst, Heinz gelangweilt. Luis saß stumm neben Doras Sarg. Der junger Mann, der Lutz so aus der Fassung gebracht hatte, war nicht an Bord. Lutz Erdmann war ebenfalls nicht wieder aufgetaucht, aber Angelika Christ bestieg die *Rieke*. Sie war sehr blass, und ihr Blick wanderte immer wieder zu Erdmanns Parzelle hinüber.

Pippa musterte alle der Reihe nach. Sie fragte sich, wer der nächtliche Besucher gewesen sein mochte und ob Doras Tod wirklich nichts als ein Unglück war.

Alle Anwesenden waren ganz normale Menschen; niemand schien über besondere kriminelle Energie zu verfügen. Also musste es eine andere Erklärung geben.

Und Lutz? Pippa schüttelte innerlich den Kopf. Der war zwar gierig, aber mit Sicherheit zu feige, um einen Mord zu begehen. Andererseits war Luis felsenfest davon überzeugt, dass Dorabellas Tod kein Unfall gewesen war, und hatte gute Argumente, die seine Theorie stützten.

Pippa zuckte zusammen, als das Signalhorn der *Rieke* ertönte. Die Fähre löste sich vom Steg und drehte bei. Langsam nahm das Schiff Fahrt auf und tuckerte die Havel entlang, flankiert von einigen Privatbooten, die Dorabella von Schlittwitz zum idyllischen Friedhof an der Havel geleiten wollten.

Pippa sah der ungewöhnlichen Prozession lange nach. Wenn die Gondeln Trauer tragen, dachte sie und schluckte nicht nur, weil sie Dorabella gemocht hatte, sondern weil ihr bei jeder Gelegenheit Italien einfiel und es immer noch schmerzte.

Sie nahm Emils Hand, und sie gingen schweigend zur Parzelle 8, wo die anderen Kästner-Kinder im Garten spielten. Plötzlich glaubte sie, aus dem Augenwinkel eine Bewegung wahrzunmehmen. Sie schüttelte unwillig den Kopf. Sie begann tatsächlich, Gespenster zu sehen.

Pippa atmete tief durch.

Gegen Angst und Unfrieden half nur eines: Aufklärung. Und wenn es niemand anders tat, dann würde sie selbst beweisen, dass Dorabellas Tod einfach ein Unglücksfall gewesen sein musste. Auf Schreberwerder, in dieser abgelegenen Idylle, gab es keinen Grund für Mord.

Oder etwa doch?

Als Gerdi Kästner von der Beisetzung zurückkehrte und die Kinder wieder übernahm, ging Pippa zu Luis' Parzelle, wo sich alle Insulaner treffen wollten, um noch ein wenig beisammenzusitzen.

Beinahe alle Stühle waren besetzt, und leises Murmeln erfüllte den Raum. Karin schenkte Kaffee aus, Luis stand an der Bar und mixte Getränke. Zu ihrer Überraschung sah Pippa Lutz Erdmann und Angelika Christ, die mit Heinz Marthaler in einer Ecke des Raumes standen und miteinander redeten.

»Pippa! Wir sind hier!«

Karin winkte und deutete auf zwei leere Stühle am Tisch, an dem Herr X, Stephan Kästner, Nante und Viktor bereits Platz genommen hatten.

Pippa ging hinüber. »Wie geht es euch?«

Nante antwortete: »Es war eine schöne Beisetzung, wirklich. Auf Dorabella.«

»Auf Dorabella«, murmelten die Männer im Chor und tranken ihren Schnaps auf ex.

»Luis – Nachschub!« Viktor winkte, und Luis kam sofort, um nachzufüllen.

»Pippa, du auch.« Viktor schob ihr ein gefülltes Glas hin.

Pippa wusste, dass es wenig Sinn hatte, sich zu wehren. An diesem Tag würde noch so mancher Toast auf Dorabellas Wohl ausgebracht werden.

Langsam wurde die Stimmung gelöster. Die Runde überbot sich in Anekdoten über Dorabella, und schließlich wurde sogar herzlich gelacht. Viktor erzählte gerade eine fröhliche Geschichte über eine Reise, die er vor Jahren zusammen mit Dora unternommen hatte, als Lutz Erdmann an sein Glas klopfte und um Aufmerksamkeit bat.

»Wat will der denn schon wieda?«, murrte Luis.

»Warten wir es ab«, sagte Viktor und drehte seinen Stuhl herum, damit er Lutz besser sehen konnte. Nach und nach verstummten alle Gespräche im Raum.

»Liebe Freunde, ich habe eine Mitteilung zu machen, die uns alle betrifft«, verkündete Lutz Erdmann und sah in die Runde. Dann fuhr er fort: »Es geht um Schreberwerder. Durch Dorabellas Tod ist Nante nun leider nicht mehr in der Lage, mein Angebot an die Familie Peschmann zu überbieten, das ich hiermit wiederholen möchte. Allerdings reduziere ich mein Angebot unter den gegebenen Umständen um fünftausend Euro – und auch für alle anderen Parzellen auf Schreberwerder hat sich das Angebot auf zwanzigtausend verringert. Überlegen Sie es sich, meine Herrschaften, ehe es noch weniger wird.«

»Du wirst Schreberwerder niemals kriegen! Dat werde ick vahindern! Nur über meene Leiche«, schrie Luis wütend.

Er sprang auf und schüttelte die Faust.

Lutz lächelte siegesgewiss. »Nun, das werden wir sehen, oder? Mir gehört praktisch schon die halbe Insel – mit meiner Parzelle und der von Frau Christ …«, er verbeugte sich in Angelikas Richtung, die tief errötete, »… außerdem gehe ich davon aus, dass Familie Peschmann und ich uns unter diesen Umständen schnell einig werden …«, Erdmann machte eine Kunstpause, »… zumal Dorabella mir ihre wunderschöne Parzelle 4 selbst vererbt hat.«

Sofort brach ein Tumult los. Alle schrien durcheinander, aber Lutz blieb völlig ruhig und zog einen Briefumschlag aus der Sakkotasche, den er über seinem Kopf schwenkte.

»Hier habe ich ihr Testament«, rief er in die aufgebrachte Runde, »hier steht es schwarz auf weiß! *Ich vererbe dem Sohn meines lieben Freundes Bernhard Erdmann, Lutz Erdmann, meine geliebte Parzelle 4, um ihm endlich den ihm zustehenden Platz auf Schreberwerder einzuräumen.*«

»Wieso sollte Dora ausjerechnet dir die Parzelle vamachen? Det is doch ’ne abjefeimte Lüje!« Luis war krebsrot vor Zorn.

Er war drauf und dran, sich auf Lutz zu stürzen, wurde aber von Viktor aufgehalten, der sich erhob und laut um Ruhe bat.

»Liebe Freunde! Ehe die Situation eskaliert, möchte ich euch etwas vorspielen.«

Er ging zum Fernseher mit DVD-Spieler, mit dem die Dauerwohner im Winter ihr wöchentliches Kino veranstalteten. Alle sahen ihn erwartungsvoll an, sogar Lutz verstummte.

»Ich habe hier Doras letzten Gruß an uns. Sie hat sich gewünscht, dass wir alle beisammen sind, wenn wir ihn uns ansehen.«

Er drückte den Startknopf und zog sich in den Hintergrund zurück. Dorabella erschien auf dem Bildschirm. Im Raum herrschte Totenstille.

»Meine lieben Freunde«, sagte Dorabella und lächelte. »Jetzt guckt doch nicht so erschrocken. Ich will mich nur für euer Kommen und die schöne Feier bedanken. Es gibt keinen Grund, traurig zu sein. Ich bin es jedenfalls nicht. Ich bin sozusagen endlich wieder gesund. Und damit es euch allen auch wieder bessergeht, möchte ich euch jetzt meinen letzten Willen mitteilen.«

Alle Anwesenden schnappten kollektiv nach Luft. Lutz Erdmann wurde bleich und biss sich auf die Lippen.

»Vor zwei Stunden habe ich auf Lutz Erdmanns Party meinem lieben Freund Nante versprochen, dass er mit meiner Hilfe die Parzelle von Familie Peschmann kaufen kann. Dabei bleibt es. Pia, Jochen … ich wünsche euch alles Gute in Toulouse. Nante wird sich bestens um eure Parzelle kümmern, da bin ich sicher.«

Peschmanns und Nante starrten sich fassungslos an, und Lutz schrie: »In meinem Testament steht ganz klar, dass ich der Erbe ...«

Er wurde von den anderen niedergezischt, da Dorabella weitersprach: »Nante, du bekommst aus meiner Lebensversicherung dreißigtausend Euro, wie versprochen. Schön, dass wir noch gemeinsam etwas gegen Lutz unternehmen können. Viktor bekommt noch einmal die gleiche Summe. Der Rest meiner Lebensversicherung wird aufgeteilt: Jeder der Kästners, Herr X, Luis, die Wittigs, außerdem Bonnie und Daniel und Ida Marthaler bekommen jeweils fünftausend Euro. Zu guter Letzt bleibt noch meine eigene Parzelle, für die ich eine besondere Verwendung habe. Ich habe einen Patensohn, ein gemeinsames Kind meiner lieben, viel zu früh verstorbenen Freundin Marietta Maier und ihres Geliebten Bernhard Erdmann. Dieser Patensohn, Felix Maier, soll meine Parzelle bekommen. Das, liebe Freunde, ist mein letzter Wille, den ich auch schriftlich niedergelegt habe. Viktor und Felix wissen, wo mein Testament zu finden ist. Und nun, meine lieben Freunde, verabschiede ich mich von euch. Ich habe die Zeit mit euch sehr genossen. Lebt wohl und trinkt beim Sonnenuntergang mal ab und an ein Glas auf mich.«

Der Bildschirm wurde schwarz. Die Insulaner saßen schweigend da, zu überrascht und überwältigt von dem, was sie gerade gehört hatten. Niemand achtete auf Lutz, der versuchte, sich unauffällig aus dem Raum zu stehlen, bis Herr X rief: »He, Freundchen, wo willst du denn so plötzlich hin?«, und aller Augen sich Erdmann zuwandten.

Ehe Lutz etwas sagen konnte, fragte Pia Peschmann: »Und wer ist Felix Maier? Kennt den einer von euch?«

Alle schüttelten den Kopf, bis auf Viktor, der jemanden aus dem Hintergrund nach vorne schob. Pippa atmete scharf ein, als sie in dem Konfirmanden mit dem akkuraten Scheitel plötzlich den lässigen Kapuzenträger aus dem Heckenlabyrinth erkannte.

»Der Geocacher?!«, stammelte sie überrascht.

Der junge Mann verneigte sich in ihre Richtung.

»Ich bin Felix Maier«, sagte er.

Kapitel 10

Es war totenstill. Man hätte eine Stecknadel zu Boden fallen hören können.

Herr X, immer noch bereit, sich Lutz in den Weg zu werfen, baute sich so breit er konnte vor dem Ausgang auf. Diese Mühe hätte er sich sparen können, denn Lutz war bereits auf dem Weg zu seinem Halbbruder, der lächelnd neben Viktor stand. Felix Maier fühlte sich nicht besonders wohl damit, von allen angestarrt zu werden, wirkte aber dennoch gelassen.

Pippa stellte fest, dass der junge Mann es geschafft hatte, im dramaturgisch perfekten Augenblick praktisch aus dem Nichts unter ihnen aufzutauchen. Sie hatte noch mitbekommen, wie die Peschmanns hereinkamen, aber gleich danach hatte Viktor Dorabellas Botschaft abgespielt, die aller Aufmerksamkeit in Anspruch genommen hatte.

Derlei Feinheiten schienen Lutz nicht zu interessieren. Er durchquerte mit großen Schritten den Raum und baute sich vor seinem Halbbruder auf.

Pippa hoffte inständig, dass sich einer der atemlos zuschauenden Herren im Falle eines Schlagabtausches zwischen die kämpfenden Brüder werfen würde, machte sich aber innerlich für eigenen Körpereinsatz bereit.

Felix Maier hielt Lutz' angriffslustigem Blick erstaunlich gelassen stand und zwang Lutz damit in die Offensive.

»Was hast du hier zu suchen? Verschwinde! Sofort!«

Maier zuckte mit den Schultern und entgegnete: »Und das hast du zu entscheiden?«

»Dies ist eine Versammlung der Schreberwerder-Bewohner. Bist du ein Schreberwerder-Bewohner? Nein! Also hast du hier nichts zu suchen.«

»Könnte aber sein, dass er bald unsa Nachbar ist, wie wir alle jerade von Dorabella jehört ham – und wenn ick so frei sein darf hinzuzufüjen: een höchst willkommener«, rief Luis und nickte zufrieden, als beifälliges Gemurmel erklang.

Lutz fuhr herum und zeigte mit dem Zeigefinger auf Luis. »Misch dich nicht ein, alter Mann. Das hier ist eine Familienangelegenheit, verstanden? Das geht niemanden etwas an, außer diesen Bastard und mich.«

»Wat denn nu«, stichelte Luis vergnügt, »Bewohnerversammlung oder Familienanjelegenheit? Vielleicht sollteste dir ma festlejen, Herr Erdmann.« Er betonte das Wort »Herr« auf eine Art und Weise, die an Beleidigung grenzte.

Lutz schnappte nach Luft, wandte sich aber wieder Felix Maier zu und schrie: »Du bist ja immer noch hier!«

»Ich schlage vor, wir beruhigen uns erst einmal alle und trinken einen Kaffee oder einen Schnaps. Oder beides«, sagte Viktor streng. »Und dann klären wir die Angelegenheit ganz in Ruhe.«

Karin wurde sofort aktiv und schenkte Kaffee aus, an ihrer Seite Pippa, die Schlehenschnaps anbot.

Währenddessen stand Viktor auf und ergriff das Wort: »Für die meisten von uns überraschend ist heute dieser junge Mann aufgetaucht, der dennoch zu uns gehört, weil er zu Dorabella gehörte. Fast alle Insulaner sind hier versammelt, und trotz des traurigen Anlasses ist das eine sehr gute Gelegenheit, dich endlich vorzustellen, Felix.«

Er stupste den jungen Mann aufmunternd an.

»Ich freue mich darauf, Sie alle näher kennenzulernen«, sagte Maier und nickte grüßend in die Runde. Dann fuhr er fort: »Tante Dorabella hat eigentlich schon alles gesagt. Und das Wichtigste ist nun einmal: Lutz und ich haben denselben Vater.«

»Haben wir nicht«, schrie Lutz, »dafür gibt es keine Beweise, mein Vater hat dich niemals anerkannt!«

»Du weißt, dass das eine Lüge ist«, schoss Felix zurück.

»Merkwürdig, wirklich sehr merkwürdig, dass du dann nach Vaters Tod dein Erbe nicht eingeklagt hast, du gieriger kleiner Schmarotzer.«

»Noch viel merkwürdiger, dass sämtliche entsprechenden Dokumente aus Vaters Papieren verschwunden waren, als das Testament eröffnet wurde.«

Ein schnelles Grinsen huschte über Lutz Erdmanns Gesicht. »Ja, dumm gelaufen, nicht wahr?«

»Freu dich nur nicht zu früh, lieber Bruder, ich werde beweisen, dass du Vaters Papiere manipuliert hast. Ich sage die Wahrheit.«

»Das ist dann deine Wahrheit«, höhnte Lutz, »und morgen kommen drei weitere Betrüger um die Ecke, die behaupten, dass mein seliger Vater mit ihrer Schlampe von Mutter im Bett war, und wollen an mein Erbe.«

Felix Maier versteinerte.

»Großer Gott – Erdmann«, sagte Viktor angeekelt.

»Was denn?« Lutz Erdmann war sich keiner Schuld bewusst. »Da kann doch jeder kommen.«

»Dann wird eben eine DNA-Analyse gemacht«, gab Viktor zurück.

»Du glaubst doch nicht, dass ich die Exhumierung meines Vaters gestatte, damit unser guter Name in den Dreck gezogen wird? Allein die Behauptung dieses hergelaufenen Maierleins ist ein Angriff auf die Familienehre der Erdmanns«, verkündete Lutz pompös.

»Sagt einer, der Moral für eine aussterbende Spezies von afrikanischen Einzellern hält!«, prustete Karin. »Lutz Erdmann redet von Ehre! Wenn das nicht mal der größte Witz dieses traurigen Tages ist.«

»Jenau«, rief Luis, »dem trau ick allet zu! Ooch, dat beim Tod seines Vaters nich allet mit rechten Dingen zujejangen is. Bernhard war ein ausjezeichneter Autofahrer. Vielleicht sollte Pippa ihren Bruder auf diese Unjereimtheiten ansetzen, und der rollt dann den Fall noch mal janz von vorne auf. Bei Mordverdacht dürfte doch eine Exhumierung nur so ’ne Formsache sein, oder, Pippa?«

Pippa zuckte zusammen, als sie ihren Namen hörte und alle Blicke sich ihr zuwandten. »Äh … das ist nicht Freddys Bereich, fürchte ich …«, stammelte sie schnell.

Sie sah sich hilfesuchend um, denn sie befürchtete, einen Vortrag darüber halten zu müssen, dass natürlich nicht jeder Polizist einfach mal so einen alten Fall wieder aufrollen konnte …

Matthias fing ihren Blick auf. Er reagierte sofort und griff zum sichersten Mittel, um Pippa einen dezenten Rückzug zu verschaffen: Er lenkte die allgemeine Aufmerksamkeit wieder auf Lutz.

»Ehe wir hier das ganz große Fass aufmachen, würde ich gern klären, wo Sie dieses angebliche Testament von Dorabella hergezaubert haben, Herr Erdmann.«

Lutz zuckte mit keiner Wimper. »Das geht Sie wohl kaum etwas an, Herr Wittig.« Er räusperte sich und fuhr fort: »Das hat Dorabella mir schon vor … vor Monaten gezeigt.«

»Ha, gezeigt vielleicht, aber nicht gegeben«, sagte Viktor,

»Dora hat mir damals erzählt, dass sie dich damit konfrontiert hat.«

Unruhe kam auf. Alle, die bis jetzt geschwiegen und das Gespräch verfolgt hatten, murmelten aufgeregt durcheinander.

»Sieh mal einer an: Jetzt wird es spannend«, flüsterte Karin Pippa ins Ohr.

Lutz zog es vor, sich dumm zu stellen. »Konfrontiert? So ein Quatsch. Womit denn wohl?«

Viktor lächelte. »Damit, dass sie Felix in ihrem Testament bedenken wollte. Das war deine letzte Chance, Dorabella auf deine Seite zu ziehen, Lutz, du hast es nur nicht gewusst. Du hättest nur ein wenig Familiensinn zeigen und Felix in deine Pläne einbeziehen müssen, und schon hättest du das Nutzungsrecht für Parzelle 4 in der Tasche gehabt.«

»Das ist nicht wahr«, sagte Lutz.

»Willst du Viktor 'nen Lüchner nennen? Ausjerechnet du?« Luis erhob sich drohend und stützte sich mit den Fäusten auf den Tisch.

Viktor winkte ab. »Soll er mich nennen, wie er will. Viel wichtiger finde ich die Frage, wie das Testament in deine Hände gelangt ist, Lutz. Am Tag meiner Abreise lag es noch im Geheimfach von Dorabellas Sekretär.«

»Schade, dass Dorabella das nicht bestätigen kann. Ich bitte um Beweise für diese Behauptung!«, forderte Lutz Erdmann lautstark.

»Ich bin der Beweis. Ich habe es dort liegen sehen, als ich am Tag meiner Abreise etwas in Dorabellas Sekretär deponiert habe«, sagte Viktor. »Also ist das Testament irgendwann in den letzten zehn Tagen ganz von allein zu Lutz Erdmann hinübergewandert.«

Lutz Erdmann verschränkte die Arme vor der Brust.

»Für mich hört es sich an, als stünde hier Aussage gegen Aussage. Ich bin rechtmäßig im Besitz dieses Testaments.«

»Ich möchte etwas sagen.« Pippa hatte die Hand gehoben, um auf sich aufmerksam zu machen. »In der Nacht von Samstag auf Sonntag war ein Einbrecher in Dorabellas Haus.«

Alle redeten durcheinander und bestürmten Pippa mit Fragen, bis Viktor laut »Ruhe!« rief. Er nickte Pippa auffordernd zu, die langsam begriff, dass Karins Vater so etwas wie der Inselhäuptling war, der mit wenigen Worten bestimmte, was als Nächstes zu geschehen hatte. Selbst Lutz wagte keinen Widerspruch.

Pippa erzählte, was in jener Nacht passiert war. Wahrheitsgemäß fügte sie hinzu, dass sie weder gesehen habe, wer der Eindringling gewesen, noch, ob etwas gestohlen worden sei.

»Det war Lutz!«, rief Luis.

Erdmann applaudierte demonstrativ. »Schöne Geschichte, Frau … äh … ist ja auch egal. Das würde euch allen prima in den Kram passen, mir diese Räuberpistole anzuhängen, stimmt's? Diebstahl und Dokumentenfälschung, das habt ihr euch hübsch ausgedacht.«

»Und Mord!«, meldete sich Luis wieder zu Wort. »Wenn es um jefälschte Testamente jeht, muss immer jemand vorher sterben, und zwar meist unfreiwillich.«

Lutz sprang auf. »Jetzt habe ich aber die Nase voll von diesem Gerede über angebliche Einbrüche, angebliche Morde und angeblich gefälschte Testamente!« Er riss sein Exemplar aus der Jackentasche und wedelte damit herum. »Das hier ist das echte verdammte Testament, und zwar so lange, bis mir jemand das Gegenteil beweist. Für mich ist dieses Gespräch beendet!« Er schob seinen Stuhl so heftig zurück, dass dieser umfiel, und machte Anstalten, die Versammlung zu verlassen.

»Ich zeige dir das neue Testament!«, donnerte Viktor ihm hinterher.

Lutz blieb schreckensbleich stehen. Er zwang ein schiefes Lächeln in sein Gesicht und versuchte ironisch zu klingen, als er sagte: »Das klingt ja geradezu biblisch, um nicht zu sagen gegenreformatorisch. Ich bin beeindruckt. Und mächtig neugierig bin ich auch. Wo ist es denn, dein ... neues Testament?«

Viktor sah Felix Maier fragend an, und dieser nickte bestätigend.

»Im Heckenlabyrinth. In einer Kiste. Vergraben«, sagte Viktor. »Und die gehen wir jetzt holen! Alle!«

Während die anderen die Hütte verließen, hielten sich Pippa und Karin im Hintergrund.

»Was geht hier eigentlich ab?«, raunte Karin. »Ich komme mir vor wie im Film.«

»Nur kennen wir leider das Drehbuch nicht«, sagte Pippa.

Als sie auf den Dorfplatz traten, vergrößerte sich die ungewöhnliche Trauergesellschaft um die Kästner-Zwerge, mit denen Gerdi gerade ein Federballturnier veranstaltete, um sie von den traurigen Ereignissen des Tages abzulenken. Stephan Kästner klärte seine Frau über die mageren Details auf, die sie bisher kannten.

Schon hingen die Kinder an den Erwachsenen.

»Wir graben eine Schatzkiste aus?«, schrie Anton begeistert und hüpfte aufgeregt herum.

»Schatzkiste, Schatzkiste, Schatzkiste«, skandierten seine Geschwister schrill und zerrten an Gerdis T-Shirt.

»Kommt mal alle her«, sagte Karin und ging in die Hocke. Die Kinder sahen sie gespannt an. »Wisst ihr, die eigentliche Überraschung ist, dass Tante Dorabella gesagt hat, dass ihr euch alle ein Geschenk aussuchen dürft. Es gibt einen Zettel, auf dem sie das aufgeschrieben hat, und diesen Zettel wollen wir jetzt holen. Ihr bleibt solange hier und macht eine Wunschliste, ja? Wenn wir wieder zurück sind, wollen wir wissen, was ihr haben möchtet.«

»Jaaaaaaaaa!«, schrie die Kinderschar entzückt und machte sich auf der Dorfplatz-Bank breit, um dieses wichtige Thema zu besprechen.

Karin stand auf und klopfte sich den Sand von den Knien. »So, die wären beschäftigt. Fragt sich nur, wie lange.«

Sie hakte sich bei Pippa ein, und beide folgten den anderen die Dorfstraße hinauf zum Labyrinth. Sie waren keine zwanzig Meter weit gekommen, als die Kästner'sche Rasselbande sie schon wieder eingeholt hatte und lautstark davon in Kenntnis setzte, dass man sich bereits entschieden habe.

»Also gut«, sagte Karin lachend, »dann mal raus damit.«

»Achtung, ich fange an«, verkündete Anton, »und dann alle nacheinander. Also: ein Boot, mit dem ich segeln kann.«

»Eine Barbie, schön zum Schminken!«, rief Luise.

»Ein Kettcar mit 'nem Fuchsschwanz dran«, sagte Emil und nickte Lotte zu, die flüsterte: »Einen Kuschelteddy, aber einen pinken.«

Sie rannten los, hinter den anderen Erwachsenen her, und schrien im Chor:

»Ein Boot, mit dem ich segeln kann,
eine Barbie schön zum Schminken,
ein Kettcar mit 'nem Fuchsschwanz dran,
Einen Kuschelteddy, aber einen pinken!«

»Das sind wirklich Nantes Nichten und Neffen«, kicherte Pippa.

Karin schmunzelte. »Kästners wahre Erben.«

Das kleine Heckenlabyrinth im Norden der Insel erlebte seine erste Rushhour. Die knapp zwei Meter hohe Hecke wand sich spiralförmig um einen kleinen Platz mit einer Bank unter einer hohen Laterne. Der Pfad ins Schneckenhaus hinein war etwa schulterbreit, und man musste fünf Runden gehen, bis man endlich am Mittelplatz angelangt war.

Auf diesem Spiralweg hatte sich ein kleiner Rückstau gebildet, da die gesamte Inselbevölkerung gen Mitte drängte. Allein die Teenager hatten es vorgezogen, ihre letzten gemeinsamen Stunden ohne die Erwachsenen zu verbringen und sich auf Wittigs Parzelle zurückgezogen.

»Weitergehen, da vorne! Andere Leute wollen auch die Kiste in der Grube sehen!«, rief Karin munter und schlug sich gleich darauf erschrocken die Hand vor den Mund. »Mein Gott – wir sind auf Doras Trauerfeier, und ich mache hier geschmacklose Witze!«

»Du dürftest nicht die Einzige sein, die den eigentlichen Anlass des Tages aus den Augen verloren hat«, antwortete Pippa, »bei all dem, was heute schon passiert ist. Das gibt Gesprächsstoff für die nächsten vier Generationen.«

»Ich glaube, Dorabella hätte ihren Spaß an dieser Warteschlange«, sagte Gerdi, »denkt an ihre Vorliebe fürs Skurrile. Aber warum stehen wir ausgerechnet hier?«

»Wie es aussieht, ist das echte Testament in einer Kiste in der Mitte des Labyrinths vergraben.«

Gerdi sah Karin zweifelnd an, aber Pippa bestätigte: »In einer Blechkiste.«

»Da ist es ja auch besser aufgehoben als beim Notar«, sagte Gerdi ironisch. »Da kannst du mal sehen, zu was jahrelanger Inselaufenthalt führt. Nimm dich in Acht, Pippa. Inselkoller ist ansteckend.«

Pippa schüttelte grinsend den Kopf. »Ich habe eine Grundimmunisierung: Ich wohne in der Transvaalstraße 55.«

»Es geht weiter«, rief Karin und verschwand tiefer im Labyrinth. Pippa und Gerdi folgten und quetschten sich schließlich als Letzte zu den anderen auf den kleinen Platz im Zentrum. Alle standen im Kreis um Felix, der auf dem Boden kniete und direkt unter der Bank die eingewickelte Kiste aus dem Erdloch buddelte. Die Kästner-Kinder klebten an seiner Seite und reckten die Hälse, um nichts zu verpassen.

Felix hob die Kiste gerade auf die Bank, als Pippa bemerkte, dass Luis und Herr X unauffällig den schmalen Ausgang blockierten.

»Aufmachen, aufmachen«, jubelten die Kinder, und Felix zog die Blechkiste aus der Tüte, entriegelte den Verschluss und öffnete den Deckel.

Während alle versuchten, einen Blick auf den Inhalt zu werfen, fiel Pippa eine frische Schnitzerei auf der hölzernen Rückenlehne der Bank auf, ein Herz mit den Buchstaben »D« und »L« ... Daniel und Lisa. Dieses Herz hatte es noch nicht gegeben, als sie Felix hier zum ersten Mal begegnet war. Sie lächelte. Romeo und Julia mussten also in der Zwischenzeit im Labyrinth gewesen sein.

»Wer etwas aus einen Geocache herausnimmt, muss etwas anderes dafür hineintun«, erklärte Felix den Umstehenden. »Sehen wir nach, was wir finden.«

Nacheinander holte er die Gegenstände heraus, hielt sie hoch und legte sie dann auf die Bank: zwei Knöpfe, eine gelbe Gummiente, einen Fahrplan der *Rieke*, einen benutzten Fahrschein und eine zerfledderte Taschenbuchausgabe von Erich Kästners *Emil und die Detektive.* Zuletzt entnahm er der Kiste einen dicken Briefumschlag, den er sofort Viktor aushändigte.

»Was ist das?«, fragte Emil. »Und was tut Onkel Viktor jetzt dafür rein?«

»Das ist Tante Doras Liste, von der ich euch erzählt habe«, sagte Karin. »Die gehört nicht zu den anderen Sachen. Die hat Onkel Viktor nur dort aufgehoben. Wir suchen jetzt ein Teil von den anderen Dingen aus der Blechkiste aus, und dann überlegen wir, was wir dafür hineintun.«

Emil musste nicht lange nachdenken. »Wir wollen das Buch haben.« Seine Geschwister nickten eifrig.

Felix legte die restlichen Dinge wieder in die Kiste zurück und gab den Kindern das Buch. »Jetzt müssen wir das Buch ersetzen.«

»Durch ein anderes Buch?«, fragte Anton.

»Nein, das muss nicht sein. Irgendetwas. Hat jemand eine Idee?«

Alle sahen sich ratlos an. Alle Jacken oder Taschen mit verwendbarem Inhalt befanden sich bei Luis, wo sie beim überstürzten Aufbruch der Gesellschaft achtlos liegen geblieben waren.

»Ich habe etwas«, rief Pippa und zog vorsichtig Pias alte Hutnadel aus der dunklen Kappe, die sie aus Anlass der Trauerfeier trug. »Aber aufpassen, die ist wirklich spitz und scharf.«

Als sie die Nadel an Felix übergab, ließ Luis' Gesicht keinen Zweifel daran aufkommen, dass er für die Hutnadel eine andere Verwendung gewusst hätte.

Die Nadel wurde in die Kiste gepackt, und Felix delegierte die Aufgabe, die Kiste wieder zu verbuddeln, an die Kinder, die sich mit Feuereifer ans Werk machten.

Währenddessen richteten sich alle Augen auf Viktor, der langsam den Umschlag öffnete und die Papiere gewissenhaft glattstrich, bevor er das Testament vorlas, das Wort für Wort bestätigte, was Dorabella per DVD mitgeteilt hatte.

»Datum vom letzten Donnerstag, kurz vor Mitternacht, unterschrieben von Ida Marthaler und von mir«, schloss Viktor, faltete das Schriftstück wieder zusammen und steckte es zurück in den Umschlag.

»Fälscher!«, rief Luis und schüttelte die Faust gegen Lutz, der sich weiß vor Zorn einen Weg bahnte und Luis und Herrn X beiseite stieß, um das Labyrinth fluchtartig zu verlassen. Ihm folgte eine aufgelöste Angelika Christ.

»Lass mich in Ruhe, dumme Kuh«, hörten sie ihn durch das grüne Dickicht schreien, dann das laute Schluchzen der zurückgewiesenen Angelika und Schritte, die sich in verschiedene Richtungen entfernten.

Als Pippa abends in Doras kleinem Bungalow im Bett lag, versuchte sie, die traurigen Ereignisse des Tages in Gedanken zu sortieren, gab aber schließlich übermüdet auf. Heute würde sie nicht mehr finden, wonach ihr Unterbewusstsein beständig suchte: Irgendetwas stimmte nicht mit dem Testament – und sie dachte dabei nicht an das von Lutz.

Kapitel 11

Am nächsten Morgen war es nach dem Frühstück bereits so warm, dass Pippa es wagte, mit ihrem Laptop unter Dorabellas Erle zu ziehen und die lange vernachlässigten Fußnoten der Haubentaucher zu bearbeiten. Da viele der Inselbewohner mit der ersten Fähre zurück aufs Festland gefahren waren, lag die Insel nun zum ersten Mal so ruhig und friedlich da, wie Pippa es bei ihrem Einzug erwartet hatte.

Niemand stritt, niemand verursachte Aufruhr.

Sie dachte an Freddys Warnungen, dass Langeweile und Eintönigkeit sie in die Transvaalstraße zurücktreiben würden, und seufzte. Wahrscheinlich gab es in ganz Berlin keinen zweiten Fleck Erde, auf dem die Schere zwischen äußerlichem Frieden und innerlichem Brodeln so weit auseinanderklaffte wie auf Schreberwerder. Und selbstverständlich hockte ausgerechnet sie mitsamt dem komplizierten Brutverhalten ihrer Haubentaucher mittendrin.

»Pippa! Telefon für dich!«, rief Viktor über zwei Gärten hinweg und winkte. »Die Uni!«

Pippa fluchte, ließ alles stehen und liegen und flitzte los. In all dem Chaos hatte sie doch glatt vergessen, ihren Auftraggebern Dorabellas Telefonnummer zu geben. Viktor nickte ihr nur kurz zu und verließ dann das Haus. Durch das Fenster sah sie ihn zum Dorfplatz gehen. Dort hatte Herr X bereits mit den Aufräumarbeiten der Bestattungsfeier begonnen. An seinen langsamen Bewegungen erkannte Pippa, wie schwer ihm diese traurige Arbeit fiel.

»Frau Bolle, hören Sie mich?«, drang eine leise Stimme aus dem Hörer an ihr Ohr.

Pippa riss sich zusammen und wurde professionell. »Selbstverständlich, Professor Stielecke. Sie brauchen die Übersetzung einer Passage aus einem italienischen Aufsatz, um diesen richtig zitieren zu können. Um welches Thema handelt es sich denn?«

Auf dem Dorfplatz kämpften Viktor und Herr X mit dem großen Pavillon, den der Bestattungsunternehmer am Nachmittag wieder abholen wollte. Herr X hielt immer wieder inne und sah besorgt in die kleine Schankstube. Dort hatte Luis bereits zum dritten Mal ein Glas zum Spülen in die Hand genommen, eine Weile vor sich hin gestarrt und es dann geistesabwesend wieder abgestellt.

Viktor folgte dem Blick seines Freundes.

»Luis realisiert gerade, dass er für Dorabella nie mehr Cocktails mixen darf. Mir ist heute Morgen Ähnliches passiert. Als ich die Eier meiner Mädchen verteilen wollte, habe ich die fallen lassen, die für Dora gedacht waren …«

Herr X nickte. »Mir schmeckt mein nächtliches Pfeifchen auch nicht mehr.«

Viktor musterte ihn alarmiert. »Du hast von dem Zeug noch was im Haus? Bist du wahnsinnig? Wenn die Polizei das gefunden hätte!«

Herr X zuckte mit den Achseln. »Na und? Das ist doch jetzt auch egal.«

»Himmel, hört auf mit eurem Selbstmitleid!«

Karin war gekommen, um die Rosen aus der Dekoration zu Sträußen zu binden. »Ihr habt doch gehört, was Dorabella gesagt hat: Sie ist jetzt wieder gesund, und ihre höllischen Schmerzen sind endlich vorüber.«

Luis trat vor sein Häuschen und wischte sich die Augen. »Mach sein, Karin, aber unsere nicht.«

»Und auch der Zweifel nicht«, warf Herr X ein, »ob alles mit rechten Dingen zugegangen ist.«

Pippa stand unschlüssig an Viktors Gartenzaun, sah zu den Freunden hinüber und überlegte, ob sie ihre Hilfe anbieten sollte. Sie hatte zwar gerade einen neuen Auftrag ergattert – aber die Übersetzungsarbeit verlor gegen ihr Bedürfnis nach Gesellschaft und Kommunikation.

»Guten Morgen«, rief sie, »wer verteilt hier die Arbeit?«

»Gerdi wird dir ewich dankbar sein, wenn du det Kinderspielzeuch uffsammelst«, sagte Luis und blinzelte. »Wie jeht et dir heute Morjen? Für dich muss dit ja allet hier ooch nich janz einfach sein. Da kommste für Ruhe und Frieden, und denn versuche icke, dich und deinen Bruder für'n längs verjessenen Unfall als Detektive inzuspannen – inklusive Leiche ausbuddeln.« Er seufzte. »Ick bin da woll n' bisschen übert Ziel hinausjeschossen.«

Pippa nahm die kleine Ansprache als die Entschuldigung, die sie sein sollte.

»Ich verstehe, dass man auf die seltsamsten Gedanken kommt. Geht mir ähnlich. Ich sehe ja auch Einbrecher und höre nachts Stimmen. Heute Morgen beim Aufwachen habe ich kurz gebetet, ich hätte alles nur geträumt«, gab Pippa zu, »besonders den Auftritt eines gewissen Herrn.«

»Ich hoffe, das bleibt ein Einzelfall«, sagte Karin, »wir haben unsere Parzelle jetzt seit drei Jahren, und ich habe noch niemals einen derartigen Aufstand erlebt.«

Ein Geräusch hatte Angelika Christ geweckt, und jetzt saß sie mit klopfendem Herzen aufrecht im Bett. Stille, bis auf das nervtötende Gezwitscher irgendwelcher Vögel.

Sie lauschte wieder in das Schweigen ihres Häuschens.

»Lutz?«, rief sie zaghaft, ohne viel Hoffnung, dass seine Stimme ihr antworten würde. »Lutz, bist du das?«

Als die ersehnte Antwort ausblieb, schluchzte Angelika auf. Nachdem Lutz und sie sich letzte Nacht getrennt hatten – nachdem er sie angebrüllt und stehengelassen hatte –, hatte sie noch stundenlang auf ihn gewartet und sich die Zeit mit Cognac verkürzt. Vollkommen fertig war sie irgendwann ins Bett gekrochen und hatte sich in den Schlaf geweint, verzweifelt darauf hoffend, dass Lutz ihr verzeihen möge. Und jetzt heulte sie sich schon wieder die Augen aus.

Plötzlich kam ihr ein Gedanke, der ihre Tränen schlagartig versiegen ließ. Was hätte Lutz ihr zu verzeihen? Er selbst hatte sie zu Herrn X geschickt, um in Erfahrung zu bringen, ob Doras Haus versiegelt worden war. Nach ihrem Inspektionsbesuch war sie sicher gewesen, dass das Haus leer bleiben würde! Sie konnte schließlich nichts dafür, dass diese seltsame Pippa Bolle sich erdreistet hatte, in Dorabellas Haus zu ziehen und Lutz in der Nacht fast erwischt hatte. Es war nicht damit zu rechnen gewesen, dass diese bunte Kuh, die nicht wusste, wie man sich in ihrem Alter zu kleiden hatte, nicht dahin zurückkehrte, wo sie hingehörte. Jetzt waren all die schönen gemeinsamen Pläne erst einmal verpatzt und ihre Stellung als Hauswirtschaftsleiterin der Hanf-Insel in weite Ferne gerückt. Ganz zu schweigen von …

Angelika Christ begann wieder zu weinen.

Sie hatte immer loyal zu Lutz gestanden, auch dann, als alle anderen auf ihn losgegangen waren. Sie mussten sich etwas einfallen lassen, damit sie ihr großes Ziel und ihre Liebe nicht aus den Augen verloren. Und zwar so schnell wie möglich.

Kurz entschlossen sprang sie aus dem Bett, schlüpfte in ein Kleid, schminkte sich in Windeseile die Tränen aus dem Gesicht und lief direkt zu Lutz' großer Parzelle. Sie drückte mit so viel Schwung die Klinke der Pforte herunter, dass sie ein Stück zurücktaumelte, als das Tor nicht aufging.

»Lutz, mach auf, ich bin es!«, schrie sie. »Mir ist etwas eingefallen, Lutz, mach auf! Ich habe eine Idee! Lutz! Lutz! Bist du da? Lutz!«

Angelikas schrille Stimme hallte über die ganze Insel.

»So viel zum Thema friedlicher Ort«, sagte Luis bissig. »Wenn die noch mal diesen Namen blökt, bring ick frischet Gras. Beim Widerkäuen isse wenichstens jezwungen, de Gosche zu halten.«

»Ich weiß nicht, ich kann sie verstehen. Liebe macht nicht nur blind, sie macht auch blöd.«

Pippa dachte unwillkürlich an ihren eigenen, nahezu unerschöpflichen Vorrat von Entschuldigungen für Leos Verhalten. In einer spontanen Aufwallung von Mitleid ging sie kurz entschlossen zu Angelika hinüber.

»Ist alles in Ordnung mit dir?«

Angelika Christ warf ihren Kopf zurück und funkelte Pippa an. »Nein! Nichts ist in Ordnung! Sehe ich aus, als ob alles in Ordnung wäre? Und wem habe ich das zu verdanken?« Angelika baute sich dicht vor Pippa auf. »Ohne dich wäre Lutz jetzt bei mir, und alles wäre in Ordnung. Von jetzt ab hältst du dich raus, hörst du? Du hast schon genug angerichtet.«

Pippa prallte überrascht zurück. »Ich verstehe nicht. Was soll ich denn gemacht haben?«

»Du hast die Lügengeschichte über Lutz' Einbruch in Dorabellas Haus in die Welt gesetzt. Das wird ein gerichtliches Nachspiel haben – und ich werde schwören, dass er es nicht gewesen sein kann, weil er bei mir war. Zum ersten Mal und die ganze Nacht.«

Angelika Christ drehte sich auf dem Absatz um und stolzierte hoch erhobenen Hauptes davon. Pippa sah ihr verdutzt hinterher.

»Da hast du aber eine Freundin fürs Leben gefunden«, sagte Karin, die Pippa gefolgt war. Sie hielt einen der Rosensträuße in die Höhe. »Schade, der sollte eigentlich für Angelika sein.«

»Ich hätte mit meiner Geschichte vielleicht wirklich vorsichtiger sein sollen. Immerhin: Jetzt wissen wir, dass Lutz nicht der nächtliche Besucher gewesen sein kann. Troilus war bei seiner Cressida.«

»Unsinn. Sie will Lutz ein Alibi geben. Außerdem braucht sie einen Prügelknaben für ihren Frust über das grässliche Verhalten von Schmutz-Lutz ihr gegenüber.«

»Sie hat sich eben in den falschen Mann verliebt.« Pippa griff sich den Rosenstrauß und schnupperte an den Blüten.

Karin sah ihre Freundin direkt an. »Soll ja öfter vorkommen.«

»Danke, aber die Wunde schmerzt auch, ohne dass du deinen Finger drauflegst.«

»Aha, der Brief. Leo will dich zurück, und du versuchst, nicht weich zu werden.«

Pippa nickte. »Und die Haubentaucher allein lenken von meiner Sehnsucht nach Leo leider auch nicht ausreichend ab.«

»Dann ist es ja geradezu ideal, dass Schreberwerder zurzeit so viel Drama zu bieten hat.« Karin hakte sich bei Pippa unter und schob sie Richtung Dorabellas Parzelle. »Ich verteile jetzt die Sträuße an alle und schaue noch mal bei Angelika nach dem Rechten. Vielleicht möchte sie ja doch einen haben. Danach komme ich zu dir, und wir ernten Doras Schlehenwein – und denken darüber nach, wie uns die Welt ganz ohne Probleme gefiele.«

Als Pippa wieder unter der Erle saß und arbeitete, beobachtete sie, wie die *Rieke* anlegte. Felix stieg aus und ging den Steg entlang zu den aufräumenden Männern, begrüßte sie kurz und packte mit an.

Schon seltsam, wie unterschiedlich Halbbrüder sein konnten. Felix war wirklich nett, und Lutz war … womöglich eifersüchtig auf diesen allseits beliebten jungen Mann?

Pippa gestand sich ein, dass sie es auch nicht besonders erquicklich fände, wenn ihr Vater noch einige Halbgeschwister für sie in petto hätte. Vielleicht war Lutz einfach nur sehr verletzt und schlug deshalb blindwütig um sich.

Unsinn, auch das konnte keine Entschuldigung dafür sein, mitten in der Nacht bei Dora herumzuschnüffeln und ein Testament zu stehlen. Es konnte doch eigentlich nur Erdmann gewesen sein, woher hätte er sonst das von ihm manipulierte Testament haben sollen? Und wenn er noch mehr mitgenommen hatte? Wenn er vielleicht von Doras illegalen Genüssen wusste … Pippa wurde heiß. Wenn das der Fall war, hätte er auch Herrn X in der Hand.

Aber da war Angelikas Aussage, dass Lutz zur fraglichen Zeit bei ihr gewesen sei. Wenn das Alibi stimmte, wer war dann der nächtliche Besucher gewesen?

Felix? Wenn ja – warum? Machte er heimlich gemeinsame Sache mit seinem Halbbruder, und die beiden spielten nur die Kampfhähne, damit Felix sich die Sympathien der Insulaner erschleichen konnte?

Und was würde das bedeuten?

Pippa sah nachdenklich zum Dorfplatz hinüber.

»So wie du aussiehst, denkst du gerade an Lutz«, sagte Karin und setzte sich zu Pippa.

»Ich habe mich gefragt, wem sonst noch ein Einbruch bei Dorabella nützen konnte.«

»Niemandem außer Lutz.«

»Und wenn Angelika nicht gelogen hat? Wenn sie wirklich die ganze Nacht zusammen verbracht haben?«

Karin schüttelte den Kopf. »Nie im Leben. Und selbst wenn – die angeblich erste gemeinsame Nacht, das wird doch mit Champagner begossen, jede Wette. Und wenn die Dame beduselt eingenickt ist, hätte Lutz alle Zeit der Welt gehabt, mal eben bei Dora einzubrechen. Das ist für mich kein Widerspruch. Ich habe dir doch gesagt, dem ist alles zuzutrauen. Betrügen, stehlen, Dokumente manipulieren, so etwas erledigt der kurz vor dem Frühstück. Und ich behaupte, er würde bis zum Letzten gehen, um sein Ziel zu erreichen.«

Pippa sah Karin erstaunt an. »Was willst du mir sagen: kein Unfall, kein Selbstmord – sondern Mord? Ist das dein Ernst?«

Karin dachte einen Moment lang nach. »Keinen blassen Schimmer, ehrlich nicht. Wäre da nicht dieses ganze Theater, würde ich nicht einmal im Traum an Mord denken. Aber so …?«

»Wie kommst du darauf?«, fragte Pippa.

»Ich weiß nicht, ich habe so ein ungutes Gefühl.« Karin sah Richtung Dorfplatz. »Dorabella war doch eine so organisierte Frau, und dann diese vielen Testamente, die Lebensversicherung … die Parzelle …«

Pippa nickte. »Das stimmt allerdings. Immerhin konnte sie den Verkauf der Parzelle noch rechtzeitig regeln, besonders was die Zuwendung an Nante betrifft.«

Stimmt, Nante profitiert ja auch, dachte sie erschrocken, und das hatte sich erst unmittelbar vor Dorabellas Tod ergeben. Deshalb musste das Testament neu aufgesetzt oder wenigstens rechtsgültig ergänzt werden. Warum hatte das noch in der gleichen Nacht geschehen müssen? So ein Glück, dass auch gleich zwei Zeugen zur Hand waren. Um so kurzfristig zu entscheiden, muss Dorabella verdammt gute Gründe gehabt haben. War das spontane Versprechen an Nante so ein Grund, oder waren da noch andere Kräfte, andere Interessen am Werk? Viktor zum Beispiel hatte nur eine sehr kleine Rente und machte dennoch gerade eine große Reise – einmal um den ganzen Stiefel. Das musste Unmengen kosten.

Pippa wurde eiskalt, eine plötzliche Erkenntnis ließ sie erschaudern: Einer der beiden Zeugen war Viktor. Und der war zur fraglichen Zeit bei seiner deutschen Italienerin gewesen. Sagte er wenigstens. Aber wie kam dann seine Unterschrift unter das Testament? Hatte er ein so großes Tamtam mit seiner angeblichen Anreise am Tag nach Dorabellas Tod veranstaltet, um zu verschleiern, dass ...

Pippa hielt den Atem an. Ihr fiel nur ein Grund ein, warum Viktor den wahren Zeitpunkt seiner Anreise verheimlichen wollte: dreißigtausend Euro ...

Kapitel 12

Drei Wochentage lang war die Insel fast entvölkert gewesen, und Pippa hatte mit großer Konzentration an der Übersetzung arbeiten können. Jetzt stand das Pfingstwochenende vor der Tür, und die *Rieke* spuckte bei jedem Anlegen neue Bewohner und Gäste aus.

Um die Ruhe noch ein wenig zu bewahren, zog sich Pippa mit ihrem Laptop auf Dorabellas Wiese am Wasser zurück. Was sie zu tun hatte, war der ungeliebteste und langweiligste Teil ihrer Arbeit: Das fertige Manuskript musste noch einmal sorgfältig gelesen und auf Fehler überprüft werden. Aber mit dem erneuten Betrieb auf Schreberwerder wandte sich Pippas Aufmerksamkeit unweigerlich auch wieder den Problemen der Inselbewohner zu. Wie sollte sie sich auch auf das Gefieder der Haubentaucher konzentrieren, wenn ihr Kopf sich noch immer damit abmühte, alle Informationen und Vorkommnisse der letzten Tage zu sortieren?

Pippa blickte über das gleißende Wasser und verfolgte mit zusammengekniffenen Augen ein paar frühe Segelboote, die fast lautlos an Schreberwerder vorbeiglitten. Die Havel schlug mit kleinen Wellen ans Ufer, und von Viktors Parzelle hörte sie leise das Gackern seiner »Mädchen«.

So ein idyllisches Fleckchen Erde, und so hart umkämpft.

So hart, dass ein Mord begangen worden war? Die Umstände von Doras Tod waren dubios, daran bestand für

Pippa kein Zweifel. Mindestens zwei Menschen, die sich Doras Freunde nannten, hatten bezüglich ihres Aufenthaltsortes zum Zeitpunkt von Doras Ableben gelogen: Viktor und Ida Marthaler, die Zeugen, die das letzte Testament unterschrieben hatten.

Pippa seufzte, klappte den Laptop zu und stellte ihn zur Seite. Sie konnte sich nicht mehr auf die Haubentaucher konzentrieren. Sosehr sie sich auch bemühte, es gelang ihr einfach nicht, ganz beim Manuskript zu bleiben. Kurz entschlossen griff sie nach ihrem Klemmbrett mit dem Block für Notizen, die sie sich eigentlich zum Manuskript hatte machen wollen, und skizzierte einen chronologischen Ablauf der Ereignisse, um endlich das gedankliche Chaos in ihrem Kopf in Griff zu bekommen.

Erdmanns Party, 22.30 Uhr, schrieb sie, *Dorabella verspricht Nante genug Geld, um Peschmanns Parzelle zu kaufen.* Das hatte jede Menge Aufruhr und Gezeter ausgelöst. Lutz war natürlich ausgeflippt und auf Nante losgegangen, aber Nante und Pia hatten einen Handschlag-Vertrag geschlossen. Kurz danach hatte Dora sich verabschiedet, und das war nach Pippas Erinnerung auch der letzte Moment, als alle Insulaner – bis auf die Kinder und Jugendlichen – zusammen an einem Ort waren. *23 Uhr: Alle sind zusammen, kurz danach geht Dora nach Hause.* Danach hatte sie nicht mehr darauf geachtet, wer sich wo aufhielt. Sie selbst hatte mit Karin und Gerdi zusammengesessen und begeistert die Ereignisse des Abends durchgehechelt. Als sie die Party gegen Mitternacht verließen, standen Luis, Herr X, Stephan Kästner und Matthias noch an der Bar, wild entschlossen, keinen Tropfen Alkohol übrig zu lassen.

Pippa kaute nachdenklich an ihrem Bleistift.

Das nächste Puzzleteil war Svens Geständnis, dass er in jener Nacht Doras Gewächshaus aufgesucht hatte, um Cannabis zu klauen. *Ca. 23.30 Uhr: Sven ist in Doras Gewächshaus. Kurz danach: Sven sieht, wie Ida Marthaler Doras Bungalow verlässt.*

Allein? Oder war da noch jemand anderer in Dorabellas Bungalow, der oder die erst später das Haus verließ?

Nicht gerade üppig, diese Informationen. Und erst recht keine exakte Analyse, die sie da ablieferte, stellte Pippa stirnrunzelnd fest.

Am nächsten Morgen wurde Dora tot aufgefunden, zwei Nächte später gab es den Einbruch, bei der Trauerfeier wurde eine DVD abgespielt, die in der Nacht von Doras Tod aufgenommen worden sein musste, und zu guter Letzt präsentierte Lutz ein manipuliertes Testament – und Viktor einen Halbbruder von Lutz, der Doras Parzelle erbte.

Immerhin ergaben sich aus den mageren Informationen eine Menge Fragen, die es schnellstmöglich zu beantworten galt.

1. Wann haben die anderen die Party verlassen?

2. Was hat jeder Einzelne danach gemacht?

3. Wie kommt Viktors Unterschrift unter Doras Testament – das auf ein Ereignis der Party Bezug nimmt –, obwohl er zum fraglichen Zeitpunkt angeblich in Italien Urlaub macht?

Pippa hielt inne.

Es gab noch eine Option, die sie bisher außer Acht gelassen hatte: Dorabella hatte womöglich schon länger geplant, Nante zu bedenken, und das Testament war älter, als alle dachten. Vielleicht nur wenige Tage, aber das könnte Viktors Unterschrift plausibel erklären.

Sie dachte einen Moment darüber nach und verwarf die

Idee dann wieder. Dorabella hatte auf der Party impulsiv gehandelt – es sei denn, die alte Dame war eine exzellente Schauspielerin gewesen. Apropos ... sie beugte sich wieder über den Block und schrieb:

4. Wann und von wem wurde die DVD aufgenommen? Dora spricht eindeutig über die Party und was dort passiert ist.

Das war endlich einmal eine Tatsache. Damit stand fest, dass die DVD in den Stunden zwischen der Party und Doras Auffinden durch Luis und Herrn X entstanden war.

Wer hatte die Aufnahme gemacht? Wieder kam ihr Viktor in den Sinn, denn sie traute – ohne es begründen zu können – weder Luis noch Herrn X oder Ida Marthaler genug technisches Verständnis zu. Und wie hatte Karin gesagt? »Mein Vater ist dank Sven zum Cyber-Opi avanciert.« Aber auch der beste Technik-Freak kann nicht an zwei Orten gleichzeitig sein.

5. Kann Dorabella Selbstmord begangen haben – trotz der Schmerzen?

Pippa malte ein Sternchen hinter diese Frage, um sich daran zu erinnern, mehr über Doras Krankheit herauszufinden.

6. Hatte Dora einen Komplizen? Vielleicht sogar Nante: Parzelle = Bezahlung???

Wieder stockte Pippa.

Gab es vielleicht irgendwo ein Schriftstück, einen Vertrag zwischen Nante und Dora, in dem er sich verpflichtete, das geerbte Geld für die Peschmann-Parzelle auszugeben, und der spontane Auftritt bei Lutz Erdmanns Party war doch eine Inszenierung?

Sie seufzte entnervt. Je länger sie an diesem gordischen Knoten aus Lügen, Wahrheiten und (Un-)Wahrscheinlichkeiten arbeitete, desto verwirrender wurde das Ganze.

Sie wollte gerade den Block zuklappen, als ihr noch etwas einfiel.

*7. Wie ist Felix an dem Morgen, an dem ich ihn im Labyrinth traf, so früh auf die Insel gekommen (*Rieke *noch nicht unterwegs)?*

»Arbeitest du, Tante Pippa?«

Lisa hatte sich neben ihr auf die Wiese fallen lassen und versuchte, die Notizen auf dem Block zu entziffern. Sven ging ans Ufer und blickte aufs Wasser.

»Das Wetter ist zu schön zum Arbeiten, und von euch lasse ich mich gern unterbrechen«, sagte Pippa und schob das Klemmbrett unter den Computer. »Was habt ihr vor?«

»Wir wollen schwimmen gehen. Hast du Lust, mitzukommen?«

»Danke für die Einladung, aber ich bin die Wärme des Mittelmeers gewöhnt. Ich warte mit dem Schwimmen, bis das Wasser hier seine arktischen Dimensionen verloren hat ... aber wenn du kurz Zeit hättest, Sven?«

Als er kam und sich neben sie setzte, taxierte Pippa ihn unauffällig und stellte erleichtert fest, dass er schon viel besser aussah als noch vor ein paar Tagen. Der Schock über Dorabellas Tod saß tief, aber er begann sich zu erholen.

Pippa klappte ihren Rechner auf. »Du kannst mir doch bestimmt zeigen, wie man Flugverbindungen findet. Oder einen Zugfahrplan. Ich bin völlig hilflos, wenn es um solche Dinge geht.«

Sven lächelte, erfreut darüber, helfen zu können, und erklärte ihr, wie sie das Gewünschte mit ein paar Mausklicks herausfinden konnte. »Siehst du, hier gibst du die Reisedaten ein, und dann geht alles automatisch. Planst du einen Urlaub?«

»Ich … ich denke darüber nach, Leo zu besuchen«, sagte Pippa hastig. Schließlich konnte sie den beiden unmöglich erzählen, dass sie in Wirklichkeit das Alibi ihres Großvaters überprüfen wollte.

»Du willst dich gar nicht scheiden lassen, wenn du Leo vermisst, oder?«, meldete Lisa sich zu Wort. »Ihr beide seid noch nicht fertig miteinander. Sagt Mama auch.«

»So, sagt sie das?«, murmelte Pippa, überrumpelt von der plötzlichen Wendung des Gesprächs.

Lisa plapperte munter weiter: »Weißt du, ich verstehe dich gut. Ich habe demnächst auch eine Fernbeziehung. Mit Daniel. Toulouse ist ewig weit weg, und ich habe obendrein eine Fünf in Französisch.« Sie seufzte dramatisch. »Ich weiß nicht, was aus uns werden soll.«

»Ich bin auch eine Niete, wenn es um Französisch geht. Also lernen wir zusammen, und wenn wir im nächsten Halbjahreszeugnis eine Drei schaffen, fahre ich mit dir zur Belohnung nach Toulouse.«

Während Lisa jubelte, stieß Sven ein beleidigtes Schnauben aus. »Dann sollte ich mich wohl auf die Schnelle noch für Bonnie interessieren.«

»Sven? Lisa? Seid ihr hier?«

Das war Bonnies Stimme, und Sekunden später standen sie und Daniel neben den Freunden. Blitzartig schlüpfte Sven aus seinem Shirt, stürzte sich in die eisigen Fluten und schwamm mit energischen Bewegungen auf die Havel hinaus. Die damit verbundene Botschaft hatte ihre Empfängerin erreicht, denn die enttäuschte Bonnie drehte sich hastig um und verschwand wieder zwischen den Büschen.

Daniel sah ihr flüchtig hinterher, zuckte dann mit den Schultern und streckte Lisa die Hand hin. »Gehen wir ins Labyrinth?«

Das dürfte eine rein rhetorische Frage sein, dachte Pippa amüsiert und fragte: »Wann geht es denn los, Daniel?«

Der verliebte Teenager sah Lisa schmachtend an. »Dienstag sind wir weg. Noch drei Tage. Die Stadtwohnung ist schon leer, wir bleiben Gott sei Dank auf der Insel.« Wieder ein dramatischer Blick Richtung Lisa. »Aber in den Sommerferien komme ich auf jeden Fall.«

»Oder ich komme zu dir«, flirtete Lisa zurück, »Tante Pippa hat mir nämlich versprochen, dass sie mit mir nach Frankreich ...«

Lisas fröhliche Stimme wurde immer leiser, während das Pärchen Hand in Hand zum Labyrinth schlenderte.

Wieder allein, klickte Pippa sich aufgeregt durch Flugdaten und Zugverbindungen, bis sie die Antwort hatte, die sie schon die ganze Zeit befürchtete. Selbst wenn Viktor in Mailand nach der Nachricht von Doras Tod sofort gehandelt hätte, wäre doch der erste mögliche Flieger zu einem Zeitpunkt in Mailand gestartet, als Viktor auf Schreberwerder bereits die zweite *Rieke* des Tages verlassen hatte. Pippa pfiff leise durch die Zähne und beschloss, dass es Zeit wurde, Antworten für die Fragen auf ihrer Liste zu finden.

Sie brachte den Rechner ins Haus und sah, dass Herr X auf der Nachbarparzelle in stiller Trauer und völlig versunken an Dorabellas Grabstein arbeitete: Er polierte ein hohes, schmales X aus altrosa Marmor. Pippa beschloss, sich später mit ihm zu unterhalten, und ging stattdessen in Dorabellas großes Gewächshaus, das blicksicher hinter hohen Büschen verborgen lag.

Wenn man nichts von dem Gewächshaus wusste, konnte man glauben, das Grundstück endete bei den Büschen. Sie drehte sich langsam einmal um sich selbst. Der Boden war sauber gekehrt, die Tische, auf denen die Cannabispflanzen gestanden haben mussten, blank gewischt. Jemand hatte dort ein paar kümmerliche Sukkulenten in angeschlagenen Tontöpfen hingestellt. Über den Tischen hingen Pflanzenlampen, Folie zur Verdunkelung der Glasscheiben war ordentlich hochgerafft und vertäut. Ein windschiefes Holzregal enthielt ein wenig Gartenwerkzeug wie Arbeitshandschuhe, Rosenscheren und Clips, um Ranken hochzubinden. Unter einem betagten Wasserbecken standen mehrere Gießkannen.

Spontan nahm Pippa eine der Scheren, ging im Garten von Rosenstock zu Rosenstock und knipste die verdorrten Blüten ab. Danach füllte sie zwei der Kannen mit Wasser und versorgte gedankenverloren die üppige Blumenpracht, bis ihr klarwurde, dass alle Ablenkungsmanöver sie nicht vor dem unangenehmen Gespräch mit Viktor bewahren konnten. Wenn sie den Zeitpunkt seiner Rückkehr wissen wollte, dann blieb ihr nichts anderes übrig, als ihn danach zu fragen.

Pippa beschloss, ihre Verhörtaktik zunächst bei Ida Marthaler zu erproben.

Sie verließ Dorabellas Garten und wandte sich nach links. Schon von der Pforte der Nachbarn aus fiel ihr Blick auf ein beredtes Bild: Heinz lag rücklings auf einer Gartenliege, mit offenem Mund schnarchend. Eine leere Flasche Gin war unter die Liege gerollt. Ida stand mit verschränkten Armen da und betrachtete ihren Gatten mit ausdruckslosem Gesicht.

Wäre dies eine Inszenierung mit der Frage an sie gewesen, was wohl als Nächstes passierte, hätte Pippa ohne Zögern geantwortet: »Deutsches Regietheater. Sie nimmt den nächstbesten Stein und schlägt ihm den Schädel ein.«

Gerade als Pippa sich unauffällig zurückziehen wollte, hob Ida den Kopf und sah ihre Nachbarin am Gartentor stehen.

»Pippa!«, rief sie und winkte. »Gehst du spazieren?«

»Äh ... ja«, erwiderte Pippa, »magst du mich begleiten?«

Ida Marthaler zögerte nicht. »Ich bin heilfroh, wenn ich mal andere Gesellschaft habe. Dann komme ich von Heinz weg. Ich werde noch verrückt mit ihm. Er findet Schreberwerder derart langweilig, dass er behauptet, es hier nur betrunken auszuhalten. Das macht es mir nicht einfacher, für unsere Parzelle zu kämpfen. Manchmal wünschte ich, ich wäre Single, aber ich kann mich einfach nicht trennen. Irgendwie scheußlich: Ich kann nicht mit ihm – aber ich kann auch nicht ohne ihn.«

Das kenne ich nur zu gut, dachte Pippa, verwundert darüber, wie offen Ida Marthaler über ihre Ehe sprach.

»Aber du wirst doch nicht ernsthaft darüber nachdenken, doch an Lutz zu verkaufen?«

»Heinz hat die stärkeren Argumente. Und er hat natürlich ein Mitspracherecht, wenn es um unsere gemeinsame Parzelle geht.«

»Aber auf der Party ... ich hatte den Eindruck, du bist strikt gegen den Verkauf.«

Ida zuckte mit den Schultern. »Da hat Dora auch noch gelebt. Sie war ein guter Grund, nicht verkaufen zu wollen.«

Ohne es zu wissen, hatte sie Pippa das erhoffte Stichwort geliefert.

»Da du gerade Dora erwähnst: Du warst doch in der Nacht bei ihr und hast das Testament unterschrieben. Ging es ihr da schlecht? Oder hattest du den Eindruck, sie wäre selbstmordgefährdet?«

Bestimmt schüttelte Ida Marthaler den Kopf.

»Im Gegenteil, sie war bester Laune. Ziemlich bekifft, wenn ich das so salopp formulieren darf. Außerdem war ich dort, um ihr frischen Samen vorbeizubringen, um den sie mich gebeten hatte.« Sie zögerte und fuhr dann fort: »Ich gebe aber zu, dass der Freitod eine Option war, über die Dorabella nachdachte. Aber keinesfalls in der besagten Nacht.«

»Als du das Testament unterschrieben hast ... stand da schon Viktors Unterschrift?«

Ida sah verdutzt aus, und Pippa merkte ihr an, dass sie ernsthaft nachdachte, bevor sie antwortete: »Ich kann mich nicht erinnern, wirklich nicht. Ich habe gedacht, das Ding liegt da schon ein paar Tage, und diese Nacht war eine ebenso gute Gelegenheit für meine Unterschrift wie jede andere auch.«

Das klang in Pippas Ohren überzeugend, aber sie ließ es unkommentiert und fragte stattdessen: »Hätte Dorabella denn rein technisch Selbstmord begehen können, oder hätte sie in jedem Fall einen Helfer gebraucht? Wie sehr war sie in ihrer Bewegungsfreiheit eingeschränkt?«

»Dora litt an Fibromyalgie, hast du schon einmal davon gehört?« Sie wartete Pippas Antwort nicht ab, sondern redete gleich weiter: »Sie litt unter chronischen Schmerzen am ganzen Körper, und manchmal waren ihre Muskeln derart versteift, dass sie sich nicht bewegen konnte. Nachts hatte sie Krämpfe und Zuckungen in den Beinen, und ich weiß nicht, wann die letzte Nacht war, in der sie richtig durchgeschlafen hat. Das Cannabis hat ihr Linderung verschafft, aber es war klar, dass ihre Beschwerden sich noch weiter verschlimmern würden. Da kann irgendwann das beste Marihuana der Welt nicht mehr helfen. Es ist mir ein Rätsel, dass sie keine schweren Depressionen hatte.«

Pippa war zutiefst betroffen bei der Vorstellung, wie sehr die liebenswerte alte Dame gelitten haben musste. »Aber der Gedanke an Selbstmord …?«

»… war bei ihr kein Zeichen einer Depression«, fiel Ida ihr ins Wort, »sondern eher eine bewusste, rationale Entscheidung. Sie wollte, wenn die Schmerzen zu groß würden, nicht hilflos an Geräten hängen und in den Tod dämmern.«

»Verständlich«, murmelte Pippa, »wer kann das schon wollen? Aber hätte sie es allein tun können, oder …«

Sie kamen gerade an Erdmanns Parzelle vorbei. Pippa wurde dadurch unterbrochen, dass seine Haustür aufflog und eine völlig aufgelöste Angelika Christ den Pfad zur Pforte entlanggerannt kam. Schluchzend stürzte sie an ihnen vorbei.

»Noch eine Kandidatin für die Paartherapie. Damit sind wir schon zu dritt«, flachste Pippa, aber Ida ging nicht darauf ein, sondern sah Angelika besorgt nach und sagte: »Ich werde mal nach ihr sehen, schließlich kenne ich sie seit Ewigkeiten – und immerhin sind wir Nachbarn.«

Sie winkte Pippa zerstreut zu und folgte Angelika. Ehe Pippa sich über die plötzliche Warmherzigkeit der sonst so kühlen Lehrerin wundern konnte, lenkte der kleine Emil sie ab, der plötzlich vor ihr stand und krähte: »Kommst du mit zum Schwimmen? Die anderen sind auch da!«

Schon wieder eine Einladung zum Schwimmen, aber das Wasser dürfte kaum angenehmer temperiert sein als zwei Stunden zuvor.

»Das ist mir leider zu kalt. Und ich bin auf dem Weg zu Onkel Viktor. Wer ist denn alles da?«

»Anton und Felix und Bonnie. Und Lisa und Daniel. Und ich. Komm doch mit, das macht Spaß.«

Pippa schüttelte den Kopf. »Wir sehen uns später zum Mittagessen bei Onkel Luis.«

»Und danach liest du uns was vor, ja? Aus dem Buch, das wir ausgegraben haben!«

»In Ordnung. Nach dem Mittagsschlaf kommt ihr zu mir, und dann lese ich euch was vor.«

»Mittagsschlaf?« Der kleine Kerl wollte sich ausschütten vor Lachen. »Wir machen hier doch keinen Mittagsschlaf! Das ist die Insel! Hier dürfen wir spielen, solange wir wollen! Du auch!«

Pippa lachte und sah Emil hinterher, als er zum Landungssteg rannte, den Daniel gerade als Sprungbrett benutzte. Dann machte sie sich mit Herzklopfen auf den schweren Weg zu Viktor. Sie fand ihn inmitten seiner Geflügelschar. Die Hühner stürzten sich begierig auf die Körner, die er im Gehege verstreute.

»Kommst du deine Schützlinge besuchen?«, fragte Viktor und lächelte. »Elsa, nicht streiten, es ist genug für alle da!« Er zeigte auf eine weiße Henne mit auffälligen dunklen Flügelspitzen. »Elsa ist ein Deutsches Reichshuhn. Wusstest du, dass für diese Züchtung nicht eine einzige einheimische Rasse verwendet wurde? Und dann so ein Name. Verrückt.« Sein Blick wanderte zu zwei braunschwarzen Hennen, die sich völlig synchron zu bewegen schienen. »Bertha und Martha, meine beiden Amerikanerinnen. Wyandotten sind das, der Name ist abgeleitet vom Indianerstamm der Huronen, die sich selbst Wyandotten nannten.«

Wieder was dazugelernt, dachte Pippa amüsiert, aber sie unterbrach Viktor nicht, sondern hörte weiter zu.

»Und diese fünf Gazellen hier, das sind Bergische Kräher. Unter den Hähnen dieser Rasse werden Wettkämpfe ausgefochten, bei denen die Länge ihres Krähens gemessen wird. Ein Hahn von denen würde die ganze Insel terrorisieren, deshalb gibt es hier Dodo und Buffy.«

Dodo war ein großes, muskulöses und hoch aufgerichtetes Tier mit blaugrünem Brustgefieder und elfenbeinfarbenem Nacken und Rücken. Sein Gesichtsausdruck war finster, aber sein prachtvoller, tief petrolfarben schimmernder Schwanz eine Augenweide.

»Dodo ist ein Lütticher Kämpfer. Mit dem ist nicht gut Kirschen essen, wenn er sauer wird. Ganz im Gegensatz zu Buffy.«

Als Pippa bei ihrem Einzug in Viktors Haus dessen Informationen und Beschreibungen zu seinen gefiederten Lieblingen gelesen hatte, war ihr nicht klar gewesen, dass es sich bei einem Tier mit dem niedlichen Namen Buffy ausgerechnet um dieses Wesen handelte, das in diesem Moment bewegungslos dastand und sich mit beispielloser Würde dem beschämenden Schauspiel verweigerte, das die restliche Schar mit ihrem hysterischen Gepicke um die Körner bot. Buffy sah in Größe, Farbe und Form einem gefiederten Halloween-Kürbis zum Verwechseln ähnlich.

Viktor bückte sich und strich dem Giganten über den Rücken. »Er ist ein Buff Orpington, ein echter Brite. Hat sich selbst kastriert, der Dummkopf, als er ausbrechen wollte. Zu niedrig geflogen und in den Stacheldraht geraten. Eigentlich wäre er reif für den Kochtopf gewesen, Luis hat sich schon die Hände gerieben. Aber ich habe es nicht übers Herz gebracht. Dafür muss er jetzt mit einem Mädchennamen leben, das arme Tier.«

Der Hahn sah zu Viktor auf und gab ein gurrendes Geräusch von sich.

»Meine Großmutter in England züchtet Orpingtons. Aber Buffy ist der größte, den ich je gesehen habe.«

Viktor riss seinen liebevollen Blick von Buffy los und sah Pippa interessiert an. »Du hast eine Großmutter in England?«

Pippa lächelte beim Gedanken an ihre geliebte Oma Hetty. »Meine Familie mütterlicherseits kommt aus England. Sie leben in den Cotswolds, in der Nähe von Stratford.«

Beide wurden für einen kurzen Moment durch das Auftauchen der *Rieke* abgelenkt, die den Anleger ansteuerte.

»In den Cotswolds soll es schön sein«, sagte Viktor dann, »wundervolle Gärten. Steht schon auf meiner Liste für die Zeit nach Italien.«

»Wann fährst du zurück nach Italien?«

»Sobald hier alles erledigt ist. Anna wartet schon.«

»Anna?«, wiederholte Pippa verwundert. »Ich dachte, die Mailand-Frau heißt Ingrid?«

Viktor schien für einen winzigen Moment aus dem Konzept gebracht, fing sich aber sofort wieder und grinste breit.

»Ingrid war nicht sehr amüsiert, als ich abgereist bin. Anna ist die nächste auf der Liste.«

»Hut ab, die Damen fliegen auf dich.«

Pippa fasste sich ein Herz, Viktor endlich die Frage zu stellen, die ihr schon so lange unter den Nägeln brannte.

»Apropos fliegen: Wie hast du es eigentlich geschafft, von Mailand so schnell ...«

Weiter kam sie nicht, denn ein verzweifelter Schrei zerriss die Stille: »Hilfe! Hierher! Viktor! Luis! Hilfe!«

Kapitel 13

Pippa und Viktor rannten sofort los.

Sie sahen, wie Nante mit einem kühnen Hechtsprung in die Havel tauchte und dann versuchte, einen offenbar leblosen Mann im Rettungsgriff an Land zu bringen. Sven und Luis kamen aus der Parzelle gestürzt und hasteten zum Ufer, um Nante zu helfen, den Körper zu bergen.

Pippa überlegte kurz, ob sie zu Viktors Haus zurücklaufen und die Polizei alarmieren sollte, als sie bereits die Sirenen des heranrasenden Polizeibootes hörte. Die Passagiere der *Rieke* drängten sich an der Reling und sahen atemlos zu, wie Nante sich über den leblosen Körper beugte und durch Mund-zu-Nase-Beatmung versuchte, den Mann zu retten. Erst als Nante den Kopf hob und »Decken! Er ist unterkühlt!« schrie, erkannte Pippa entsetzt, dass der Skipper gerade um Felix Maiers Leben kämpfte.

Sven und Pippa hasteten los, um aus den Häusern alles zu holen, was auch nur entfernt nach Decke aussah. Als Pippa mit einem Stapel Handtücher aus Viktors Haus zurückkehrte, war die Polizei eingetroffen. Sie bemerkte erleichtert, dass ihr Bruder unter den Beamten war.

Obwohl Pippa völlig durcheinander war, registrierte sie, dass mittlerweile alle Insulaner zur Unglücksstelle gekommen waren – bis auf Lutz und Angelika. Jochen Peschmann zog den durchnässten und erschöpften Nante zur Seite und setzte die verzweifelten Wiederbelebungsversuche fort.

»Der Rettungshubschrauber muss jeden Moment hier sein!«, rief Freddy. »Alle, die nicht gebraucht werden, ins Vereinsheim – runter vom Dorfplatz.«

Pippa zog automatisch den Kopf ein, als wären die Rotorblätter schon über ihr. Sie und die anderen Insulaner waren gerade an Luis' Tür angekommen, als der Rettungshubschrauber bereits über dem Dorfplatz kreiste. Bei der Landung wirbelte Sand auf. Die Kufen hatten kaum den Boden berührt, da sprang der Arzt schon heraus und wurde von Freddy in Empfang genommen. Ein Sanitäter folgte den beiden zu Felix.

Pippa spürte, wie sich ihr Herzschlag langsam wieder beruhigte, während sie zusammen mit den anderen durchs Fenster von Luis' Vereinsheim aufgeregt die Rettungsmaßnahmen beobachtete.

»Endlich professionelle Behandlung für Felix«, flüsterte Herr X neben ihr.

»Unn keene Minute zu früh, würd' ick ssaren«, knurrte Luis.

»Was ist denn genau passiert?«, fragte Pia ihren Gatten, der schwer atmend neben ihr auf einem Stuhl hockte.

Jochen schüttelte den Kopf und murmelte: »Er trieb unter dem Steg, mit dem Gesicht nach unten. Nante hat ihn erst gar nicht gesehen, ein Passagier hat ihn aufmerksam gemacht. Den Rest kennt ihr ja.« Er brach ab und wies mit einer kraftlosen Handbewegung auf die *Rieke.* »Jemand muss …«

»Stephan«, sagte Viktor und nahm damit wieder einmal die Zügel in die Hand. »Du bist doch schon öfter für Nante eingesprungen … Ich komme mit. Ich kann dir helfen, zu kassieren und die Leinen festzumachen.«

Durch die Fenster sahen sie, wie die Trage mit Felix in den Hubschrauber gehoben wurde und dass der Arzt Nante aufforderte, ebenfalls einzusteigen. Unter lautem Geknatter hob der Helikopter ab und war eine Minute später schon weit über der Havel. Gleich danach legte die *Rieke* ab und setzte ihre Tour fort. Die plötzliche Stille legte sich wie ein schweres Tuch über die Insel und die zurückbleibenden Menschen.

Luis sagte: »Euch is doch woll allen klar, dat Lutz als Blutsverwandta die Parzelle erbt, wenn Felix ...«

»Luis!«, sagte Karin streng und deutete mit dem Kopf auf die Kinder, die bis auf die kleine Luise, die sich auf den Schoß ihrer Mutter schmiegte, stumm auf ihren Stühlen saßen.

Emil machte den Mund auf, als wollte er etwas sagen, aber Anton hielt den Finger vor die Lippen und machte: »Pst!« Die beiden kleinen Jungen steckten die Köpfe zusammen und tuschelten aufgeregt miteinander.

Die Tür ging auf, und Freddy und seine Kollegen kamen herein.

»Ich möchte Sie alle nacheinander befragen«, verkündete Freddy, »ich möchte genau wissen, wer Felix Maier heute gesehen hat und wann das war.«

»Lebt ... Geht es ihm gut?«, fragte Gerdi.

Freddy machte ein ernstes Gesicht. »Ich bin kein Fachmann, aber der junge Mann ist kurz zu sich gekommen, nachdem der Arzt sich um ihn gekümmert hatte.«

»Felix kann nicht schwimmen, das hat er gesagt«, verkündete Anton plötzlich und wurde sofort von seinem Bruder in die Seite geknufft. »Ich wollte das doch erzählen!«, sagte Emil.

Freddy zückte seinen Notizblock und setzte sich zu den

Kindern an den Tisch. »Wie heißt du denn? Und woher weißt du das?«

»Ich heiße Anton. Und das ist Emil«, übernahm der Jüngere wieder das Kommando. »Wir waren doch mit Felix schwimmen, vorhin. Und dann hat Mami uns gerufen, weil wir alle zum Mittagessen zu Onkel Luis gehen wollten.«

»Gulasch«, verkündete Emil. »Mit Spätzle!«

Er sah sehnsüchtig zum Herd hinüber.

Freddy machte sich Notizen. »Wer war denn noch dabei?«

»Ich«, sagte Emil, »und Bonnie und Lisa und Sven. Wir haben uns gegenseitig nassgespritzt, das war lustig. Aber Felix wollte nicht weit reingehen, weil er ja nicht schwimmen kann.« Emil kicherte. »Ich habe schon das Seepferdchen und den Freischwimmer, und im Strandbad Tegel bin ich schon mal von der ganz großen Rutsche runter.«

»Und als ihr alle gegangen seid, um euch fürs Mittagessen umzuziehen, da war der Felix noch im Wasser?«

»Ja.« Lotte nickte wichtig. »Wo ist Felix jetzt? Will er kein Gulasch essen?«

»Ist er mit dem Hubschrauber mitgeflogen?«, fragte Emil. »Ich würde auch gerne mal mit einem Hubschrauber fliegen.«

Alle sahen sich unschlüssig an, wie viel Wahrheit die Kinder vertragen könnten.

Gerdi brach das Schweigen.

»So, alle Kästners unter achtzehn halten jetzt Mittagsschlaf. Ihr habt für heute erst mal genug getobt.«

»Wir sind auf der Insel«, rief Anton empört, »da müssen wir keinen Mittagsschlaf halten, das hast du uns versprochen!«

Gerdi seufzte, und Pippa ergriff die Initiative. »Wir haben doch die Abmachung, dass ich euch nach dem Mittagessen etwas vorlese, schon vergessen?«

»Ja, vorlesen!« Der Kästner-Nachwuchs war begeistert.

»Es ist doch okay, wenn ich gehe?«, raunte Pippa ihrem Bruder zu, und dieser nickte zustimmend.

»Du warst bei Viktor, als das Unglück passierte, richtig? Hat er mir schon erzählt.« Er lächelte kurz. »Bei seinen Mädchen. Im Hühnerstall.«

Pippa räusperte sich und las zur Freude der Kästner-Kinder die Stelle zum dritten Mal. *»Emil durchwühlte die Tasche mit der linken Hand. Er befühlte und presste das Jackett von außen mit der rechten. Es blieb dabei: …«*

»… Die Tasche war leer, und das Geld war weg!«, vollendeten die Kinder den Satz im Chor.

Pippa hob die Hand, als wollte sie dirigieren, und als sie auf die vier zeigte, riefen alle unisono: »Au!«

Pippa nickte und fuhr fort: *»Emil zog die Hand aus der Tasche. Und nicht bloß die Hand, sondern die Nadel dazu, mit der er das Geld vorhin durchbohrt hatte. Nichts als die Stecknadel war übrig geblieben. Und die saß im linken Zeigefinger, dass er blutete.«*

Pippa machte eine kurze Pause und sah in die erwartungsvollen Gesichter. *»Er wickelte das Taschentuch um den Finger und weinte.«*

Die Kinder brachen in Geheul aus. Die vier jammerten und schrien, flennten und schluchzten, als hätten sie sich gerade selbst in den Finger gestochen.

Unter anderen Umständen hätte Pippa mit Verve in die jammervolle Klage eingestimmt, aber die Vorkommnisse der letzten Stunden ließen sie mit echten Tränen kämpfen. Wütend über sich selbst, versuchte sie es vor den Kindern zu verbergen, aber Emil hatte ihre Traurigkeit bereits bemerkt.

»Bist du traurig wegen Felix? Weil er mit dem Hubschrauber weggeflogen ist?«

Anton ergänzte altklug: »Wenn man zu lange im Wasser bleibt, werden die Lippen ganz blau. Man muss vorher rausgehen. Hat das der Felix nicht gewusst?«

Sein Bruder stieß ihn in die Rippen. »Der konnte doch nicht schwimmen – da wusste er das nicht.«

Lotte sah Pippa mit weit aufgerissenen Augen an. »Und jetzt ist er krank, weil wir nicht auf ihn aufgepasst haben?«

Pippa klappte das Buch zu und zog die beiden kleinen Mädchen sanft an sich.

»Nein, deshalb nicht. Aber Felix ist sehr, sehr krank«, erklärte sie etwas hilflos. »So krank, dass er sterben könnte.«

Emil sah sie aufmerksam an. »Ist Felix jetzt auch in einer Kiste wie Dorabella, und darf man die auch suchen wie die kleinen Kisten, in denen so viele Überraschungen liegen?«

»Und dann kommt Dorabella wieder raus aus der Kiste, und wir tun Felix rein.« Anton machte diese Feststellung mit der Miene eines Wissenschaftlers, der endlich ein großes Geheimnis gelüftet hat.

Lotte klatschte in die Hände. »Und wer ist dann der Nächste? Tante Pippa, wer ist dann der Nächste?«

Pippa biss sich auf die Lippen, um die Fassung zu bewahren.

»Nein, Felix kommt in keine Kiste.« Hoffentlich habe ich damit recht, dachte sie und fuhr fort: »Er ist mit dem Hubschrauber ins Krankenhaus geflogen worden. Da passen sie auf ihn auf und machen ihn wieder gesund.«

Emil strahlte. »Da war ich auch schon mal, als ich Halsschmerzen hatte. Ich hatte eine Operation, und danach durfte ich ganz viel Eis essen. Das war super!«

»Aha, deine Mandeln wurden rausgenommen, verstehe. Das kenne ich auch.«

»Genau, die Mandeln«, rief Emil, »wie die, die Mami auf den Stachelbeerkuchen streut.«

Ehe Pippa antworten konnte, ging das Gartentor auf, und Gerdi kam den Weg entlang auf sie zu.

»Hier seid ihr! Ich war schon bei uns ...«

»Entschuldige, Gerdi, ich wollte dir keinen Schreck einjagen. Die Kinder wollten lieber in Dorabellas Garten sitzen.«

Gerdi Kästner winkte ab. »Kein Problem, ich habe euch ja gefunden. Ich würde dich gern ablösen – und habe gleich eine Bitte an dich. Das heißt, nicht ich habe diese Bitte, sondern dein Bruder.«

»Um was geht es?«

»Er hat mich losgeschickt, um Angelika und Lutz zu holen ...«, sie verzog das Gesicht, »... aber ich habe jetzt wirklich keine Lust auf diese Zecke. Du bist neutraler, du hast nichts mit ihm zu tun. Würdest du ...?«

Sie sah Pippa bittend an.

Pippa stand auf und übergab Gerdi das Buch. »Bitte sehr – damit geht der Staffelstab an dich weiter.«

Gerdi neigte sich zu Pippa und flüsterte: »Nante hat übrigens angerufen. Felix liegt im Koma.«

Pippa ging den Weg entlang zum Haus, nachdem Lutz auf ihr Klingeln an der Pforte nicht reagiert hatte. Sie wollte gerade zum dritten Mal an die Haustür klopfen, als diese von Lutz aufgerissen wurde. Seine halblangen Haare waren nass, und er trug einen dicken Bademantel aus dunkelblauem Frottee.

»Was wollen Sie denn?«, blaffte er.

Pippa war außerstande, den Blick von ihm zu wenden.

»Sie sind ja nass«, entfuhr es ihr unwillkürlich.

»Na und? Ich pflege immer zu duschen ... danach.« Er starrte sie herausfordernd an und kam einen Schritt auf sie zu. »Und was kann ich für Sie tun?«

Pippa wich unwillkürlich zurück und hob abwehrend die Hände.

»Ich bin nur die Botin. Die Polizei bittet Sie und Angelika zum Gespräch bei Luis.«

Erdmann verdrehte die Augen. »Was ist denn jetzt schon wieder los? Bei dem Lärm hier neuerdings kann man sich ja gar nicht auf die wichtigen Dinge des Lebens konzentrieren, wenn Sie verstehen, was ich meine.«

Er grinste anzüglich, und Pippa hätte sich auf der Stelle übergeben können.

»Ihr Bruder wäre beinahe ertrunken und liegt im Koma, Herr Erdmann, und der laute Hubschrauber hat ihn ins Krankenhaus geflogen. Aber wenn es ihm wieder gut geht, wird er sich bei Ihnen bestimmt für diese Unannehmlichkeiten entschuldigen«, sagte Pippa mit der eisigsten Stimme, zu der sie fähig war. »Wenn also Angelika und Sie die Freundlichkeit hätten, zu Luis zu kommen – die Polizei wartet.«

Lutz Erdmann sah aus, als würde er sie am liebsten schlagen.

»Na und? Was geht das mich an – wenn der Mann nicht schwimmen kann, dann sollte er nicht ins Wasser gehen. Sonst noch was?«

Pippa schüttelte über seine Gefühllosigkeit den Kopf, hatte aber keine Lust sich abwimmeln zu lassen. Sie rief über seine Schulter ins Haus: »Angelika? Kommst du bitte rüber zu ...«

Die Tür knallte ihr vor der Nase zu.

Angelika, dachte Lutz Erdmann, ich muss sofort Angelika anrufen und alles mit ihr besprechen.

Er griff zum Telefon und wählte. Seine Hände zitterten. Warum hatte er bloß die Tür geöffnet? Er wusste doch, dass er vorsichtig sein musste. Und wieso Koma? Konnte man von einem klitzekleinen Streit denn ohnmächtig werden? Und vorhin war doch weit und breit niemand zu sehen gewesen.

Trotzdem: Für alle hier war er die erste Wahl, wenn es um den Bösewicht ging. Man würde ihn automatisch verdächtigen. Er musste unbedingt verhindern, dass er für die Polizei interessant wurde.

Ein Alibi musste her.

Erdmann grinste böse. Ein wasserfestes Alibi, das erklärte, warum er mitten am Tag im Bademantel herumlief. Angelika musste bestätigen, dass er und sie ... nun ja. Dafür würde ja wohl selbst ihre unterentwickelte Phantasie ausreichen.

Erleichtert hörte er, wie sie den Hörer abnahm.

Als Angelika sich mit verheulter Stimme meldete, säuselte er: »Liebling, bist du zu Hause?«

»Ich will nicht mit dir sprechen«, kam es schniefend durch den Hörer.

Verdammt, die blöde Schnepfe war noch immer beleidigt, weil er vorhin ein paar klare Worte zu ihrer Beziehung gesagt hatte. Besser gesagt: Sie nannte es eine Beziehung, er nannte es Übergangslösung. »Angelika, Süße, hast du das heute Morgen etwa ernst genommen?« Er rang sich ein amüsiertes Lachen ab.

»Was?«, heulte sie. »Sollte das Spaß sein?«

Großer Gott, hab' dich doch nicht so, dachte er wütend.

»Ich ... ich wollte deine Liebe testen, und als du weggelaufen bist, dachte ich, du willst mich nicht mehr«, log er hemmungslos und beglückwünschte sich zu seinem geschickten Schachzug. Jetzt würde sie das schlechte Gewissen haben …

»Ist das wirklich wahr, Lutz?«, wisperte Angelika atemlos.

»Natürlich! Du hast mich ja nicht einmal zu Ende reden lassen …« Er machte eine Kunstpause, und prompt reagierte Angelika wie geplant.

»Was wolltest du mir denn sagen, Lutz?«

In ihrer Stimme schwang Hoffnung mit.

Sei's drum, dachte Erdmann, Verlobungen kann man auch wieder auflösen.

»Du Dummerchen, das weißt du doch ganz genau. Du wirst deshalb nicht Leiterin des Pflegepersonals, weil das nun wirklich keine angemessene Position für die zukünftige Frau Erdmann ist, findest du nicht auch?«

Sprachlose Stille am anderen Ende der Leitung, ganz wie erwartet.

»Möchtest du nicht zu mir kommen? Aber geh am Ufer entlang, ja? Wir wollen doch nicht, dass unsere neugierigen Nachbarn alles mitkriegen, oder?«

Angelika Christ stellte keine Fragen.

»Dit kann doch nich euer Ernst sein! Wat seid ihr denn für 'ne Flitzpiepen? Habt ihr denn nix als Jrütze im Kopp?!«, schrie Luis in dem Moment, als Pippa wieder im Vereinsheim ankam.

Da Luis schwer berlinerte, musste er sehr aufgebracht sein, so viel hatte Pippa inzwischen über ihn gelernt.

Die Flitzpiepen – Freddy und sein Kollege – ignorierten Luis' Beschimpfung souverän.

»Herr Krawuttke«, sagte Freddy mit Engelsgeduld, »nicht schon wieder, bitte.«

»Wat? Dit is' ja wohl die Härte! Een Mord und een

Mordversuch, un ihr steht hier rum wie Pik sieben! Unfall – ja, damit seid ihr schnell zujange. Und der Mörder läuft immer noch frei rum!«

»Herr Krawuttke.« Freddy seufzte. »Ich sollte Ihnen bei dieser Gelegenheit vielleicht erklären, dass falsche Beschuldigungen ebenfalls eine Straftat sind. Herr Erdmann könnte Sie wegen übler Nachrede und Rufmord anzeigen – und wir wären allesamt seine Zeugen. Wenn Sie allerdings stichhaltige Beweise haben, immer her damit.«

»Er hat ein Motiv, reicht dit nich? Is doch völlich klar, wat da passiert is: Lutz hat seinen Halbbruder ins tiefe Wasser jelotst und hat ihn denn allein jelassen. Un dit ist versuchter Totschlach.«

Freddy schüttelte den Kopf. »Noch mal, Herr Krawuttke. Setzen Sie nicht derartige Gerüchte in die Welt.«

Luis war so in Fahrt, dass er gar nicht zuhörte.

»Und bestimmt hat er ooch keen Alibi!«

»Schätze, das habe ich im Gepäck«, sagte Pippa. »Angelika ist bei ihm, und er hatte gerade … geduscht.«

»Brr.« Karin schüttelte sich demonstrativ. »Lasst uns doch bitte sammeln und der Ärmsten einen knackigen Callboy besorgen. Lutz ist doch wirklich keiner Frau zuzumuten. Auch nicht Angelika.«

»Mama!« Lisa war empört. »Du bist peinlich!«

Alle lachten, froh über den Moment der Ablenkung.

Freddy räusperte sich. »Ganz gleich, wie beschäftigt Herr Erdmann gerade ist, mein Kollege und ich haben trotzdem ein paar Fragen an ihn.«

Als die Polizisten sich auf den Weg zu Lutz machten, folgte ihnen ein neugieriger Tross: Pippa, Viktor, Herr X, Luis und Karin wollten sich das Schauspiel nicht entgehen lassen.

Als Freddy an Lutz' Tür klopfte, stand das Grüppchen geschlossen um ihn herum.

Die Haustür ging auf, und eine strahlende Angelika Christ sagte: »Sie kommen bestimmt wegen des schrecklichen Unfalls von Herrn Maier. Leider haben wir weder etwas gesehen noch gehört, bis der Hubschrauber kam.«

Sie streckte ihre linke Hand vor und zeigte allen den Ring, der an ihrem Ringfinger blitzte.

»Da waren Lutz und ich gerade beschäftigt. Wir haben uns verlobt.«

Kapitel 14

Auf der Suche nach einem neuen inspirierenden Arbeitsplatz entschied sich Pippa der Ruhe wegen für die Bank im Heckenlabyrinth.

Sie schätzte es, bei der Arbeit zuweilen den Ort zu wechseln, und Schreberwerder bot ihr eine Vielzahl lauschiger Plätze, die ihr einen frischen Blick auf die Haubentaucher versprachen, wenn das Gehirn zwischendurch ein wenig hakte. Nach dem Schock des Unfalls von Felix und dem zuckersüßen Verlobungsauftritt des Paares Christ-Erdmann war ihr Verlangen nach Abgeschiedenheit und unbedingter Konzentration noch größer geworden. Sie genoss es, in der grünen Ruhe des Labyrinths unsichtbar zu sein. Pippa sah durch ihre Texte, brachte erste Korrekturen an und schaffte es tatsächlich, sich von den Tagesereignissen abzulenken.

»Guten Tag, auf ein Wort!«, rief Lutz Erdmann über den Zaun, nachdem er sich unauffällig nach möglichen Ohrenzeugen umgesehen, aber keine entdeckt hatte.

Er verließ gerade nach einem wenig spektakulären Schäferstündchen Angelikas Haus, da er vom Küchenfenster aus die Marthalers in ihrem Garten entdeckt hatte. Die vertrocknete Lehrerin schnippelte an ihren Rosen herum, und ihr Weichei von Ehemann lag in einem Liegestuhl unter einem Apfelbaum und trank sich durch seine tägliche Ginration.

»Diese Gelegenheit will und kann ich auf keinen Fall ungenutzt verstreichen lassen, Liebste«, hatte er zu Angelika gesagt, erleichtert, sich endlich von ihr befreien zu können. »Das bin ich dir und unserem großen Ziel schuldig. »

Die Marthalers kamen an den Zaun; Ida mit ihrem typisch strengen Lehrerinnenblick und Heinz gerade noch im Besitz seiner geistigen Kräfte.

»Ich möchte mich gern noch einmal über Ihre Parzelle unterhalten«, sagte Lutz.

Ida Marthaler verschränkte die Arme vor der Brust und sah ihn finster an.

»Ich wüsste nicht, was wir noch zu bereden hätten, Herr Erdmann. Ich dachte, ich hätte meinen Standpunkt deutlich gemacht.«

Heinz Marthaler grinste debil und nuschelte: »Nun sei doch nicht so unhöflich, Schatz. Hören wir uns doch mal an, was Lutz zu sagen hat.«

Erdmann frohlockte innerlich. Die Marthalers waren offensichtlich immer noch zerstritten, was den Verkauf ihrer Parzelle betraf – perfekt!

»Was soll da schon Neues kommen?«, fauchte Ida erbost. »Wir wissen doch genau, was Erdmann will. Unsere Parzelle. Und die wollen wir nicht verkaufen. Ende des Gesprächs.«

Sie drehte sich um und wollte die beiden Männer am Zaun stehen lassen, aber Lutz' nächste Bemerkung hielt sie auf.

»Frau Marthaler, Frau Marthaler«, Erdmann schüttelte in gespieltem Amüsement den Kopf, »ich bin gelinde gesagt erstaunt über Sie. Ich finde, wir sollten uns gegenseitig helfen, statt uns zu bekriegen. Wir könnten eine für beide Seiten höchst ersprießliche Vereinbarung schließen: Sie verkaufen mir Ihre Parzelle«, Erdmann machte eine kunstvolle

Pause, »und dafür behalte ich meine Informationen über Sie für mich.«

Wenige Meter entfernt in ihrem Versteck ließ Pippa entsetzt den Rotstift fallen, mit dem sie Stellen markiert hatte, die sie korrigieren wollte.

Sie sah sich bestürzt um.

Wohin konnte sie gehen, ohne gehört zu werden und ohne die anderen weiter unfreiwillig zu belauschen? Sie hielt den Atem an und legte ihr Manuskript leise beiseite. An Weggehen war nicht zu denken, denn dann würde Ida wissen, dass jemand Fremdes Ohrenzeuge dieses Erpressungsversuches geworden war, und diese Peinlichkeit wollte sie ihr ersparen.

»Informationen über mich?«, schnappte Ida Marthaler. »Welche sollten das wohl sein?«

Erdmann lachte süffisant. »Muss ich wirklich deutlicher werden, Frau Marthaler? Versuche mit Drogen, die Sie als angebliches Medikament an Frau von Schlittwitz weitergegeben haben, die dann dummerweise unter deren Einfluss stirbt? Läutet es bei Ihnen? Oder möchten Sie einige Fotos sehen, die Ihrem Gedächtnis auf die Sprünge helfen werden?«

Stille. Beide Marthalers schwiegen verblüfft, und Lutz ergötzte sich an Idas Fassungslosigkeit. Das ist ja besser als Sex, dachte er vergnügt, zumindest besser als der Sex mit Angelika.

»Das wagen Sie nicht«, sagte Ida, »so ein Widerling sind nicht einmal Sie.«

Wieder lachte Lutz. »Probieren Sie es aus, liebe Frau Marthaler, probieren Sie es aus. Ich bin sicher, Ihr Arbeitgeber ist an meinem Recherchematerial brennend interessiert.

Immerhin haben Sie es mit minderjährigen Schutzbefohlenen zu tun, Frau Schuldirektorin. Das ist der Stoff, aus dem Suspendierungen sind.«

Er machte eine Kunstpause.

»Sie werden sich sicher gern an Ihre aktive Zeit erinnern, wenn Sie demnächst von Arbeitslosengeld leben und bei sämtlichen Schulen Deutschlands auf der schwarzen Liste stehen«, fuhr er fort.

Lutz Erdmann machte wieder eine Pause, in der er angelegentlich einige Rosen betrachtete, die von Marthalers bis zu Angelika hinüber wuchsen.

»Mein Angebot für Ihre Parzelle hat sich zwar um fünftausend Euro verringert, aber Zwanzigtausend sind doch immer noch ein hübsches Sümmchen, finde ich.«

»Finde ich auch. Das sollten wir annehmen, Ida. Besser der Spatz in der Hand als die Taube auf dem Dach«, meldete Heinz Marthaler sich zu Wort. Da er sich in Gegenwart anderer Männer immer mutiger fühlte, als er eigentlich war, fügte er hinzu: »Ich wüsste auch schon, was wir mit dem Geld machen könnten: Wir schicken dich in Lutz' Wellness-Oase in Wannsee, die mit der Falten-weg-Garantie. Dafür würde ich glatt ein paar Tausender springen lassen.«

Beide Männer brachen in Gelächter aus.

Ida Marthaler entdeckte Angelika Christ in deren Haustür.

»Hast du auch alles gehört, Angelika? Gefällt dir das wirklich? Dein Verlobter erpresst mich, und mein Gatte schlägt sich auf seine Seite. Mit so jemandem zusammenzuleben ist kein Zuckerschlecken. In ein paar Jahren wird der gute Lutz wie mein Ehemann sein – keine schönen Aussichten. Bei mir ist es ja zu spät, aber du könntest noch entkommen.«

»Lassen Sie meine Verlobte aus dem Spiel«, dröhnte Lutz und gab sich empört.

Aber Ida ließ sich nicht beirren.

»Angelika, bitte denk nach! Du hast es doch nicht nötig, dich von diesem Kerl ausnutzen zu lassen. Der will nur deine Parzelle, merkst du das nicht? Überleg es dir noch einmal. Selbst Alleinsein ist besser. Lutz wird dich durchkauen und dann ausspucken. Du bist so beeindruckt von diesem arroganten Besserwisser, dass du nicht einmal mehr merkst, wie Nante dich ansieht!«

»Pfff«, machte Lutz verächtlich, und Angelika Christ sagte steif: »Ich glaube nicht, dass dieser Freizeitkapitän meinem Lutz auch nur annähernd das Wasser reichen kann. Lutz liebt mich.«

»Wenn das Liebe ist, dann versteht sogar mein Mann mehr davon.« Ida Marthalers Stimme klang traurig. »Es war clever von Ihnen, eine Verlobung zu inszenieren, das muss der Neid Ihnen lassen, Lutz. Eine Verlobte muss nicht gegen Sie aussagen. Aber auch dieser Trick wird Ihnen nichts nutzen – eines Tages werden Sie Ihre gerechte Strafe bekommen.«

»Na, so was«, sagte Lutz spöttisch und zog Angelika eng an sich, »gerade eben ist mein Angebot für die Parzelle Marthaler auf Fünfzehntausend gefallen.« Er sah auf die Uhr. »Ich muss jetzt leider los, so nett wir auch geplaudert haben. Ich komme nicht wieder, Gnädigste. Ab jetzt kommen Sie zu mir. Aber ich warne Sie: Je länger Sie warten, desto niedriger wird der Pegelstand meines Geldbeutels sein. Ich erwarte Ihren Besuch, Frau Marthaler, aber ich bin kein besonders geduldiger Mensch.«

Ohne eine Reaktion abzuwarten, drehte er sich um und zog Angelika hinter sich her.

Pippa hörte Schritte knirschen und dann wieder Stille. Lutz und Angelika hatten die Parzelle verlassen und standen jetzt keine vier Meter Luftlinie entfernt.

»Findest du nicht, dass du ein bisschen zu weit gegangen bist, Lutz?«, flüsterte Angelika. »Eigentlich mag ich Ida sehr gern.«

»Unsinn. Wenn man etwas erreichen will, muss man etwas riskieren. Ich habe sie am Haken, mehr wollte ich nicht. Ein bisschen Angst machen hat noch nie geschadet.«

»Und wenn sie dich anzeigt? Wegen Erpressung?«

»Dann wirst du aussagen, dass sie lügt.« Er gähnte lange und ausgiebig. »Ich bin gerade so schön in Fahrt. Auf zu den Kästners.«

»Bitte nicht, Lutz. Die sind so nett, und die Kinder …«

»Papperlapapp. Du kommst mit. Du gehörst jetzt zu mir. Du machst jetzt alles, was ich sage – das steht doch schon so in der Bibel, oder?«

Das Getuschel hörte auf, die Schritte entfernten sich, und Pippa traute sich endlich, tief durchzuatmen.

Mitgefangen, mitgehangen, dachte sie. Ob ich will oder nicht. Das nächste Gespräch muss ich unbedingt auch mithören. Marthalers und Kästners brauchen Hilfe – und ich werde ganz sicher aussagen …

Pippa spitzte die Ohren, um kein Wort zu verpassen.

Kästners Gartenpforte lag nur ein paar Meter entfernt am Weg, der rechts um das Labyrinth herumführte.

Stephan Kästner mühte sich mit einem Handrasenmäher ab, umwuselt von seinen Kindern, die das Gras mit kleinen bunten Plastikrechen zusammenharkten und in einen Plastiksack stopften.

Emil wurde auf das Paar am Eingang zum Garten aufmerksam und rannte hinüber. »Guten Tag. Wollen Sie zu meiner Mutti oder meinem Papi?«

»Zu deinem Papi, kleiner Mann«, sagte Lutz übertrieben freundlich und laut.

»Okay.« Emil hopste den Weg entlang zu seinem Vater, sagte etwas zu ihm und zeigte auf Lutz und Angelika.

Stephan Kästner sah herüber, und sein Gesicht verfinsterte sich abrupt.

»Verschwinde, Erdmann!« Er begegnete Angelikas Blick und hob entschuldigend die Hände. »Gegen dich habe ich nichts, und du bist jederzeit bei uns willkommen, Angelika, aber du bist leider in schlechter Gesellschaft, tut mir leid.«

Er wollte sich wegdrehen, aber Lutz rief: »Schöne Grüße von Herrn Michaelsen, Herr Kästner!«

Stephan Kästner erstarrte. Er ballte seine Hände zu Fäusten und kam langsam auf die Gartenpforte zu.

»Was soll das, verdammt noch mal? Was haben Sie mit meinem Chef zu tun, Erdmann?«

Lutz Erdmann lehnte sich lässig mit der Hüfte gegen den Zaun. »Nun, Herr Michaelsen ist nicht nur ein guter Freund von mir, sondern zufällig auch einer der Investoren im Schreberwerder-Projekt. Er ist ganz versessen darauf, beim ersten Hanf-Resort Deutschlands dabei zu sein. Er war überhaupt nicht erfreut zu hören, dass es auf der Insel gewissen Widerstand gegen meine Pläne gibt – unter anderem durch einen kleinen Mann, der bei ihm in Lohn und Brot steht. Noch!«

Stephan Kästner stand wie angewurzelt da.

Und sagte kein Wort.

»Heute ist Pfingstsonntag – Sie haben also viel Zeit, über die möglichen Konsequenzen Ihres Verhaltens nachzudenken. Und bestellen Sie Ihrem sauberen Schwager: Er soll da bleiben, wo er hingehört, auf seinem Kahn. Er mag zwar das Geld für das Peschmann-Grundstück haben – aber ich habe die älteren … Rechte, und an die werde ich Papa Peschmann noch einmal erinnern. Mit der Munition, die ich noch zu verschießen habe, sehe ich da keine Schwierigkeiten für meine Interessen.«

»Sie scheinen ja sehr sicher zu sein, dass Ihnen niemand Ihr dreckiges Maul stopft, Erdmann«, sagte Kästner und ließ die beiden am Gartentor stehen.

»So!«, rief Erdmann fröhlich aus. »Jetzt bringe ich dich zum Anleger, Schatz, es wird Zeit.«

»Ich habe die Blumen vergessen«, murmelte Angelika und entfernte sich mit raschen Schritten.

Pippa war speiübel.

Sie fühlte sich urplötzlich von der Hecke umklammert und brauchte dringend Luft zum Atmen. Sie konnte sich nicht erinnern, jemals ein derart moralisch verkommenes Menschenwesen wie Erdmann getroffen zu haben. Dieser Mann würde auch über Leichen gehen – davon war sie inzwischen überzeugt.

Wie war er in den Besitz kompromittierender Fotos von Ida und Dorabella gelangt? Hatte er nachts im Gebüsch gehockt und durch Doras Fenster fotografiert?

Pippa traute es ihm zu.

Sie nahm ihr Manuskript und folgte der Spirale hinaus auf die Dorfstraße, wo sie prompt mit Lutz und Angelika zusammenstieß. Angelika hatte den pfirsichfarbenen Rosenstrauß von Karin in der Hand.

»Sie sind ja immer noch auf der Insel, Frau …«, sagte Lutz.

»Bolle, mein Name ist Bolle«, entgegnete Pippa würdevoll.

»Wie der, der jüngst zu Pfingsten verreist?«, zitierte er das bekannte Volkslied. »Sie sollten sich ein Beispiel an dem Mann nehmen. Es ist Pfingsten, und Sie sollten schnell dahin zurückreisen, wo Sie hergekommen sind.«

Angelika, peinlich berührt, trat an seiner Seite nervös von einem Fuß auf den anderen.

»Das entscheiden nicht Sie, Herr Erdmann«, gab Pippa zurück. »Ich werde bleiben, solange meine Anwesenheit hier gewünscht ist.«

Lutz lachte hämisch. »Wenn das so ist, dürften Sie eigentlich gar nicht hier sein.«

Pippa verdrehte die Augen und sagte zu Angelika: »Du kannst wirklich stolz auf deinen Verlobten sein – so ein charmanter Mann. Da kommt so schnell kein anderer ran, oder? Erst recht nicht ein so netter wie zum Beispiel Nante.«

Lutz Erdmann war empört. »Nante? Der ist ja wohl nicht mit mir zu vergleichen.«

»Da haben Sie allerdings recht, Herr Erdmann. Apropos – ich würde gern mit Ihnen auf Ihre Verlobung anstoßen. Heute Abend bei Luis? Das heißt: falls die Verlobung so lange hält ...«

Sie drehte sich um und ging.

»Sie ...!«, brüllte Lutz hinter ihr her, wurde aber von Angelika mit ein paar gezischten Worten zum Schweigen gebracht.

Am Gartenzaun von Herrn X blieb Pippa stehen. Der Bildhauer hisste gerade die Piratenflagge.

»Was bedeutet die Fahne?«, fragte sie.

Herr X grinste. »Erdmann on the move.«

»Dann wissen alle, dass sie sich verbarrikadieren müssen?«

»Oder bewaffnen ...«

Sie beobachteten gemeinsam die Abschiedszeremonie, die Erdmann und Angelika am Steg zelebrierten: jede Menge innige Umarmungen und leidenschaftliche Küsse. Angelika ging an Bord der *Rieke* und winkte noch, als das Schiff beidrehte, wegtuckerte und Lutz sich längst abgewandt hatte.

Lutz schlenderte den Steg entlang und nahm Kurs auf die Parzelle von Herrn X. Er hielt ein paar Meter Sicherheitsabstand zu Pippa und nahm sie demonstrativ nicht zur Kenntnis.

»Sieh da, unser Inselkünstler«, sagte Erdmann, »ich hätte gern ein paar Worte mit Ihnen gesprochen. Unter vier Augen.«

»Nicht nötig. Ich habe keine Geheimnisse«, entgegnete Herr X.

»Sind Sie sicher?«, sagte Erdmann lauernd.

»Ganz sicher.« X hielt Erdmanns Blick stand.

Erdmann musterte ihn abschätzend von oben bis unten. »Und? In letzter Zeit erfolgreich gewesen?«

Herr X lächelte versonnen. »Ein künstlerischer Durchbruch: ein Galgen in X-Form. Fehlt nur noch einer, der dran baumelt ...«

Erdmann kniff böse die Lippen zusammen. »Ich wollte eigentlich wissen, ob Sie in letzter Zeit etwas verkauft haben. Etwas anderes als Drogen, meine ich.« Er zog einen Briefumschlag aus der Sakkotasche und reichte ihn Herrn X. »Da sollten Sie mal reinschauen. Erinnerungsfotos an Ihre lauschigen abendlichen Treffen mit der soeben verschiedenen Frau von Schlittwitz. Seltsam ... auf den Fotos sieht es wirklich so aus, als hätten Sie die alte Dame mit illegalen Drogen versorgt. Dealerei mit Todesfolge ... wenn das mal kein

Fahrschein in den Knast ist ... aber Sie wissen ja, wie Sie das verhindern können: Hören Sie endlich auf, sich gegen den Verkauf Ihrer Parzelle zu sträuben.«

Herr X erstarrte und sah Pippa hilflos an.

Sie holte tief Luft.

»Ich hätte Sie für schlauer gehalten, Herr Erdmann. Sie vor allen anderen müssen so ein Szenario verhindern. Das würde Ihre Pläne doch nachhaltig durchkreuzen. Je länger Herr X im Knast sitzt, desto weniger hat er Verwendung für Ihr Geld, und Sie kommen nicht an diese Parzelle. Besser, Sie bringen uns die Negative, bevor irgendjemand anders sie in die Hände bekommt.«

Erdmann wurde kreideweiß vor Wut. Er drehte sich um und strebte auf sein Gartentor zu.

Als er seine Pforte erreicht hatte, drehte er sich noch einmal zu Pippa und Herrn X um und rief: »Sie beide sehen sich in Zukunft besser vor. Diese Insel ist sehr klein!«

Herr X hatte äußerlich seine Gelassenheit zurückgewonnen und konterte: »Für Pippa und mich reicht sie, aber für Sie sehe ich schwarz! Tiefschwarz!«

Kapitel 15

Herr X kochte vor Zorn und war kaum zu beruhigen. Pippa ließ sich von ihm zu einem Glas Wein einladen, weil sie ihn mit dieser heißen Wut nicht allein lassen wollte.

Sein erstes Glas Riesling stürzte er in einem Zug herunter.

»Dieser … dieser …«, er rang um Worte, und dann brach es aus ihm heraus: »Wichser!«

Pippa musste grinsen. Diese drastische Wortwahl hätte sie von ihm zuallerletzt erwartet, aber wie hatte Karin so schön gesagt: *Lutz holt aus jedem das Schlechteste heraus.*

»Ich könnte … ich würde ihn am liebsten …« Er schnappte sich das Sitzkissen vom leeren Stuhl neben sich. Seine kräftigen Hände krümmten sich darum, würgten es, schüttelten es und drückten erbarmungslos zu.

»Das würde ich am liebsten machen«, zischte Herr X, »damit er endlich aufhört, andere Menschen zu quälen.«

Er ließ das Kissen fallen und ballte die Faust um ein imaginäres Messer.

»Und das auch!«

Er stach zu, bohrte und schnetzelte, als sollte von Lutz Erdmann kein Fetzen mehr übrig bleiben.

Schließlich entspannten sich seine Hände wieder.

»Du bist nicht der Einzige, dem er die Pistole auf die Brust gesetzt hat«, sagte Pippa.

»Wenn das ein Trost sein soll …«, brummte X und starrte düster in sein Glas.

Mehr sagte er nicht. Nach einiger Zeit des gemeinsamen Schweigens schlich Pippa sich durch die Verbindungstür zu Dorabella hinüber und überließ X seinen schwarzen Gedanken.

Wieder über ihr Manuskript gebeugt, stellte sie fest, dass an Konzentration nicht mehr zu denken war. Lutz' Erpressungsversuche gingen ihr nicht aus dem Kopf. Was mochte er gegen die anderen in der Hand haben? Gegen Viktor, gegen Luis und vielleicht sogar gegen Karin und Matthias? Oder baute er darauf, dass die verbleibenden Bewohner aufgeben würden, wenn er erst einmal den Großteil der Parzellen in seinem Besitz hatte?

Pippa sah auf die Uhr. Gleich musste die *Rieke* an Schreberwerder vorbeikommen – nach der Überdosis Erdmann-Gift war eine Runde mit dem Schiff das richtige Gegenmittel.

Nante winkte erfreut, als er Pippa am Anleger warten sah.

»Komm hoch auf die Brücke«, sagte er, als er die Leinen losmachte. Pippa stieg die zwei Stufen zu ihm hinauf, stellte sich hinter ihn und beobachtete, wie Nante die Fähre mit sicherer Hand wieder ins Fahrwasser manövrierte.

»Was ist denn heute los?«, fragte Nante schließlich. »Große Flucht aus der Idylle? Soll ich die Runden der *Rieke* verdoppeln?«

Pippa lachte. »Idylle? Na, ich weiß nicht. Momentan dürfte jede Gummizelle idyllischer sein.«

Nante sah konzentriert aufs Wasser. »Bei der letzten Runde ist Angelika mitgefahren.«

»Ich habe sie an Bord gehen sehen.«

»Sie hat regelrecht gestrahlt vor Glück.« Nante machte eine Pause und fuhr fort: »Sie wollte ihren Vater besuchen.«

»Deshalb die Blumen. Das war Doras Blumenschmuck. Karin fand, es wäre zu schade, ihn wegzuwerfen. Sie hat ihn neu gebunden und an die Nachbarn verteilt.«

»Ich weiß, ich habe bei Gerdi auch einen Strauß gesehen.«

Aber Nante musste ihre Bemerkung über die Blumen als Spitze verstanden haben, denn nach kurzem Schweigen sagte er: »Angelika spart, wo sie kann. Sie ist arbeitslos. Einen so großen Strauß könnte sie sich niemals leisten.« Wieder machte er eine Pause. »Aber das wird jetzt wohl anders. Sie hat ja einen reichen Mann gefunden. Ich freue mich für sie.«

Pippa warf ihm einen schnellen Seitenblick zu. Freude sah anders aus. »Wohnt sie schon lange auf Schreberwerder?«

Nante schüttelte den Kopf. »Erst, seit sie ihren Job im Ruhrgebiet verloren hat. Sie war Betriebskrankenschwester auf irgendeiner Zeche. Und als die zugemacht hat, ist sie wieder nach Berlin gezogen. Eigentlich hat ihr Vater auf Parzelle 6 gewohnt, aber ihm wurde es nach dem Tod seiner Frau zu einsam. Da hat er Angelika das Grundstück überschrieben.«

Sie legten in Saatwinkel an, und Pippa übernahm die Aufgabe, Fahrkarten an die einsteigenden Passagiere zu verkaufen. Das Schiff wurde voll, denn an dieser Station gab es jenseits des kleinen Weges, der zum Steg führte, viele Parkplätze für Tagesausflügler, einen Alt-Berliner Gasthof mit stadtbekannter Küche und nicht allzu weit entfernt einen Buszubringer und ein kleines Hotel.

Pippa machte es Spaß, mit den Passagieren ein paar Worte zu wechseln und die Fragen der Touristen nach der Route und den Sehenswürdigkeiten zu beantworten. Bis Hakenfelde spielte sie die Fremdenführerin und zeigte einem interessierten amerikanischen Ehepaar, welche Kapriolen der

Grenzverlauf zwischen West-Berlin und der DDR hier früher geschlagen hatte.

Die fremden Menschen und die frische Luft taten ihr gut. Sie stellte erfreut fest, dass sie den Tag guten Gewissens verbummelte, ohne sich mit dem Gefühl zu quälen, ihre Arbeit zu vernachlässigen. Als es ruhiger wurde, gesellte sie sich wieder zu Nante auf die Brücke.

»Solltest du eine Dauerstellung anstreben – herzlich willkommen in der Besatzung der *Rieke*. Wenn dir dein Trinkgeld reicht, hast du den Job«, sagte Nante.

»Ein wirklich interessantes Angebot: frische Luft und immer eine Handbreit Wasser unter dem Kiel.«

»Einen butterweichen Chef lege ich noch obendrauf. Ist das nichts?«

»Jedenfalls attraktiver als mein nächster Auftrag. Ich bin sogar des Schreibens und Lesens mächtig und würde die Einkäufe der Insulaner immer richtig beschriften und zustellen. Nur: Das Geld für meine Dauerkarte will ich dann zurück!«

Nante lachte. »Kaum hat man Angestellte, ziehen sie einen Tarifvertrag aus der Tasche. Außerdem: Wenn ich mich recht erinnere, hat Viktor deine Transportkosten übernommen.«

Pippa seufzte theatralisch. »Geizig und kleinlich – der geborene Chef.«

Pippa beobachtete Nante verstohlen.

Er war ein attraktiver Mann, groß und muskulös, braungebrannt mit dunklen, etwas zu langen Haaren. Kaum zu glauben, dass Angelika dieses leckere Angebot übersah und sich stattdessen an diese Made von Erdmann klammerte. Pippa gestand sich ein, dass sie bei Nante durchaus schwach werden könnte, gäbe es da nicht diesen quirligen braunäugigen Italiener, dessen Charme – leider – legendär war. Besonders bei anderen Frauen.

Nante nahm den Gesprächsfaden wieder auf, als sie die Tour fortsetzten. Obwohl es ihn schmerzen musste, schien er das Bedürfnis zu haben, weiter über Angelika zu sprechen.

»Sie hat mir von ihrer Verlobung erzählt.«

»Hm.« Pippa entschied sich, ihre Meinung zu diesem Thema für sich zu behalten.

»Sie überbringt ihrem Vater gerade die frohe Botschaft.«

»Merkwürdig, dass sie und ihr Verlobter das nicht gemeinsam machen.«

»Das hat mich auch gewundert«, sagte Nante, »aber ich nehme an, dass Lutz nicht gerade scharf auf einen Besuch im Altenheim war. Angelika war traurig darüber, aber sie hatte Verständnis. Wie immer. Sie ist sich sicher, dass sich seine ablehnende Haltung mit der Zeit ändert. Sie glaubt fest, dass Lutz sie braucht, und dass nur sie ihm die Unterstützung bieten kann, die er benötigt.«

»Starke Worte.«

»Sucht nicht jeder Mensch Sicherheit und Geborgenheit? Das hat sie in Lutz gefunden«, Nante schluckte, »... sagt sie.«

»Geborgenheit ist nicht das Erste, was mir zu Lutz einfallen würde«, brummte Pippa.

»Ich fand es schön, endlich mal wieder mit ihr zu plaudern. Es war seit langer Zeit das erste Mal, dass sie wieder mit der *Rieke* gefahren ist, sonst nimmt sie Lutz' Privatboot. Leider ist sie schon in Wasserstadt ausgestiegen.«

Wie selbstquälerisch manche Menschen sind, dachte Pippa. Die Gesellschaft der geliebten Person ist ihnen so wichtig, dass sie sogar bereit sind, deren Schwärmerei über den Nebenbuhler auszuhalten.

»Du magst sie.«

Nante grinste verlegen und wurde rot. »Wenn sie sich endlich mal umgucken würde, dann würde sie sehen, dass es da noch mehr Männer gibt …«

»Vielleicht sind die nicht so leicht zu erkennen?«

Nante wurde einsilbig. »Möglich.«

»Und da hat Angelika eben den genommen, der zu erkennen war. Manche Leute tun alles, um nicht allein zu sein.«

Nante seufzte. »Und manche nicht genug …«

»Hast du jemals versucht …?«

»Natürlich nicht!« Nante sah sie entsetzt an. »Ich könnte mit Lutz doch nie im Leben mithalten! Und ich will es auch nicht. Sieh dir doch die Tatsachen an, Pippa: mein mageres Auskommen als Kapitän der *Rieke* gegen Lutz mit seinen Wellness-Oasen in Wannsee und Mitte. Angelika glaubt doch, sie ist mitten im Paradies gelandet!«

»Stell dein Licht nicht unter den Scheffel«, sagte Pippa, »Geld ist nicht alles. Ich würde jeden Millionär der Welt gegen einen netten Kerl wie dich eintauschen.«

Nante schnaubte verächtlich. »Netter Kerl – das ist der kleine Bruder vom Totalversager.«

»Blödsinn. Wie kann man nur so einen Quatsch reden?«

Pippa hatte heftiger reagiert, als sie eigentlich wollte. Es regte sie maßlos auf, wenn Menschen, die sie mochte, sich selbst abwerteten.

Nante war mit dem Anlegemanöver auf Marienwerder beschäftigt, daher geriet ihre Unterhaltung wieder ins Stocken. Diese Insel war das Pendant zu Schreberwerder. Auch hier verließen nur Bewohner oder Pfingstgäste das Schiff.

Jeder kannte Nante und grüßte oder gab einen Kommentar zu Wetter oder Garten ab. Über allem lag ein Hauch entspannter Dörflichkeit.

Pippa half einer alten Dame auf das Schiff, die schwer an mehreren Taschen schleppte und sich noch immer bedankte, als die *Rieke* längst wieder abgelegt hatte. Sie erzählte von ihrem langen Leben auf der Insel und dass neben ihr ein junger Arzt eingezogen sei, der sich beruhigenderweise bereit erklärt hatte, bei Notfällen jederzeit für sie da zu sein. Nachdem Pippa einem bewegenden Bericht über die Geschichte der Insel zugehört hatte, entschuldigte sie sich und ging zurück zu Nante auf die Brücke.

»Du … wegen vorhin …«, druckste Pippa, aber Nante winkte ab.

»Schon vergessen, du hast ja recht. Aber ich habe mich immerhin getraut, ihr zu sagen, dass ich Lutz für die falsche Wahl halte und der Meinung bin, dass sie mit ihm nicht glücklich wird.«

»Hut ab, das war mutig«, sagte Pippa und dachte: unter diesen Umständen ganz sicher.

Schließlich hatte Angelika sich diesen Vortrag schon von so ziemlich jedem Insulaner anhören müssen, und es war kaum vorstellbar, dass ausgerechnet Nantes Ratschläge bei ihr auf fruchtbaren Boden gefallen waren.

Nante lächelte erfreut. »Du kannst dir nicht vorstellen, wie aufgeregt ich war. Ich wollte ja nicht, dass sie denkt, ich sage das nur, weil ich eifersüchtig bin oder so.«

»Na ja, solange sie nicht weiß, dass du in sie verliebt bist, ist das nur die Meinung eines guten Freundes, nichts weiter.«

»Ist mein Herz auch noch so schwer, von irgendwo kommt Zuspruch her«, reimte Nante und grinste breit.

Sie schwiegen eine Weile, und Pippa genoss die Schönheit der Inselwelt zwischen Maienwerder und Valentinswerder. Als dann die Ufer von Hakenfelde und Tegelort auftauchten und das breite Band der Havel bis hinauf nach Heiligensee vor ihnen lag, fragte sich Pippa, ob es irgendeine Stadt der Welt gab, die mit so viel grüner Schönheit gesegnet war.

Sosehr sie Florenz und die Toskana geliebt hatte, die Berliner Bäume und die idyllischen Wasser hatten ihr immer gefehlt.

Schließlich brach Nante das entspannte Schweigen.

»Soll ich dir was gestehen? Wenn ich gewusst hätte, dass Dora mit dem Geld, das sie erwartet, ihre Lebensversicherung meinte, hätte ich mit Freuden darauf verzichtet. Sie musste erst sterben, damit ich ...« Er holte tief Luft und wischte sich mit der Hand über die Augen.

»Kann ich mir vorstellen, dass sich das seltsam anfühlt«, sagte Pippa. »Glaubst du, sie hatte alles von langer Hand vorbereitet?«

»Du meinst, es war kein Unfall, sondern Selbstmord? Dann muss sie einen ... Sekundanten gehabt haben, der den Wasserhahn abgestellt hat.«

»Stimmt. Mein Bruder sagt übrigens, dass die Polizei nicht den Begriff Selbstmord verwendet, sondern Freitod. Denn Mord bedeutet ja, dass jemand nicht freiwillig aus dem Leben scheidet.«

»Ich bin schon so lange kein Polizist mehr«, spöttelte Nante, »dass ich das glatt vergessen hatte. Aber davon abgesehen: Sag das mal Sokrates, der wurde eindeutig zum Selbstmord gezwungen.«

»Punkt für dich. Aber das dürfte auf Dora kaum zutreffen. Ein Helfer also. Wer könnte das sein? Luis?«

»Nie im Leben. Der kann keinem Lebewesen etwas zuleide tun. Jemand, der jede Spinne raus in den Garten trägt und Fische am liebsten totstreicheln würde, statt sie zu angeln ... nee, Luis wäre niemals imstande dazu.«

»Gerdi? Oder Stephan?«

Nante schüttelte bestimmt den Kopf. »Dora würde keine Familie mit kleinen Kindern zu ihren Komplizen für einen ... Freitod machen. Sterbehilfe ist verboten. Sollte Dorabella das wirklich geplant haben, hat sie sich ihren Beistand ganz genau ausgesucht. Am besten jemanden, der ungebunden ist und rational genug, um sich darauf einzulassen.«

»Rational?«

»Na klar. Sie musste schließlich irgendeine Person argumentativ überzeugen, ihr zu helfen. Das war bestimmt nicht nur: *Hey, hilfst du mir, mich umzubringen?* Und dieser Jemand sagt: *Klar, mach ich.* Wenn, dann war das sicher ein längerer Prozess. Und es muss jemand sein, der sie und ihren Wunsch in höchstem Maße respektiert.«

»Alle haben Dorabella respektiert«, sagte Pippa.

»Bis auf Lutz.«

Pippa hob die Augenbrauen. »Aber der dürfte kaum als Sterbehelfer in Frage kommen. Es sei denn, Lutz und Dora hatten ein anderes Verhältnis, als wir alle glauben.«

»Hatten sie nicht. Dora war eine viel zu feine Dame, als dass sie schlecht über andere Leute geredet hätte ... nicht einmal über Lutz hat sie böse Worte verloren! Aber sie hat dennoch keinen Zweifel daran gelassen, dass sie ihre Parzelle lieber in den Fluten der Havel versinken lässt, als sie Lutz zu verkaufen. Sie liebte Schreberwerder, und wie wir wissen, hat sie alles nur Erdenkliche unternommen, um die Insel vor Lutz' Größenwahn zu schützen.«

»Dann bleiben ja nicht mehr viele übrig. Viktor?«

Nante sah Pippa überrascht an. »Der bestimmt nicht.

Der war in Italien. Wenn einer ein hieb- und stichfestes Alibi für diese Nacht hat, dann Viktor.«

Was das anging, war Pippa zwar anderer Ansicht, behielt es aber für sich.

Stattdessen sagte sie: »Herr X?«

Wieder ein verblüffter Blick von Nante. »Entschuldige bitte: Machst du Witze? Herr X? Der wäre gleich mitgegangen, so sehr war er Dora ergeben. Das wäre, als müsste er seine eigene Mutter umbringen!«

Soll schon vorgekommen sein, dachte Pippa, aber auch das sprach sie nicht laut aus.

»Was denkst du über Felix?«, fragte Nante, während er schon konzentriert den nächsten Anleger ansteuerte.

Pippa seufzte. »Leider können wir ihn nicht fragen. Der hat selbst jemanden gehabt, der nachgeholfen hat.«

Nante steuerte die *Rieke* längsseits an den Steg von Tegelort. »Wissen wir das genau? Es kann auch ein Unfall gewesen sein.«

»Das kann es bei Dorabella auch.«

Nante beobachtete Pippa, während sie Fahrkarten verkaufte und mit den ein- und aussteigenden Passagieren plauderte. Er musste sich eingestehen, dass er sie mochte. Sie war clever, lustig und nicht auf den Mund gefallen. Heute sah sie aus wie direkt den Fünfzigerjahren entsprungen: Sie trug einen buntgestreiften Tellerrock, ihre Strohsandalen und eine leuchtend gelbe Bluse mit kurzen Ärmelchen. Gekrönt wurde ihre auffallende Erscheinung durch einen Strohhut, der dank eines maigrünen Schals, der um die breite Krempe geschlungen und unter dem Kinn geknotet war, dem Fahrtwind trotzte. Die Enden des Seidenschals flatterten mit ihren roten Haaren, die unter dem Hut hervorquollen, um die

Wette. Er seufzte. Und verheiratet war sie auch ... genau wie bald Angelika.

»So viel wie mit dir habe ich schon lange nicht mehr geredet«, sagte Nante, als sie wieder losfuhren. »Man könnte glatt meinen, du horchst mich aus.«

Pippa sah ihm offen ins Gesicht und feixte. »Ertappt.«

Nante grinste breit. »Ganz schön geschickt, meine liebe Pippa, du weißt wirklich, welche Knöpfe du drücken musst – und ich Trottel falle prompt darauf rein! Du bist wirklich gut, ich habe mehr als eine Runde gebraucht, es zu merken. Aber du hast ja recht: Irgendetwas ist merkwürdig an den Dingen, die hier gerade passieren.« Er wurde wieder ernst. »Aber lass dir von einem ehemaligen Bullen einen Rat geben, Pippa: Manchmal sind Unfälle wirklich nur Unfälle, egal, wie merkwürdig die Begleitumstände sein mögen. Da ist die Gefahr groß, dass man sich in etwas verrennt, was nur in eine Sackgasse führt. Und man bohrt und schnüffelt und wühlt Dreck auf, und dann ist alles für die Katz'. Und ganz ehrlich: Wenn wirklich einer von unseren lieben Freunden der armen Dora geholfen hat, in den Himmel zu kommen, sollten wir die Sache ruhen lassen.«

»Und Felix? Der als Nichtschwimmer schwimmen geht und jetzt im Koma liegt?«

Nante zuckte mit den Achseln. »Gerdi und Stephan sind auch Nichtschwimmer und planschen mit der Rasselbande in der Havel. Dass dabei noch nie etwas passiert ist, bedeutet nicht, dass nie etwas passieren kann. Die meisten Unfälle geschehen im Alltag. Das gilt auch für Schreberwerder.«

Kapitel 16

Lutz Erdmann beugte sich vor und sagte leise: »Du weißt, was ich gegen dich in der Hand habe, Jochen. Willst du, dass alles auffliegt? Dann bist du auf jeden Fall ruiniert, weil du entweder im Knast landest oder Unsummen Strafe zahlen musst.« Er richtete sich wieder auf und lehnte sich in seinem Sessel zurück. »Oder beides.«

»Du willst mich also erpressen«, stellte Jochen Peschmann fest und warf Pia, die stocksteif neben ihm saß und Haltung zu bewahren versuchte, einen aufmunternden Blick zu.

»Erpressen ist ein so hässliches Wort«, gurrte Lutz Erdmann, »als würde ich etwas Kriminelles tun. Dabei bist du derjenige, der nachweisbar kriminell geworden ist. Ich will dir nur auf den rechten Weg zurückhelfen.«

»Wir werden uns von Ihnen nicht unter Druck setzen lassen, Herr Erdmann.« Pias Gesicht zeigte keine Regung.

»So förmlich, Pia? Da kann ich mich aber an ganz andere Zeiten erinnern. Und das Geld habt ihr auch immer sehr gern genommen.«

»Eher zeige ich mich selbst an, als dass ich mich von dir in die Knie zwingen lasse«, begehrte Jochen auf.

»Tatsächlich?« Lutz' Augenbrauen wanderten nach oben. »Lass mich mal nachdenken ... Schmuggel, Steuerhinterziehung, Verstoß gegen das Artenschutzgesetz ... dann dieser tragische Unfall, bei dem mein geliebter Vater ums Leben kam ... in einem Auto voller Schmuggelware, die du hineingepackt hast ... Ich habe es damals übrigens sehr bedauert, dass du das zum Anlass genommen hast, unsere lukrative kleine Vereinbarung platzen zu lassen.«

»Da sagst du es selbst: Du bist ebenso kriminell wie ich«, konterte Jochen Peschmann.

Erdmann legte die Fingerspitzen seiner Hände zusammen, als wolle er beten. »Aber im Unterschied zu dir kann man mir nichts nachweisen. Dafür habe ich gesorgt.«

»Du ...«

Pia Peschmann legte sanft ihre Hand auf den Arm ihres Mannes. »Wir lassen uns nicht von Ihnen unter Druck setzen«, wiederholte Pia, »und wenn du Selbstanzeige erstatten willst, Jochen ... ich stehe hinter dir.«

»Dass ich nicht lache. Ihr blufft doch!«, stieß Lutz Erdmann zwischen zusammengebissenen Zähnen hervor.

Pia redete weiter, als hätte Lutz nie etwas gesagt. »Wir können wunderbar auf Schreberwerder wohnen, die Kinder wären begeistert. Schade für Nante, aber vielleicht ergibt sich für ihn eine andere Möglichkeit. Wir brauchen Toulouse nicht, wir brauchen auch nicht viel Geld. Mir ist alles lieber, als ständig fürchten zu müssen, wieder von diesem Subjekt erpresst zu werden, oder, Jochen?«

Ihr Gatte nickte. Er war blass, aber gefasst. »Nante wird uns verstehen. Und wenn ich für meine Verfehlungen bestraft werde, dann habe ich es verdient und stehe dafür gerade.« Er sah Erdmann ernst an. »Du wirst uns nicht in die Knie zwingen. Du bekommst unsere Parzelle nicht, und wenn es das Letzte ist, wofür ich in meinem Leben kämpfe.«

Lutz sprang auf und brüllte unbeherrscht: »Raus mit euch! Raus aus meinem Haus! Ihr werdet schon sehen, was ihr davon habt!«

Es war bereits Abend, als die *Rieke* mit Pippa als einziger Passagierin wieder Schreberwerder ansteuerte. Am Steg warteten die Marthalers, die vorhatten, die Insel zu verlassen, um ihren Streit an einem weniger öffentlichen Ort fortzusetzen. Pippa war volle drei Runden mitgefahren und hatte jede Minute ihres spontanen Ausflugs in vollen Zügen genossen.

»Danke für deine Hilfe, Pippa. Du kannst mich gerne bei meinem nächsten Urlaub vertreten.« Nante grinste. »Das bisschen Navigieren bekommst du auch noch hin.«

»Dann hüte ich eben kein Haus, sondern ein Schiff.«

Wie immer an Pfingstsonntag, hatte auf der *Rieke* reger Betrieb geherrscht. Regelmäßige Gäste der *Rieke* hatte Nante ihr vorgestellt, und alle hatten neugierig und freundlich auf sie reagiert.

Sie hatte endlich den Kopf freibekommen. Weder die Haubentaucher noch trübe Gedanken beschäftigten sie im Moment in irgendeiner Weise.

Ein ausdauerndes Gähnen brach sich bei ihr Bahn, und Nante grinste breit über ihren aufgerissenen Mund, denn sie hatte nicht rechtzeitig ihre Hand davorhalten können.

»So gelangweilt, Pippa? Ich bin untröstlich.«

»Natürlich nicht, ich hatte einen wunderbaren Tag und ich habe es definitiv genossen, mit dir zu plaudern und all diese netten Menschen zu treffen. Du hast einen großartigen Beruf.«

Nante legte in einer theatralischen Geste die Hand auf sein Herz. »Ich möchte es meine Berufung nennen«, deklamierte er salbungsvoll und fuhr fort: *»Der Reimeschmied auf hoher See vertreibt den Kummer und das Weh!«*

Das Kichern blieb Pippa im Halse stecken, als sie plötzlich etwas entdeckte, was ihr einen gehörigen Schrecken einjagte. Sie beschattete die Augen gegen die tiefstehende Sonne und sah genauer hin. Dann packte sie Nante am Ärmel, zeigte auf die Rauchfahne, die von Schreberwerder aufstieg und rief: »Da brennt es!«

Nante kniff die Augen zusammen und sah in die Richtung, in die Pippa zeigte. »Du hast recht! Verdammt. Woher kommt der Qualm?«

Pippa zappelte herum, das Anlegemanöver dauerte ihr viel zu lange.

»Von hier aus würde ich sagen, von Angelikas Parzelle. Hoffentlich ist nichts passiert!«

Nante legte an, und sie rannten gemeinsam von Bord.

»Es brennt!«, rief Pippa den Marthalers im Vorbeilaufen zu.

Die beiden drehten wie in Zeitlupe synchron die Köpfe und starrten ihr und Nante verblüfft hinterher, setzten sich dann aber in Bewegung, um nachzusehen, ob auf ihrer Parzelle alles in Ordnung war.

»Es brennt!«, riefen Nante und Pippa wieder, um die anderen Insulaner zu alarmieren.

Je näher sie dem Heckenlabyrinth kamen, desto klarer wurde ihnen, dass die Qualmsäule aus dessen Mitte aufstieg.

»Labyrinth«, keuchte Pippa, »bestimmt verbrennt Lutz irgendwelche Beweise ...«

Sie erreichten den Eingang der Heckenspirale und versuchten, sich gleichzeitig hineinzudrängen.

Pippa rempelte Nante aus purer Aufregung zur Seite, und er fiel krachend in die Hecke.

»Du liebe Güte«, stöhnte er, als Pippa ihm hektisch aus dem Blattwerk half, »du bist ja ganz schön rabiat.«

»Weiter!«, rief sie und stürmte wieder voraus. »Und übrigens: Entschuldigung!«

Nante folgte ihr kopfschüttelnd.

Als Pippa die Mitte erreichte, blieb sie so abrupt stehen, dass Nante in sie hineinprallte. Beide stolperten armrudernd auf den kleinen Platz und konnten gerade noch dem kleinen Lagerfeuer ausweichen, das dort prasselte.

Fünf Gesichter starrten Pippa und Nante entgeistert an.

»Ich ... wir ... was macht ihr denn hier?«, japste Pippa atemlos.

Dann drang der aufsteigende Rauch in ihre Nase: süßlich, würzig und betäubend.

»Herr X! Was geht hier vor?«, rief sie empört.

Der Angesprochene zuckte zusammen und sah schuldbewusst zu Boden. »Vorräte verbrennen«, erwiderte er und deutete auf einen glühenden Haufen Marihuana, der in der Feuerstelle gerade sein Leben aushauchte. »Ich dachte, hier sieht uns keiner.«

»Riecht gut, oder?«, sagte Sven.

Die Jugendlichen kicherten albern.

Pippa stemmte die Hände in die Hüften. »Ich dachte, die Kästner-Knirpse wären die einzigen Kinder hier auf der Insel. Aber ich habe mich offensichtlich geirrt.«

»Wir wollten Abschied feiern«, sagte Sven.

Lisa, Daniel und Bonnie nickten bestätigend und beobachteten enttäuscht, wie Nante sich abmühte, die Glut auszutreten.

»Das ist unglaublich fahrlässig«, grollte er kopfschüttelnd. »Es ist warm und trocken, und ihr macht ausgerechnet hier ein offenes Feuer! Stellt euch nur vor, die Funken wären in die Hecke geflogen – ihr wärt gebraten worden wie Grillhähnchen!«

Völlig außer Atem kamen Viktor und Luis in die Mitte des Labyrinths gestolpert.

»Wo brennt et?«, rief Luis aufgeregt und schwenkte einen kleinen Feuerlöscher.

»Falscher Alarm, du kannst den Löscher stecken lassen«, sagte Nante und deutete auf die kokelnden Reste. »Die Dorfjugend hat ein Pfingstfeuer abgefackelt. Inklusive Shisha-Lounge.«

»Habt ihr'n Knall?«, schrie Luis fassungslos. »Dit is ja wohl ... ihr hättet janz Schreberwerder in Schutt und Asche lejen können!« Sein Blick fiel auf Herrn X, der immer kleiner wurde. »Und du mittendrin. Ooch nich schlecht.«

Er drehte sich um und verschwand grummelnd wieder in der Heckenschnecke.

»Luis hat recht«, sagte Viktor, »das hätte eine Katastrophe geben können.«

»Wissen wir, das haben uns jetzt schon zwei Leute gesagt«, krähte Bonnie vorlaut und warf Sven einen Blick zu, um seine Reaktion auf ihre Frechheit zu überprüfen, aber dieser starrte nur stoisch auf seine Knie.

»Nicht so keck, junge Dame«, sagte Viktor, zwinkerte Pippa heimlich zu und verließ ebenfalls den kleinen Platz.

»So«, bestimmte Pippa, »alle Mann raus hier. Wenn ihr Abschied feiern wollt, dann entscheide ich jetzt über den Kopf eurer Eltern hinweg, dass ihr heute Abend mit zum Sundowner bei Luis kommen dürft. Cocktails auf meine Rechnung.«

»Mit euch zusammen?«, rief Lisa aufgeregt.

»Ehrlich?«, Bonnie traute der ungewöhnlichen Einladung noch nicht ganz. »Das hat es ja noch nie gegeben: Wir dürfen bei der heiligen, kinderfreien Entspannungsstunde dabei sein!«

»Aber nur, wenn ihr nicht noch einmal so einen Blödsinn macht. Geht schon mal vor, wir kommen gleich nach.«

Gemeinsam mit den Jugendlichen rappelte Herr X sich auf und trottete im Gänsemarsch mit ihnen davon.

Kopfschüttelnd ließ Pippa sich auf die Bank fallen.

»Ich brauche mal kurz zwei Minuten. Ich bin zu alt für diese Aufregung.«

Nante setzte sich neben sie. »So viel zu *Lutz verbrennt bestimmt Beweise*. Nichts ist so, wie es auf den ersten Blick scheint. Eins habe ich bei der Polizei gelernt: Zuerst gilt die Unschuldsvermutung, immer. Auch für Lutz Erdmann. Und jetzt muss ich zum Schiff zurück und die Marthalers nach Hause bringen.«

»Dann wäre ich vermutlich keine gute Polizistin«, sagte Pippa und seufzte. »Ich wittere hier schon hinter jedem Busch Mord und Totschlag.«

Auf dem Dorfplatz stießen Herr X und die Jugendlichen auf das Ehepaar Wittig. Karin und Matthias saßen eng umschlungen auf der Bank und tuschelten kichernd miteinander.

Als sie Schritte hörte, blickte Karin hoch. »Wo kommt ihr denn alle her?«

»Wir haben alle im Labyrinth zusammengesessen, Herr X auch«, sagte Sven schnell. »Ein bisschen Abschied feiern. Habt ihr ... äh ... nichts mitgekriegt?«

»Was sollten wir denn mitgekriegt haben?«, fragte Matthias erstaunt, und Karin fügte hinzu: »Wir haben ein Schläfchen gehalten.«

Lisa rief: »Mutti! Du bist schon wieder peinlich!«

»Ich? Wieso das denn? Was ist peinlich daran, ein Mittagsschläfchen zu halten?«

»Am frühen Abend? Menno, echt voll daneben.«

»Daneben oder nicht«, sagte Matthias, »wohin wollt ihr?«

»Tante Pippa hat uns erlaubt, dass wir heute zur Cocktailstunde kommen dürfen«, sagte Sven.

»Hat sie das.« Matthias' skeptischer Ton signalisierte deutlich, was er davon hielt: Gerade ging die offizielle kinderfreie Stunde für diesen Tag zum Teufel.

»Wo sind eure Eltern, Bonnie? Daniel? Wir waren verabredet.«

Karin sah von einem zum anderen.

Das Mädchen zuckte mit den Schultern. »Keine Ahnung. Die sind irgendwann zu Herrn Erdmann gegangen. Der war bei uns, weil er was mit ihnen besprechen wollte. Aber meine Eltern wollten nicht, dass er bei uns im Haus ist, und haben gesagt, er soll gehen. Dann sind sie rüber zu ihm. Seitdem haben wir sie nicht mehr gesehen, stimmt's, Daniel?«

Ihr Bruder nickte bestätigend.

»Könnten sie nicht mittlerweile zu Hause sein? Ihr kommt doch direkt aus dem Labyrinth, oder habt ihr zu Hause vorbeigeschaut?«

»Wir brauchten nicht nachzugucken«, erklärte Daniel, »die Haustür war geschlossen. Und die steht immer offen, wenn meine Eltern im Haus sind.«

»Sie werden schon auftauchen«, sagte Matthias und stand auf. Er streckte Karin die Hand hin, die sich lachend von ihm hochziehen ließ. »Komm, meine Liebste, es gibt ein paar Cocktails, auf denen unsere Namen stehen.«

Der kleine Trupp schlenderte zu Luis' Inselkantine hinüber und verpasste nur um ein paar Sekunden, dass die Haustür bei Lutz aufflog und die Vermissten herausgestürzt kamen.

Schwer atmend standen Pia und Jochen Peschmann auf dem Dorfplatz und sahen Lutz an sich vorbeistürmen. Ohne sie eines Blickes zu würdigen, sprang er in sein Boot, das am Anleger dümpelte, startete es und fuhr – eine Gischtspur hinter sich herziehend – mit aufheulendem Motor auf die Havel hinaus.

»Da fährt er hin und zeigt mich an«, murmelte Jochen.

Pia umarmte ihn und zog ihn eng an sich. »Glaube ich nicht. Und wenn doch: egal. Die Kinder werden es hier lieben, und ich gehe wieder Betten machen in dem kleinen Hotel in Tegelort. Hat mir damals nicht geschadet und wird mir auch heute nicht schaden. Hauptsache, wir können uns noch im Spiegel ansehen.«

»Ob in meiner Zelle überhaupt ein Spiegel hängen wird?«

Sie küsste ihn lange. »Wenn nicht, bringe ich dir einen. Zusätzlich zum Kuchen mit Feile.«

»So eine Liebeserklärung habe ich nicht verdient«, murmelte Jochen.

Pia lächelte ihn liebevoll an.

»Das sieht man doch an Lutz: Nicht immer bekommt man, was man wirklich verdient. Und jetzt lass uns den Abend mit unseren Freunden genießen. Was morgen ist, werden wir morgen sehen.«

Sie gingen Hand in Hand Richtung Luis' Parzelle.

Als sie das Vereinsheim betraten, waren die Insulaner vollständig versammelt, nur die Marthalers und die frisch Verlobten glänzten durch Abwesenheit.

Alle Blicke wandten sich ihnen zu, als Jochen Peschmann sagte: »Wir haben euch etwas mitzuteilen. Aber zuerst, Luis, hätte ich gern Whisky. Mindestens vier Finger breit. Hast du noch den von Islay mit ganz viel Torf? Den brauche ich jetzt.«

Luis nickte und brachte ihm das Gewünschte.

Jochen stürzte das Getränk in einem Zug herunter. Dann berichtete er von dem Vorfall mit Lutz und dass sie beschlossen hatten, seiner Erpressung nicht nachzugeben. Er ließ kein Detail aus, auch nicht seine ehemalige dunkle Verbindung zu Lutz Erdmann.

Atemlose Stille folgte, als er geendet hatte.

Das ist echter Krimistoff, dachte Pippa, und ich würde ihn *Unter allen Beeten ist Unruh'* nennen. Kein Mensch würde glauben, dass diese Idylle in Wirklichkeit ein brodelnder Vulkan kurz vor dem Ausbruch ist ...

Der Erste, der sich wieder regte, war Matthias. Er stand auf, ging zu Jochen Peschmann und streckte ihm die Hand hin.

»Du hast Mut, Jochen. Ich glaube, ich spreche für alle, wenn ich sage, dass ihr unsere volle Unterstützung habt, sollte Lutz es wirklich wagen, dich anzuzeigen.«

Er sah in die Runde, und alle nickten und murmelten beifällig.

Karin nahm Pia in den Arm. »Dann warten wir hier mal gemeinsam auf das, was kommt.«

»Heißt das, wir bleiben wirklich hier?«, fragte Daniel. Sein Blick flog zu Lisa, die vor Freude errötete.

»Kommt drauf an«, sagte sein Vater, »wir wissen nicht, was als Nächstes passiert. Wenn die Polizei gleich anmarschiert und mich verhaftet ...«

»So schnell schießen die Preußen nicht«, warf Pippa ein, »die verhaften dich doch nicht, nur weil Lutz bei denen aufkreuzt und irgendwelche Dinge behauptet.«

»Die allerdings wahr sind, fürchte ich«, sagte Jochen.

»Trotzdem. Du wirst ja nicht eines Mordes beschuldigt. Wenn allerdings Ermittlungen aufgenommen werden, kann es sein, dass du die Stadt nicht verlassen darfst.«

»Super!«, entfuhr es Daniel unwillkürlich. Schnell sah er schuldbewusst auf den Boden.

»Wie auch immer.« Jochen drückte die Schultern durch. »Wir lassen uns nicht kleinkriegen. Und unsere Parzelle bekommt niemand, der sie nicht verdient.«

»Genau!«, rief Herr X, der plötzlich aus seiner Starre erwachte. »Wir lassen ihn alle abblitzen! Wenn wir zusammenhalten, kann er sich seine Pläne abschminken.«

»Der soll bloß vorsichtich sein«, grollte Luis, »meene Freunde erpresst keener unjestraft! Ick würd' dem am liebsten den Hals umdrehen. Oder teeren un federn un ausse Stadt jagen! Wir müssen uns nich bieten lassen, dat so'n Kanallje uff Schreberwerder unjestraft sein Unwesen treibt. Wenn ick den dat nächste Mal sehe …«

Er schnaufte und überließ es der Phantasie der Anwesenden, was er dann mit Lutz tun würde.

Jochen klopfte Luis auf die Schulter. »Was immer es ist – ich bin dabei. Und hinterher beten wir für den Weltfrieden!«

Alle lachten, und die Spannung der letzten Minuten ließ spürbar nach.

»Und jetzt gebe ich zwei Runden für alle aus: eine im Gedenken an Dorabella und eine auf das Wohl von Schreberwerder. Heute ist unser Abend. Viva Dorabella! Viva Schreberwerder!«

Alle applaudierten, und wenn später jemand durch das Fenster in die Inselkantine geblickt hätte, wäre er niemals auf die Idee gekommen, welche dramatischen Ereignisse zu dieser fröhlichen Party geführt hatten.

Kapitel 17

Nie wieder Alkohol, dachte Pippa, als sie am nächsten Morgen erwachte.

Der kapitale Kater, der sie in seinen Krallen hielt, schnurrte boshaft. Sie bewegte vorsichtig den Kopf. Der bis dahin gerade noch erträgliche Kopfschmerz steigerte sich prompt zu einem infernalischen Hämmern.

Pippa stöhnte auf. Die Party am Abend zuvor war irgendwann in ein fröhliches Trinkgelage ausgeartet. Natürlich war die Polizei nicht aufgetaucht, dennoch hatte Jochen jedes Mal besorgt aufgesehen, wenn sich die Tür öffnete, und tief durchgeatmet, wenn er ein bekanntes Gesicht sah.

Karin hatte CDs und ein Abspielgerät geholt. Sie hatten zu italienischen Schlagern aus den Sechzigern geschwoft und lauthals mitgesungen, wobei ausgerechnet Pia besonders ausgelassen agiert hatte. Pippa hatte mit ihrer Parodie auf Adriano Celentano geglänzt und ihre ganz eigene Version von »Azzurro« zum Besten gegeben. Auch die zahlreichen Bitten nach einer Zugabe erfüllte sie gern, und als Resultat gesellte sich zu ihren brüllenden Kopfschmerzen nun ein rauer Hals.

Um Mitternacht waren die Jugendlichen in ihre Betten geschickt worden, und Herr X hatte sofort ein kleines Plastiktütchen hervorgezaubert, dessen Inhalt den nachmittäglichen Scheiterhaufen im Labyrinth überlebt hatte. Zu Pippas Überraschung erregte die Tatsache, dass Herr X einen langen Joint rollte, weder Aufsehen noch eine erkennbare Reaktion.

Alle hatten ein- oder zweimal daran gezogen, auch sie selbst. Für einen verrückten Moment fühlte sie sich in den Traum versetzt, den sie in der Nacht des Einbruchs in Doras Haus geträumt hatte – in dem alle Bewohner Schreberwerders in Dorabellas Garten riesige Joints hatten kreisen lassen.

Nach dem Genuss des Kicherkrauts erreichte die allgemeine Ausgelassenheit ungeahnte Höhen. Matthias, sonst immer korrekt, behauptete, dass jeder Zug Herrn X half, Beweise zu vernichten, und Jochen schwadronierte verklärten Blickes von wilden Berliner Hausbesetzerzeiten, als er und Pia sich kennengelernt hatten. Karin hatte nach dunklen Punkten in der Vergangenheit eines jeden geforscht und enttäuscht festgestellt, dass es in ihrer zu wenige gab, was folgerichtig zu einer neuen Runde Mojitos mit Cannabisblättern statt Minze führte, einer äußerst schmackhaften Erfindung Dorabellas, die ein letztes Mal zu Ehren kam.

Jetzt zahlte Pippas Kopf die Zeche für diesen einmaligen Abend, und die Ruhe, die an diesem Pfingstmontag über der Insel lag, bestätigte ihr, dass sie nicht die Einzige war, die dringenden Erholungsbedarf verspürte.

Sie forschte in Dorabellas Medizinschrank nach Alka Seltzer. Als sie nicht fündig wurde, beschloss sie dem Ratschlag ihrer Großmutter aus England zu folgen und Ölsardinen und einen halben Löffel Maggi-Brühe zu sich zu nehmen, um die Salz- und Elektrolytreserven des Körpers wieder aufzufüllen. Leider hatte Oma Wilcox immer darauf bestanden, dass eine kalte Dusche die Reinigungsprozedur vervollständigen müsse.

Pippa schlüpfte in ihren Badeanzug und lief hinunter zum Wasser. Als sie zögernd am Ufer stand, hörte sie deutlich Oma Wills strenge Stimme: »Entweder das oder brüllender Kopfschmerz!«

Zehn Sekunden später tauchte sie prustend aus den kalten Fluten der Havel auf und schüttelte sich. Sie hätte am liebsten laut gekreischt, so groß war der Schock des eisigen Wassers, aber sie keuchte nur und schnappte nach Luft.

Immerhin war sie jetzt wach, daran konnte es keinen Zweifel geben. Sie schwamm ein paar Züge und fühlte, wie sich ihr Körper langsam an das kalte Wasser gewöhnte. Pippa begann das Morgenbad zu genießen und kraulte Richtung Tegelort, dann legte sie sich auf den Rücken und ließ sich langsam wieder an Land treiben.

Erschöpft, aber stolz, sich zu dieser Heldentat überwunden zu haben, stieg sie wieder ans Ufer. Nass ließ sie sich auf das große Handtuch fallen, das sie vorher auf dem Rasen ausgebreitet hatte, und vertraute darauf, dass die warmen Strahlen der Sonne sie trockneten.

Während sie langsam wieder einschlummerte, dachte sie noch einmal an Jochen und seinen Mut, sich seiner Verantwortung zu stellen. Wie schön wäre es doch, wenn derjenige, der Dora an ihrem letzten Abend geholfen hatte, ebenso handeln würde ...

Sie schrak hoch, als ein Schatten auf sie fiel. Zwei Gestalten standen zwischen ihr und der Sonne. Ihre Laune verschlechterte sich schlagartig, als sie Freddy erkannte. Er war in Begleitung eines großen blonden Unbekannten in Zivilkleidung, von dem sie sofort vermutete, dass es ein Kripo-Kollege ihres Bruders war.

Sie setzte sich auf und sagte missmutig: »Da seid ihr also

doch noch. Immerhin habt ihr Jochen eine letzte Nacht zu Hause gegönnt. Schade, Freddy, dass du auch dabei sein musst. Schäm dich.«

Sie stand widerwillig auf und wickelte das Handtuch eng um sich.

»Kommt mit ins Haus, ich erzähle euch erst einmal meine Sicht der Dinge. Ihr könnt ihn euch auch später noch holen.«

Ohne eine Antwort abzuwarten oder die Männer eines weiteren Blickes zu würdigen, ging sie vor ihren ungebetenen Besuchern über den Rasen ins Haus.

»Setzt euch«, sagte sie schroff, als die beiden das Haus betraten, und zeigte mit einer wenig einladenden Handbewegung auf zwei Stühle. Sie hatte sich einen Bademantel übergeworfen und saß am Esstisch. »Lasst die anderen wenigstens ausschlafen. Es ist spät geworden gestern. Wir müssen uns wohl auch noch bedanken, dass ihr unsere kleine Feier nicht gesprengt habt.«

Freddy und sein Begleiter nahmen Platz, und Freddy sagte: »Wenn ich vorstellen darf: Pippa Bolle, meine Schwester. Kommissar Schmidt.«

»Wolfgang Schmidt«, fügte der Mann hinzu und lächelte.

»Schmidt? Sollte man als Kommissar nicht anders heißen? Etwas, das die Leute sich merken können?«, stänkerte Pippa. »So wie Columbo oder Barnaby. Oder Wallander. Der arme Jochen hat es wirklich nicht verdient, dass er von einem Kommissar Schmidt …«

»Könntest du mal Pause einlegen?« Freddy sah sie entgeistert an. »Ich habe nicht die geringste Ahnung, wovon du redest. Wenn das komisch sein soll, kann ich nicht mitlachen. Verdacht auf Mord ist eine ernste Sache.«

Pippa schluckte. »Mord? Welcher Mord? Habt ihr Hinweise gefunden, dass Dorabella …?«

Kommissar Schmidt schüttelte den Kopf. »Nicht Frau von Schlittwitz. Felix Maier.«

Pippa wurde eiskalt. Sie sah entsetzt von Schmidt zu Freddy, der zu ihrer Bestürzung bestätigend nickte und sagte: »Er ist in den frühen Morgenstunden … gestorben.«

»Aber ihr habt doch gesagt, dass er überleben wird! Waren seine Verletzungen doch zu schwer? War der Atemstillstand zu lang?«

Freddy und Schmidt wechselten einen Blick. Dann sagte Freddy: »Das dürfen wir dir leider nicht sagen.«

»Außerdem warten wir noch auf das endgültige Ergebnis der Obduktion«, ergänzte Kommissar Schmidt.

»Aber Mord! Wer soll das denn getan haben? Wie? Und warum?«, rief Pippa verzweifelt.

»Das ist es, was wir herauszufinden versuchen«, erklärte Schmidt.

»Und dazu brauchen wir deine Hilfe, Pippa.« Freddy sah sie bittend an. »Wolfgang will sich hier ein bisschen umsehen, undercover, sozusagen. Wir möchten dich bitten, ihn als Freund auszugeben, der dich zu Pfingsten besucht. Damit er unauffällig herausfinden kann, wo sich jeder Einzelne zur Zeit von Felix Maiers Tod aufgehalten hat. Am besten wäre es, du würdest mit ihm eine kleine Tour um die Insel machen und mit allen ins Gespräch kommen. Möglichst harmlos: über Blumen, Ernteergebnisse und Saatzeiten. Über alles – nur nicht über Felix Maier.«

»Wir hoffen, dass wir von allen erfahren, wo sie gestern waren, ohne dass sie Verdacht schöpfen«, ergänzte der Kommissar.

»Ich verstehe: Wer ohne Not lügt, hat etwas zu verbergen«, murmelte Pippa, noch immer völlig betäubt von der Nachricht.

»Und genau das werden wir dann überprüfen.« Kommissar Schmidt nickte.

Pippa war empört. »Wozu alle Insulaner bemühen? Keiner hier hatte ein Interesse an Felix' Tod – außer Lutz.«

In diesem Moment hörte sie ein Geräusch aus dem geheimen Durchgang zwischen Doras und X' Bungalow. Freddy und Wolfgang Schmidt wechselten einen verblüfften Blick, während Pippa einen Hustenanfall vortäuschte, um die beiden abzulenken.

Ihre Mühe war vergeblich, denn Schmidt stand leise auf, schlich auf Zehenspitzen zum vermeintlichen Schrank und riss die Tür mit Schwung auf. Seiner Stütze beim Lauschen beraubt, purzelte Herr X polternd aus der Tür ins Zimmer und fiel Schmidt direkt vor die Füße.

Die Augen des Kommissars weiteten sich vor Überraschung. Er ging in die Knie und sah dem vor Schreck völlig paralysierten Herrn X direkt in die Augen.

Dann sagte er: »Guten Tag, Herr Krause.«

Herr X seufzte ergeben. »Tag, Herr Kommissar.«

Schmidt grinste breit. »Hier haben Sie sich also verkrochen!«

Herr X rappelte sich mühsam auf. »Ich habe damit nicht gegen Bewährungsauflagen verstoßen.«

Schmidt zuckte mit den Schultern. »Wer weiß? Auf den ersten Blick nicht, aber vielleicht findet sich ja noch was. Ich kenne meine Pappenheimer.«

X wurde bleich. »Ich kann nicht wieder in den Knast gehen. Ich habe seit meiner Entlassung ein sauberes, gesetzestreues Leben geführt – ich will da nicht wieder rein. Sie wissen, dass ich keine Luft kriege in abgeschlossenen Räumen. Ich kann da nicht atmen … und mein Asthma …«

Er rang krampfhaft nach Luft und zog die Schublade des Esstisches auf. Mit zitternden Händen ertastete er den darin herumkollernden Inhalator und sprühte sich eine Ladung in den Hals.

Pippa verfolgte den Dialog der beiden Männer mit offenem Mund. Krause? Knast? Bewährungsauflagen? Sie sah Freddy hilfesuchend an, aber sein Gesicht sprach Bände: Auch er war ratlos.

Herr X atmete wieder normal und setzte sich auf das Samtsofa. Er holte tief Luft, als wolle er sich Mut machen, und blickte Schmidt fest an. »Hat Erdmann … Lügen über mich erzählt? Es war doch Erdmann, oder? Der wird keine Ruhe geben, bis er allen Menschen hier das Leben ruiniert hat, und dann schnappt er sich die Insel.«

»Ich habe keine Ahnung, wovon Sie reden, Krause. Du etwa, Freddy?«

Dieser schüttelte den Kopf.

Schmidt wandte sich wieder Herrn X zu. »Ich will Sie ja nicht enttäuschen, Herr Krause, aber ich bin nicht Ihretwegen hier. Trotzdem kann ich Sie momentan leider nicht ohne Aufsicht lassen, sonst machen Sie unseren schönen Plan kaputt.«

»Plan?«, fragte Herr X, dem die Erleichterung deutlich ins Gesicht geschrieben war. »Welcher Plan?«

Wolfgang Schmidt grinste. »Krause, Sie müssen jetzt nicht so tun, als hätten Sie vorhin nichts von dem gehört, was wir beredet haben, als Ihr Ohr an der Schranktür klebte. Geschickt gemacht übrigens, dieser kleine Geheimgang. Sie wohnen nebenan?«

Herr X nickte zögernd.

»Und Sie wissen, worum wir Frau Bolle gebeten haben?«

Wieder nickte Herr X. »Aber was habe ich damit zu tun?«

»Ganz einfach«, erklärte Freddy, »nachdem Sie meinen Kollegen erkannt haben, müssen wir verhindern, dass Sie Ihren Nachbarn davon erzählen. Wir möchten Sie also bitten, meine Schwester und den Kollegen auf ihrem Rundgang über die Insel zu begleiten oder den Vormittag hier im Haus zu verbringen – mit mir als Gesellschaft.«

»Habe ich die Möglichkeit, nein zu sagen?«, fragte X.

»Ich fürchte, nicht«, gab Schmidt zurück.

»Dann ist es auch keine Bitte«, murrte Herr X.

Seine Stimme klang so aufmüpfig, dass Pippa die Hand hob. »Felix Maier wurde vermutlich umgebracht«, sagte sie leise zu ihm, »und wir wollen herausfinden, ob sein Mörder einer von unseren Nachbarn ist. Da solltest du mithelfen.«

»Mir fällt nur einer ein, der von seinem Tod profitiert.«

»Genau. Wenn er es wirklich war, müssen wir alles tun, um ihn zu entlarven, denkst du nicht auch?«

Herr X zögerte noch immer. Es war ihm anzusehen, dass es ihm zutiefst widerstrebte, mit der Polizei gemeinsame Sache zu machen. »Aus mir kriegt ihr nichts heraus. Ich sage ab jetzt nichts mehr.«

»Dann ist ja alles klar«, sagte Schmidt zufrieden und stand auf. »Wir haben keine Zeit zu verschwenden. Wenn es hier eine Fährte geben sollte, wird sie mit jeder Stunde, die wir ungenutzt verstreichen lassen, immer kälter.«

»Ich verschwinde dann mal wieder von der Insel, mich kennen hier schon zu viele Leute.« Freddy erhob sich ebenfalls und sah auf seine Armbanduhr. »Die *Rieke* kommt in fünf Minuten.«

Gemeinsam verließen sie das Haus und blieben wie angewurzelt stehen. An Dorabellas Zaun standen wie Gartenzwerge aufgereiht sämtliche Insulaner und sahen sie schweigend an. Nur das junge Glück und die Kinder fehlten.

»Na bestens«, murmelte Kommissar Schmidt, »gerade löst sich unser schöner Plan in Luft auf. Dann eben die gute alte Methode.«

Pippa sah zu Herrn X, der ein triumphierendes Funkeln in den Augen hatte, und dann zu den beiden Fahnen, die lustig an seinem Fahnenmast flatterten. Er hatte nicht nur die Totenkopfflagge gehisst, sondern zusätzlich einen grünen Wimpel.

Grün für die Polizei, dachte Pippa amüsiert, er hat die anderen gewarnt, dass Polizei auf der Insel ist! Er hat Schmidt also schon erkannt, als der die *Rieke* verließ. Da hätten die beiden gleich mit dem Polizeiboot und heulender Sirene kommen können, denn Kommissar Zufall war längst hier.

»Das ist ja wie in der Transvaal«, sagte Freddy, »einer für alle und alle für einen, oder wie darf ich das verstehen?«

Pippa legte den Arm um Freddys Taille.

»Das verstehst du genau richtig, lieber Bruder. Nur organisieren wir heute kein Picknick, und es geht nicht um dein Essen.«

Kapitel 18

Einen Augenblick lang passierte nichts.

Die beiden Lager starrten einander wortlos an.

Dann murmelte Schmidt: »Das wird sich im Kommissariat wie ein Lauffeuer verbreiten: die sensationelle Schlappe des großen Undercover-Cops.«

Freddy nickte enttäuscht. »Da will man ein Mal andere Wege beschreiten …«

»Man sollte nie die Listigkeit eines kleinen, unbeugsamen Inselvölkchens unterschätzen«, sagte Pippa und musterte stolz ihre Nachbarn, die in stummer Erwartung dastanden.

Links begann die Reihe mit Viktor, dann folgten Karin, Matthias, Sven und Lisa. Karin zwinkerte Pippa kurz zu, als ihre Blicke sich trafen. Rechts neben Lisa stand Daniel und hielt ihre Hand fest umklammert. Pia und Jochen Peschmann hatten Bonnie in ihre Mitte genommen und jeweils einen Arm um die Schultern ihrer Tochter gelegt. Als Nächstes kamen Gerdi und Stephan Kästner, die zu Pippas Erstaunen direkt neben Ida und Heinz Marthaler standen. Den rechten Außenposten hielt Luis, der den Kommissar angriffslustig anfunkelte.

»Und? Ist dieses kleine, unbeugsame Inselvölkchen vollständig versammelt?«, fragte Schmidt resigniert.

Pippa schüttelte den Kopf.

»Zwei fehlen: Lutz Erdmann und Angelika Christ.«

Sie beugte sich nahe an Freddys Ohr und flüsterte: »Ist es nötig, Herrn X vor allen bloßzustellen? Seine … unkonventionelle Vergangenheit geht doch niemanden etwas an. Er hat sich in diesem Fall nichts zuschulden kommen lassen.«

»Bist du dir sicher?«, gab Freddy leise zurück, und als sie nicht antwortete, fuhr er fort: »Außerdem ist das nicht meine Entscheidung, das ist Schmidts Fall. Ich habe ihn nur begleitet, um ihn unauffällig einzuschleusen.«

»Das ist eindeutig missglückt. Trotzdem. Herr X sollte seine wahre Identität seinen Nachbarn gegenüber nur lüften müssen, wenn er es für richtig hält.«

Sie drehte sich zu X um, der im Hintergrund stand und gerade der imposanten Reihe vor dem Zaun zuwinkte.

Sie hatten leise gesprochen, aber Kommissar Schmidt hatte interessiert zugehört.

»Ich bitte um Aufklärung. Wer von den Herrschaften am Zaun ist Herr X?«

»Krause«, erklärte Freddy schnell, »Krause ist auf der Insel als Herr X bekannt.«

Schmidt verdrehte die Augen. »Ich habe seine Kreativität schon immer bewundert«, sagte er. »Er hat im Gefängnis für Furore gesorgt, als er Mäuse zähmte und seinen Kumpeln als Haustiere verkaufen wollte. Mit Schleifchen – und gedopt.«

Er wurde ernst und fuhr fort: »Frau Bolle, Herr Krause – was hier im Haus geredet wurde, bleibt absolut unter uns, bis ich mit allen gesprochen habe. Andernfalls kann ich sehr ungemütlich werden. Haben wir uns verstanden? Ich verlasse mich auf Sie, enttäuschen Sie mich nicht.«

Pippa und Herr X nickten, und Schmidt musterte die Insulaner am Zaun der Reihe nach.

»Dann werden wir diesen Marathon mal organisieren. Freddy: Verstärkung anfordern.« Schmidt stemmte die

Hände in die Hüften und wechselte auf Befehlston: »Und Sie alle begleiten mich ins Vereinshaus, oder was immer dazu dient. Und keinen Mucks. Kommissar Schmidt lässt sich nicht austricksen. Von niemandem. Ich will mit Ihnen allen reden. Und das sofort.«

Während Freddy über Handy die gewünschte Verstärkung rief, schüttelte Jochen Peschmann vehement den Kopf.

»Das ist nicht nötig«, sagte er, löste sich von Pia und Bonnie und trat einen Schritt vor. »Sie sind meinetwegen hier. Ich bin es, den Sie suchen. Kein Grund, die anderen zu belästigen oder noch mehr Polizei auf die Insel zu holen.«

Schmidts Augenbrauen wanderten nach oben. »Ich bin Ihretwegen hier? Ist das ein Geständnis?«

Peschmann nickte. »Ich habe gegen das Artenschutzabkommen verstoßen. Ich habe Zigaretten geschmuggelt. Ich habe Steuern hinterzogen. Wessen auch immer Lutz mich beschuldigt hat: Ich habe es getan. Erdmann hat mich doch angezeigt, richtig? Also dann: Nehmen Sie mich mit und lassen Sie meine Freunde in Ruhe, sie haben nichts damit zu tun.«

Ehe der verblüffte Kommissar reagieren konnte, drängte Herr X sich aus dem Hintergrund nach vorne und sagte: »Die Polizei ist nicht deinetwegen hier, Jochen. Es geht um mich.« Er schluckte krampfhaft und musste sich räuspern, um weiterreden zu können. »Ich bin nicht der, der ich bin … äh … ich bin nicht der, der ich sein will, nein, ich meine: Ich bin nicht der, der ich sein sollte.«

Die Gesichter der Insulaner zeigten deutlich, dass keiner von ihnen ein Wort von dem verstand, was der Künstler sagte.

Kommissar Schmidt stöhnte genervt, aber er war noch nicht erlöst.

»Sie sind wegen unserer Kifferei hier?« Matthias holte tief Luft. »Dann sind wir alle fällig.«

Wie auf Kommando reckte die Menschenkette geschlossen die Hände nach vorn – bereit für Handschellen.

Schmidts Gesicht spiegelte eine ganze Reihe von Emotionen wider, aber Begeisterung gehörte definitiv nicht dazu.

Er atmete tief durch, musterte die Insulaner, die schweigend und mit vorgestreckten Armen auf ihre Verhaftung warteten, und schüttelte den Kopf. Dann murmelte er: »Warum gerade ich? Warum hatte ich Dienst, warum ist das mein Fall? Kann mir das jemand erklären? Bevor ich diese saubere Bande der arglosen Zivilisation aufbürde, mache ich aus dieser Pirateninsel eher einen Hochsicherheitstrakt. Stacheldraht, Wachen aufstellen – fertig ist Alcatraz.«

Pippa hätte am liebsten laut gelacht, erinnerte sich aber rechtzeitig daran, dass es hier trotz der unzweifelhaften Situationskomik um etwas sehr Ernstes ging: den Tod von Felix Maier.

Schmidt hob die Stimme und sagte laut und streng: »Meine Herrschaften. Ihre Verstöße gegen das Betäubungsmittelgesetz interessieren mich nicht, dafür sind andere Kollegen zuständig. Außerdem wird niemand verhaftet, nur weil er an einem Haschpfeifchen zieht.«

Sven stieß ein Kichern aus, was ihm umgehend einen strafenden Blick seines Vaters einbrachte.

»Mir ist ebenso einerlei«, fuhr Schmidt fort, »ob Sie illegal Kaviar, Nilpferdohren oder potenzsteigernde Tigerpenisse eingeführt haben, Herr …?«

»Peschmann«, sagte Jochen eilig und errötete.

»Herr Peschmann. Auch dafür sind andere Kollegen Ihre Ansprechpartner, sollten Sie das dringende Bedürfnis haben, sich selbst anzuzeigen. Und ehe sich hier weitere Personen bemüßigt fühlen sollten, eine Lebensbeichte abzulegen: Hier geht es um Verdacht auf Mord. Also Abmarsch ins Vereinsheim. Zur Befragung.«

Die Insulaner hätten nicht erschrockener reagieren können, wenn er gesagt hätte: *Ich bin Kannibale und werde einen nach dem anderen verspeisen,* dachte Pippa, die sich sofort für diesen unpassenden Gedanken schämte.

»Mord?«, keuchte Ida Marthaler und drängte sich schutzsuchend an ihren Gatten, der überrascht zurückwich.

»Mord«, bestätigte Schmidt grimmig, »und bei Mord verstehe ich keinen Spaß. Bei Mord tue ich was für Ihre Steuergelder, meine Herrschaften.«

»Siehste woll!«, rief Luis triumphierend. »Det hab ick ma jedacht, dat Dorabellas Tod keen Unfall war! Na, da kann ick de Bullerei viel Zeit sparen, wenn ick dem Lutz die Fragen …«

Schmidt schüttelte den Kopf. »Die Fragen stellen wir – und nur wir. Und zwar jetzt und gleich. Und Sie alle halten den Mund, bis Sie dran sind.« Der Kommissar wandte sich an Pippas Bruder. »Freddy, du vorne, ich hinten. Und ab mit der ganzen Herde. Und keine weiteren Fraternisierungen, wenn ich bitten darf.«

Der Tross setzte sich schweigend in Bewegung, die Insulaner mit mürrischen bis neugierigen Gesichtern, während Kommissar Schmidt aussah, als würde er jeden Moment explodieren.

In Höhe von Viktors Parzelle stoppte der Kommissar abrupt.

»Halt!«, rief er, und alle blieben stehen und wandten sich nach ihm um. »Zu wem gehören diese Zwerge?«

Schmidt zeigte auf die Kästner-Kinder, die sich in Viktors Garten ihre »Penunze« verdienten: Emil fütterte die

Hühner, Lotte zupfte mit Luise Unkraut. Anton knipste verblühte Blumen ab und sammelte die vertrockneten Blüten in einem kleinen Körbchen. Gerdi ging ein paar Schritte zurück bis zum Kommissar und sagte: »Gerdi Kästner. Das sind meine Kinder. Soll ich sie rufen?«

»Um Gottes willen«, wehrte Schmidt ab, »mir reichen die verrückten Erwachsenen – auf den hoffentlich geistig noch gesunden Nachwuchs kann ich verzichten. Aber die Kleinen sollten unter Aufsicht sein, bis Sie zurück sind.«

Freddy grinste breit und sagte betont süffisant: »Meine Schwester übernimmt das, Kommissar. Die liebt es, auf kleine Brüder aufzupassen.«

Pippa fuhr herum und warf ihm einen wütenden Blick zu. Mist, dachte sie ärgerlich, dass ich ausgerechnet die Massenbefragung verpassen muss!

»Deshalb ist ja auch was aus dir geworden, Freddy«, stichelte sie zurück.

Damit stieß sie das Gartentor auf und ging zu den Kindern, während die Karawane zu Luis' Inselkantine weiterzog.

Am Anleger machte ein Boot der Wasserschutzpolizei fest, und einige von Freddys Kollegen marschierten über den Steg und meldeten sich bei Schmidt für weitere Anweisungen.

Pippa sah ihren Freunden besorgt nach.

»Na warte, Freddy, das wirst du mir büßen. Du wolltest mich nur aus der Gefahrenzone schaffen«, murmelte sie.

»Was hast du gesagt, Tante Pippa?«, fragte Emil interessiert. »Und warum sind denn so viele Polizisten hier?«

»Immer macht ihr alles Schöne ohne uns«, maulte Anton und setzte sich auf die Bank, die rund um den Kastanienbaum lief. »Dann mache ich hier auch nicht weiter. Ich streike!«

»Wir streiken, wir streiken!«, riefen Lotte und Luise. »Das hat Papa letztes Jahr auch gemacht, und da war er ganz viel zu Hause und hat uns vorgelesen.«

»Gut, dann lese ich euch jetzt auch etwas vor. Emil, hol deine Detektive.«

Pippa hoffte, die Kinder vom Thema ›Polizei‹ ablenken zu können und versammelte die Knirpse um sich.

Als Emil zurückkam, zog er einen Zeitungsausschnitt, der als Lesezeichen gedient hatte, aus dem Buch und gab es aufgeschlagen an Pippa weiter. Als sie einen Blick auf den Ausriss warf, runzelte sie die Stirn.

»Darf ich mal sehen, Emil?«

Pippa nahm den Ausschnitt in Empfang und staunte: Da wurden Investoren gesucht, die bei einem einmaligen Projekt auf einer zauberhaften Havelinsel gute Renditen erzielen wollten. Neben vielen Lobpreisungen und einem Interview mit Annette Julius, der begeisterten Architektin des Projektes, war ein Grundriss von Schreberwerder zu sehen.

Der Lageplan enthielt zwar noch alle Häuschen, aber in modernisierter und veränderter Form. Die Architektin hatte jedem Haus einen pompösen Namen gegeben, der verdeutlichen sollte, welch exklusives Ambiente den zukünftigen Gast dort erwartete. Viktors Parzelle 1 hatte sich in ›Sylter Luxus‹ verwandelt und Karins Schrebergarten in ›Kitzbüheler Bergkristall‹. Parzelle 3 entpuppte sich, inspiriert durch Herrn X, als ›Worpsweder Künstlerklause – mit Echtheitszertifikat‹ – und Dorabellas Grundstück war plötzlich der ›Marbella Powertempel‹.

Pippa schauderte es bei dieser perfiden Anspielung auf die schwere Krankheit der früheren Bewohnerin. Lutz schreckte wirklich vor nichts zurück. Konnte das als Hinweis auf weitere, noch schlimmere Skrupellosigkeiten gewertet werden?

Parzelle 5 war in einem intellektuellen Geniestreich in einen mexikanischen Nobelort verlegt worden und hieß ›Acapulco Villa‹.

Pippa stöhnte. Hatte der Idiot an Pancho Villa gedacht und das für ein Haus gehalten?

»Was liest du denn da, Tante Pippa?«, fragte Emil interessiert.

»Ein Gruselmärchen«, antwortete Pippa ebenso spontan wie unvorsichtig.

»Vorlesen! Vorlesen!«, riefen die Zwillingsschwestern prompt.

Pippa schüttelte den Kopf.

»Nein, wir lesen euer Buch weiter. Aber bevor ich anfange, holt euch erst mal Fassbrause aus der Küche.«

Die Kinder stürmten begeistert ins Haus und gaben Pippa die Zeit, sich Angelikas Parzelle als den ›Portofino Segler‹ vorzustellen und Kästners Grundstück Nummer 7 als ›Traum von Malibu‹. Peschmanns 8 hatte – Vive la France – den bombastischen Namen ›St. Tropez Chalet‹ erhalten. Weiter im Uhrzeigersinn um die beinahe wie eine Niere geformte Insel folgte Erdmanns Riesenparzelle mit einem schneeweißen, protzigen Hotel, das peinlich an ein Herrenhaus aus *Vom Winde verweht* erinnerte. Von dort gab es einen überdachten Wandelgang mit Kolonnaden, der zu Luis' Häuschen führte. Dessen kleines Refugium war allerdings nicht wiederzuerkennen, da es sich in einen Wintergarten verwandelt hatte, der dem geneigten Leser als ›Hanf Relax Lounge‹ angepriesen wurde.

Die Dorfstraße, die zwischen den Parzellen entlangführte, hieß folgerichtig ›Croisette‹ und endete nicht mehr im Heckenlabyrinth, sondern im ›Love Nest‹.

Pippa musste wider Willen lachen und dachte an Lisa

und Daniel. Immerhin, dieser eine Name passte schon heute.

Pippa kam nicht dazu, sich weiter mit den Anpreisungen von Erdmann & Partner zu beschäftigen, denn jetzt saßen die Kinder wieder neben ihr und forderten ihre Geschichte ein.

Pippa blätterte zu der Stelle zurück, bei der Gerdi oder Stephan aufgehört hatte, und begann zu lesen: *»Also meine Herren, ich erkläre Ihnen auf Ehrenwort: das Geld gehört wirklich mir. Ich werde doch nicht kleine Kinder ausrauben!, behauptete der Dieb.«*

»Halt!«, schrien die Kästner-Kinder, und Pippa fuhr zusammen.

»Was ist? Warum soll ich aufhören?«, fragte sie erstaunt.

»Du doch nicht, Tante Pippa. Das sagt Emil. In dem Buch«, sagte Emil kichernd.

Pippa nickte. »Natürlich, du hast recht. Entschuldige. Also, dann noch mal.«

»Halt!, schrie Emil plötzlich«, las Pippa weiter, *»... und sprang in die Luft, so leicht war ihm mit einem Male geworden. Ich habe mir im Zug das Geld mit einer Stecknadel ins Jackett gesteckt. Und deshalb müssen drei Nadelstiche in den drei Scheinen zu sehen sein.«*

Auf Luis' Grundstück schlug laut eine Tür zu, und Pippa wandte erschrocken den Kopf. Ein Polizist ging zum Polizeiboot und verschwand darin.

Irgendeiner müsste doch nun endlich wieder herauskommen, dachte Pippa sehnsüchtig.

»Tante Pippa ...« Die kleine Luise zog an Pippas Arm. »Weiterlesen! Jetzt wird es spannend.«

Pippa kam in die Realität als fest gebuchte Märchentante zurück und nickte. »Also, wo waren wir?«

Sie fuhr mit dem Finger über die Seite und las weiter. *»Der Junge hat recht!, schrie der Kassierer blass vor Erregung. In den Scheinen sind tatsächlich Nadelstiche!«*

»Tante Pippa«, rief Emil ungeduldig, »da waren wir doch noch gar nicht. Der Kassierer muss das Geld doch erst noch gegen das Licht halten.«

»Und dann tritt der böse Dieb einen Schritt zurück«, sagte Luise. »Damit er hinterher schneller abhauen kann«, ergänzte Lotte.

Anton ereiferte sich: »Mann, wenn ich bloß bald selber lesen kann. Dann kommen solche Fehler nicht mehr vor. Das verspreche ich euch.«

»Was ist denn los mit den Erwachsenen?«, überlegte Emil laut, als wäre Pippa gar nicht da. »Tante Pippa ist heute wie Papa in den letzten Tagen. Entweder er verspricht sich dauernd oder er liest jeden Satz so oft, dass er einem aus den Ohren kommt – und merkt es nicht einmal.«

»Genau«, sagte Anton, »Mama ist auch nicht besser, die fängt dauernd an zu heulen, wenn wir was wollen, und nimmt uns immerzu in den Arm. Voll lästig. Als wären wir kleine Babys!«

»Dabei, so traurig ist die Geschichte doch gar nicht«, piepste Lotte, und ihre Schwester nickte ernst.

»Und am Ende finden sie den Bösen«, sagte Anton im Brustton der Überzeugung. »Und der kriegt seine gerechte Strafe! Das ist doch immer so, nicht wahr, Tante Pippa?«

Pippa sah in die fragenden Gesichter der Kinder. Sie suchte verzweifelt nach einer angemessenen Antwort. Angesichts der aktuellen Entwicklung und des vermutlichen Mordes an Felix Maier fiel ihr Ehrlichkeit schwer, und sie wollte die Kleinen nicht noch mehr verwirren.

»Stimmt«, sagte sie schließlich, »das ist das Schöne an

den Büchern von Erich Kästner. Aber Mama und Papa lesen euch doch immerhin noch jeden Tag vor, oder? Auch wenn sie mal ein bisschen traurig sind. Alle Leute sind mal traurig. Ihr doch bestimmt auch.«

Luise nickte wichtig. »Manchmal habe ich einen bösen Traum. Und dann habe ich Angst oder ich bin traurig.«

»Genau wie Mama und Papa heute Morgen. Seit Tante Angelika uns besucht hat, streiten sie sich die ganze Zeit«, berichtete Anton.

»Das tun sie sonst nie«, rief Emil, »Papa sagt immer, sie brauchen nicht streiten, weil wir das für sie erledigen.«

Pippa war hellhörig geworden, als Luise den Besuch von Angelika Christ erwähnt hatte. Was hatte Erdmanns frischgebackene Verlobte bei den Kästners verloren?

»Wann war Tante Angelika denn bei euch?«

»Bevor wir eingeschlafen sind«, erklärte Luise, »und heute vor dem Aufwachen. Und dann mussten wir ganz gleich aufstehen.«

»Genau«, sagte Emil empört, »und dabei hatte Mama versprochen, wir dürfen ausschlafen, und sie kommt und liest uns wach.« Er grinste verschmitzt. »Verstehst du? Ganz andersrum wie sonst: keine Gutenachtgeschichte, sondern eine Gutentaggeschichte.« Sein Gesicht verdüsterte sich. »Aber dann ist es doch kein guter Tag geworden.«

Dem konnte Pippa nur zustimmen.

Kapitel 19

Als Erster tauchte Matthias wieder auf.

Er kam quer über den Dorfplatz, und Pippa sah ihm schon von weitem an, wie verwirrt er war. Die Kästner-Zwerge spielten Verstecken, und Pippa saß in einem der weißen Korbstühle auf der kleinen gepflasterten Terrasse vor Viktors Häuschen.

Erleichtert hatte sie das Buch beiseitegelegt, als die Kinder Drang nach Bewegung verspürten und ihrem zerstreuten Vortrag nicht weiter zuhören wollten. Um sich zu beschäftigen und abzulenken, hatte sie literweise Tee gekocht und ein Tablett mit Tassen, Gläsern und Mineralwasser vorbereitet, um ihre Freunde zu bewirten, wenn diese die Befragung überstanden hatten. Einige würden sicher das Verlangen nach einem stärkeren, hochprozentigen Getränk verspüren, aber sie wollte nicht ohne Erlaubnis Viktors Vorräte plündern.

Pippa war beinahe eingedöst, aber Matthias' Schritte auf dem Dorfplatz hatten sie sofort hellwach werden lassen.

Matthias ließ sich in den Korbstuhl neben ihr fallen und sagte zunächst nichts, sondern brütete vor sich hin.

»Möchtest du etwas trinken?«, fragte Pippa schließlich.

»Was hast du?«

»Früchtetee. Magst du?«

Matthias nickte gedankenverloren und sah ihr dabei zu,

wie sie ihm Tee eingoss und die Tasse vor ihn auf den Tisch stellte.

»Ich habe keine Ahnung, was die von mir wollten«, sagte Matthias endlich, »die haben kreuz und quer gefragt, wo ich war, mit wem ich geredet habe ... ich kann mir keinen Reim darauf machen. Weißt du mehr? Ich meine, wann und wie Felix gestorben ist?«

Pippa schüttelte den Kopf. »Ich weiß auch nicht mehr als du. Nur, dass noch ein Leben vergeudet wurde.«

»Noch ein Leben? Was meinst du?«

»Erst Lutz Erdmanns Vater und dessen Geliebte, die ja, wie wir mittlerweile wissen, Felix Maiers Mutter war.« Pippa hielt zwei Finger hoch und zählte weiter auf: »Dann Dorabella, und jetzt der arme Felix. Vier Tote.«

Matthias runzelte die Stirn. »Ich glaube, du hast zu viel Zeit mit Luis verbracht. Nicht jeder Unfall ist in Wirklichkeit ein Mord. Aber bei Felix ist sich die Polizei ziemlich sicher, sagt Kommissar ... Schulze? Wie heißt der Kerl noch gleich?«

Sag ich doch, dachte Pippa, Kommissare brauchen Namen, die man sich merken kann.

Als Nächste kamen Karin, Sven und Lisa. Die Teenager ließen sich auf dem Rasen nieder und redeten leise miteinander, Karin setzte sich an den Tisch.

Auf Pippas Nachfrage hin bat sie um ein Mineralwasser und fragte Matthias: »Hast du kapiert, was der Mann wollte?«

Matthias zuckte nur mit den Schultern.

Nach und nach trudelten die anderen auf der Parzelle ein, verwirrt und geschockt von den Ereignissen des noch jungen Tages. Felix' Tod und die unerwartete Befragung durch

Kommissar Schmidt beschäftigte die Insulaner und machte alle nervös und sprachlos. Bonnie und Daniel gesellten sich zu Sven und Lisa auf den Rasen, und Pippa ging das Herz auf, als sie sah, wie fürsorglich Daniel sich um seine Freundin kümmerte. Die Peschmann-Eltern und die Marthalers setzten sich auf die Bank, die Viktor um die Kastanie gebaut hatte. Als Letzte kamen Herr X und Luis, der vor unterdrücktem Zorn schnaufte und einen hochroten Kopf hatte.

»Wo ist Papa?«, fragte Karin besorgt.

»Der durfte noch nicht gehen. Die Kästners auch nicht. Dieser Kommissar hat gesagt, ihm sind noch ein paar Fragen eingefallen. Wofür hält der sich? Für Inspektor Columbo? Tut zerstreut, und in Wirklichkeit …«

Die Kästner-Kinder waren des Versteckspiels überdrüssig und belagerten Pippa. »Dürfen wir vom Steg angeln, bis Mama und Papa kommen? Bitte, Tante Pippa, dürfen wir? Uns ist langweilig«, krähten sie durcheinander, bis Pippa endlich nickte.

»In Ordnung, aber so, dass wir euch sehen können. Seid bitte vorsichtig, hört ihr?«

Die Kinder nickten eifrig.

»Und … Parole Emil!«

Emil errötete vor Freude über die Anspielung auf den Schlachtruf seines berühmten Namensvetters und antwortete stolz: »Ich passe auf! Ganz bestimmt.«

Als die Kinder außer Hörweite waren, sagte Pippa: »Vorhin haben sie Lutz und Angelika geholt. Die beiden konnten nicht einmal in dieser Situation die Finger voneinander lassen.«

»Brrr …«, Luis schüttelte sich demonstrativ, »erinner ma bloß nich daran. Dieset Rumjemache! Ick muss nachher meene Bude ausräuchern, so wie die beeden sich uffjeführt ham. Liejen halb uffn Tisch un knutschen ... ick dachte, ick bin bei Oswald Kolle.«

»Ekelhaft«, rief Sven herüber, »so alte Leute!«

Pippa und Karin wechselten einen amüsierten Blick, als sie sahen, wie die unglücklich verliebte Bonnie ihrem Schwarm schmachtend zustimmte, aber wieder einmal beachtete Sven sie nicht.

»Angelika liebt Lutz eben«, wandte Pia ein, aber Luis war noch nicht fertig mit dem Thema.

»Die Kleene hat nich nur ihre Paazelle vakooft, sondern ooch ihre Seele, und zwar annen Teufel pasönlich.«

»Wenn man den Teufel nennt, kommt er gerennt«, sagte Pippa und zeigte zum Dorfplatz, wo Lutz Erdmann mit großen Schritten auf und ab ging.

»Was ist das denn? Pantomime *Nachdenklicher Staatsmann*?«, spottete Karin und kniff die Augen zusammen.

Alle beobachteten staunend Erdmanns Vorführung: Die Hände auf dem Rücken verschränkt, durchmaß er den Dorfplatz, drehte um, ging wieder zurück, blieb stehen, schien tief in Gedanken versunken, das Haupt gesenkt. Dann fuhr er sich mit der Hand über Stirn und Augen, um danach ernst in die Ferne zu blicken.

»Da isser, der Bastard«, ereiferte sich Luis, »der Eenzje, der von Felix' Tod wat hat! Dit muss doch ooch die Polente kapier'n! Keener von unsereens hat wat von seinem Tod, bloß der da!«

Pippa zögerte, aber dann sprach sie aus, was sie beschäftigte.

»Er profitiert doch überhaupt nicht, er hat doch selbst gesagt, es gäbe keine Beweise dafür, dass Felix sein Bruder ist. Ohne Beweise konnte Felix seinen Vater nicht beerben, und ohne Beweise kommt Lutz nicht an die Parzelle.«

»Es sei denn, die Beweise tauchen plötzlich doch noch

auf«, sagte Stephan Kästner, der gerade Viktors Garten betrat und ihre Verteidigungsrede gehört hatte. »Jetzt kämen sie Lutz ja wie gerufen ...«

»Na und? Dann sagen wir halt alle aus, dass er die Papiere gefälscht hat, wie schon zuvor Dorabellas Testament. Die müssen uns einfach glauben!«, schlug Karin vor.

»Jenau«, rief Luis, »Felix, der Halbbruder von Lutz? Nie von jehört, un wir müssten det ja woll wissen.«

»Bitte, macht keine Dummheiten, Leute. Davon, dass ein Dutzend Menschen die gleiche Lüge erzählen, wird daraus noch keine Wahrheit. Falschaussagen werden schwer bestraft«, gab Matthias zu bedenken.

»Na wat? Ick lüje, so viel wie ick will. Ick bin so een lieber alter Mann, da jeraten die Erinnerungen schon mal durcheinander, wa?« Luis nickte und zitterte wie ein tatteriger alter Opa. »In meen bejnadeten Alter erinnert man sich noch an alle Zutaten, aber man kann se manchmal nich mehr zu een richtijet Rezept zusammenbauen.«

»Das Schauspiel geht weiter«, sagte Karin, und alle sahen wieder zum Dorfplatz hinüber.

Angelika Christ kam von der Befragung und ging auf Lutz zu, der ihr mit leidendem Gesichtsausdruck entgegensah. Angelika breitete die Arme aus, und Lutz schmiegte sich an sie wie ein Kleinkind an seine Mutter. Seine Schultern zuckten.

»Ich übergebe mich gleich«, murmelte Jochen Peschmann, »ich dachte, derartige Theatralik wäre seit der Einführung des Tonfilms passé. Erinnert mich stark an Jopi Heesters' erste Gehversuche.«

»Fehlt bloß noch, datt'n Pianospieler im Jebüsch hockt und inne Tasten haut«, gackerte Luis, »Plinka, Plonka, Dudelidu – Schreberwerders erster Stummfilm.«

Alle lachten, froh darüber, sich etwas entspannen zu können.

Das Lachen verging ihnen allerdings schnell, als Lutz und Angelika eng umschlungen Viktors Parzelle ansteuerten. Sie verharrten an der Pforte zum Garten. Lutz löste sich, noch immer seine Leichenbittermiene zur Schau stellend, von Angelika und verbeugte sich vor den sprachlosen Insulanern. Seine Verlobte streichelte ihm aufmunternd den Rücken.

»Du liebe Güte, das halte ich nicht aus«, zischte Pia Peschmann und sprang auf. »Wenn Ihro Gnaden uns jetzt noch mit seiner Anwesenheit beehren, knallen bei mir die Sicherungen raus. Ich muss hier weg. Ich verschwinde im Haus und mach mich nützlich. Irgendwo gibt es bestimmt jede Menge Alkohol. Ein ordentlicher Schnaps auf nüchternen Magen wird mir guttun.«

»Himmel, wenn man es genau betrachtet, ist der Schnaps bestimmt auch illegal gebrannt. Lasst uns Beweise vernichten«, sagte Karin und folgte Pia ins Haus.

Pippa sah ihnen sehnsüchtig nach, war aber zu neugierig, um ihren Logenplatz aufzugeben.

Lutz und Angelika standen jetzt auf der Terrasse. Erdmann schien zu zögern, aber seine Verlobte drückte ihm aufmunternd die Hand, woraufhin er tief seufzte und ihr einen dankbaren Dackelblick zuwarf.

Pippa entfuhr ein Stöhnen. Die beiden waren wirklich ein Fall für die »Goldene Himbeere«, den Preis für die schlechteste Schauspielleistung des Jahres!

Lutz räusperte sich und verkündete salbungsvoll: »Meine Verlobte und ich können in unserer großen Trauer jetzt nicht allein sein. Lassen Sie uns gemeinsam meines so tragisch von uns gegangenen Halbbruders, meines letzten Verwandten, gedenken.«

»Beim nächsten Mal setze ich Geld auf meine Vorhersagen«, knurrte Stephan Kästner wütend.

Erdmann ignorierte Kästner, ohne mit der Wimper zu zucken, und fuhr fort:« Die Polizei hat mir soeben mitgeteilt, dass sie sich relativ sicher ist, dass Felix Maier mein Halbbruder war. Ich habe einer DNA-Analyse natürlich sofort zugestimmt. Man hilft der Polizei, wo man kann. Gerade in einem Fall wie diesem.«

Er rang bühnenreif die Hände und schniefte.

»O Gott, wenn ich doch nur geahnt hätte, dass er mein Bruder ist! Was hätten wir gemeinsam erreichen können! Könnte ich doch das Rad der Zeit zurückdrehen!«

Das Rad der Zeit nicht, dachte Pippa, aber meinen Magen hast du geschafft. Selten hatte sie derartige Bigotterie auf zwei Beinen gesehen.

Die Insulaner, mit Mienen zwischen Abscheu und Fassungslosigkeit, wechselten beredte Blicke, aber niemand sprach.

»Mir wird übel. Ich brauche dringend Medizin, mit mindestens vierzig Prozent«, sagte Pippa und ging Richtung Haus.

Nach drei Schritten hörte sie ihren Namen und blieb stehen.

Sie drehte sich langsam zu Lutz Erdmann um, der sie pomadig anlächelte und wiederholte: »Frau Bolle, so bleiben Sie doch bitte.« Sein falsches Lächeln wurde noch breiter. »Sie sind der eigentliche Grund meines Hierseins.«

Pippa erstarrte zur Salzsäule.

Das konnte nichts Gutes bedeuten, auf keinen Fall. Sie sah Erdmann mit hochgezogenen Brauen an. Angelikas Augen funkelten triumphierend.

»Frau Bolle, das fällt mir jetzt nicht leicht, das müssen Sie mir glauben, aber ich muss Sie bitten, den Grund und Boden und vor allen Dingen das Haus meines Bruders zu verlassen.«

Er setzte einen treuherzigen Blick auf und legte die Hand auf sein Herz.

»Bei meiner Ehre, Frau Bolle«, beteuerte er, »wenn es nach mir ginge ... aber die Polizei muss natürlich Felix' Haus auf Spuren hin untersuchen, das verstehen Sie doch? Schließlich geht es hier um nicht ganz unerhebliche Anschuldigungen – ich will nicht von Mord sprechen, bis die rechtsmedizinischen Gutachten vorliegen. Aber dennoch: Ich halte es für richtig, wenn Sie ausziehen und alles in seinem derzeitigen Zustand belassen. Ich habe dem Herrn Kommissar deshalb zugestimmt ...«, ein hämisches Grinsen umspielte zehntelsekundenlang seine Mundwinkel, »... dass er das Haus versiegeln lässt. Schließlich geht es hier um ...«, seine Stimme versagte dramatisch, und er wischte sich über die Augen, »... es geht immerhin um den Tod meines einzigen Bruders.«

Er verstummte und schluckte schwer. Angelika tätschelte aufmunternd seinen Arm.

»Wat iss'n dit für'n Quatsch?«, pöbelte Luis los, ehe Pippa reagieren konnte. »Der Junge hat doch keene Sekunde in det Haus jewohnt!«

»Mein lieber Herr Krawuttke ...«

Lutz Erdmann ließ sich nicht aus der Reserve locken.

»Das war doch nicht meine Entscheidung, das haben Sie missverstanden. Ich gebe doch nur weiter, was der Herr Kommissar verfügt hat. Offenbar war mein Bruder häufig bei Frau von Schlittwitz zu Besuch, und die Polizei erhofft sich Erkenntnisse, die vielleicht zur Aufklärung seines Todes führen werden.«

»Dat sollten die maa lieba in deine Protzhütte machen!«, schrie Luis erbost.

»Das werden sie auch.«

Alle fuhren herum, als Viktors Stimme erklang.

Lutz' Schmierenkomödie hatte die Insulaner derart gefesselt, dass niemand Viktors Ankunft bemerkt hatte.

»Und nicht nur sein Haus«, fügte Viktor hinzu, »sie werden jedes Haus auf der Insel auseinandernehmen.«

Kapitel 20

Ist das immer noch der Pfingstmontag, der heute Morgen mit einem friedlichen Bad in der Havel begann?, dachte Pippa.

Sie sah auf ihre Uhr.

Seit ihrem erfrischenden Sprung in die Fluten waren keine vier Stunden vergangen, und die Lawine aus schockierenden Enthüllungen, platzenden Bomben und unerwarteten Entwicklungen war noch immer nicht zum Stillstand gekommen. Jetzt sollten auch noch sämtliche Häuser durchsucht werden.

Hielt Schmidt etwa alle Insulaner für verdächtig?

Zugegeben, wenn Lutz ins Gras gebissen hätte, dann wäre Schmidt von potentiellen Mördern geradezu umringt gewesen – aber im Falle Felix Maier? In den Gesichtern ihrer Nachbarn – Exnachbarn, korrigierte sie sich enttäuscht – sah sie ähnliche Ungläubigkeit.

»Was denn noch alles?«, murmelte Karin neben ihr und sprach aus, was alle dachten.

»Von mir aus können sie alles durchsuchen«, sagte Herr X und verschränkte trotzig die Arme vor der Brust, »aus getrocknetem Bohnenkraut und Kerbel kann mir nicht einmal Kommissar Schmidt einen Strick drehen.«

»Un selbst wenn die Polente in et Jewächshaus wat findet«, fügte Luis hinzu, »is ooch ejal. Steht auf Dorabellas Jrundstück. Is Lutz' Problem.«

Pippa bemerkte, dass Ida Marthaler unruhig geworden war.

Die Lehrerin sprang auf und eilte aus Viktors Garten, bog nach links ab und hastete in Richtung ihrer Parzelle.

Sie hat bestimmt noch potente Hanfsamen für ihre Experimente in ihrem kleinen Versuchslabor, dachte Pippa, und die werden jetzt alle in die Havel fliegen. Schade eigentlich.

Laut sagte sie: »Ich gehe dann mal packen.«

Aus den Augenwinkeln fing sie einen triumphierenden Blick von Angelika auf, der sie verwirrte.

Was bedeutete es Angelika, ob sie, Pippa, auf der Insel war oder nicht? Nicht zum ersten Mal hatte sie das Gefühl, dass sie Angelika ein Dorn im Auge war, sie kam aber nicht darauf, was der Grund dafür sein konnte.

»Hast du eine Ahnung, was Angelika gegen mich hat?«, flüsterte sie Karin zu.

»Du bist solo hier«, gab diese zurück.

»Die denkt doch wohl nicht, dass ich an ihrem Lackaffen interessiert bin? Oder er an mir?«

»Das ist nicht der Punkt«, wisperte Karin, »zumal sich Lutz noch nie dafür interessiert hat, ob eine Frau verheiratet ist oder nicht, wenn er scharf auf sie ist.« Sie seufzte. »Meine Parzelle liegt seiner gegenüber – was denkst du, wer da schon alles ein und aus gegangen ist? Da habe ich so manchen Ehering in der Sonne blitzen sehen.«

»Ist ja jetzt auch wurscht«, sagte Pippa, »ich reise ab und bin damit keine Konkurrenz mehr. Egal, ob echt oder eingebildet. Ich hoffe nur, ich kann dich weiter gefahrlos besuchen kommen.«

Sie stand auf und wollte sich auf den Weg zu Dorabellas Parzelle machen.

»Pippa«, sagte Viktor, »es tut mir leid, dass dein Aufenthalt hier so abrupt endet. Du warst ja gerade mal zwei Wochen auf Schreberwerder.«

»Zwei überaus ereignisreiche Wochen«, erwiderte Pippa betont munter, »und mit meinen Haubentauchern bin ich auch fertig. Die Vögelchen sind flügge und verlassen ihr Nest – und ich mit ihnen. Trotzdem schade.«

»Alles Schöne hat einmal ein Ende«, zwitscherte Angelika und schenkte Pippa ein falsches Lächeln mit viel zu vielen Zähnen.

»Ja, davor hätte ich an deiner Stelle auch Angst«, stänkerte Karin treffsicher, was allerdings an Angelika abperlte wie Wasser von einem Lotosblatt.

»Wir sind dir auch gern behilflich, Pippa. Besonders deine ...«, Angelikas Lippen kräuselten sich hämisch, »... außergewöhnliche Garderobe soll doch sicher und heil wieder an Land kommen. Du musst nicht auf die *Rieke* warten, Lutz bringt dich gern mit seinem Privatboot zur Greenwich Promenade nach Tegel – oder wohin du willst. Das macht er gern. Er ist ja immer für alle da.«

Täuschte sich Pippa, oder bekam Lutz gerade einen ungeduldigen Zug um den Mund?

Dieser Vorschlag war also eindeutig auf Angelikas Mist gewachsen, aber Lutz hatte sich rasch wieder unter Kontrolle und sagte: »Meine kleine Angelina ... kennt mich eben besser als ich mich selbst.«

Angelika, der Lutz' gepresster Tonfall und die kleine Spitze entgangen war, schmiegte sich eng an ihren Verlobten.

»Komm, Schatz, lass uns gehen.«

Sie nahm seine Hand und zog ihn mit sich. Auf der Dorfstraße blieben sie stehen und küssten sich innig.

»Würg!«, rief Karin empört. »Können die sich nicht irgendwohin zurückziehen, wo niemand dieses Elend sehen muss? Matthias, war Angelika immer schon so, und ich habe das vorher nie gemerkt?«

»Wir haben sie doch kaum gesehen, als sie noch im Ruhrgebiet gearbeitet hat«, sagte Viktor.

»Nee, dit is dieser feine Pinkel, der hat det Mädchen verdorben. Is 'ne verdammte Schande«, grummelte Luis, »jeder, der mit Schmutz-Lutz seine Zeit verbringt, hat hinterher Dreckflecken im Hirn – und det behindert det Denkvermöjen.«

»Mich interessiert brennend«, warf Pia Peschmann ein, »was die beiden der Polizei über uns erzählt haben. Warum wollen die alle Häuser filzen? Wonach suchen die? Ich fühle mich wie auf einem Schachbrett, aber ich weiß nicht, welche Figur ich bin!«

Gerdi Kästner seufzte. »Es ist kein Spiel mehr, Pia. Es ist Mord.«

Die Insulaner wechselten stumme Blicke, als hätte Gerdis letzter Satz die Realität und ihre Bedeutung erst manifestiert.

Lisa sprang auf und lief zu ihrer Mutter, Daniel sah ihr hilflos nach. Weinend verbarg Lisa ihr Gesicht an Karins Schulter und schluchzte: »Ich will hier weg, Mutti! Ich will nach Hause, in die Transvaalstraße. Ich will weg von Schreberwerder. Hier ist es unheimlich.«

»Ich würde auch lieber heute als morgen ...«, murmelte Pia Peschmann, und ihr Gatte fuhr hoch.

»Dann hat Lutz sein Ziel erreicht, seht ihr das denn nicht?«, rief Jochen. »Wenn die Ratten das sinkende Schiff verlassen, ist der Weg zur Schatzkiste frei!«

»Jenau! Und ick trau dem zu, dass der wen killt, damit wir alle Schiss kriejen und ihm unsere Parzellen für 'ne Käseschrippe vakoofen.«

Luis sprang auf und reckte die Faust.

»Aba nich mit unsereens, Freunde! Wir halten zusammen gegen so 'ne Kanallje wie Lutz!«

Ehe Luis mit seinen Nachbarn eine revolutionäre Zelle gründen konnte, kamen Schmidt und Freddy in den Garten, wieder mit Lutz und Angelika im Schlepptau.

Auf dem Dorfplatz warteten die vier Kollegen, die zur Verstärkung auf die Insel gekommen waren.

»Alle herhören«, sagte Schmidt, »meine Kollegen werden sich jetzt gegen den Uhrzeigersinn um die Insel bewegen und Ihre Häuser durchsuchen. Also zuerst Erdmann, dann Peschmann, dann Kästner, und so weiter. Sie wissen am besten, in welcher Reihenfolge Sie dran sind. Die jeweiligen Besitzer der Parzellen dürfen bei der Durchsuchung selbstverständlich anwesend sein.«

»Darf man fragen, was Sie zu finden hoffen?«, stellte Matthias die zentrale Frage, die alle beschäftigte.

Schmidt lächelte fein. »Selbstredend. Fragen darf man mich alles. Ich würde es mal so formulieren: Wir suchen, was wir finden, und wir nehmen mit, was wir gebrauchen können.«

Gut gebrüllt, Löwe, dachte Pippa mit ehrlicher Hochachtung, du magst zwar einen Allerweltsnamen haben, aber ganz gewiss kein Allerweltsgehirn. Du bist verdammt clever, Kommissar Schmidt.

»Du darfst übrigens erst packen, wenn wir dabei sind, Pippa«, sagte Freddy. »Frau von Schlittwitz' Haus ist das sechste auf der Liste. Du musst also noch etwas warten. Und so leid es mir tut, du darfst vorerst die Insel nicht verlassen.«

Pippa sank zurück in ihren Korbstuhl.

»Das ist nicht euer Ernst. Und wo soll ich bitte schön

hin? Alle Häuser sind voll bis unters Dach, und bei Peschmanns ist schon alles abgedreht, da funktionieren weder Klo noch Licht. Ihr macht mir Spaß!«

»Ick hätt da 'ne erstklassje Idee«, ätzte Luis, »du schläfst bei Angelika! Die is doch sowieso ständig bei ihr'n schnieken Galan – un' die beiden helfen doch so jerne ...«

»Wirklich?«, sagte Freddy in seliger Unkenntnis der Sachlage, »ginge das, Frau Christ? Das wäre überaus freundlich von Ihnen. Es ist auch nur für kurze Zeit.«

Angelika wirkte geradezu panisch, aber Lutz ließ sich nichts anmerken, sondern gab sich kooperativ, als ginge es um sein Haus. »Selbstverständlich, es wäre uns ein großes Vergnügen«, sagte er. »Herr Kommissar, Sie haben für diesen Fall doch sicher Formulare, mit denen wir bei Ihrer Behörde die dadurch entstandenen Kosten geltend machen können?«

»Vielleicht fragt mich auch mal jemand?« Pippa sah ärgerlich von Freddy zu Schmidt. »Ihr könnt mich doch nicht herumschieben und abstellen wie ein Gepäckstück! Ich entscheide, wo ich schlafe, und ich werde ganz bestimmt nicht Frau Christ aus ihrem Haus vertreiben.«

Pippa warf einen abschätzigen Blick auf Lutz.

»Könnte sein, dass sie es plötzlich dringend selber braucht. Das Wetter ist gut, die Nächte sind warm. Ich nehme Doras bequeme Gartenliege und schlafe draußen. Basta.«

»Superidee, wir campen«, rief Sven, »da mache ich mit. Wo übernachten wir?«

»Bei uns im Garten, ja?« Bonnie war begeistert aufgesprungen. »Und wenn es doch regnet, gehen wir einfach rein!«

Sven verzog den Mund und sah Daniel bittend an, aber der zuckte mit den Schultern.

»Unsinn«, sagte Viktor, »niemand schläft im Garten. Luis und ich haben viel zu besprechen, ich werde bei ihm übernachten. Die Jugendlichen können mein Haus haben …«, er wandte sich den Teenagern zu, »… ich kann mich sicher darauf verlassen, dass ihr keinen Quatsch anstellt. Und Pippa schläft bei Karin. Da ist dann ja wieder jede Menge Platz.«

Pippa nickte erleichtert und warf Viktor einen dankbaren Blick zu.

Der Frieden währte jedoch nur kurz, denn Lutz meldete sich noch einmal zu Wort.

»Das ist eine hervorragende Gelegenheit für Sie, hochverehrte Nachbarn, sich an ungemütlichere Verhältnisse zu gewöhnen. Ich habe nicht vor, mich durch die aktuellen Ereignisse von meinen Plänen abbringen zu lassen. Morgen kommt Annette Julius, meine Architektin, um sich das Terrain noch einmal genau anzusehen. Ganz gleich, wie viele Parzellen ich bis dahin erworben habe – ab morgen bin ich nicht mehr zu stoppen. Da schaffe ich meine Wirklichkeit. Und die wird dann auch die Ihre, ob Sie wollen oder nicht. Gewöhnen Sie sich schon mal daran.«

Er wandte sich zu Schmidt um, der Lutz' Monolog sichtlich verblüfft zugehört hatte.

»Herr Kommissar, von mir aus können wir auf mein Anwesen hinübergehen. Meine Türen stehen Ihnen weit offen, ich habe nichts zu verbergen.«

Er drehte sich um und stolzierte mit Angelika an der Hand aus dem Garten.

Nach und nach leerte sich Viktors Grundstück, als die Besitzer der Parzellen einer nach dem anderen zur Durchsuchung gerufen wurden. Die Beamten gingen in die Häuser, ließen sich aber immer auch die Gartengeräte und Schuppen zeigen.

Weder die Peschmanns noch die Marthalers oder die Kästners ließen sich nach der Durchsuchung wieder blicken. Zuletzt waren nur noch Viktor, Luis und die Wittigs übrig, und als Parzelle 2 an der Reihe war, ging Matthias mit.

Gleichzeitig kamen zwei Beamte, um Viktors Haus unter die Lupe zu nehmen.

Pippa und Karin zogen sich aus dem Garten zurück und setzten sich auf die Bank auf dem Dorfplatz, um ungestört zu sein. Der Beamte, der am Steg Posten bezogen hatte, damit sich niemand heimlich von der Insel schleichen konnte, warf ihnen von Zeit zu Zeit einen argwöhnischen Blick zu.

Karin stöhnte. »Ich blicke immer weniger durch. Was geht hier eigentlich vor? Du kennst dich doch ein bisschen aus: Die Polizei durchsucht doch nicht einfach alle Häuser. Die wollen doch irgendwas Bestimmtes finden! Aber was? Die Mordwaffe? Aber welche? Wie ist Felix … gestorben?«

Zögernd sagte Pippa: »Natürlich verraten die uns nicht, woran er gestorben ist.«

»Aber das ist doch totaler Quatsch! Wenn das verhindern soll, dass wir Beweise vernichten, verstehe ich die Taktik nicht, denn der Mörder weiß ja, womit er Felix umgebracht hat.« Karin brütete einen Moment vor sich hin und fuhr dann fort: »Die suchen etwas ganz Bestimmtes und sie wissen ganz genau, wo sie suchen müssen. Sonst würde es nicht so schnell gehen.«

Sie schwiegen und beobachteten den Polizisten, der sich jetzt in Bewegung setzte, denn die *Rieke* näherte sich und machte Anstalten, anzulegen.

Der Polizist lief winkend den Steg entlang und rief: »Bitte fahren Sie weiter! Im Moment darf niemand die Insel betreten oder sie verlassen!«

Pippa und Karin sahen deutlich Nantes bestürztes Gesicht, als er beidrehte und wieder Fahrt aufnahm.

»Na, der wird sich jetzt wundern«, sagte Karin.

»Er sieht das Polizeiboot. Er wird sich denken können, dass die Polizei hier ist, um Felix' Tod zu untersuchen.«

»Woher sollte er von dem Tod wissen?«, gab Karin zu bedenken. »Wir haben es doch auch gerade erst erfahren, und seitdem war keiner von uns auf der *Rieke*.«

Sie stand auf. »Ich gehe mal zu Matthias, vielleicht schnappe ich dort etwas auf.«

Pippa blieb nicht lange allein.

Schmidt und die drei Beamten, die bei den Durchsuchungen geholfen hatten und sich jetzt mit Kartons abschleppten, kamen die Dorfstraße herunter. Schmidt ließ sich müde neben Pippa auf die Bank fallen, während seine Mitarbeiter an ihnen vorbei zum Polizeiboot gingen. Freddy kam aus Luis' Parzelle und setzte sich auf Pippas andere Seite.

»Ist die Untersuchung erledigt, Chef?«

Schmidt nickte erschöpft. »Nicht nur die. Ich auch.«

»Haben wir wenigstens etwas gefunden?«

Der Kommissar lachte freundlos. »Etwas? Zu viel!« Er zeigte auf zwei Polizisten, die zwei weitere Kisten vorbeitrugen. »Siehst du das, Freddy? Kistenweise Kaliumchlorid. In jedem verdammten Schuppen haben wir Kaliumchlorid gefunden, auf jeder verdammten Parzelle. Nur nicht bei Erdmann – die Riesenparzelle war sauber.«

Freddy riss die Augen auf. »Eine Verschwörung? Denkst du, die stecken alle unter einer Decke?«

Pippa wurde wütend. »Was für ein Blödsinn, Freddy! Natürlich haben alle das Zeug im Schuppen. Es eignet sich besonders gut für diesen Boden. Als Dünger!«

Schmidt stöhnte auf. »Dünger? Ich werd' nicht mehr.«

Viktor und Luis kamen gerade dazu und hatten die letzten Sätze aufgeschnappt.

Luis sagte: »Klar nehm' wa Kaliumchlorid. Und Schwefel und Stickstoff und Mergel nehm' wa ooch. Ick pasönlich bevorzuge allerdings Guano.«

Er zwinkerte Pippa zu und grinste. »Vogelkacke, wenn' Se so wolln, Herr Kommissar.«

Schmidt sah Pippa beschwörend an.

»Bitte, stellen Sie den ab.«

Er zeigte kraftlos auf den feixenden Luis.

»Meine Frustrationstoleranz tendiert langsam gegen null. Er hat mir bei der Befragung schon den letzten Nerv geraubt. Ich beginne zu begreifen, wie Burn-out-Syndrom entsteht.«

»Da wüsst ick wat«, plapperte Luis strahlend weiter, »'ne kleene Aufmunterung für den Herrn Kommissär. Ick mix Ihnen Planter's Punch, jeht janz schnell. Janz frische Früchte aus'm Jarten, 2 cl Grenadine und 'ne jehörje Portion ...«

Er brach ab, als ihn Schmidts frostklirrender Blick traf.

Pippa wurde heiß, als sie langsam begriff, was die Durchsuchung der Häuser nach Kaliumchlorid bedeutete.

»Wollt ihr etwa sagen, dass Felix mit dem Zeug umgebracht wurde?«

Mitten hinein in die darauffolgende Stille sagte Viktor entsetzt: »Verstehe ich das richtig, Herr Kommissar? Dünger? Felix wurde mit Dünger umgebracht? Mitten im Krankenhaus?«

Kapitel 21

Herr X hatte Pippa geholfen, ihre Koffer, Taschen und Bücherkisten zu den Wittigs zu schaffen. Jetzt standen sie beide an Dorabellas Gartenpforte und sahen zu, wie das Haus, das jetzt Lutz Erdmann in seinem Besitz glaubte, versiegelt wurde. Ein Beamter klebte das Polizeisiegel quer über Türschloss und Rahmen, so dass es zerstört würde, sollte jemand versuchen, die Tür zu öffnen.

»Dora würde sich im Grabe umdrehen, wenn sie das wüsste«, sagte Herr X, »ihre privaten Dinge werden durchschnüffelt, und Erdmann übernimmt ihr Haus. Dafür schmort er in der Hölle. An ein X genagelt, das wäre mir eine besondere Freude. Zur Not bringe ich ihn höchstpersönlich dorthin.«

Pippa musste unwillkürlich grinsen. »Vorsicht. Womöglich lassen sie dich dann nicht mehr raus.«

»Umso besser, dann hätte ich ihn wenigstens unter Aufsicht. Das wäre für mich nicht einmal ein Opfer. Hauptsache, hier kehrt wieder Frieden ein.«

Sie beobachteten, wie der Beamte das Siegel noch einmal sorgfältig festdrückte und auf sie zukam.

»Ab jetzt darf niemand das Haus betreten«, sagte er, als er durch die Gartenpforte trat.

Pippa runzelte die Stirn. »Vielen Dank, dass Sie glauben, es uns noch einmal erklären zu müssen. Sie halten die Ureinwohner dieser Insel wohl für zu beschränkt, um selbst zu kapieren, was dieses Siegel bedeutet.«

Der Polizist musterte sie kurz und sagte dann: »Sie sind Bolles Schwester, oder? Hab' schon viel von Ihnen gehört ...«

»Wenn das so ist«, schlug Pippa zurück, »sollten Sie eigentlich wissen, dass Sie sich mit solchen Bemerkungen auf sehr dünnem Eis bewegen. Meine Zunge kann Dolche schleudern.«

Der Polizist zuckte betont gleichgültig mit den Achseln. »Deshalb passen Sie so gut auf diese Insel.«

Er ging die Dorfstraße hinunter Richtung Steg, bevor die empörte Pippa ihm eine passende Entgegnung hinterherwerfen konnte.

X sah ihm mit zusammengekniffenen Augen hinterher und flüsterte dann: »Dreckige Schnüffler. Hoffentlich haben sie wenigstens die Schranktür vergessen, dann kann ich immer noch rein.«

»Um was zu tun?«, fragte Pippa alarmiert.

Er zögerte mit der Antwort und stieß dann hervor: »Um ihr nah zu sein. Ich vermisse unsere gemeinsamen Abende, unsere Gespräche, ihre Weisheit und ihre Freundlichkeit ...«

Pippa wusste nicht, wie sie mit dieser sehr persönlichen Offenbarung umgehen sollte, und war deshalb froh, durch Viktor einer Reaktion enthoben zu werden. Er kam aus Karins Garten und schlug Herrn X freundschaftlich auf die Schulter. »Luis und ich wollen gemeinsam Doras Unterlagen durchsehen und ordnen. Wir hätten gern, dass du dabei bist.«

X' trauriges Gesicht hellte sich auf. »Großartig. Ihr habt es also geschafft? Wann treffen wir uns?«

»In einer halben Stunde. Die Cocktailstunde lassen wir ausfallen. Heute sind nur Luis, du und ich zugelassen.«

Pippa hatte mit wachsendem Erstaunen zugehört. »Wie habt ihr denn bitte die Sachen direkt unter den Augen der Polizei aus Doras Hütte gebracht?«

»Ganz einfach. X' Haus war nach Dorabellas dran. Dadurch gewannen wir Zeit, alles Wichtige durch die Geheimtür rauszuschaffen. Die Polizei hat zwar die Dorfstraße bewacht, aber nicht das Ufer. Habt ihr euch nicht gewundert, dass Kommissar Schmidt mich angeblich zweimal befragen wollte?«

»Allerdings haben wir das! Karin hat sich schreckliche Sorgen gemacht!« Pippa wusste nicht, ob sie darüber empört sein oder Viktor beglückwünschen sollte, dass er die Polizei ausgetrickst hatte. »Luis hat gelogen, ohne rot zu werden. Wir haben ihm alle geglaubt.«

»Manchmal heiligt der Zweck die Mittel«, sagte Viktor. »Die Vorstellung, dass Lutz in Doras privatesten Gegenständen herumwühlt, hat mich nicht ruhen lassen. Wir können ihm schließlich nicht alles kampflos überlassen. Es sind nicht seine Erinnerungen. Es sind unsere.«

Herr X strahlte. »Prima, dass das geklappt hat. Hoffentlich habt ihr alles gefunden. Ich konnte es ja leider nicht selbst erledigen, denn dank meiner Vergangenheit stehe ich unter Kommissar Schmidts persönlicher Beobachtung.«

Er hob die Finger zum V-förmigen Siegeszeichen, winkte und eilte hinüber zu seiner Parzelle. Über die Schulter rief er zurück: »Ich komme gleich rüber zu euch, Viktor. Ich habe irgendwo noch einige alte Briefe von Dora, die bringe ich mit. Bis später, Pippa.«

Das ist die Gelegenheit, auf die ich seit Tagen warte, dachte Pippa und warf Viktor einen verstohlenen Blick zu. Trotzdem zögerte sie. *Wenn wirklich einer von unseren lieben Freunden der armen Dora geholfen hat, in den Himmel zu kommen, sollten wir die Sache ruhen lassen*, hatte Nante gesagt. War das wirklich erst gestern gewesen, als sie ihn auf seiner Tour mit der *Rieke* begleitet hatte? Trotz seiner mahnenden Worte hatte die Frage sie nicht ruhen lassen: Wie kam Viktors Unterschrift auf Doras letztes Testament? Außerdem hatte sich die Situation mit dem Mord an Felix grundlegend geändert. Gestern war es allein um Doras Tod und mögliche Sterbehilfe gegangen, aber jetzt konnte man durchaus den Eindruck bekommen, dass die beiden Todesfälle in einem Zusammenhang standen. Falls Dorabella irgendjemandem im Weg gewesen war, galt das unter Umständen auch für Felix. Natürlich traute sie Viktor keinen Mord zu, aber es blieben dennoch Zweifel. Allein die Tatsache, dass sie ihn mochte und dass er der Vater ihrer besten Freundin war, reichte nicht aus, um ihn hundertprozentig aus dem Kreis der Verdächtigen auszuschließen. Oder doch? Sie wusste nicht mehr, ob sie drauf und dran war, einen schrecklichen Fehler zu begehen, wenn sie ihn danach fragte ...

Pippas Herz klopfte vor Aufregung, und sie trat unruhig von einem Fuß auf den anderen.

»Raus damit«, sagte Viktor plötzlich.

»Womit?«, fragte Pippa überrumpelt.

Viktor lächelte. »Du zappelst herum wie Popcorn in der Pfanne. Du hast doch etwas auf dem Herzen, oder?«

»Ich ...«, Pippa suchte verzweifelt nach den richtigen Worten, gab dann auf und platzte heraus: »Wo in Italien warst du, als du von Dorabellas Tod erfahren hast?«

Viktor warf ihr einen kurzen Blick zu und knurrte knapp: »In Mailand.«

Pippa holte tief Luft, um den Mut und den Atem für das zu haben, was sie jetzt sagen musste. »Ich kenne Berlin wie meine Westentasche. Von Adlershof bis Zehlendorf. Aber den Stadtteil kenne ich nicht. Oder ist Mailand ein Ort in Brandenburg? In den USA gibt es ja zum Beispiel dreizehn Berlins.«

»Komm mit.« Viktor drehte sich um und ging.

Pippa folgte ihm nervös zu seiner Parzelle. Viktor bedeutete ihr, in einem der Korbsessel Platz zu nehmen. Er setzte sich ihr gegenüber, kniff die Augen zusammen und schwieg eine endlose Minute lang, während Pippa Höllenqualen litt. Gleich schickt er mich zum Teufel, dachte sie, und ich bin nicht nur das Leben auf der Insel los, sondern auch meine allerbeste Freundin. Ich habe eine Grenze überschritten und muss jetzt den Zoll dafür zahlen.

Pippa brach der Schweiß aus, als sie merkte, dass Viktor sie eingehend betrachtete.

Dann nickte er wie zur Bestätigung. »Was habe ich falsch gemacht?«

»Du hast dich selbst überholt: Das Flugzeug aus Mailand ist zehn Minuten nach deiner Ankunft auf Schreberwerder gelandet. Entweder du kannst teleportieren – oder … du warst gar nicht weg.«

Viktor lächelte kurz. »Berlin hat mehrere Flughäfen und viele Möglichkeiten.«

»Keine, die passen würde.«

Viktors Lächeln wurde eine Spur angespannter. »Zug.«

»Beim derzeitigen Zustand des europäischen Schienennetzes wärst du immer noch unterwegs«, schoss Pippa zurück.

Er nickte anerkennend. »Du hast nachgeforscht, Pippa. Warum?«

Sie hörte in seinen Worten keinen Vorwurf, nur Interesse.

»Ich konnte mir einfach nicht vorstellen, dass Dorabella

sich von dir eine Blanko-Unterschrift geholt hat – nur für den Fall, dass sie während deiner Abwesenheit beschließt, ihre Parzelle und das Geld aus ihrer Lebensversicherung zu verschenken. Außerdem muss ja irgendjemand die Aufzeichnung gemacht haben, die wir auf der Trauerfeier gesehen haben. Und wer ist der Technikfreak auf der Insel? Du.«

»Hut ab, Pippa.« Er sah ihr direkt in die Augen. »Ich habe mich für unheimlich schlau gehalten, als ich Nante mein Haus nicht überlassen und es stattdessen dir angeboten habe. Als Karin mir erzählte, du suchst einen ruhigen Ort zum Arbeiten, schien das die perfekte Lösung zu sein. Und was passiert? Ich will mir einen cleveren ehemaligen Profischnüffler vom Leib halten und bekomme zur Strafe eine nicht minder clevere Amateurdetektivin.«

»Das war keine Detektivarbeit, Viktor. Wenn nicht alle so durcheinander wären und Lutz nur mal für einen Tag seine Klappe halten würde, kämen auch noch andere deiner Nachbarn drauf, da bin ich sicher.«

Viktor stand auf und ging ein paar Schritte hin und her. Schließlich blieb er mit dem Rücken zu Pippa stehen und sah auf die Havel hinaus.

Mehrere Minuten verstrichen, bevor er antwortete.

»Dora hat sofort gesagt, dass ich gleich nach deiner Ankunft verschwinden muss, damit du keine Gelegenheit hast, die Beziehung zwischen ihr und mir einzuschätzen. Sie wollte sogar, dass wir uns überhaupt nicht begegnen. Sie hatte natürlich recht. Die anderen kennen uns schon so lange, von denen drohte keine Gefahr. Was man schon immer weiß, wird nicht hinterfragt.«

Er drehte sich wieder zu ihr um, und Pippa sah in seinem Augen Tränen glänzen. Sie verstand die Botschaft hinter seinen Worten sofort.

»Das hätte nichts geändert. Es wäre mir trotzdem aufgefallen«, sagte sie leise. »Du hast ihr also wirklich geholfen.«

Viktor rang um Fassung. Eine Träne bahnte sich den Weg durch die weißen Bartstoppeln.

»Nichts in meinem gesamten Leben ist mir jemals so schwergefallen und hat mich derartige Überwindung gekostet.« Er wischte sich fahrig mit der Hand über die Augen. »Aber ich musste auch niemals zuvor einen geliebten Menschen derart leiden sehen.«

»Und Luis? Ist er eingeweiht?«

Viktor schüttelte heftig den Kopf. »Undenkbar. Luis hätte nie im Leben mitgemacht, im Gegenteil. Er hätte alles darangesetzt, uns den Plan auszureden. Er hat Dorabella abgöttisch geliebt, aber diesen Wunsch hätte er ihr niemals erfüllt. Danach hätte er nicht mehr weiterleben können, nicht mehr leben wollen. Außerdem«, Viktor lächelte liebevoll beim Gedanken an seinen alten Freund, »du kennst doch Luis. Er trägt sein Herz auf der Zunge und hätte es irgendwann jemandem erzählen müssen.«

Natürlich, dachte Pippa, als Geheimnisträger war Luis eine glatte Null. Er log zwar wie ein Pokerprofi und verzog dabei keine Miene, aber allein während der letzten paar Tage hatte es diverse Gelegenheiten gegeben, bei denen Luis garantiert mit der Wahrheit über Dorabellas Tod herausgeplatzt wäre, anstatt Lutz des Mordes an ihr zu beschuldigen.

»Dir ist aber klar, dass du dich strafbar gemacht hast? Solange keiner bestätigen kann, dass es diese Vereinbarung zwischen Dora und dir gegeben hat, sieht es so aus, als ob …«, Pippa schluckte und suchte nach einer diplomatischen Formulierung, wo jegliche Diplomatie versagte, »… sieht es nicht anders aus als bei Felix.«

Viktor kam wieder zur Sitzgruppe und setzte sich neben

sie. »Es gibt ein Bankschließfach, in dem eine schriftliche Erklärung von Dora und eine DVD liegen. In beiden bestätigt Dorabella selbst, dass sie mich gegen meinen erklärten Willen überredet, nein, überzeugt hat, sie zu befreien. So nannte sie es: ihre Befreiung.«

Pippa schauderte. Wie grauenvoll musste es sein, einen geliebten Menschen umzubringen, selbst wenn dieser noch so krank war und es sich noch so verzweifelt wünschte. Wie schrecklich, jemanden sterben zu sehen, zum Mörder zu werden. Nein, korrigierte sie sich schnell, Mord war es per Definition laut Freddy, wenn man jemandem gegen dessen Willen das Leben nahm, und Dorabella hatte es ausdrücklich gewollt.

Obwohl Pippa die Wahrheit schon jetzt kaum noch ertragen konnte, fragte sie weiter.

»Und wie hast du …? Ich meine, hat sie …«

»Ob sie etwas davon mitbekommen hat, meinst du?«

Viktor schüttelte den Kopf und schloss die Augen. In seinem Gesicht arbeitete es, zeigten sich Trauer, Grauen und Selbstekel, während er an die Ereignisse jener Nacht dachte. Er presste gequält die Lippen zusammen, aber als er die Augen wieder öffnete, waren diese klar und tränenlos.

»Dora hat lange darüber nachgedacht«, sagte er schließlich. »Sie wollte, dass es wie ein Unfall aussieht und hatte absichtlich auf der Party bei Erdmann einiges getrunken, um diesen Eindruck zu unterstützen. Zusätzlich hat sie schwere morphiumhaltige Schmerzmittel eingenommen, die natürlich mit dem Alkohol eine Wechselwirkung eingegangen sind.« Er seufzte. »Wer weiß, vielleicht hätte das schon ausgereicht, sie umzubringen, aber das war ihr zu unsicher. Sie hatte in einem Buch gelesen, dass es reicht, eine Person, die in der Badewanne eingeschlafen ist, ganz leicht an den Füßen zu ziehen. Die Person taucht unter, schnappt unwillkürlich nach Luft und bekommt Wasser in die Lunge …«

Seine Stimme versagte, als er von der Erinnerung übermannt wurde. Pippa wartete schweigend.

Endlich fing Viktor sich wieder. »Und jetzt willst du wissen, wie und wann ich mich nach meiner perfekt inszenierten Abreise nach Italien zurück auf die Insel geschlichen habe?«

»Jetzt will ich jedes Detail wissen«, bestätigte Pippa.

»Luis erwartet mich. Ich will nicht zu spät kommen. Aber wir können uns heute Nacht treffen. Dann erzähle ich dir die ganze Geschichte. Versprochen. Um ein Uhr? Ich warte auf der Bank am Steg.«

»Ich werde kommen.«

Herr X kam an Viktors Parzelle vorbei, ohne sie zu bemerken. Er überquerte den Dorfplatz und steuerte die Inselkantine an.

»Ich muss los«, sagte Viktor. »Darf ich dich bitten, niemandem zu erzählen, worüber wir gesprochen haben?« Er sah sie bittend an. »Zumindest noch nicht. Das wäre zu viel für Luis.«

»Für mich ist es auch zu viel, Viktor«, erwiderte Pippa und erhob sich aus dem Korbsessel.

Viktor stand ebenfalls auf, und sie verließen gemeinsam seinen Garten. Am Tor blieb Viktor noch einmal stehen. Seine Stimme war heiser und angespannt.

»Glaub mir, für mich auch. Und seit heute Morgen frage ich mich obendrein, ob der Junge noch leben könnte. Haben Dorabella und ich mit ihrer Entscheidung gleichzeitig auch Felix' Tod besiegelt?«

Kapitel 22

Nachdenklich ging Pippa die Dorfstraße entlang. Viktors Eröffnungen hatten sie bis ins Mark erschüttert. Obwohl sie das, was er ihr erzählt hatte, längst befürchtet hatte, klang die Wahrheit aus seinem Mund erdrückender als in ihren Gedankenspielen.

Viktor saß jetzt mit seinen Freunden zusammen – seine Art, die Zeit bis nach Mitternacht zu überbrücken. Für Pippa kam das nicht in Frage. Sie wünschte sich mehr als alles andere, allein zu sein, und blieb zögernd am Gartentor zur Parzelle der Wittigs stehen. Bis auf die Dorfstraße hörte sie die Stimmen der Bewohner, aber sie sah sich außerstande, ihnen jetzt unter die Augen zu treten. Man würde ihr an der Nasenspitze ansehen, dass sie bedrückt war, und Karin würde nicht lockerlassen, bis sie den Grund dafür kannte.

Ich kann ihr unmöglich die Wahrheit über Dorabellas Tod sagen, dachte Pippa. Ich habe es Viktor versprochen …

Die Bürde dieses Geheimnisses wog schwer. Schreberwerder kam ihr plötzlich eng und gefährlich vor; die Beschaulichkeit der Insel unerwartet bedrohlich.

Pippa ging weiter zum Labyrinth, entschied sich aber dagegen. Jederzeit konnten die Jugendlichen auftauchen, und dann säße sie ohne Rückzugsmöglichkeit in der Falle. Sie umrundete das Buschwerk auf dem Außenweg und lief zurück in Richtung Steg.

Himmel, Leo, wie gern wäre ich jetzt bei dir in Florenz,

dachte sie sehnsüchtig. Wir würden oben in Fiesole sitzen, dem Sonnenuntergang zusehen und Rotwein aus Greve trinken, wir würden lachen und scherzen – und ich würde sogar mit Freuden übersehen, wie du jungen Frauen auf den Hintern starrst. Alles wäre besser als diese Insel. Schmidt hatte unrecht: Um Schreberwerder in Alcatraz zu verwandeln, bedurfte es keines Stacheldrahtes und keiner Wachen ... dafür hatten die Bewohner selbst gesorgt.

Pippa beschloss, sich unter den Steg ans flache Ufer zu setzen. Dort würde man sie nicht so schnell entdecken, und sie konnte in Ruhe nachdenken. Sie sah lange über die Wasserenge zwischen Schreberwerder und Valentinswerder hinweg. Das Ufer der gegenüberliegenden Insel schien in der Dunkelheit zum Greifen nah. Ihr wurde schlagartig bewusst, dass Felix Maier an dieser Stelle fast ertrunken wäre. Sie bekam eine Gänsehaut, als sie darüber nachdachte, ob der vermeintliche Badeunfall vielleicht ein erster Mordversuch gewesen war. Sie wollte gerade aufstehen und sich einen anderen Platz suchen, als sie Schritte hörte, die sich dem Steg näherten.

Lutz Erdmann stöhnte innerlich, als Angelika Christ mit beiden Armen seinen Hals umschlang und sich eng an ihn presste.

»Mir ist nicht wohl dabei, dass du die Insel verlassen willst, Lutz. Die Polizei hat gesagt, dass wir alle bleiben müssen.«

Er zog eine Grimasse, die Angelika nicht sehen konnte, da ihr Gesicht an seiner Brust lag. Diese verdammte Klette! Er konnte es kaum noch erwarten, sie wieder loszuwerden. Am liebsten hätte er sie gepackt und ins Wasser gestoßen, aber noch musste er sich unbedingt zusammenreißen – was ihm allerdings immer seltener gelang. Er bemühte sich um einen besonders sanften Tonfall, als er sagte: »Liebes, selbst diese kleingeistige Beamtenseele von Kommissar hat begriffen, dass ich als Chef eines florierenden Unternehmens mit Dutzenden Angestellten einen dringenden Termin wahrzunehmen habe. Es geht darum, Arbeitsplätze zu erhalten – nicht zuletzt seinen eigenen. Ich habe keinen Zweifel daran gelassen, wo ich mich im Falle seiner Weigerung über ihn beschweren würde.« Er stieß ein arrogantes Lachen aus. »Befehlsempfänger wie er erkennen einen Alphamann wie mich, wenn sie ihn vor sich haben. Er ist sofort eingeknickt und hat mich nur gebeten, so schnell wie möglich wieder zurückzukommen.«

Alphamännchen, Pippa kreischte innerlich, du bist nicht mal Epsilon. Niemals hast du mit Schmidt darüber geredet, und ganz sicher nicht in diesem Ton, du Windbeutel. Sie wagte kaum zu atmen, um sich nicht zu verraten.

Angelika war jedoch von Lutz' Worten überaus beeindruckt, und ihre Bewunderung für den Mut ihres Verlobten manifestierte sich in einem besonders einfältigen Gesichtsausdruck.

»Kannst du nicht morgen erst nach Wannsee fahren?«, bettelte Angelika. »Ich wollte heute Brathähnchen machen, das magst du doch so gern.«

Glaubte diese dumme Pute tatsächlich, ihn mit Brathähnchen auf der Insel halten zu können, wenn er in Berlin alle Genüsse der Welt haben konnte? Und nicht nur die auf dem Teller ...

Seine Stimme klang ungeduldig und scharf, als er antwortete: »Wie oft muss ich dir das noch erklären? Glaubst du, mein Laden läuft von allein? Ich halte meine Mitarbeiter nur an der Kandare, weil sie nie wissen, wann mein nächster Kontrollbesuch stattfindet. Wenn die Katze aus dem Haus ist, tanzen die Mäuse auf den Tischen, das weiß man doch. Aber ich habe scharfe Fangzähne – bei mir tanzt keiner ungestraft.«

»Dann nimm mich doch mit«, quengelte Angelika weiter, »ich war noch nie dort. Und als deine zukünftige Frau ...«

»Schluss jetzt«, unterbrach Lutz sie brüsk, »ich habe es dir schon hundertmal erklärt ...«

Er verstummte abrupt, als er in den Augenwinkeln eine Bewegung wahrnahm. Etwas Kleines, Buntes, das sich unter dem Steg bewegte. Er sah genauer hin und erkannte die orangefarbenen Strohsandalen, die auf dieser Insel nur eine einzige Person trug: Pippa Bolle. Sofort schaltete er seinen Tonfall um auf Öffentlichkeits-Liebes-Modus.

»Angelina, Liebes, du brauchst nach diesen schrecklichen Ereignissen unbedingt Ruhe«, sagte er und legte Schmalz in seine Stimme, »ich kann meinen unendlichen Schmerz mit Arbeit betäuben, aber du musst deine Nerven schonen. Ich brauche dich und deine warmherzige Ruhe, um nach meiner Rückkehr wieder aufzutanken.«

»Ich verstehe«, hauchte Angelika ergriffen, »ich werde auf dich warten, Lutz.«

»Angelika, ich glaube, dies ist der Beginn einer wunderbaren Beziehung«, sülzte Erdmann unverfroren und ohne mit der Wimper zu zucken.

Jetzt bemüht Lutz auch noch den berühmten Schlusssatz aus *Casablanca*, dachte Pippa angeekelt, und nicht einmal korrekt. Aber an einer Freundschaft dürfte Angelika wohl als Allerletztes interessiert sein ...

»Morgen Vormittag bin ich zurück«, fuhr Lutz fort, »versprich mir, dass du dich bis dahin ausruhst, am besten in vertrauter Umgebung bei dir zu Hause, dort wirst du dich am wohlsten fühlen«, baute Erdmann seinen Charakterschwenk zum liebenden Verlobten weiter aus. »Freu dich auf morgen. Da stelle ich dir Frau Julius vor. Sie wird dir erklären, wie sie dein Haus umzubauen gedenkt ... und bis wann du ausgezogen sein musst, damit die Arbeiten beginnen können.«

Mit diesen wenig aufmunternden Sätzen – denn schließlich hatte er sie gerade verbal vor ihre eigene Tür gesetzt – sprang Erdmann in sein Boot und startete den Motor. Mit einem eleganten Schlenker fuhr er dicht am Steg entlang und spritzte Pippa mutwillig nass, als er Gas gab. Unwillkürlich entfuhr ihr ein Keuchen.

Angelika wurde aufmerksam, und ihr Gesicht versteinerte. »Sie schon wieder? Sie können rauskommen, es gibt nichts mehr zu belauschen!«

Pippa fiel sofort auf, dass Angelika sie siezte, um damit Distanz zu schaffen.

»Müssen Sie sich ständig in das Leben anderer Leute drängen? Haben Sie kein eigenes? Herumschnüffeln und uns nachspionieren, ist das alles, was Sie können?«, ereiferte Angelika Christ sich weiter, ohne Pippa die Gelegenheit zu einer Antwort zu geben. »Wissen Sie, wie armselig das ist? Kein Wunder, dass Ihr Mann Sie nicht mehr will! Aber ich rate Ihnen gut, die Finger von Lutz zu lassen. Sie würden sich nur eine weitere Abfuhr holen, er steht nämlich nicht auf dicke Frauen in der Midlifecrisis, die sich geschmacklos kleiden. Dieses lächerliche rote Haar und diese blasse Haut mögen ja Ihr englisches Erbe sein, auf das Sie womöglich auch noch stolz sind, aber mein Lutz mag stilvolle, braungebrannte Frauen …«

»Meinst du Frauen, die zu lange unter dem Solarium liegen und in meinem Alter wie eine alte Aktentasche aussehen?«, unterbrach Pippa.

»… und deshalb hat Lutz seine Wellness-Oasen eröffnet, um den Frauen Jugend und Schönheit zu schenken«, redete Angelika unbeirrt weiter. »Aber davon verstehen Sie natürlich nichts, Frau Bolle.«

Angelika hatte endlich ihr Pulver verschossen und starrte ihre vermeintliche Nebenbuhlerin aggressiv an.

Pippa hatte sich aufgerappelt und stand nun direkt vor ihrer Angreiferin. »Ich wünsche dir, Angelika, dass du neben deinem ausgeprägten Stilbewusstsein immer genug Verstand hast, die künstliche Sonne rechtzeitig abzuschalten, bevor dein Hirn endgültig verdampft ist.«

Damit drehte sie sich um und gab dem Impuls nach, sich möglichst schnell von Angelika Christ zu entfernen, bevor diese auf die Idee kam, zuzuschlagen.

Außer Atem kam Pippa bei den Wittigs an. Im Garten saßen Karin und Matthias mit den Peschmanns einträchtig beim Wein. Aus dem Haus drangen klappernde Geräusche und die fröhlichen Stimmen der Jugendlichen, die mit viel Getöse das Abendessen vorbereiteten.

»Wo kommst du denn her?«, fragte Karin. »Wir haben dich schon vermisst.«

Empört berichtete Pippa von Angelika Christs verbalen Attacken. »Es macht mir nichts aus, wenn sie der Meinung ist, dass ich eine bunte Kuh mit durchgeknallten Kopfbedeckungen bin, das prallt an mir ab. Aber sie hat mit ihren Anschuldigungen weit unter die Gürtellinie gezielt – und leider getroffen.«

Aber Karin zeigte nicht das erhoffte Mitgefühl. »Hör auf, die beleidigte Leberwurst zu spielen. Es kann dir doch egal sein, was sie von dir hält. Hab lieber Mitleid mit uns. Du bist schließlich in einer wesentlich besseren Position als wir. Wir sind alle des Mordes verdächtig – du hast einfach nur die Midlifecrisis.«

Rasch griff Pippa nach einem Kissen, warf es nach Karin und flachste: »Wer dich zur Freundin hat, braucht keine Feinde mehr, meine Liebe. Da hätte Angelika sich ihren Atem glatt sparen können!«

Bevor die Kissenschlacht ausarten konnte, rief Bonnie zum gedeckten Tisch ins Haus. Mit neun Personen war es eng, aber trotzdem gemütlich.

»Hmm, lecker«, sagte Matthias grinsend, »Nudeln mit heißem Curry-Ketchup und Salat mit Mayonnaise. Wenn das Lagerleben noch lange andauert, sammele ich Schnecken und jage Eichhörnchen, um ein wenig Abwechslung auf den Teller zu bekommen.«

Alle lachten, doch Pia Peschmann konnte sich nicht recht mitfreuen. Ihr Gesicht spiegelte die Strapazen der letzten Tage wider. »Entschuldigt, dass ich so eine langweilige Tischgenossin bin, aber es ginge mir besser, könnten wir wie geplant nach Toulouse aufbrechen. Ich hasse es, dass wir hier festsitzen – wer weiß, wie lange noch.«

Karin nickte. »Das verstehen wir doch, Pia. Es ist sehr schade, dass ihr euren Urlaub jetzt nicht dazu verwenden könnt, in Toulouse heimisch zu werden.«

Lisa warf Daniel einen Blick zu, der deutlich zeigte, dass sie die Meinung ihrer Mutter keineswegs teilte. Dabei fiel Pippa auf, dass Bonnie sich Sven gegenüber eine neue Strategie überlegt hatte: Sie ignorierte ihn komplett – und das gefiel ihm überhaupt nicht. Wie einfach das Leben in ihrem Alter doch ist, dachte Pippa, es scheint ausschließlich aus Ver- und Entlieben zu bestehen, kleinen Spielchen von Annäherung und Flucht.

»Schmidt hat verkündet, dass wir die Insel erst dann verlassen dürfen, wenn alle Untersuchungen abgeschlossen sind«, erklärte Jochen und drückte Pias Hand. »Sieht so aus, als hätte die Staatsmacht vor, morgen wieder hier einzufallen.«

»Und wie sieht es an der Artenschutz-Front aus?«, fragte Matthias.

»Schmidt ist wirklich verständnisvoll«, sagte Pia, »er hat noch einmal bekräftigt, dass ihn das nicht interessiert, weil es nichts mit diesem Fall zu tun hat. Außerdem hat ihm wohl gefallen, dass wir sämtliches Geld in die Kinder gesteckt haben: Gesangsstunden und Ballettunterricht für Bonnie, das Computercamp im letzten Sommer für Daniel und seine Segelohren-Operation …«

»Mama!!!«, rief Daniel entsetzt. Er war vor Verlegenheit tiefrot angelaufen.

Jochen strich sich in einer perfekten Imitation Kommissar Schmidts über das Kinn und sagte mit dessen rauchiger Stimme: »Ihre Ehrlichkeit, Herr Peschmann, lässt mich hoffen, dass Sie weiteren Abenteuern dieser Art in Zukunft aus dem Weg gehen werden, zumal Ihre ungesunde Gesichtsfarbe mir zeigt, dass Ihr viel zu hoher Blutdruck sich nicht mit Kerkerhaft vereinbaren ließe.« Alle am Tisch brachen in Gelächter aus, und Jochen redete mit normaler Stimme weiter: »Schmidt hat mir versprochen, mit einem der zuständigen Kollegen zu sprechen, ohne dabei meinen Namen zu nennen. Danach will er mir sagen, wie ich mich am besten verhalten sollte.«

»Ich bin auch angetan von Schmidt«, sagte Pippa, »unauffälliger Name, auffällige Intelligenz. Die perfekte Tarnung. Ich könnte mir vorstellen, dass Lutz ihn dramatisch unterschätzt.«

Das heißt: Ich kann es mir nicht nur vorstellen, ich weiß es sogar genau, dachte Pippa eingedenk der belauschten Unterhaltung zwischen Lutz und Angelika.

»Auf jeden Fall ist er verschlossen wie eine Auster, wenn es um Felix Maier geht«, bedauerte Karin.

Matthias hob den Kopf. »Immerhin hat er uns gesagt, dass der Ärmste mit Kaliumchlorid umgebracht wurde. Keine Ahnung, ob er uns überhaupt einweihen durfte.«

Jochen Peschmann schüttelte sich angewidert. »Wie kann man jemanden mit Kaliumchlorid töten? Das ist doch so gut wie unmöglich, oder? Wer frisst schon jemandem freiwillig Dünger aus der Hand?«

Daniel und Sven stießen sich verschwörerisch an, dann sprang Sven auf und ging aus dem Raum.

»Das können wir erklären, Paps. Wir haben im Internet recherchiert«, sagte Daniel stolz, »Sven holt die Informationen, die wir gefunden haben.«

»Dann hat sich der sauteure Computerkurs also gelohnt«, brummte Jochen und erntete wieder Gelächter. Jeder war bemüht, die anderen mit guter Laune darin zu unterstützen, nicht durchzudrehen und zumindest die Illusion von Alltäglichkeit zu erhalten.

Sven kehrte zurück und brachte eine schmale Mappe mit. Er schlug sie auf und sortierte einige bedruckte Seiten, auf denen einzelne Passagen mit Textmarker hervorgehoben waren.

»Kaliumchlorid«, begann er seinen Vortrag wie ein Referat in der Schule, »hat die Summenformel K Cl und ist wie Natriumchlorid – Na Cl – ein lösliches Salz. Es wird in vielen Bereichen eingesetzt, unter dem Namen E 508 zum Beispiel als Geschmacksverstärker in Würzmitteln, Fertiggerichten und diätischen Lebensmitteln.«

»Bäh, ist ja ekelig!«, entfuhr es Karin, die sich für diesen unqualifizierten Kommentar prompt einen strafenden Blick von Sven einhandelte.

»Außerdem dient es als Streusalz, als Dünger und ist Bestandteil schmerzhemmender Zahncremes bei empfindlichen Zähnen«, fuhr Sven fort. »Nicht nur das: Es wird bei Hinrichtungen durch Giftspritzen und beim Einschläfern von Tieren benutzt, denn es führt in hohen Dosen zum Herzstillstand. Allerdings wird es auch stark verdünnt in Krankenhäusern über Venenweil … äh … Venenverweilkanülen verabreicht, wenn ein Patient zu wenig Kalium im Körper hat. Zusammen mit Natrium ist Kalium nämlich für den Wasserhaushalt des Körpers und das Gleichgewicht zwischen Säuren und Basen zuständig.«

»Bin ich die Einzige, die sich hier gruselt?«, fragte Karin und sah sich in der Runde um. »Ich bitte euch: Dünger, Fertiggerichte und eingeschläferte Tiere – in einem Atemzug?«

Pippa, die Peschmanns und Matthias nickten zustimmend, und Daniel sagte: »Los, erzähl noch das mit der Selbstmordmaschine.«

Sven raschelte wichtig mit den Blättern vor sich und zog eins aus dem Stapel. »Also, es gibt in Amerika diesen Dr. Kevorkian, den sie Dr. Death nennen. Der war der Meinung, man müsste es Todkranken ermöglichen, Selbstmord zu begehen, wenn sie das wollten. Da aktive Sterbehilfe verboten ist und die Kranken oft körperlich nicht mehr in der Lage sind, sich ein Mittel zu spritzen, hat dieser Kevorkian Ende der Achtzigerjahre eine Maschine konstruiert, die er zuerst Thanatron und später Mercitron nannte. Diese Maschine ist ein elektromotorbetriebener Injektionsapparat, der per Schalter ausgelöst wird und zuerst ein Beruhigungsmittel und dann Kaliumchlorid injiziert.«

»Hör endlich auf, sonst kann ich heute Nacht nicht schlafen!«, kreischte Lisa und schlug quer über den Tisch nach ihrem Bruder.

»Daniel passt schon auf dich auf.« Sven grinste breit und lehnte sich zufrieden in seinem Stuhl zurück. »Hat jemand noch eine Frage zu Kaliumchlorid?«

Aber niemand am Tisch hatte die geringste Lust, dieses Thema noch weiter zu vertiefen.

Kapitel 23

Pippa sah zum x-ten Mal auf die Küchenuhr und musste lächeln, als sie dabei an »Das krause X« dachte, wie sie Dorabellas Nachbarn jetzt heimlich nannte. Leider änderte dieser Anflug von Fröhlichkeit nichts daran, dass die Zeit bis zum Treffen mit Viktor nicht vergehen wollte. Erst elf Uhr – noch zwei Stunden zu überbrücken. Unglücklicherweise machten die anderen keinerlei Anstalten, ins Bett zu gehen und ihr damit die Möglichkeit zu geben, sich später ungesehen davon zu schleichen. Deshalb hatte sie sich in die kleine Küche zurückgezogen, um das Geschirr zu spülen und die Spuren des Kochens zu beseitigen. Karins Angebot, ihr zu helfen, hatte sie freundlich, aber bestimmt abgelehnt. Je weniger sie in Versuchung geriet zu plaudern, desto besser. Pippa hatte weder Lust, sich an den Spekulationen über Erdmanns jetzige Chancen, sein Hanf-Resort zu verwirklichen, zu beteiligen, noch hatte sie die Einladung der Jugendlichen zu einer Partie Malefiz angenommen. Die fast schon meditative Tätigkeit des Spülens hatte sie mehr beruhigt, als jegliche Unterhaltung es konnte. Jetzt war die Küche blitzblank, und Pippa stand unschlüssig am Fenster und sah hinaus in die Dunkelheit. Dann gab sie sich einen Ruck und ging nach nebenan zu den anderen. Sie gähnte demonstrativ.

»Seid ihr auch so kaputt? Ich fühle mich, als hätte dieser höllische Tag achtundvierzig Stunden gehabt. Diese Gefühlsachterbahn war zu viel für mich. Ich könnte glatt im Stehen einschlafen ...«

Zu ihrer Erleichterung verstand Karin den Wink mit dem Zaunpfahl sofort. »Ich kann auch kaum noch aus den Augen gucken. Ab in die Heia, Freunde. Wir brauchen alle Kraft für morgen, wenn die Schmidt-Kamarilla wieder bei uns einfällt.«

»Gestern Abend war eindeutig mehr mit euch los«, murrte Daniel, und die anderen Jugendlichen nickten.

»Gestern war gestern und heute ist heute«, philosophierte Matthias müde, was ihm ein ironisches »Hört, hört!« von Jochen einbrachte.

»Matthias hat recht«, sagte Pia. »Einen Tag wie heute brauche ich kein zweites Mal. In meinem ganzen Leben nicht. Also, ihr vier, ab in Parzelle 1. Und bitte: Licht aus und schlafen. Und wie Viktor sagte: Nichts Verbotenes tun, sonst kriegt ihr den Ärger eures Lebens.«

Während die Jugendlichen murrend abzogen, dachte Pippa an Viktors Ermahnungen. Sie seufzte innerlich. Für Verbotenes, lieber Viktor, dachte sie, scheinen ja wohl wir Erwachsenen zuständig zu sein.

Pippa richtete sich das Schlafsofa her, während es im kleinen Bad wie in einem Taubenschlag zuging. Als Ruhe einkehrte, atmete Pippa auf. Sie ließ den anderen den Vortritt, damit nicht auffiel, dass sie nicht vorhatte, schlafen zu gehen. Komplett angezogen lag sie auf ihrem provisorischen Bett und dachte über das bevorstehende Treffen mit Viktor nach.

Wieder nagten heftige Zweifel an ihr.

Was, wenn seine rührende Geschichte um Sterbehilfe aus Liebe eine faustdicke Lüge war? Wer oder was konnte ihr helfen, zwischen Wahrheit und Lüge zu unterscheiden? Die Tatsache, dass Viktor der Vater ihrer besten Freundin war? Das war nichts als pure Voreingenommenheit. Natürlich konnte sie sich nicht vorstellen, dass Viktor den armen Felix getötet hatte, denn er war doch eigentlich ein guter Mensch, oder nicht? Das war Dr. Jekyll auch – tagsüber. Pippa schluckte. Eine wenig beruhigende Vorstellung, kurz bevor sie sich mit Viktor treffen musste. Allein und mitten in der Nacht! Nur sehr dumme Frauen in sehr einfallslosen Fernsehkrimis ließen sich vom Mordverdächtigen nach Mitternacht an einsame Orte locken ... und der zwangsläufige Tod dieser Damen war dann die Belohnung für jeden intelligenten Zuschauer.

Wenn ich doch nur jemanden hätte, der mir einen guten Rat geben, mit dem ich meine Zwickmühle besprechen könnte, dachte sie verzweifelt ... und wusste schlagartig, wer diese Person war.

Pippa sprang erleichtert auf und schnappte sich das schnurlose Telefon der Wittigs. Ich werde euch nicht auf dieser Rechnung sitzen lassen, gelobte sie in Gedanken, das ist mir einen Teil des Honorars für die Haubentaucher wert!

Leise verließ sie das Haus und ging hinunter ans Wasser. Im Schein einer Taschenlampe wählte sie die Nummer und wartete auf das typische brrt-brrt, das doppelte Klingeln englischer Telefone. Der Apparat am anderen Ende der Leitung läutete zweimal, und dann hörte sie das vertraute »Hello?« ihrer geliebten Oma.

Vor Erleichterung wurden Pippas Knie weich. »Grandma Will. Wie gut, dass du da bist. Hier ist Pippa! Hast du schon geschlafen?«

»Of course not, Dear«, antwortete Hetty Wilcox und

lachte, »du weißt doch, ich leide an … wie sagt ihr auf Deutsch? Senile Bettflucht, right?«

»Right«, bestätigte Pippa und spürte, wie ihre Laune sich hob. »Grandma, ich brauche deinen Rat. Hast du Zeit?«

»Für dich immer, Dear.«

Pippa hörte im Hintergrund ein herrisches Miauen.

»Shut up, Peter Paw«, sagte Grandma Will, »I'm not talking to you, I'm talking to Pippa! Remember, you like her!«

Pippa musste lachen. Peter Paw war der riesige rote Kater ihrer Großmutter, streitsüchtig Artgenossen gegenüber und kampferprobt, was seine zerfransten Ohren und eindrucksvollen Narben sichtbar belegten. Aber auf Hettys Schoß und unter ihren sanften, streichelnden Händen verwandelte sich der ortsbekannte Satansbraten in ein lammfrommes, schnurrendes Kätzchen. Er brachte neun Kilo Lebendgewicht auf die Waage, und Pippa war bei ihren Besuchen in England froh, dass er sie zu mögen schien – oder zumindest ihre Anwesenheit akzeptierte, ohne sie aus dem Haus zu jagen. Eine Übung, die er mit weniger Glücklichen nachhaltig praktizierte. Ihre Großmutter war der festen Überzeugung, dass kein zweites Lebewesen auf der Welt eine so gute Menschenkenntnis hatte wie ihr Kater, und schloss sich seinen Auswahlkriterien stets kritiklos an.

»Denkst du immer noch, Paw versteht alles, was du sagst?«, fragte Pippa amüsiert.

»Das denke ich nicht nur, das weiß ich genau!«, rief Grandma Will gespielt empört. »Und in jeder Sprache. Aber ich bin sicher, deswegen rufst du mich nicht so spät am Abend an. Wo liegt dein Problem? Ich bin ganz Ohr.«

Während Pippa die Situation schilderte, hörte ihre Großmutter aufmerksam zu. Sie gab ein paar bedauernde Laute von sich, als Pippa von Dorabellas Leiden sprach und davon, was Viktor seiner Aussage nach für die Todkranke getan hatte.

»Grandma, was soll ich tun?«, fragte Pippa schließlich. »Wie kann ich Viktor vertrauen? Soll ich mich mit ihm treffen? Oder soll ich der Polizei alles erzählen?«

»Wenn du dich nicht mit ihm treffen willst, tue ich es«, sagte Hetty Wilcox zu Pippas grenzenloser Verblüffung und fügte hinzu: »Listen, Dear. Dieser Mann liebte Dora so sehr, dass er bereit war, ohne sie, dafür aber mit Schuldgefühlen weiterzuleben, ist es nicht so? Er ist sehr couragiert, und ich wäre glücklich über so eine Freundschaft. Sprich mit ihm, hör dir an, was er zu sagen hat, und lass die Polizei aus dem Spiel, Pippa.«

Auf Zehenspitzen brachte Pippa das Telefon zurück ins Haus und verließ es sofort wieder, um – eine halbe Stunde zu früh – zum Treffen mit Viktor zu gehen. Grandma Will hatte sie beruhigt. Dennoch nahm sie sich vor, mit ihm keinesfalls ins Heckenlabyrinth zu gehen, sondern einen weniger abgeschiedenen Ort aufzusuchen. Beruhigung hin – Sicherheit her. Als sie auf die Dorfstraße hinaustrat, sah sie sich suchend um. Bei Herrn X brannte helles Licht, also arbeitete er weiter an Dorabellas Grabstein. Alle anderen Parzellen lagen im Dunkeln. Die sternenklare Nacht und der helle Mond spendeten genug Licht, dass sie die wartende Gestalt auf der Dorfplatz-Bank sofort bemerkte.

»Überpünktlich«, sagte Viktor, als sie sich neben ihn setzte.

»Ich konnte nicht schlafen.«

»So neugierig?«, fragte er amüsiert.

Pippa schüttelte den Kopf. »So aufgeregt, Viktor.«

»Dann komm.«

Er stand auf und bot ihr den Arm. Sie hakte sich bei ihm ein, und er ging mit ihr die Dorfstraße entlang bis zu Peschmanns Parzelle. Zu ihrem Erstaunen öffnete er die Pforte und führte sie um das verlassene, dunkle Haus herum zum Picknicktisch am Wasser.

»Hier sind wir ungestört«, sagte er, als sie sich gesetzt hatten. »Lutz ist nicht da, und Kästners Haus ist weit genug entfernt. Niemand wird uns hören.«

Für einen kurzen Moment wurde es Pippa mulmig, aber sie kämpfte ihre Bedenken entschlossen nieder.

Eine Weile schwiegen beide, dann sagte Viktor: »Ihre Schmerzen waren in den letzten Monaten unerträglich geworden. Da sie sich ständig verkrampfte, kam schließlich Dauerkopfschmerz dazu. Die Schmerztherapeuten wussten sich keinen Rat mehr. Dass Dora überhaupt noch lachen konnte und bei diesen Qualen nicht verrückt wurde, habe ich grenzenlos bewundert. Ich wäre nicht so tapfer.« Er lachte bitter auf. »Die Ärzte hatten sie ohnehin aufgegeben, sie sei austherapiert, haben sie gesagt. Die haben sich gedacht, die ist über achtzig, da ist jede Medizin vergeudet, wir kümmern uns lieber um junge Leute, die ihr Leben noch vor sich haben.«

»Wenn dir das Feindbild hilft …«

Viktor seufzte schwer. »Das tut es eben nicht, das ist ja das Schlimme. Immer wieder habe ich nach Rechtfertigungen für mich gesucht, und das hat auch eine Zeitlang funktioniert. Ich helfe ihr ja nur, weil andere es nicht tun. Alle lassen sie allein, aber ich bin bei ihr und erfülle ihren letzten Wunsch. Was mich überrascht, ist, dass es mich so fertigmacht, genau das getan zu haben. Ich habe nicht damit gerechnet, wie schwer es ist, mit niemandem darüber sprechen zu können. Mit der Entscheidung allein zu sein.«

»Ich habe mich informiert«, sagte Pippa unnachgiebig, »das war Tötung auf Verlangen, und schon der Versuch ist strafbar. Im Strafgesetzbuch heißt es: Ist jemand durch das ausdrückliche und ernstliche Verlangen eines Getöteten zur Tötung bestimmt worden, so liegt das Strafmaß zwischen sechs Monaten und fünf Jahren.«

»Das Gefängnis wäre mir gleichgültig«, antwortete Viktor, »das kann nicht schlimmer sein als meine jetzige Situation. Schweigen zu müssen ist wie eine Einzelzelle, und meine Schuldgefühle sind die Gitterstäbe. Aber wenn ich mich offenbaren würde, verlöre ich meine Freunde – und meine Familie. Als ich gesehen habe, wie sehr Luis und Herr X um sie trauern ... und Karin ... sie könnte mir das niemals verzeihen, vielleicht würde sie sogar den Kontakt zu mir abbrechen. Ich könnte es ihr nicht verdenken, schließlich ist ein Mörder kein passender Umgang für meine Enkel.«

Pippa lächelte. »Dafür hast du die Bewunderung meiner englischen Großmutter. Sie hält deine ... Hilfe für Dora für den ultimativen Liebesdienst.«

Viktor stutzte einen Moment und nickte dann. »Du hattest Bedenken, dich mit mir zu treffen. Das bestätigt, was ich gerade gesagt habe: Je mehr davon wüssten, desto einsamer wäre ich.«

Pippa fühlte sich ertappt, spürte aber keinerlei Ablehnung in seinen Worten. »Du kannst sicher sein, dass Oma Hetty ganz auf deiner Seite ist – und niemals darüber reden wird.«

Ohne darauf einzugehen, sagte Viktor: »Dora und ich hatten alles genau geplant. Ich sollte am Abend der Party bei Erdmann heimlich wieder auf die Insel kommen. Und das habe ich getan.«

»Aber wie denn?«, fragte Pippa ungläubig. »Wieso hat dich niemand bemerkt?«

»Ich bin geschwommen. Erst von Saatwinkel bis Baumwerder. Die Insel ist unbewohnt und dient lediglich der Wasserversorgung. Dort gibt es nur den Tiefbrunnen und eine Anreicherungsanlage. Man kann dort nicht einmal mehr an Land gehen, aber ich musste mich ja nur am Ufer ein wenig ausruhen. Von dort bis Schreberwerder ist es nur noch ein Katzensprung, und bei Doras Grundstück bin ich aus dem Wasser gestiegen.«

»Du machst Witze. Bei der Kälte? Das hält doch kein Mensch aus, ohne sich eine Lungenentzündung einzufangen, und du hattest nicht einmal einen Schnupfen.«

Viktor zuckte mit den Achseln. »Luis und ich gehen ab März ins Wasser.«

»Ich auch, aber nur in die Thermen in den Euganäischen Hügeln, die haben achtunddreißig Grad Wassertemperatur. Eure Art der Abhärtung ist mir entschieden zu preußisch.«

»Aber für diesen Fall durchaus hilfreich, das musst du zugeben.«

Allerdings ist es das, dachte Pippa. »Und wo hattest du dich während der ganzen Zeit versteckt? Du warst doch angeblich in Italien.«

»Es gibt am Landwehrkanal ein Campinghotel, da bin ich abgestiegen. Die Saison ist noch jung, es waren kaum Gäste dort. Von dort aus konnte ich zu Fuß zum Ufer, um zu Dora zu schwimmen.«

»Perfekt ausgesucht: einsam gelegen und dennoch zum Hinspucken nah.«

Viktor nickte. »Dorabella und ich haben täglich miteinander telefoniert. Glaub mir, ich habe versucht, sie noch umzustimmen ... aber sie war buchstäblich des Lebens müde.«

»Also lief alles nach Plan.«

»Bis auf meinen blöden Fehler. Am Tag meiner offiziellen Rückkehr ... na ja, ich musste bis um zehn ausgecheckt haben und bin wohl zu schnell gelaufen. Jedenfalls habe ich eine *Rieke* zu früh genommen. Und du hast es gemerkt.«

... und deshalb muss ich dich leider töten, würde jetzt der verrückte Mörder im Krimi sagen, dachte Pippa schaudernd. Aber sie saß hier nicht mit einem verrückten Mörder, sondern mit einem verzweifelten Mann, der von Schuldgefühlen zerfressen wurde.

»*Ihr Jungen handelt und redet aus eurer Kraft heraus und ohne das Wissen unendlicher Schmerzen*, sagt meine Großmutter immer. Ich glaube, sie hat recht damit. Und wer weiß, vielleicht wünsche ich mir später einmal einen Freund wie dich an meiner Seite, wenn ich keinen Ausweg mehr sehe, Viktor.« Sie nahm seine Hand und drückte sie herzlich. »Von mir wird niemand etwas erfahren. Ich werde dich nicht verraten, das verspreche ich dir.«

»Ich danke dir«, sagte Viktor mit belegter Stimme, »und ich danke dir auch dafür, dass ich dir alles anvertrauen durfte. Ich weiß, dass du es dir nicht leicht gemacht hast, Pippa, das hilft mir besonders. Ich gehe dann mal. Ich habe das Gefühl, ich kann heute endlich mal wieder schlafen.«

»Ich bleibe noch einen Moment«, erwiderte Pippa. »Schlaf gut.«

Sie lauschte seinen leiser werdenden Schritten. Sorgfältig erforschte sie ihr Inneres, ihre Gefühle. Trotz ihres Entsetzens über das, was Viktor getan hatte, empfand sie tiefes Verständnis für ihn. Wie würde sie selbst wohl handeln? Wenn ihre geliebte Grandma Will todkrank wäre, zum Beispiel? Oder ihre Freundin Karin? Es gab nichts Wichtigeres als echte Freundschaft, denn nur dann konnte man über alles sprechen, auch über unbequeme Dinge. Viktor musste ihr sehr vertrauen, sonst hätte er sich ihr niemals offenbart. Sie konnte sich glücklich schätzen, Freunde wie die Wittigs zu haben, die ein offenes Wort aushalten konnten – und umgekehrt.

Pippa fröstelte und sehnte sich plötzlich nach dem Schlafsofa. Sie wollte sich gerade auf den Weg zur Parzelle der Wittigs machen, als ein näherkommendes Motorengeräusch sie innehalten ließ. Der Motor wurde noch auf dem Wasser abgestellt, und das kleine Motorboot – Pippa erkannte es sofort als das von Lutz Erdmann – driftete fast lautlos in Höhe von Erdmanns Parzelle ans Ufer. Ein Anker platschte, und Lutz flankte betont lässig ins knietiefe Wasser. Er streckte die Arme aus, um seine Begleiterin buchstäblich auf Händen ans Ufer zu tragen.

Sieh da, das junge Glück, dachte Pippa ehrlich erstaunt. Ich habe mich wieder mal geirrt. Er hat sie also doch noch geholt und mit in seine Wellness-Oase genommen. Eine weitere auf der langen Liste von Fehleinschätzungen dieses Tages.

Dann hörte sie Lutz' Stimme, und das glückliche Lachen der Frau klang zu ihr herüber. Pippa erstarrte. Die Frau, die in Lutz' Armen lag, lachte unbeschwert und selbstbewusst. Diese Frau war unverkrampft und ohne Angst. Das war nicht Angelika Christ. Pippa wagte kaum zu atmen. Sie kannte diese Stimme. Sie hatte dieses Lachen schon einmal gehört … da war es ebenfalls Nacht gewesen. Ihre erste Nacht auf Schreberwerder!

Pippa blickte wie automatisch auf das schwach leuchtende Ziffernblatt ihrer Armbanduhr. Es war halb drei Uhr nachts, und die Frau, die Lutz da gerade im Schein seiner Poolbeleuchtung leidenschaftlich küsste, war nicht seine Verlobte.

Kapitel 24

Stimmengewirr und Geschirrgeklapper weckten Pippa nach einer viel zu kurzen Nacht.

Nein, dachte sie müde, ich will noch nicht aufstehen. Ich lasse die Augen fest geschlossen wie ein Kind, das sich unsichtbar machen will … und dann lässt man mich hoffentlich bis Mittag in Ruhe. Als jedoch der unwiderstehliche Duft frisch aufgebackener Brötchen ihre Nase umschmeichelte, änderte ihr Magen diesen Plan und knurrte laut. Pippa kapitulierte vor der Wucht ihrer Gier und blinzelte.

»Tante Pippa ist wach«, verkündete Sven, »wir können frühstücken!«

Ergeben öffnete Pippa die Augen. Ihr erster Blick fiel auf Karin, die ihr aus der kleinen Küche zuwinkte.

»Ma'am, Tee kommt sofort, Ma'am«, rief Karin im devoten Tonfall eines kolonialen Butlers.

Pippas Gewissen meldete sich prompt. Zum ersten Mal habe ich ein Geheimnis vor meiner besten Freundin, und das betrifft ausgerechnet ihren Vater, dachte sie. Aber eigentlich ist es nicht mein Geheimnis, versuchte sie sich zu beruhigen, es ist seines – und daher ist es richtig, dass ich es nicht verrate.

Zu weiteren Grübeleien blieb keine Zeit, denn Karin kam lächelnd aus der Küche und stellte eine Tasse auf das Tischchen neben dem Sofa.

»Guten Morgen, Schlafmütze. Bitte sehr, Memsahib:

Dein Rooibuschtee, sieben Minuten gezogen und die Milch zuerst in die Tasse. Nicht geschüttelt und nicht gerührt. Wie du es liebst.«

»Du bist wie eine Mutter zu mir.«

Karin grinste. »Gutes Stichwort: Deine Mum hat angerufen. Effie hat die gesammelte Unterstützung der Transvaalstraße 55 durch das Telefon gereicht. Sie hat angekündigt, das traditionelle Picknick am nächsten Samstag nach Schreberwerder auszulagern, um uns aufzumuntern. Inklusive Britische Buletten.«

»Ach du liebe Güte. Die wollen hierherkommen? Raus aus ihrem Kiez? Alle? Auch Ede Glasbrenner? Und Chantal?«

»Besonders Chantal«, warf Matthias ein, »als Appetithäppchen für Lutz. Dem werden die Augen aus dem Kopf fallen, wenn er sie sieht. Vielleicht kapiert Angelika dann endlich, dass sie ihre Gefühle in den falschen Kerl investiert hat.«

Pippa kicherte und erhob sich ächzend vom Sofa. Sie wickelte sich in ihre Decke und folgte Karin mit ihrer Tasse in die Küche. Während diese die Brötchen aus dem Backofen holte und in einen großen Brotkorb legte, schlürfte Pippa in kleinen Schlucken ihr heißes Getränk.

»Chantal Schmidt …«, Pippa ließ sich den Namen der jungen Frau auf der Zunge zergehen, »… der gleiche preußische Landadel wie der Herr Kommissar. Matthias hat recht, bei ihrem Anblick wird Lutz sofort Männchen machen!«

Pippa sah Chantal vor sich, wie sie sich aus dem ersten Stock beugte, um nach ihren Kindern zu rufen, wenn die Wohnung wieder sauber war, wie sie es nannte. Chantal lebte mit drei Söhnen von drei verschiedenen Männern im Vorderhaus. Da keiner der Erzeuger sich bemüßigt fühlte, Unterhalt zu zahlen, besserte Chantal ihr Budget mit Gelegenheitsprostitution auf. Sie war eine attraktive Frau mit endlosen Beinen und langen blonden Haaren, bei deren Anblick man nicht im Traum auf die Idee gekommen wäre, dass sie ihren Körper verkaufte. Ihre wenigen, aber gutsituierten Stammkunden empfing Chantal in ihrer Wohnung. Äußeres Zeichen für zahlenden Männerbesuch war ein rotes Handtuch. Es wurde über das schmiedeeiserne Geländer ihres Balkons geworfen, um ihren Kindern zu signalisieren, dass sie jetzt keine Zeit für sie hatte. Die Jungen spielten dann entweder im Hof oder saßen bei Effie Bolle am Küchentisch, tranken Kakao und machten Schulaufgaben.

Niemand aus der Hausgemeinschaft verurteilte oder kommentierte, wie Chantal das Geld verdiente, das ihre Jungs ordentlich kleidete und ihnen eine Kindheit bot, bei der sie auf nichts verzichten mussten – bis auf einen Vater.

»Bei Chantal hat bisher fast jeder Mann Stielaugen gekriegt«, sagte Karin, »da wird Lutz' Maske als treusorgender Liebhaber blitzartig fallen.«

»Ha – Liebhaber bestimmt, aber treusorgend …? Da habe ich gestern Nacht ganz andere Dinge gesehen.«

Kaum ausgesprochen, bereute Pippa ihre Worte, denn Karins Augen schleuderten große Fragezeichen in ihre Richtung.

Flucht nach vorn, dachte Pippa, und sagte: »Du brauchst gar nicht so zu gucken. Wahrscheinlich durfte ich heute Nacht eine kleine Vorschau auf meine Wechseljahre erleben: Schlafstörungen und Hitzewallungen. Durch die ganze Aufregung, nehme ich an. Ich musste einfach noch mal an die frische Luft.«

Karins Gesichtsausdruck war noch immer misstrauisch. »Scheint dir ja geholfen zu haben, geschlafen hast du jedenfalls wie ein Baby.«

Pippa gab sich die größte Mühe, sich ihre Erleichterung nicht anmerken zu lassen. »Siehst du, sag ich doch!«

»Und was hast du nun beobachtet?«

Pippa senkte die Stimme und erzählte Karin eine bereinigte Version dessen, was sie gesehen hatte. Vor den Peschmanns und den Jugendlichen, die bereits um die lange Frühstückstafel saßen, wollte sie ihre Beobachtungen nicht ungefiltert herausposaunen.

»Mein lieber Schwan – der traut sich was«, flüsterte Karin, »eine Frau mitzubringen, während Angelika nichtsahnend in ihrem Bettchen liegt ... als Mann wäre ich jetzt vermutlich schwer beeindruckt.«

»Gott sei Dank bist du keiner«, sagte Pippa und flüchtete ins Bad, froh darüber, sich beim Spagat zwischen der Halbwahrheit und dem Verschweigen dessen, was sie in Wirklichkeit in der Nacht zuvor gemacht hatte, nichts verrenkt zu haben.

Als Pippa frisch geduscht an den Frühstückstisch kam, war der für sie bestimmte Stuhl von Freddy okkupiert, der mit dem für ihn typischen Appetit krachend in ein Brötchen biss.

Er hätte Restaurantkritiker werden sollen, dachte Pippa, dann würde er für seine Verfressenheit bezahlt.

»Da bisch' du ja endlisch. Isch hab schon mal deine Brötschen probiert. Schind lecker«, nuschelte Freddy. Er trank etwas Kaffee und schluckte, bevor er weitersprach. »Um zwölf ist große Versammlung bei Luis Krawuttke. Für alle Insulaner. Auch für dich. Ich klappere gerade alle Parzellen ab. Kommissar Schmidt hat etwas Wichtiges zu verkünden.«

Pippas Augenbrauen wanderten nach oben. »Wie bei

Hercule Poirot? Der große Meisterdetektiv verkündet die Lösung des Falles? Hoffentlich präsentiert er uns den Täter, sonst lohnt es sich ja kaum hinzugehen.«

»Quatsch, wir sollen uns bestimmt einen eindrucksvolleren Nachnamen für ihn ausdenken und dann über den besten abstimmen«, spottete Karin.

»Ich wäre für etwas mit dem Buchstaben A – damit er immer als Erster an den Tatort gerufen wird«, schlug Pippa vor. »Astor, Alabaster, Abramowitsch …«

Karin ließ sich anstecken. »Ich wäre für Auerbach.«

Pippa und sie klatschten sich gackernd ab.

»Und ich gehe zum Lachen in den Keller«, parierte Freddy unerwartet schlagfertig. »Habt ihr zwei ein Komikerduo gegründet, oder was soll das ewige Gefrotzel über Schmidts Namen? Ihr könnt froh sein, dass mein Chef immer wissen will, was in seinem Bezirk vor sich geht und mich deshalb zu Schmidts Truppe abkommandiert hat. Ohne mich würde Schmidt bei euch Inselpiraten noch ganz andere Saiten aufziehen. Ein bisschen verrückt ist ja ganz amüsant, aber man muss es nicht übertreiben.«

»Du warst doch derjenige, der Angst hatte, ich könnte mich hier langweilen«, sagte Pippa.

»Ich wollte dich nur unter Aufsicht haben, denn allein scheinst du alle naselang in Schwierigkeiten zu geraten«, schoss Freddy zurück, »und dafür ist diese Insel offenbar genau der richtige Ort.«

»Komm, du Klugscheißer, ich begleite dich auf deiner Tournee rund um Schreberwerder. Da ich hier deiner Ansicht nach ja nur mit Verrückten zusammen bin, lass mich ein wenig in der leuchtenden Aura deiner Vernunft baden. Ich bin sehr gespannt auf deinen therapeutischen Ansatz im Umgang mit den Insulanern.«

Pippa zog kichernd ihren Bruder am Ärmel von seinem Stuhl hoch und bugsierte ihn zur Tür.

Herr X arbeitete in seinem Garten und kam zum Zaun, als er Pippa und Freddy sah. Während ihr Bruder mit X redete, drehte Pippa sich um und spähte zu Erdmanns Grundstück hinüber. Dort war alles ruhig, aber Lutz' Boot lag ordentlich vertäut am Landesteg: gerade so, als hätte der Inselcasanova seine nächtliche Begleiterin nach dem heimlichen Schäferstündchen wieder an Land gebracht und wäre anschließend zurückgekehrt. Ein ausgefülltes Programm für eine Nacht. Genug Kondition schien er zu haben, das immerhin musste man ihm lassen …

Auch Ida Marthaler kam sofort an den Zaun, reagierte aber – anders als Herr X – nicht gerade wohlwollend auf Freddys Bitte, sich bei Luis einzufinden.

»Kann ich damit rechnen, übermorgen wieder zur Arbeit gehen zu können?«, fragte sie schmallippig. »Wie Sie wissen, leite ich eine Schule, und morgen ist der letzte Tag der Pfingstferien. Ich habe nicht vor, mich weiter kasernieren zu lassen, ich muss dringend zurück in die Stadt.«

Freddy setzte sein professionelles »Nur-keine-Aufregung«-Lächeln auf. »Ich bin sicher, ab heute Mittag wird der Spuk vorbei sein. Kommissar Schmidt möchte nur noch einmal zu Ihnen allen sprechen. Wenn nichts Unvorhergesehenes passiert, können Sie in zwei Stunden tun und lassen, was Sie wollen.«

Dein Wort in Gottes Gehörgang, dachte Pippa, hütete sich aber, dies laut auszusprechen.

»Nächste Parzelle«, sagte Freddy, als sie weitergingen. »Wer wohnt da?«

»Angelika Christ. Weißt du das immer noch nicht?«

»Ich war noch nicht in jedem Haus«, empörte sich Freddy, »und selbst wenn – glaubst du, ich kann mir jeden Namen merken?«

Sie standen an Angelikas Pforte, doch auf dem Grundstück rührte sich nichts.

»Lass uns reingehen«, entschied Pippa und stieß das Gartentor auf. Sie marschierte auf die Haustür zu und klopfte. Aber erst als Pippa Sturm klingelte, hörten sie endlich Schritte.

Die Tür wurde aufgerissen. Angelika Christ stand vor ihnen, eingewickelt in einen abgetragenen Bademantel. Ihr Gesicht war unter einer dicken grünlichen Maske verborgen, die bereits verkrustete. Ihre Augen waren kreisrund ausgespart. Sie hielt die zwei Gurkenscheiben in der Hand, die eben noch ihre Augen gekühlt und auf den Lidern einen grünlichen Schimmer hinterlassen hatten.

»Guten Tag, Frau Christ, Kommissar Schmidt bittet Sie und Ihre Nachbarn um zwölf Uhr in die Parzelle von Luis Krawuttke. Er möchte Ihnen allen etwas mitteilen«, leierte Freddy sein Sprüchlein herunter.

Angelika antwortete nicht, sondern deutete auf ihr Gesicht, zuckte bedauernd mit den Schultern und nickte dann. Freddy sah Pippa hilfesuchend an.

»Frau Christ will sagen, dass sie wegen ihrer Maske nicht sprechen kann, sonst bröckelt diese vorzeitig ab«, übersetzte Pippa Angelikas Pantomime, »sie wird aber pünktlich kommen, richtig?«

Angelika nickte wieder und schlug die Tür zu.

Freddy grinste breit. »Endlich kann ich auch mal von deinen Übersetzungskünsten profitieren.«

Pippa lachte und ließ sich von ihm zur nächsten Parzelle ziehen.

Stephan und Gerdi Kästner standen im Sandkasten der Kinder und schaufelten Sand auf ein großes, quadratisches Siebgitter. Zwischen den Eheleuten herrschte offenbar dicke Luft, denn sie hatten einander den Rücken zugekehrt und arbeiteten schweigend. Ihre Rasselbande tobte mit einem Ball über den Rasen und war für die elterlichen Differenzen völlig unempfänglich.

Was ist bloß los mit den beiden?, dachte Pippa. Hatten Angelikas Besuche wirklich eine so nachhaltige Wirkung? Vielleicht kann ich den beiden die Kinder heute Nachmittag abnehmen, dann haben sie etwas Zeit für sich.

Nachdem Freddy seine Nachricht losgeworden war, sagte Pippa: »Geh schon mal vor, ich komme gleich nach.«

Stephan schaufelte weiter verbissen Sand auf das Gitter und ließ den Haufen auf der anderen Seite deutlich anwachsen, bevor er sich aufrichtete. »Pippa, wir werden an Lutz verkaufen«, stieß er hervor.

Pippa hätte sich beinahe in den Sand gesetzt. »Was? Das ist nicht euer Ernst!«

»Manchmal hat man keine andere Wahl«, sagte Stephan bitter, »in meiner Firma wird umstrukturiert, und ich muss mit meiner Entlassung rechnen.«

»Braucht ihr das Geld? Wartet doch erst einmal ab, ob du wirklich deinen Job verlierst.«

»Ich weiß, wie ich meinen Job nicht verliere.« Er warf die Schaufel weg und lachte freudlos. »Ich muss lediglich diese Parzelle an Lutz verkaufen.«

Pippa erinnerte sich an das Gespräch zwischen Erdmann und Stephan, das sie im Labyrinth unfreiwillig mitgehört hatte. Sie wollte sich nicht verraten und fragte deshalb: »Gerdi, kannst du mir erklären, was dein Mann meint?«

»O ja, das kann ich allerdings.« Gerdi Kästner stemmte die Hände in die Taille. »Wir reden hier von Erpressung. Stephans Chef ist einer der Investoren in Erdmanns Projekt. Und wenn Stephan sich nicht mehr gegen den Verkauf sträubt, dann ist wie durch ein Wunder auch sein Arbeitsplatz gesichert.«

»Das ist nicht dein Ernst.«

»Ich bin strikt dagegen, dass wir nachgeben. Ich will mir das nicht bieten lassen. Ich will kämpfen. Wozu gibt es schließlich Gewerkschaften und Arbeitsgerichte? Und wenn alles nicht hilft, habe ich immer noch zwei Hände, mit denen ich Lutz erwürgen kann. Ganz langsam, bis er weiß, wie Angst sich anfühlt.«

»Dieser Dreckskerl«, fluchte Pippa.

Stephan nickte und presste zwischen den Zähnen hervor: »Ich wusste nie, wieso es Profikiller gibt. Aber vielleicht ist das die Lösung für meine zukünftige Arbeitslosigkeit? Und mein erster Auftrag ist Lutz. Mir fallen plötzlich hundert Gründe ein, ihn und andere Widerlinge seines Schlages ins außerstoffliche Dasein zu befördern. Und zweihundert Methoden.«

Pippa schüttelte nachdenklich den Kopf. »Ich frage mich, wie Lutz damit lebt, dass alle ihn derart hassen.«

»Nicht alle.« Gerdi deutete mit dem Daumen über ihre Schulter in Richtung Angelikas Parzelle. »Sie nicht. Für sie ist Lutz der Prinz in der silbernen Rüstung. Stell dir vor, sie war zweimal bei uns, um uns ins Gewissen zu reden, angeblich, ohne dass er sie dazu beauftragt hat. Ich könnte glatt kotzen, wenn ich daran denke, dass ich Angelika mal zu meinen Freunden zählte.«

Und damit ist Angelika ein weiteres Opfer von Lutz' Machenschaften, sie weiß es nur noch nicht, dachte Pippa und sagte: »Ich fürchte, dieser Freundschaft wird sie noch mal bitterlich nachweinen.«

Freddy stand an Erdmanns Gartenpforte, als Pippa ihn einholte. Die Pforte stand zwar offen, wie fast immer, aber darüber hinaus deutete nichts auf die Anwesenheit des Besitzers hin.

»Keiner da«, sagte Freddy.

»Ich fürchte, der Mann hat eine anstrengende Nacht hinter sich. Den wirst du nicht wach kriegen. Der schläft den Schlaf der Ungerechten.«

»Ist nicht schlimm, wenn er nicht zu Luis kommt. Als Angehöriger hat er das Recht, unter vier Augen informiert zu werden.«

»So viel Rücksichtnahme wird er sicherlich zu schätzen wissen«, ätzte Pippa und wünschte sich, Freddy würde Erdmanns Haustür eintreten und ihn an den Haaren zu Luis schleifen.

Es war kurz vor zwölf, als Pippa und Freddy zu den versammelten Inselbewohnern stießen, die sich leise darüber unterhielten, wie viel der Kommissar wohl über den Fall Felix Maier verlautbaren würde. Direkt nach dem Eintreffen der Geschwister kam Angelika Christ hereingehetzt. Sie sah müde und erschöpft aus.

Pippa schmunzelte. Angelika war der lebende Beweis, dass Kosmetik nicht automatisch Wunder wirkte. Sie selbst hatte damals wesentlich zum italienischen Wirtschaftswachstum beigetragen, als sie wegen Leos Eskapaden Unmengen Geld für abschwellende Gesichtsmasken ausgegeben hatte, um die verräterischen Spuren durchweinter Nächte zu tilgen.

»Sind alle da, Bolle?« Kommissar Schmidt kam mit viel Schwung zur Tür herein und musterte die Anwesenden.

Freddy sah sich um. »Bis auf Herrn Erdmann, zu dem sollten Sie später noch persönlich …«

»In Ordnung«, unterbrach Schmidt ihn ungeduldig. »Dann fangen wir an.« Er positionierte sich so, dass alle ihn sehen konnten. »Guten Tag und vielen Dank, dass Sie alle erschienen sind. Wir haben die Untersuchung zum Tode Felix Maiers abgeschlossen, und ich bedanke mich bei Ihnen für Ihre Geduld und Kooperation. Sie dürfen Schreberwerder wieder verlassen und müssen sich nicht länger zu unserer Verfügung halten. Sie können tun und lassen, was Sie wollen …«, er warf erst Herrn X, dann Jochen Peschmann einen beredten Blick zu, »… vorausgesetzt, Sie bewegen sich nicht außerhalb der Legalität.«

Jochen errötete und schlug die Augen nieder, aber Pia Peschmann hob die Hand. Schmidt nickte, und Pia fragte: »Heißt das, wir dürfen morgen nach Toulouse abreisen?«

»Ja, das dürfen Sie«, antwortete Schmidt, »wir wollen einem Neubeginn nicht im Wege stehen. Jedem gebührt eine zweite Chance.«

Die Insulaner brachen in Jubel aus und applaudierten, nur Lisa und Daniel wechselten einen wehmütigen Blick. Angelika sagte zu aller Erstaunen: »Das finde ich auch. Ich freue mich für euch.«

Schmidt wartete, bis wieder Ruhe eingekehrt war. »Jetzt möchte ich zum eigentlichen Grund unseres Treffens kommen. Die Rechtsmedizin hat mir ihr Untersuchungsergebnis mitgeteilt: Felix Maier ist an Hyperkaliämie gestorben.« Er zog ein Blatt aus einer Mappe und las vor: »Bei Hyperkaliämie handelt es sich um eine sogenannte Verschiebung des Elektrolythaushaltes, bei der sich zu viel Kalium im Blutserum befindet. Konzentrationsänderungen im Kaliumspiegel können lebensbedrohliche Auswirkungen auf die Herztätigkeit und die Impulsübertragung zwischen Nerven und Muskeln hervorrufen.«

Er ließ das Blatt sinken und sah in die Runde. »Felix Maier war nach seinem Badeunfall sehr geschwächt. Vermutlich konnten seine Nieren die durch die behandelnden Ärzte zugeführte Kaliuminfusion nicht entsprechend abbauen. Zudem steigt die Kaliumkonzentration bei einem gerade Verstorbenen sowieso um das Zwei- bis Dreifache an. Die Kollegen sind zu dem Ergebnis gekommen, dass ein möglicher Mord nicht nachgewiesen werden kann.«

Im Raum herrschte fassungsloses Schweigen.

Dann schrie Luis: »Woll'n Se uns verhohnepipeln? Dit soll'n Unfall jewesen sein? Und da ha'ick jedacht, der Erdmann fehlt, weil Se den längst hinter schwedische Jardinen jebracht haben – und dann komm' Se mit so 'ne hanebüchene Jeschichte um die Ecke?«

Zustimmendes Gemurmel erfüllte den Raum.

Schmidt hob die Hände. »Bitte, Herrschaften! Ich habe nicht gesagt, dass es ein Unfall war. Glauben Sie mir – auch ich bin mit dem Ergebnis keineswegs zufrieden, zumal auf dieser Insel genug Kaliumchlorid gefunden wurde, um ganz Berlin zu vergiften. Aber es bleibt dabei: Ein Mord kann nicht nachgewiesen werden, also ist der Fall für uns abgeschlossen, ob ich will oder nicht.«

»Wat denn, wat denn?«, krakeelte Luis weiter. »Denn müssen Se halt nach andere Beweise suchen. Det kann doch nich sein, dat dieser Kerl unjeschoren davonkommt! Zwee Tote, und beede Male 'n Unfall? Det könn' Se Ihre senile

Oma vakoofen! Der Lutz hat Dora und sein' Bruder umjebracht, weil die ihm im Weech waren! Det is' doch klar wie Kloßbrühe!«

»Herr Krawuttke, bitte«, sagte Schmidt beschwörend, »lassen Sie es mich wiederholen: Kein Unfall bei Herrn Maier, sondern eine Reaktion seines geschwächten Organismus'. Das ist ein wesentlicher Unterschied.«

»Dit könn' Se noch so oft wiederholen, Herr Kommissär, glooben tu ick dat trotzdem nich'. Der Lutz soll sich in Zukunft jut vorsehen. Da sorch ick höchstpasönlich für, dat der Stinkstiefel seines Lebens nich' mehr froh wird!«

Angelika Christ stand abrupt auf, starrte Luis wütend an und strebte zur Tür.

»Kleene, sei schlau!«, rief Luis ihr hinterher. »Bist' doch eijentlich een jutet Meechen, krichst ooch mal 'n Mann for dir janz alleene – nich so 'n Überallrumzieher!«

Angelika drehte sich noch einmal zu ihm um, Tränen liefen ihr über die Wangen. Dann fiel die Tür hinter ihr ins Schloss.

Wieder spürte Pippa Mitleid mit der Frau, die so verzweifelt um ihr Glück kämpfte.

»Ich sehe mal nach, wie es ihr geht«, raunte sie Karin zu und bahnte sich einen Weg durch die aufgeregt mit dem Kommissar und mit Freddy diskutierenden Insulaner. Aber sie kam zu spät. Angelika Christ rannte wie von Furien gehetzt die Dorfstraße entlang und verschwand hinter dem Heckenlabyrinth.

Pippa seufzte. Sie wusste aus eigener Erfahrung, wie sehr die gutgemeinten Ratschläge von Freunden oder Bekannten schmerzen konnten, wenn man in seiner Beziehung nicht glücklich war.

Pippa kehrte um, denn sie ging davon aus, dass Angelika Christ jetzt nicht der Sinn nach Gesellschaft stand – und nach ihrer erst recht nicht. Sie war ihr so spontan gefolgt, dass sie darüber nicht nachgedacht hatte. Pippa schüttelte den Kopf. Arme Angelika. Da hat sie mal nett sein wollen und sich sogar für Jochen gefreut. Und dann kann Luis mal wieder nicht die Klappe halten …

Pippa wollte gerade wieder zurückgehen, als die *Rieke* anlegte. Wenn auch Nante wieder die Erlaubnis hatte, die Insel anzufahren, würde bald Normalität einkehren.

Zu Pippas Überraschung stieg die Frau aus, die Lutz in der Nacht zuvor im Schein seiner Poolbeleuchtung geküsst hatte. Sie trug ein elegantes schwarzes Business-Kostüm und hielt eine große Mappe unter dem Arm. Das ist also die angekündigte Architektin, dachte Pippa, ich fass es nicht! Gestern verführerische, anschmiegsame Geliebte im flatternden Sommerkleid, heute von Kopf bis Fuß seriöse Geschäftsfrau. Neuer Tag, anderer Auftrag.

Die attraktive Frau kam den Steg entlang auf Pippa zu, grüßte freundlich und ging weiter. Dann blieb sie stehen, wandte sich um und sagte: »Guten Tag, mein Name ist Annette Julius. Ich möchte zu Herrn Erdmann. Können Sie mir sagen, wo ich ihn finde?«

Pippa versuchte, die Chuzpe der jungen Dame zu verdauen. Das war die Frau, die Lutz auf Händen ans Ufer getragen hatte – und jetzt tat sie so, als wüsste sie nicht, wo ihr Liebhaber wohnte!

Pippa zeigte auf die große Pforte von Erdmanns Parzelle und lächelte unverbindlich. »Herr Erdmann ist nicht zu Hause. Ich hab es vorhin selbst schon versucht, aber es hat sich nichts gerührt.«

Annette Julius sah überrascht aus. »Vielleicht haben wir uns dann doch in der Stadt verpasst«, sagte sie nachdenklich, als spräche sie zu sich selbst.

»Mag sein. Sein Boot liegt hier. Ich denke, er schläft sich nur aus. Es war ja in der letzten Zeit alles ein wenig viel für ihn.«

Die Architektin zuckte mit keiner Wimper und blieb ganz professionelle Geschäftsfrau. »Nun, dann werde ich ihn mal wach klingeln. Wir haben heute viel vor. Einen schönen Tag noch.«

»Ihnen auch«, sagte Pippa und sah der Frau neugierig nach, bis diese federnden Schrittes Erdmanns Parzelle erreicht hatte. Annette Julius klingelte mehrmals an der Gartenpforte und ging entschlossen durch das Tor, als niemand reagierte. Sie klopfte ausdauernd an Lutz' Haustür, bevor sie wie selbstverständlich um das Haus herumging und aus Pippas Blickfeld verschwand.

»Ist das die Architektin?«, fragte Karin, die sich zu Pippa gesellt hatte.

»Nicht nur das. Sie ist auch die Frau, mit der Lutz gestern Nacht zusammen war.«

Karin pfiff leise durch die Zähne. »Alle Achtung, die ist aber ein ganz anderes Kaliber als Angelika. Das ist also sein Stil. Nicht schlecht, muss ich sagen.«

»Allerdings. Sie könnte mir auch gefallen, wenn sie nicht vorhätte, die gesamte Insel auf links zu drehen.«

»Für sie ist es ja nur ein Auftrag. Warum sollte sie moralische Bedenken haben, wenn ihr Auftraggeber sie nicht hat? Es ist ja Erdmann, der Menschen wie Marionetten tanzen lässt. Gerdi und Stephan haben mir gerade erzählt, was ihnen blüht, wenn sie nicht …«

Weiter kam sie nicht, denn ein gellender Schrei zerriss die beschauliche Stille der Insel.

»Hilfe! Zu Hilfe! Lutz! Lutz! O mein Gott, Luuutz!«

Kapitel 25

Das ist die Julius«, rief Pippa und sprintete los, Karin direkt hinter sich.

Weit kamen sie nicht, denn Annette Julius taumelte, ununterbrochen schreiend, durch Erdmanns Gartentor und brach in Karins Armen schluchzend zusammen.

»Rot ... tot ...«, stammelte sie, »rot ... Lutz ... alles ... alles rot ...« Sie konnte nicht mehr sprechen, sondern wimmerte nur noch wie ein kleines Kind.

Freddy und Kommissar Schmidt stürmten, dicht gefolgt von den Insulanern, aus Luis' Inselkantine und bildeten einen Kreis um Karin, Pippa und die schluchzende Architektin. Am Steg sprangen zwei weitere Polizisten aus dem Polizeiboot und waren Sekunden später bei ihnen.

»Was ist hier los?«, fragte Schmidt streng.

»Das ist Frau Julius«, erklärte Pippa, »sie hatte einen geschäftlichen Termin mit Lutz Erdmann. Sie war gerade hinten auf seinem Grundstück, um ihn zu suchen, und ...«

Annette Julius hob den Kopf, sah mit leerem Blick um sich und wisperte: »Tot ... alles rot ... tot ...«

Schmidt handelte sofort und befahl knapp: »Sichern. Niemand geht auf das Grundstück. Bolle – mitkommen.«

Freddy und er liefen auf die Parzelle und verschwanden hinter dem Haus.

Die beiden uniformierten Beamten postierten sich rechts und links vom Gartentor. Ihre erste Amtshandlung war,

Angelika Christ aufzuhalten, die ebenfalls durch die Schreie alarmiert worden war.

»Lasst mich durch«, schrie sie erbost, »ich will zu meinem Mann! Was ist hier los? Wo ist Lutz? Sie haben kein Recht, mich festzuhalten! Ich will zu Lutz!«

Sie versuchte, sich dem Griff der Polizisten zu entwinden und rief über deren Schultern hinweg immer wieder Lutz' Namen. Schließlich gab sie auf und drehte sich mit hängenden Schultern um. Ihr Blick fiel auf Annette Julius, die schluchzend in Karins Armen auf dem Boden hockte.

Angelika deutete mit zitterndem Finger auf die Architektin und zischte: »Was wollen Sie denn schon hier? Lutz hat doch gesagt, er holt Sie später ...« Sie verstummte, und ihr Körper wurde ganz starr. »Was haben Sie mit ihm gemacht? Warum darf ich nicht zu meinem Lutz?« Sie sah sich um und rief: »Warum stehen hier alle herum wie die Ölgötzen? Warum sagt denn keiner was?«

Matthias nickte Viktor zu. Die beiden griffen Angelika von rechts und links sanft, aber bestimmt unter die Arme. Sie wehrte sich kurz, ließ sich dann aber in Richtung von Wittigs Parzelle wegführen. Immer wieder drehte sie sich um und warf sehnsüchtige Blicke auf Erdmanns Haus.

Im Vorbeigehen raunte Matthias Karin zu: »Was immer hier passiert ist – Angelika sollte es nicht ungefiltert erfahren.«

Luis schüttelte den Kopf. »Wat is denn dit wieder für'n Zirkus? Zickenkriech? Kloppen die sich etwa um Erdmann? Det kapier ich nich', der jehört jeteert, jefedert und uffjehängt – aber janz bestimmt nich' jeliebt, dat hat der nich' vadient. Wat is bloß los mit de Weiber, dat ihr euch immer in so 'ne Kerle vakuckt?«

Weiß ich auch nicht, wüsste ich aber auch gerne, dachte

Pippa und reckte den Hals, als Kommissar Schmidt wieder am Gartentor erschien und leise mit den Beamten sprach. Dann zückte er sein Mobiltelefon. Alle konnten hören, dass er Verstärkung rief.

Pippa und Karin halfen der willenlosen Annette Julius auf und führten sie zur Dorfbank. Luis folgte ihnen.

»Weeßte wat?«, flüsterte Luis Pippa zu. »Ick wer' da mal nach'm Rechten un' Linken gucken – so viel Zeit muss sein. Bin jespannt, womit sich die Kanallje jetzt wieda wichtich macht. Vonne Polente wer'n wa nischt erfahr'n, und die da …«, er zeigte auf die weinende Annette Julius, »die hat et ja woll die Sprache vaschlaren …«

Er zwinkerte Pippa zu und lief zurück zu seiner Parzelle. Für einen Moment verschwand er aus ihrem Blickfeld, dann beobachtete sie, wie er durch ein Loch in seiner Einfriedung wie selbstverständlich auf Lutz' Anwesen wechselte und hinter dessen Haus in Richtung Pool verschwand.

Sekunden später sah sie ihn rückwärts taumeln. Er klammerte sich am Zaun fest, den Blick starr geradeaus gerichtet.

Wie in Zeitlupe drehte er den Kopf in ihre Richtung. Sein Gesicht war aschfahl. Er konnte sich kaum auf den Beinen halten und lehnte sich schwer atmend an einen Pfosten. Dann ließ er los, torkelte auf Erdmanns Gartenpforte zu und drängte sich zwischen den erstaunten Polizisten und Kommissar Schmidt hindurch.

»He, Moment mal!«, sagte einer der Polizisten, aber Luis reagierte nicht.

»Det hat der Mann nich vadient. Det hat keener verdient. Nich' ma Lutz«, keuchte Luis erschüttert. Er schlurfte langsam zu seinem Haus, an der Bank vorbei, auf der Pippa und Karin noch immer mit der weinenden Annette Julius saßen. Er schaute nicht zu ihnen hinüber.

Die beiden Freundinnen sahen sich alarmiert an, aber bevor sie irgendetwas tun konnten, stellte sich Schmidt vor die schweigend wartenden Insulaner.

Der Kommissar räusperte sich. »Bitte alle herhören! Die Situation hat sich ... geändert – niemand darf die Insel verlassen und niemand betritt die Parzelle von Herrn Erdmann.« Der Kommissar machte eine Pause, als suche er nach den richtigen Worten. Dann sagte er:

»Bitte bleiben Sie alle ruhig. So ruhig, wie das unter diesen Umständen geht: Herr Erdmann ist tot. Ich möchte, dass sich alle wieder bei Herrn Krawuttke versammeln, und wenn auch nur einer fehlt, werde ich ungemütlich. Freddy – du holst Frau Christ und die beiden Herren, die sie begleitet haben.«

Freddy nickte und ging zu den Wittigs. Die geschockten Insulaner setzten sich stumm in Bewegung, nur Gerdi und Stephan blieben stehen. Sie hielten ihren Nachwuchs im Arm, der sich schutzsuchend und eingeschüchtert an sie klammerte. Selbst der sonst so forsche Emil war verstummt.

»Sie wollen doch nicht etwa unsere Kinder verhören?«, fragte Gerdi hilflos.

Schmidt schüttelte den Kopf, winkte einen der Beamten heran und sprach leise mit ihm. Der Polizist nickte und rief: »Wer will sich mal ein echtes Polizeiboot angucken?«

Sofort kam Leben in die Kästner-Zwerge. Sie entwanden sich dem Griff der Eltern und stürmten jubelnd zu dem Beamten, der Luise und Lotte an die Hand nahm, »Im Gleichschritt Marsch!« befahl und mit den Kindern zum Steg ging.

Schmidt bemerkte den besorgten Blick der Eltern und sagte: »Sie sind in guten Händen. Der Kollege macht Verkehrserziehung in Kindergärten und Grundschulen, die Kleinen werden Spaß mit ihm haben. Darf ich Sie jetzt bitten ...?«

Gerdi und Stephan gingen eng umschlungen zur Inselkantine, während sich in schneller Fahrt mehrere Polizeiboote mit heulenden Sirenen näherten und am Steg anlegten.

Als Angelika von Matthias in Luis' Haus geführt wurde, goss Luis ihr sofort eine Handbreit Whisky ein und ging damit zu ihr. Sie starrte ihn wütend an und schlug ihm dann mit einer überraschend schnellen Bewegung das Glas aus der Hand.

»Du warst das. Du hast ihn gehasst«, fauchte sie, »du wolltest ihn tot sehen. Du mit deinem ewigen Gerede über den Tod seines Vaters, du hast ihm das Leben zur Hölle gemacht.«

Luis ging ruhig hinter seine Bar, füllte ein weiteres Glas Whisky bis zum Rand und trank es in einem Zug aus. Dann sagte er: »Du hast recht, Angelika, det hab' ick jesacht. Aba irjendwie hab' ick dabei nich wirklich jewusst, wat ick sare. Un so wat hab ick schon jarnich jemeent. Du musst ma glooben, dat ick seinen Tod nich wollte. Janz bestimmt nich. So wat hat niemand verdient.«

»Ach, wo kommt denn plötzlich dein schlechtes Gewissen her? Tut dir deine Tat schon leid, ja?«, keifte Angelika. »Kann schon sein, dass du ihn nicht selbst getötet hast, aber deine Redereien haben jemand anderen angestiftet. Du bist ein Mörder oder ein Handlanger – das kommt aufs Gleiche heraus, Luis, hörst du? Du bist ein Mörder, hörst du? Mörder! Mörder! Mör...«

Klatsch!

Ida Marthaler war mit schnellen Schritten herangekommen und hatte Angelika eine Ohrfeige verpasst. Diese stieß einen quiekenden Laut aus und verstummte.

Luis hatte Tränen in den Augen, als er sagte: »Allet nur

wejen die vermaledeite Insel. Wat passiert denn hier nur mit uns? Ick vasteh' det allet nich' mehr. Un wenn Angelika recht hätte ...« Er schüttelte den Kopf. »... denn könnt' ick keene Nacht mehr schlafen.«

»Das würde dir recht geschehen, alter Mann«, erwiderte Angelika mit harter, überraschend fester Stimme. »Ich werde jede einzelne deiner Drohungen an die Polizei weitergeben, und dann gnade dir Gott. Du sollst büßen. Du hast mein Lebensglück zerstört.«

Alle blickten zur Tür, als Kommissar Schmidt in Begleitung einer jungen Frau eintrat und damit die Auseinandersetzung zwischen Angelika und Luis beendete.

»Das ist meine Kollegin, Frau Kallwey«, sagte Schmidt. »Sie wird vorerst bei Ihnen bleiben. Ich werde Sie nacheinander einzeln zum Verhör holen lassen. Ich warne Sie: keine Tricks. Der Spaß ist vorbei. Endgültig. Solange Sie mich nicht vom Gegenteil überzeugen, sind Sie alle verdächtig.«

Er drehte sich auf dem Absatz um und knallte die Tür hinter sich zu. Die Insulaner sahen sich betroffen an. Nur Angelika Christ lächelte.

Freddy stand auf dem Dorfplatz und verteilte die eintreffenden Kollegen an ihre Einsatzorte. Den Erkennungsdienst und den Notarzt samt Team schickte er zu Erdmanns Parzelle. Einen Sanitäter hielt er zurück und bat ihn, sich um die unter Schock stehende Annette Julius zu kümmern.

Als Freddy die Inselkantine betrat, ging Pippa sofort auf ihn zu, aber ihr Bruder schüttelte den Kopf. »Ich löse nur Frau Kallwey ab. Ich bin im Dienst. Versuch gar nicht erst, mich auszuquetschen. Ihr seid es, die hier die Fragen beantworten.«

Pippa hockte in der Kajüte eines der Polizeiboote und wartete auf ihr Verhör. Ein Beamter hatte sie begleitet und sich dann auf dem Steg postiert. Durch das Fenster sah sie, dass die *Rieke* anlegte und ein Polizist mit Nante sprach, der bestürzt auf die Insel sah und sofort wieder losfuhr.

Dann beobachtete Pippa entsetzt, wie Luis in Handschellen auf ein Polizeiboot gebracht wurde, das sofort ablegte und beschleunigte. Pippa ging nervös auf und ab. Sie konnte sich keinen Reim auf die Vorkommnisse machen – und sich vor allem nicht vorstellen, wie Angelika die Polizei dazu gebracht hatte, Luis mitzunehmen.

Erleichtert sprang sie auf, als Schmidt und seine Kollegin eintraten.

»Mussten Sie Luis unbedingt verhaften? Er ist ein alter Mann, und nur weil Angelika …«

Schmidt musterte Pippa von oben bis unten. »Auch Ihnen einen guten Tag, Frau Bolle. Das ist meine Kollegin, Kommissarin Kallwey«, sagte er.

»Ja, ja, natürlich.« Pippa wollte sich nicht geschlagen geben. »Aber wenn Sie Ihre Arbeit gut machen, wird Ihnen auffallen, dass Luis es nicht gewesen sein kann. Sehen Sie ihn doch an. Er ist ein alter Mann. Sie können nicht ernsthaft glauben, dass er sich irgendetwas hat zuschulden kommen lassen. Das ist völlig absurd. Luis ist ein unbescholtener Bürger, der von einer verwirrten Frau beschul…«

»Stopp!«, unterbrach Schmidt sie brüsk. »Es reicht. Ich habe genug von dieser Insel, auf der jeder Dreck am Stecken hat und sich trotzdem immer ein Engelschor findet, der sein Loblied singt. Unbescholtene Bürger? Dass ich nicht lache. Die hier versammelte kriminelle Energie reicht aus, um … um …«, er suchte nach Worten, »um Jesse James wie einen verdammten Heiligen aussehen zu lassen! Glauben Sie wirklich, wir nehmen jemanden fest, nur weil eine trauernde Frau nach Rache schreit und ihn beschuldigt? Da kann ich Sie beruhigen. Wir haben triftige Gründe.«

Pippa zeigte auf Frau Kallwey und wollte etwas sagen, aber Schmidt ließ sie nicht zu Wort kommen. »Und bevor Sie fragen: Nein, Sie dürfen niemanden von diesen Übergeschnappten dabeihaben und Sie dürfen Frau Kallwey auch nicht gegen Ihren Bruder austauschen. Der hat genug damit zu tun, Schreberwerders letzte Überlebende in Schach zu halten. Jedenfalls die, die meine Kollegen nicht gerade in Zwangsjacken aufs Kommissariat verfrachten oder denen der Doktor Beruhigungsspritzen verabreicht. Ende der Durchsage.«

Pippa musste zugeben, dass der Kommissar sie eingeschüchtert hatte. Seine Kollegin verzog keine Miene und sah sie unverwandt an.

»Ich ... ich bin doch auch entsetzt darüber, dass hier einer nach dem anderen stirbt. Das können Sie mir glauben.« Pippa seufzte traurig. »Ich wohne ja eigentlich gar nicht hier. Ich bin nur auf Schreberwerder, weil ich einmal meine Ruhe wollte. Ich wohne eigentlich in der Transv...«

»Stopp!«, unterbrach Schmidt sie wieder. »Ich will gar nicht wissen, dass es in Berlin noch so eine Keimzelle des Wahnsinns gibt. Erzählen Sie mir einfach, was Sie wissen. Alles. Und schön der Reihe nach.«

»Aber das ist es ja«, sagte Pippa hilflos, »ich weiß rein gar nichts, außer, dass Lutz Erdmann ermordet wurde. Weder weiß ich, wie, noch von wem. Ich bin doch nur zufällig hier auf Schreberwerder! Ich komme mir vor wie in einem Alptraum und hoffe immer noch darauf, dass ich aufwache und alles vorbei ist.« Pippa machte eine Pause und sah ihn bittend an. »Und wenn noch eine Beruhigungsspritze übrig ist, hätte ich auch gerne eine.«

Schmidt verdrehte die Augen. »Wieder mal jemand, der von nichts weiß. Unschuldslämmer, alle miteinander. Wieso habe ich nur das Gefühl, dass ich hier von Lügnern umzingelt bin?« Er beugte sich über den Tisch zu Pippa. »Sie wollen wissen, was passiert ist, Frau Bolle? Das kann ich Ihnen sagen: Passiert ist, dass heute Mittag mein Urlaub beginnen sollte. Nach unserem Gespräch wollte ich mein Angelzeug schnappen und mit meinem Verein zum alljährlichen Ausflug nach Frankreich aufbrechen. In die himmlische Ruhe der Montagne Noir. Da gibt es viele nette Menschen und eine Verbrechensrate, die so niedrig ist wie meine derzeitige Toleranzschwelle. Es gibt glasklare Seen, viele Bäche und jede Menge Fische: Forellen und Karpfen so groß, wie kein Anglerlatein sie erfinden kann. Genau das, was ich mir als Ausgleich zu meiner Arbeit wünsche. Und was tue ich stattdessen? Ich fische im Trüben und ziehe einen toten Geschäftsmann aus einem Pool, der aussieht, als hätte man Blutwurst darin gekocht.« Er schnaubte wütend und zog ein Stofftaschentuch aus der Jackentasche, mit dem er sich den Schweiß von der Stirn wischte. Dann atmete er tief durch und fügte hinzu: »Erdmann wurde erstochen. Wollen Sie mir jetzt erzählen, was Sie wissen?«

Pippa würgte krampfhaft. »Bitte ... bitte keine weiteren Details, Kommissar Schmidt. Ich hatte schon immer zu viel Phantasie. Ich kann mir das viel zu gut vorstellen ... Lutz wurde erstochen? Im Pool? Das ist furchtbar ...«

Schmidt nickte. Für einen Moment wirkte er, als hätte er Mitleid mit ihr. »Ja. Kein schöner Anblick. Ich wollte nicht so heftig werden, Frau Bolle, aber diese Insel zerrt an meinen Nerven. Drei Todesfälle in zwei Wochen, bei gerade mal zwanzig Bewohnern, das sprengt jede Statistik. Ganz zu schweigen von ungezählten Morddrohungen und diversen zweitrangigen Delikten – und das alles sozusagen unter Aufsicht der Kriminalpolizei. Und was noch schlimmer ist: unter meiner Aufsicht.«

»Achtzehn Bewohner«, verbesserte Pippa Schmidt vorsichtig, »ich wohne nicht hier und Nante auch nicht.«

Schmidt schleuderte ihr einen eiskalten Blick zu, und Pippa ahnte, dass die Schonzeit vorbei war und er sein Mitleid ihr gegenüber bereits bereute.

»Okay, Frau Ich-bin-nur-ganz-zufällig-hier. Kurios, wie viele Leute in unmittelbarer Nähe eines Mordes diesen Namen tragen.« Er lächelte kurz, aber es sah nicht freundlich aus. »Egal, ob als unbeteiligte Beobachterin oder als Hauptverdächtige – Sie erzählen mir jetzt ganz genau, was Sie während der letzten Tage gesehen, gehört und gerochen … und bisher vergessen hatten. Meine Kollegin hier passt ein bisschen auf, dass ich nicht meine Beherrschung verliere und sich die Anzahl der Toten noch weiter erhöht. Haben wir uns verstanden?«

Augen zu und durch, dachte Pippa ergeben. »Dann fange ich am besten mit meiner Ankunft hier auf Schreberwerder an …«, begann sie ihre Aussage. Sie gab ihnen einen groben Abriss der letzten zwei Wochen, ließ aber ihr Wissen um Doras Tod und Viktors Verbindung dazu unerwähnt.

Schmidt unterbrach sie nicht, sondern machte sich ebenso wie seine Kollegin viele Notizen.

»… und dann habe ich gestern Abend gehört, dass Lutz Angelika versprach, ihr heute die Architektin, Frau Julius, vorzustellen und mit ihr die geplanten baulichen Veränderungen ihrer Parzelle zu besprechen«, beendete Pippa ihren Monolog und legte eine Verlegenheitspause ein, »… allerdings hat er die erwähnte Dame dann bereits spät in der Nacht für … andere Zwecke auf die Insel geholt.«

»Kann ich das genauer haben?«, fragte Schmidt.

»Sie haben sich geküsst und wirkten sehr vertraut. Für mich sah es so aus, als ob Herr Erdmann und Frau Julius ein heimliches Verhältnis haben. Immerhin ist er mit Frau Christ verlobt.«

Schmidt sah sie aufmerksam an. »Wann genau war das?«

»Ungefähr halb drei heute Morgen.«

Der Kommissar runzelte die Stirn. »Was haben Sie so spät da draußen gemacht?«

Pippa bemühte sich, ein unschuldiges Gesicht zu machen. »Wenn ich nicht schlafen kann, zähle ich weder Schafe, noch greife ich zu einem Buch. Ich gehe spazieren.«

Pippa hatte sowohl Frau Kallwey als auch Kommissar Schmidt während ihrer Aussage genau im Auge behalten. Ihr war nicht entgangen, dass Schmidt und seine Kollegin sich unterschiedliche Notizen machten. Ihn interessieren an meiner Aussage andere Details als sie, dachte Pippa, ich muss unbedingt herausfinden, worin der Unterschied besteht, dann weiß ich, was für diesen Fall wirklich relevant ist … Erst jetzt bemerkte sie, dass Schmidt sie durchdringend ansah, und zuckte zusammen.

»Jemand zu Hause?«, fragte Schmidt ironisch. »Ich habe gerade zweimal gefragt, was Sie über Herrn Erdmanns geplantes Hanf-Resort wissen.«

Pippa zuckte mit den Achseln. »Das war schon längst Thema, als ich hier angekommen bin. Das Projekt scheint mir die Wurzel allen Übels, der Auslöser für die fürchterlichen Dinge, die passiert sind. Herr Erdmann ist bei der Durchsetzung seiner Interessen recht rabiat vorgegangen. Er hat überall Unfrieden gesät und auch nicht davor zurückgeschreckt, massiv Druck auszuüben. Mit seinen Methoden, die Insulaner zum Verkauf ihrer Parzellen zu drängen, hat

Lutz alle gegen sich aufgebracht. Die meisten hätten es mit Sicherheit begrüßt, wenn er … äh … einfach verschwunden und nicht mehr aufgetaucht wäre.« Sie atmete tief durch. »Entweder man wollte ihn tot sehen … oder heiraten.«

Schmidt nickte nachdenklich. »Das deckt sich mit dem, was ich bis jetzt von den Insulanern gehört habe. Frau Christ war mit ihm verlobt, und alle anderen fanden ihn widerlich. Denken Sie, dass er einen der Insulaner mit seinen Überredungskünsten zu einer Kurzschlusshandlung getrieben hat? Gibt es jemanden auf Schreberwerder, dem Sie einen Mord zutrauen?«

Pippa schnappte unwillkürlich nach Luft.

»Das kann nicht Ihr Ernst sein«, ereiferte sie sich empört, »ich soll meine Nachbarn anschwärzen? Die Menschen, die mich wie ein Familienmitglied in ihrer Mitte aufgenommen haben? Jemanden als möglichen Mörder denunzieren? Ich mag die Leute hier, Kommissar Schmidt, einige davon sind sehr gute Freunde. Sie können doch nicht erwarten, dass ich …«

Kommissar Schmidt unterbrach Pippa mit eiskalter Stimme. »Doch, genau das erwarte ich, Frau Bolle – denn ich bin sicher: Einer Ihrer Nachbarn ist der Mörder.«

Kapitel 26

Das Häuschen der Wittigs platzte aus allen Nähten. Ohne sich verabredet zu haben, waren die Insulaner nacheinander eingetrudelt, denn alle hatten das Bedürfnis, sich nach ihren Verhören miteinander auszutauschen. Pia Peschmann kniete in der kleinen Diele vor ihrem Koffer und wühlte darin herum.

Jochen spähte über ihre Schulter. »Was suchst du, Schatz?«

»Meine dicke Strickjacke«, murmelte Pia und schichtete hektisch ihre Kleidung von links nach rechts, »die muss doch irgendwo sein, verdammt.«

»Es ist ein so warmer Abend, du brauchst keine Jacke.«

Pia fuhr verärgert herum. »Sag du mir nicht, ob ich eine Jacke brauche oder nicht. Mich fröstelt.« Ihr Gesicht veränderte sich und zeigte, wie erschöpft sie war. »Entschuldige, Jochen, mir ist wirklich kalt, und ich bin unendlich müde ...«

Jochen hielt ihr die Hand hin, und sie ließ sich von ihm hochziehen. Sie schmiegte sich an ihn.

»Ich werde noch verrückt hier«, murmelte sie.

Aus der kleinen Küche hatten Pippa und Gerdi die Szene beobachtet.

»Möchtest du eine Tasse Tee, Pia?«, fragte Gerdi, aber Pia schüttelte den Kopf.

»Ich glaube, bei dieser Art Kälte kann nicht einmal heißer Tee helfen«, sagte Pippa. Sie linste aus dem Fenster, wo der Nachwuchs der Kästners kreischend mit Daniel Fußball spielte. »Deine Kleinen sind momentan die Einzigen, die Spaß haben.«

»Ja, seit heute wollen alle Polizisten werden«, antwortete Gerdi und grinste breit, »sie glauben, dann sind sie den ganzen Tag mit Sirenengeheul auf einem schnellen Boot unterwegs und jagen Mörder.« Ihr Lächeln verschwand. »Denkst du, Kommissar Schmidt braucht lange, um ... Hat dein Bruder dir irgendetwas gesagt? Ob sie jemanden verdächtigen oder so?«

Pippa schüttelte den Kopf. »Kein Sterbenswort. Sein Mund ist fester verschlossen als eine junge Auster. So kenne ich ihn gar nicht. Allerdings war ich auch noch nie in ein Verbrechen ... äh ... verwickelt, bei dem er ermittelt.«

»Aber du bist doch nicht verwickelt?!«

»Für Schmidt bin ich eine potentielle Verdächtige, genau wie alle anderen.«

»Hier, nimm die, aber langsam auf der Zunge zergehen lassen«, sagte Ida Marthaler und hielt Lisa die flache Hand hin, auf der fünf winzige weiße Kügelchen lagen.

Lisa saß neben ihrer Mutter auf dem Sofa und zitterte wie Espenlaub. Karin hatte den Arm um die Schulter des verstörten Mädchens geschlungen. »Was ist das, Ida?«

»Nux Vomica, ein homöopathisches Mittel gegen Stress- und Panikzustände«, erklärte Ida, »es wird sie beruhigen.«

»Die kleinen Dinger? Das soll helfen?«

Ida nickte. »Schön langsam im Mund zergehen lassen. Nicht gleich runterschlucken. Danach wird es Lisa gleich bessergehen.«

Sven verfolgte sehnsüchtig, wie Lisa die Kügelchen vorsichtig aus Ida Marthalers Hand pickte und in den Mund steckte. Matthias bemerkte den Blick seines Sohnes und sagte: »Ich glaube, davon könnten wir alle etwas gebrauchen, oder? Ida, wenn du Kügelchen übrig hast, ich hätte auch gerne etwas, das meinen Magen beruhigt.«

Ida gab ihm das Fläschchen, und nachdem Matthias sich bedient hatte, ließ er es herumgehen.

Bei Sven angekommen, schüttete sich dieser eine großzügige Portion in die Hand. Er beugte sich fürsorglich zu Bonnie und flüsterte: »Aber nur fünf Stück, hörst du?«

Bonnie schmiegte sich an ihren Schwarm und nahm sich langsam ein Kügelchen nach dem anderen aus seiner Hand. Sven leckte sich den Rest von der Handfläche, als wollte er die Medizin nicht umkommen lassen. Er nickte seiner Lehrerin lächelnd zu. »Sie sind schwer in Ordnung«, sagte sein Blick.

Viktor stand auf und kam von seinem einsamen Fensterplatz zum Esstisch herüber und griff sich das Fläschchen. »Mussten die unbedingt Luis mitnehmen?«, knurrte er leise. »Ich möchte wissen, was die Polizei gegen ihn in der Hand hat.«

»Jede Nacht in einem Gefängnis sind zwei zu viel«, philosophierte Herr X grimmig, »ich weiß, wovon ich rede.«

»Es ist Untersuchungshaft, meine Herren«, gab Matthias zu bedenken, »noch gibt es keinen Grund, dass wir uns aufregen.«

Herr X ballte die Fäuste. »Fühlt sich genauso an wie richtiger Knast. Alle Türen zu. Fenster zu hoch, um rauszugucken. Du sitzt hinter Gittern. Zum Ersticken ist das.« Er schluckte panisch. »Da ist es völlig egal, wie das heißt, glaub mir, Matthias.«

»Wie kommen die bloß auf die Idee, dass Luis mit Erdmanns Tod zu tun haben könnte?«, ereiferte sich Viktor. »Das ist absurd!«

»Nicht aus dem Blickwinkel der Kripo.« Matthias sah seinen Schwiegervater durchdringend an. »Überleg doch mal: Dein Kumpel Luis hat nichts ausgelassen, um auf sich aufmerksam zu machen. Erst beschuldigt er Erdmann lautstark dreier Morde und nennt die ermittelnden Beamten Idioten, weil sie Lutz nicht verhaften. Dann schwört er, das Gesetz in die eigenen Hände nehmen und Lutz für seine Taten bestrafen zu wollen. Als Lutz tot aufgefunden wird, schleicht sich Luis an den Tatort, obwohl dieser abgesperrt ist. Was glaubst du wohl, was die Kripo darüber denkt? Das kann ich dir sagen: Der Mörder geht vor aller Augen an den Ort des Verbrechens – und schon sind eventuelle Spuren von ihm am Tatort zu erklären.«

»Aber jeder hat doch gesehen, wie schockiert Luis war!«, begehrte Viktor auf.

»Na und?« Matthias zuckte mit den Schultern. »Die haben bestimmt schon jede Menge schauspielerische Glanzleistungen erlebt, und Mörder sollen ja besonders talentiert sein.«

»Matthias! Bitte!«, rief Karin hinüber.

Viktor winkte müde ab. »Matthias hat ja recht. Luis hat seinem Jähzorn während der letzten Tage häufig nachgegeben, wenn auch nur verbal. Wir kennen ihn und wissen, dass er keiner Fliege etwas zuleide tun könnte, aber die Polizei ...«

»Eben. Die kennt ihn nicht«, schaltete Pippa sich ein, »die können nur beurteilen, was sie sehen. Denen bleibt nichts anderes übrig, als nach Augenschein zu gehen, und die Indizien sprechen gegen Luis.«

»Ja, aber wieso? Was hat Luis so verdächtig gemacht? Weißt du irgendetwas?«, fragte Matthias. »Hat Freddy ...?«

Pippa schüttelte den Kopf. »Diesmal hat meine Autorität

als große Schwester nichts genutzt. Ich weiß genauso wenig wie ihr. Leider.«

Ida Marthaler hatte ihr Medizinfläschchen wieder in ihrer Tasche verstaut und sagte: »Ich gehe rüber zu Angelika und löse Heinz ab. Vielleicht kann ich sie ja sogar überreden, heute Nacht bei uns zu schlafen. Sie sollte nicht allein in ihrem Haus bleiben.« Sie ging zur Tür und öffnete sie. Schon halb im Garten, drehte sie sich noch einmal um und sah eindringlich in die Runde. »Niemand sollte heute Nacht allein sein, nur so sind wir wirklich sicher.«

»Angelika kann auch gern hier übernachten«, warf Karin ein, »auf ein Feldbett mehr oder weniger kommt es jetzt nicht mehr an.«

»Kommst du mit, Karin? Und du auch, Pippa?«, fragte Ida. »Dann schaffen wir es vielleicht, sie zu überzeugen.«

Emil hatte draußen die letzten Gesprächsfetzen mitbekommen, kam eifrig angerannt und ergriff Pippas Hand. »Tante Pippa, schläfst du dann heute bei uns? Du musst das Kistenbuch noch zu Ende vorlesen!«

Pippa lächelte den Knirps liebevoll an. »Frag aber erst deine Eltern, ja?«

Emil flitzte strahlend zu seiner Mutter, und Pippa seufzte. »Sieht aus, als hätte ich eine ernsthafte Chance, als kleinster Nomadenstamm der Welt ins Guinnessbuch der Rekorde zu kommen.«

Heinz Marthaler wirkte erleichtert, als er ihnen bei Angelika Christ die Tür öffnete. »Endlich«, flüsterte er, »kommt rein.« Als er sprach, wehte ihnen eine deutliche Alkoholfahne entgegen.

Pippa sah sich neugierig um.

Die Einrichtung entsprach eher der eines älteren Ehepaares als der einer Frau Anfang dreißig: Dunkle, altmodische Möbel verbreiteten eine düstere Atmosphäre, die durch zahllose gehäkelte Deckchen und verstaubte Kunstblumen-Gestecke auf Beistelltischchen eher gesteigert als gemildert wurde. Nippes aus Porzellan und Ölgemälde aus dem Kaufhaus verstärkten diesen Eindruck. Eine mit grünem Kunstleder bezogene Eckbank, zwei einfache Stühle und ein Holztisch mit zerkratzter Oberfläche bildeten den Essbereich. Die mittelbraune Küchenzeile hatte vermutlich in den Siebzigern das Licht der Welt erblickt, selbst das Geschirr mit dem unmodernen Blumenmuster, das sich ungespült auf der Arbeitsfläche stapelte, war mindestens dreißig Jahre alt und an vielen Stellen angeschlagen.

Auf dem niedrigen Couchtisch standen zwei Gläser, zwei leere Flaschen Tonic Water und eine halbvolle Flasche Gin, die Heinz' Fahne hinlänglich erklärte.

»Das ist es also, was Heinz unter Trost versteht«, flüsterte Karin Pippa zu, »aber immerhin hat Angelika ihn als Aufpasser akzeptiert. Eigentlich kein Wunder, schließlich war er der Einzige, der an Lutz verkaufen wollte.«

Die Tür zum Bad öffnete sich, und Angelika kam heraus. Ihre einzige Reaktion auf die Neuankömmlinge war, dass sie wortlos drei Gläser aus dem Küchenschrank holte und auf den Couchtisch stellte.

Wie ein ferngesteuerter Roboter, dachte Pippa, Alkohol gepaart mit Beruhigungsmittel, schätze ich. Keine gesunde Mischung – aber immerhin tobt sie nicht mehr.

Angelika machte eine fahrige einladende Geste, und alle setzten sich. Karin übernahm es, Gin Tonics zu mixen. Das Gluckern der Flüssigkeiten war das einzige Geräusch, das die unbehagliche Stille durchbrach. Heinz brummte und schob Karin sein Glas zu, um so darauf hinzuweisen, dass halb voll für ihn nicht voll genug war.

»Du kannst jetzt gerne gehen«, sagte Ida schmallippig und stellte die Ginflasche demonstrativ außer Reichweite, aber Heinz reagierte nicht.

Wieder versanken alle in Schweigen. Pippa, sonst nicht auf den Mund gefallen, suchte vergeblich nach einem Thema für ein unverfängliches Gespräch. Sie warf Karin einen hilfesuchenden Blick zu, aber diese deutete nur ein Schulterzucken an und hielt sich an ihrem Glas fest. Eine laut tickende Kuckucksuhr war der einzige Beweis dafür, dass die Zeit nicht stillstand.

»Ich habe meinen Vater angerufen«, sagte Angelika so plötzlich, dass alle leicht zusammenzuckten.

»Schdimmt«, nuschelte Heinz Marthaler und erntete dafür einen erbosten Blick seiner Frau.

Seine Bemerkung schien Angelika aus dem Konzept gebracht zu haben, denn sie war wieder verstummt, also fragte Pippa sanft: »Und was hat dein Vater gesagt?«

»Er ist erschüttert. Er mochte Lutz so gerne«, sagte Angelika langsam und verträumt. »Mein Vater kann nicht fassen, dass sein alter Freund Luis ein Mörder ist. Aber ich habe ihm versichert, dass an seiner Schuld kein Zweifel besteht. Leider. Die Polizei hat Herrn Krawuttke gleich mitgenommen, habe ich ihm gesagt. Die Beweise sind erdrückend.« Sie nickte und wiederholte: »Erdrückend.«

Pippa und Karin wechselten einen Blick, in dem ihr ganzes Unbehagen lag.

Dann sagte Karin vorsichtig: »Luis ist nur in Untersuchungshaft, Angelika. Es kann immerhin sein, dass …«

Angelika fuhr hoch. »Dass was?«, fragte sie lauernd.

»Dass er ungeschoren davonkommt? Das wollen wir doch nicht hoffen.« Sie leerte ihr Glas mit einem Zug. »Mein Vater sagt, er hat kommen sehen, dass Luis irgendwann wieder die Beherrschung verliert. Schließlich ist er schon einmal durchgedreht. Dann kann das immer wieder passieren.«

Das war neu für Pippa, und sie sah Karin alarmiert an, aber diese winkte ab und sagte: »Angelika, das ist eine uralte Geschichte. Das ist fünfzig Jahre her.«

»Mein Vater sagt, wer einmal zu fest zugeschlagen hat, der tut es auch wieder«, fauchte Angelika, »der ist eine tickende Zeitbombe. Mein Vater sagt, er ist froh, dass er nicht mehr auf Schreberwerder lebt. Er findet, dass die Insulaner für mich nicht mehr der richtige Umgang sind. Hier leben ja fast nur Kriminelle, sagt mein Vater, wie der Exhäftling Herr X, der in Wirklichkeit Krause heißt und der seine Lebensuntüchtigkeit dadurch rechtfertigt, dass er sich Künstler nennt und seit Jahren immer wieder ein- und dasselbe alberne Kunstwerk produziert. Und dann Jochen Peschmann mit seinen illegalen Geschäften. Und Viktor, sagt mein Vater, der ist ein Frauenverführer ohne Moral. Luis passt genau in diese Bande, denn immerhin wurde er unehrenhaft aus der Marine entlassen – wegen gefährlicher Körperverletzung!« Angelika lehnte sich zurück und lächelte triumphierend. »Mein Vater sagt, ich soll in Zukunft sehr vorsichtig sein, wem ich vertraue.«

Pippa hörte, dass sich die Anspannung Ida Marthalers neben ihr in einem hörbaren Aufatmen löste – mit Sicherheit hatte sie ebenfalls erwartet, in Angelikas Anklage erwähnt zu werden. Wenn Lutz gewusst hatte, dass Dorabella Drogen von Ida bekommen hatte, wusste Angelika das ebenfalls. Oder hatte Lutz seine Verlobte doch nicht in alles eingeweiht?

»Mein Vater sagt, alle kriegen irgendwann einen Inselkoller und werden aggressiv. Genau wie Luis«, sagte Angelika.

»Unsinn, Luis ist nicht aggressiv«, gab Karin zurück, »er hat vor über fünfzig Jahren einen Nebenbuhler von Bord seines Schulschiffes geworfen. Das war eher ein Dumme-Jungen-Streich.«

»Der Mann hätte tot sein können. Interessant, dass du den Vorfall derart bagatellisierst, Karin.«

»Ich bitte dich, Angelika. Als Kinder konnten wir die Geschichte nicht oft genug hören. *Platsch und blubb blubb, weg war er*, das haben wir am Schluss immer gerufen. Entsinnst du dich nicht? Das war doch lustig!«

»Im Gegensatz zu dir sehe ich die Sache jetzt anders«, sagte Angelika hochmütig, »ich bin erwachsen geworden. Heute kann ich ein solches Verhalten weder komisch finden noch tolerieren. Ich werde so bald als möglich von Schreberwerder verschwinden, hier hält mich nichts mehr. Ich kann nicht behaupten, dass ich mich in eurer Gesellschaft noch wohl fühle. Mein Vater sagt, in seinem Altenheim wird eine Nachtschwester gesucht. Dienstwohnung wird gestellt. Mein Vater sagt, ich passe perfekt auf diese Stelle. Mein Vater spricht morgen mit der Heimleitung.« Sie stand unvermittelt auf und ging ans Fenster. Mit leerem Blick sah sie hinaus in den Garten.

Karin rollte genervt mit den Augen und presste die Lippen zusammen. Dann flüsterte sie Pippa zu: »Kann diese Frau nur nachplappern, was andere sagen?«

Pippa nickte und erwiderte leise: »Wahrscheinlich ist ihr Selbstwertgefühl so gering, dass sie auf Nummer sicher gehen will. Bloß nichts falsch machen.«

»Erst Lutz, jetzt ihr Vater. Nur ihre pathologische Eifersucht, die ist ganz allein auf ihrem Mist gewachsen.«

»Oder genau umgekehrt: Vielleicht hat sie schon als Kind gelernt, dass Papi sie nur liebhat, wenn sie seiner Meinung ist. Und mit Lutz war es später genauso. Sie kennt es einfach nicht anders. Ein echter Klassiker der Verhaltenspsychologie.«

Karin runzelte die Stirn. »Trotzdem: Wenn sie noch einen einzigen Satz mit *Mein Vater sagt* beginnt, garantiere ich für nichts mehr. Dann bin ich der lebende Beweis für ihre Theorie, dass die Insel aggressiv macht, und sie hat allen Grund, sich über mich zu beschweren.«

Ida Marthaler hatte die leise Unterhaltung der Freundinnen gehört und kam zu dem Schluss, dass es höchste Zeit war, die Runde aufzulösen, ehe die Situation eskalieren konnte.

»Angelika«, sagte sie, »du solltest heute Nacht nicht hierbleiben. Wir packen jetzt ein paar Sachen zusammen.«

»Gut«, sagte Heinz Marthaler und schnappte sich im Aufstehen die Ginflasche, »dann nehme ich schon mal die Getränke.«

Seine Frau würdigte ihn keines Blickes, als er schwankend das Haus verließ, sondern konzentrierte sich völlig auf Angelika. »Also, zu wem möchtest du mitkommen? Zu Karin oder zu mir?«

Angelika warf Karin einen bösen Blick zu. »Zu der da bestimmt nicht.«

Sie straffte die Schultern, stolzierte ins Bad und packte klimpernd ihre Toilettenartikel ein, während Pippa ins Schlafzimmer ging, um Angelikas Bettzeug zu holen.

In der Tür blieb sie entgeistert stehen.

Angelika hatte offensichtlich versucht, aus einem uralten dunklen Schlafzimmer mit schweren Eichenmöbeln und Blümchentapete ein romantisches Liebesnest zu schaffen, und dabei maßlos übertrieben. Das Bett war mit knallroter Satinwäsche bezogen, herzförmige Plüschkissen in allen Größen türmten sich am Kopfende. Über dem Bett hing ein großes Bild mit einem nackten Liebespaar, das sich vor einem grellfarbenen Sonnenuntergang an einem Strand küsste. Über die altmodischen Nachttischlampen hatte Angelika halbtransparente rote Tücher drapiert, und eine Lichterkette aus blinkenden Plastikherzchen schlängelte sich um das Fenster, an dem sich zusätzlich durchsichtige rote Vorhänge bauschten.

Pippa wollte sich lieber nicht vorstellen, was Lutz über diesen Alptraum von Zimmer, das besser in ein Bordell als in dieses Haus gepasst hätte, gedacht hatte. Und sie hoffte inständig, dass es Angelika erspart geblieben war, seine Meinung zu erfahren.

Die Frauen verließen Angelikas Haus. Pippa schleppte das schimmernde Bettzeug. Sie wandten sich nach rechts zur Nachbarparzelle der Marthalers, als Pippa hörte, wie ihr Name gerufen wurde. Sie sah nach links und entdeckte Gerdi Kästner, die wartend an ihrem Gartenzaun stand und ihr zuwinkte.

Pippa drückte Karin das Bettzeug in die Hand. »Nimm du, bitte. Mein Typ wird verlangt.«

Sie ging zu Gerdi hinüber. »Na, schreien die Kurzen schon nach mir und dem Kistenbuch?«

Gerdi sah sich vorsichtig um, und als sie sicher war, dass kein unerwünschter Zuhörer in der Nähe war, flüsterte sie: »Komm mit – du wirst erwartet. Aber nicht von meinen Kindern.«

Kapitel 27

Pippa folgte Gerdi in die Kästner-Parzelle. Aber statt sie ins Haus zu bitten, blieb Gerdi vor der Haustür stehen und machte eine Handbewegung in Richtung Havel. »Unten am Wasser«, sagte sie. Mit dieser kryptischen Information ließ Gerdi Pippa zurück und ging ins Haus.

Neugierig ging Pippa um das Häuschen der Kästners herum und folgte den Trittplatten in den hinteren, verborgenen Teil des Grundstücks.

Schon wieder ein konspiratives Treffen, dachte sie, ich bin mitten in *Der Pate, Außenstelle Schreberwerder*, gelandet. Hoffentlich wartet wenigstens Don Corleone auf mich und bietet mir an, mir die Polizei vom Hals zu schaffen. Sie musste unwillkürlich kichern.

Pippa umrundete dichtes Buschwerk und blieb angesichts des Ausblicks, der sich ihr bot, wie angewurzelt stehen: Freddy und Nante saßen vereint in einer riesigen, sanft schaukelnden Hängematte. Beide hielten Berliner-Weiße-Gläser in der Hand, ein drittes stand gefüllt neben einem flackernden Windlicht auf einem Tischchen.

Pippa bemühte sich krampfhaft, sich ihre Überraschung nicht anmerken zu lassen und setzte sich lässig in den bereitstehenden Campingstuhl. »Weiße mit rotem Schuss? Muss das sein? Rot ist im Moment nicht meine Lieblingsfarbe. Mir wäre mehr nach Waldmeister.«

»Na los, sag schon, dass du erstaunt bist!«, rief Freddy.

Pippa zog die Augenbrauen hoch. »Erstaunt?«, gab sie betont gleichgültig zurück. »Da müsst ihr früher aufstehen. Auf dieser Insel erstaunt mich nichts mehr.«

»Dann ist dir klar, warum wir dich holen ließen?«, fragte Nante.

»Ich hoffe nicht.« Pippa zuckte mit den Achseln. »Und ich weiß auch nicht, ob ich es überhaupt wissen will.«

»Wir brauchen deine Hilfe«, sagte Nante ernst.

Pippa verlor kurz ihre mühsam gewahrte Contenance, aber sie fasste sich rasch wieder.

»Wir? Wer soll das sein? Die Berliner Polizei? Oder Nante und die Detektive? Und wobei soll ich helfen? Den Mord an Lutz aufzuklären? Oder fangen wir beim angeblichen Mord an Erdmanns Vater an und arbeiten uns systematisch bis zur Blutsuppe à la Lutz vor?«

Freddy schüttelte den Kopf. »Den Mord an Erdmann junior aufklären? Nee, wie solltest du uns da helfen können? Daran arbeitet eine ganze Schwadron kompetenter Fachleute. Da können wir Amateurdetektive, die uns ins Handwerk pfuschen, brauchen wie ein Loch im Kopp.«

»Vielen Dank für die Blumen«, sagte Pippa empört und stand auf. »Dann kann ich ja wieder gehen.«

Um sie aufzuhalten, sprang Nante so plötzlich aus der Hängematte, dass diese abrupt aus dem Gleichgewicht geriet und den überraschten Freddy auf der anderen Seite abwarf.

Pippa brach in Gelächter aus und rief: »Kleine Sünden bestraft der liebe Gott sofort, für die großen hat er dann ja wohl die meisterliche Polizei.«

»Freddy hat sich etwas ungeschickt ausgedrückt«, sagte Nante mit strafendem Blick auf seinen Freund, der noch immer am Boden lag, »wir brauchen dich wirklich, Pippa. Bitte.«

Freddy rappelte sich auf. Er murmelte halblaute Verwünschungen, als er sich vorsichtig wieder in der Hängematte niederließ. Sein Tonfall ließ keinen Zweifel daran aufkommen, wo einige Freunde im Allgemeinen und Geschwister im Besonderen ihn mal gepflegt kreuzweise konnten …

»Also gut«, sagte Pippa, »wenn ihr mich so lieb bittet … Wir schließen einen Deal: Ich helfe euch, auch wenn ich mir beim besten Willen nicht vorstellen kann, wie – und ihr zwei reicht mir dafür euer Insiderwissen über den Tisch.«

Nante und Freddy wechselten einen kurzen Blick und nickten dann synchron.

»Abgemacht«, sagte Nante, »aber jetzt lasst uns hier verschwinden. Wir gehen rüber zu den Peschmanns, dort gibt es unten am Wasser einen Picknicktisch. Da sind wir ungestört und können nicht belauscht werden.«

Ich kenne diesen Platz bereits, und er hat mir gestern schon nicht gefallen, hätte Pippa fast gesagt, biss sich aber rechtzeitig auf die Zunge.

Eine Nacht und einen Mord später saß Pippa wieder an dem Ort, an dem Viktor ihr die Wahrheit über Dorabellas Tod erzählt hatte. Diesmal war es keine sternenklare, laue Sommernacht mit hellem Mondschein. Die Havel war tiefschwarz und schwappte ölig ans Ufer, dichte Wolken trieben über den Himmel und der stete frische Wind schmeckte nach Regen. Nante trug das Windlicht vor sich her, sonst hätten sie die Hand nicht vor den Augen sehen können. Pippa schauderte unwillkürlich und schaute in den Himmel.

Nante folgte ihrem Blick. »Keine Sorge, heute gibt es keinen Regen mehr. Aber morgen Mittag wird ein Gewitter aufziehen, und dann ist hier die Hölle los.«

»Hört mal, Jungs.« Pippa wurde langsam ungeduldig. »Ich möchte endlich mal wieder eine Nacht mehr als vier Stunden schlafen. Kommt also bitte zur Sache.«

Wieder wechselten die beiden Männer einen Blick, dann sagte Nante mit gesenkter Stimme: »Es geht um Luis.«

Pippa fiel die Kinnlade herunter. Luis? Sie sah ungläubig von Nante zu Freddy und wieder zurück, dann hob sie hilflos die Hände. »Was kann ich da bitte schön tun? Luis sitzt in U-Haft!«

»Nee, tut er nicht«, erwiderte Freddy.

Pippa wurde schwindelig. »Was willst du damit sagen? Ist er … ist er ausgebrochen?«

»Natürlich nicht.« Freddy verdrehte die Augen. »Wir verstecken ihn. Er ist bei Mylady und Dad in der Transvaalstraße und lässt sich verwöhnen. Im Moment liegt er wahrscheinlich in deinem Bett und schnarcht.«

»Waaas? Mein Gott, Freddy, was hast du getan? Willst du deinen Job verlieren? Wenn Schmidt das rauskriegt … der steckt dich doch gleich mit in den Knast! Wegen … wegen … Fluchthilfe oder wie das heißt! Und dann hast du auch noch den Nerv, unsere Eltern da mit reinzuziehen …«

Sie schüttelte fassungslos den Kopf.

»Du guckst eindeutig zu viele schlechte Krimis«, sagte Freddy amüsiert, »sonst kämst du nicht auf derart alberne Ideen. Luis wurde ganz normal entlassen, aber er will partout nicht zurück auf die Insel. Er hat Angst, Pippa. Er hat um Polizeischutz gebeten.«

Pippa verstand immer noch nichts und sah hilfesuchend zu Nante.

»Er fürchtet, dass er der Nächste ist, der ins Gras beißt«, erklärte dieser und korrigierte sich dann: »… ins Gras gebissen wird.«

Pippas Verwirrung wuchs.

»Verstehe ich nicht. Wer sollte ihn umbringen wollen? Und warum? Weil er Lutz diverser Verbrechen beschuldigt hat? Das ergibt doch keinen Sinn! Wenn wirklich einer von den Insulanern der Mörder ist, dann dürfte derjenige ja wohl zur Anti-Erdmann-Fraktion gehören – genau wie Luis. Und wie fast jeder auf der Insel. Außerdem: Für Verwünschungen von Luis' Kaliber tötet niemand. Solche Drohungen gehören zu den rituellen Flüchen unter genervten Familienmitgliedern.«

»Du musst es ja wissen«, murmelte Freddy spitz.

Pippa ignorierte Freddys Einwurf und fuhr fort: »Da muss es um mehr gehen. Luis' Angst und der Mord an Lutz müssen andere Gründe haben.«

»Genau«, sagte Nante, »und Luis behauptet, du wüsstest die.«

»Ich? Ich bin noch nicht einmal drei Wochen hier! Was soll ich denn wissen?«

»Das hat sich bei Luis' Verhör aber ganz anders angehört«, warf Freddy ein.

Pippa stöhnte genervt. »Ehrlich, Freddy, gleich gehe ich wirklich ins Bett. Mein Schönheitsschlaf ist mir zu wichtig, als dass ich für Ratespielchen darauf verzichte. Was habe ich bitte mit Luis' Verhör zu tun?«

»Also gut«, sagte Freddy und holte tief Luft, »reden wir Tacheles. Du kennst ja meinen Chef bei der Wasserschutzpolizei. Bogner ist neugierig bis hinauf in die Takelage. Der will zu jeder Zeit Zugang zu den Ermittlungsergebnissen der Inselmorde, wie er sie nennt. Deshalb durfte ich beim Verhör von Luis anwesend sein. Ich habe es live und in Farbe miterlebt: Luis hat regelrecht darum gebettelt, von der Insel gebracht zu werden, mit Handschellen und allem Drum und Dran. Nur so fühlte er sich sicher.«

»Das war nur eine Inszenierung?«, keuchte Pippa.

Nante nickte. »Auf Luis' ausdrücklichen Wunsch durfte die Polizei nur dich und mich einweihen.«

Nicht einmal Viktor darf Bescheid wissen, dachte Pippa, hier steht eine alte Freundschaft auf dem Prüfstand ... und es sieht gar nicht gut für sie aus.

»Meine Synapsen stehen kurz vor dem Kollaps«, sagte sie verwirrt, »ich verstehe kein Wort. Und je mehr ihr erzählt, desto mehr Puzzleteile trudeln durch mein Hirn – leider ohne sich zu einem sinnvollen Bild zusammenzufügen. Bitte noch einmal klar und deutlich. Nur das Wichtigste.«

»Luis hat Schmidt gebeten, ihn nicht ohne Schutz auf der Insel zurückzulassen, weil er glaubt, dass er den Mörder gesehen hat«, erklärte Freddy.

»Lutz' Mörder?« Pippa griff sich unwillkürlich an den Hals.

»Und Felix' Mörder«, sagte Freddy.

»Und Dorabellas Mörder«, ergänzte Nante.

Pippa schloss einen Moment die Augen, um den aufsteigenden Schwindel zu bekämpfen, und hob dann zaghaft den Finger. »Wenn ich einen Wunsch äußern dürfte ...?«

Die beiden Männer nickten.

»Ich möchte einen Rückzieher machen. Können wir an dieser Stelle abbrechen, und ich darf mich wieder meinen wunderbar langweiligen Übersetzungen zuwenden?«

Freddy und Nante schüttelten synchron den Kopf.

Pippa wappnete sich vor dem, was nun kommen würde und atmete tief durch. »Also gut. Die ganze Geschichte, jetzt!«

»Also«, sagte Nante, »gestern Abend haben Luis, Viktor und Herr X sich zu einem Dorabella-Gedächtnis-Abend getroffen. Noch weit vor Mitternacht ist Herr X gegangen, und die beiden alten Herren haben sich schlafen gelegt. Laut Luis hatte Viktor wohl ein wenig zu tief ins Glas geschaut, denn er begann sofort zu schnarchen.«

Und wieder geht ein Oscar nach Schreberwerder, dachte Pippa.

»Luis hat dann noch seinen Rundgang ums Haus gemacht«, fuhr Nante fort, »wie jeden Tag. Bei der Gelegenheit hat er beobachtet, wie Lutz sich von Angelika verabschiedet und für den nächsten Vormittag diese Architektin angekündigt hat.«

»Die Geschichte kenne ich«, brummte Pippa.

»Genau das hat Luis auch gesagt«, sagte Freddy grinsend, »Luis hat deinen kleinen Schlagabtausch mit Angelika sehr genossen. Dein Spruch mit der Aktentasche war bei uns allen der Favorit – sogar Schmidt hat gelacht.«

Pippa zog eine Grimasse. »Schön, dass ich zu eurer Erheiterung beitragen durfte.«

»Fanden wir auch.« Freddy strahlte sie an, wurde aber sofort wieder ernst. »Luis hat auch deinen Abgang gesehen. Er fand, du hast enttäuscht gewirkt. Und traurig.«

»Ach nee. Soll ich mich von der Dame beleidigen lassen und dann lachend weggehen?«

Freddy und Nante sahen sich an. Dann sagte Nante: »Luis hat das anders verstanden. Er denkt, du und Lutz, ihr habt ...«

»... weil er dich dann später in der Nacht, als Lutz heimlich vor der Insel Anker geworfen hat, aus dieser Richtung ...«, fiel Freddy ihm ins Wort.

Pippa konnte nicht fassen, was gerade angedeutet wurde. »Ihr meint, dass ich und Lutz ... o nein, dass könnt ihr nicht meinen. Das kann nicht euer Ernst sein!«

Die beiden Männer hoben in einer »Wir-geben-nur-weiter-was-Luis-gesagt-hat«-Geste die Hände und machten unschuldige Gesichter.

»Und Luis hat tatsächlich gedacht, ich hätte unter dem Steg gehockt, weil ich eigentlich mit Lutz nach Berlin fahren wollte?«

»Genau«, sagte Freddy, und Nante nickte.

»Und weil unser Plan durch Angelika vereitelt wurde, bin ich später heimlich zu Lutz auf die Parzelle geschlichen – ist das die Theorie?«

»Luis hat dich doch mitten in der Nacht aus dieser Richtung kommen sehen – was sollte er denn denken?« Freddy zuckte mit den Schultern.

»Mir wird speiübel bei dem Gedanken«, empörte sich Pippa und dachte gleichzeitig fieberhaft darüber nach, wie sie ihre Anwesenheit um diese Zeit an diesem Ort erklären sollte, ohne Viktor zu erwähnen.

»Wir Bolles sind eben leidenschaftliche Menschen«, sagte Freddy, »Mum lebt deshalb seit über vierzig Jahren in Berlin, und ich kann nicht in den zweiten Stock steigen, um die Grazien-WG zu besuchen, ohne hinterher ein Sauerstoffzelt zu brauchen.« Er grinste verlegen.

»Die Grazien sind erhöhten Pulsschlag wert«, ereiferte sich Pippa weiter, »aber Lutz? Ich bitte euch! Das ist wirklich schräg.«

»Aber du gibst zu, dass du dort warst? So gegen halb drei?«, fragte Nante.

Angriff ist die beste Verteidigung, dachte Pippa. »Ich dachte, ich soll euch helfen? Jetzt komme ich mir vor, als würdet ihr mich verhören! Außerdem habe ich Schmidt bereits gesagt, dass ich in der Nacht nicht schlafen konnte und spazieren gegangen bin. Wieso hat Luis mich überhaupt gesehen? Hat er die ganze Zeit im Gebüsch gehockt und seine Nachbarn ausspioniert?«

Nante schüttelte den Kopf. »Nein, natürlich nicht. Er hatte sich wieder schlafen gelegt, aber dann haben ihn Geräusche geweckt und er konnte nicht wieder einschlafen.«

Pippa atmete erleichtert auf. Da hast du noch mal Glück gehabt, Viktor. Luis hätte dich um ein Haar erwischt.

Nante war jetzt in seinem Element. »Jedenfalls ist Luis dann noch mal vor die Tür, um nach dem Rechten zu sehen. Und weil er wusste, dass er ohnehin nicht wieder schlafen könnte, hat er beschlossen, gleich seinen guten märkischen Spargel zu stechen. Dafür steht er sonst erst gegen vier Uhr auf, aber in den zwei Stunden, hat er Schmidt versichert, würde der Spargel leider auch nicht mehr viel dicker.«

Freddy kicherte. »Du hättest das Gesicht von Schmidt sehen sollen, als Luis zu einem seiner gefürchteten Vorträge ausgeholt hat. Diesmal über den optimalen Zeitpunkt zum Spargelstechen.« Er kicherte wieder. »Schmidt hat gedacht, er wird verklappst. Dem ist buchstäblich Rauch aus den Ohren gequollen.«

Nante lachte herzlich. »Natürlich kann er nicht wissen, wie unglaublich stolz Luis auf seinen Spargel ist und dass er vorhatte, uns alle heute mit Frikassee zu verwöhnen, so richtig selbstgemacht, mit frischen Zutaten ...«

Pippa verdrehte die Augen. »Ich teile eure Enttäuschung über das ausgefallene Mittagessen, aber darf ich höflichst darum bitten, jetzt wieder zum Kern der Geschichte zurückzukehren?«

Freddy riss sich zusammen. »Luis hat von seinem Spargelbeet aus bei Lutz Licht gesehen, und dass sein Privatboot draußen ankert.«

»Und dann mich, als ich nach Hause ging«, sagte Pippa nachdenklich. »Kein Wunder, dass er dachte ... aber das kann ich alles erklären.«

»Bitte ganz ausführlich.« Nante grinste breit.

»Jetzt reicht's.« Pippa funkelte die beiden böse an. »Es ist sehr einfach: Halb Schreberwerder kann nach den Ereignissen der letzten Wochen nicht mehr richtig schlafen. Ich auch nicht. Deshalb habe ich mir etwas die Beine vertreten. Aber kurz nach halb drei war ich wieder im Bett.«

»Japp«, bestätigte Freddy, »das hat Luis auch gesagt.«

»Also?«, fragte Pippa herausfordernd.

»Also bleibt nur zu klären, wer dir in der Nacht dicht auf den Fersen blieb, bis du wieder im Haus warst, und dann in der Dunkelheit verschwand«, sagte Nante ernst. »Luis behauptet, du hattest einen Schatten.«

»Was?« Pippa fuhr der Schreck in die Glieder. »Jemand hat mich verfolgt?«

Verdammt, dachte sie, ich war so mit Viktors Geschichte beschäftigt ... ich habe das Rascheln hinter mir für Geräusche kleiner Tiere gehalten ...

»Ich ... warum hat Luis mich nicht gewarnt?«, fragte sie mit zitternder Stimme.

»Luis war sicher, dass derjenige sich nur vergewissern wollte, dass du ihm nicht in die Quere kommst – bei was auch immer. Er hat dir eine Spargelstange hinterhergeworfen. Aber du warst zu schnell«, schilderte Freddy Luis' Versuch, Pippa zu warnen.

»Immerhin hat er damit den Verfolger vertrieben«, erklärte Nante, »Luis sagt, der ist schnell wie der Blitz hinter Wittigs Haus verschwunden und nicht wieder aufgetaucht. Sommernacht hin oder her – er hat ihn oder sie nicht erkannt. Dafür war es zu dunkel.«

»Aber mich hat er erkannt, ja?«, schnappte Pippa.

»Na ja«, gab Nante zu bedenken, »diese grellen Sandalen mit den orangefarbenen Bändern ...«

Pippa stöhnte. »Die werfe ich bei nächster Gelegenheit weg. Das schwöre ich euch.«

»Ich lese dir mal den Rest seiner Aussage vor«, sagte Freddy und holte ein zusammengefaltetes Blatt aus der Tasche. »*Nach dem Wurf drehte sich der Verfolger kurz in meine Richtung und verschwand sofort in der Havel. Das nehme ich wenigstens an, denn an Land war diese Person nicht mehr zu finden, obwohl ich die gesamte Insel absuchte. Ich vermute, die Person hat mich bei meiner Suche gesehen und sich verborgen gehalten. Ich habe mich dann wieder ins Bett gelegt, weil mir die Lust zum Spargelstechen vergangen war. Ich dachte darüber nach, wer diese Person gewesen sein könnte, und bin darüber eingeschlafen. Am nächsten Morgen stellte sich heraus, dass Lutz Erdmann in den frühen Morgenstunden ermordet worden ist, und mir wurde klar, dass ich vermutlich den Täter gesehen hatte. Und der Täter oder die Täterin hat mich sicherlich besser gesehen als umgekehrt. Ich bin sicher, dass Fräulein Bolle weiß, wer diese Person ist.*«

»Hat er wirklich *Fräulein* gesagt? Das habe ich ja schon seit dem Ende der Kaiserzeit nicht mehr gehört!« Und außerdem stimmt es nicht, fügte Pippa in Gedanken hinzu, faktisch bin ich ja immer noch verheiratet.

Freddy sah seine Schwester missbilligend an. »Unterbrich mich nicht. Jetzt kommt das Wichtigste: *Fräulein Bolle hat bereits öfter unter der Eifersucht dieser Person gelitten und ihr mit dem nächtlichen, heimlichen Treffen mit Lutz Erdmann ein Motiv für den Mord geliefert.*«

Pippa saß mit offenem Mund da. Nur langsam sickerte in ihr Gehirn, welchen Namen Luis der Polizei genannt hatte. »Angelika? Luis glaubt, dass Angelika mich verfolgt und dann Lutz aus Eifersucht gekillt hat?«

»Genau so ist es, Fräulein Bolle.« Um Nantes Mundwinkel spielte die Andeutung eines Lächelns.

»Aber das muss Schmidt doch sofort ins Reich der Phantasie verwiesen haben! Lutz war zu dem Zeitpunkt nicht allein, sondern mit Annette Julius zusammen.« Sie dachte einen Moment lang nach. »Obwohl ... Angelika hat das Boot vor der Insel ankern sehen und begriffen, dass Lutz heimlich auf die Insel zurückgekehrt ist ... daraufhin wollte sie zu seiner Parzelle, ist über mich gestolpert und hat gedacht, ich käme von Lutz. Sie hat mich verfolgt, was wiederum von Luis beobachtet wurde ... dann hat sie sich von seinem Spargel-Weitwurf verjagen lassen ... Hm ... Und dann? Zurück zu Lutz, um ihn mit Annette Julius in flagranti zu ertappen?«

»Bingo«, sagte Freddy.

Pippa schüttelte den Kopf. »Da stimmt doch etwas nicht ... Angelika erwischt die beiden, und dann wartet sie in aller Seelenruhe, bis Lutz die Julius wieder an Land gebracht hat? Trotz Angelikas berüchtigter Eifersucht? Klingt nicht nach einem Mord im Affekt, wenn ihr mich fragt.«

»Ganz genau! Ich wusste, meine Schwester ist klug genug, um auf diesen Schönheitsfehler zu stoßen. Dazu kommt, dass wir die Mordwaffe nicht haben. Wir wissen nur, dass Lutz von hinten eins über den Schädel bekommen hat. Nicht tödlich, aber hart genug, um ihn zu Boden zu schicken. Im Pool hat man ihn dann mit einem sehr spitzen, dünnen Gegenstand am Hals verletzt. Etwas Ähnliches wie ein Skalpell, glaubt der Rechtsmediziner.«

»Spitz und dünn und sehr scharf«, ergänzte Nante.

Freddy zeigte mit Daumen und Zeigefinger die Länge der vermutlichen Mordwaffe an. »Das Ding muss mindestens zehn bis zwölf Zentimeter lang sein. Damit wurde seine

Halsschlagader aufgeschlitzt. Die letzten Schläge seines Herzens haben sein Blut ins Wasser gepumpt, deshalb diese Sauerei. Streng genommen ist er verblutet.«

»Noch mehr unappetitliche Details, und ich übergebe mich hier und auf der Stelle«, fauchte Pippa.

»Langer Rede kurzer Sinn«, resümierte Nante, »dafür brauchte man keine Kraft – das Überraschungsmoment reichte völlig aus. Es könnte also jeder gewesen sein, Mann oder Frau.«

»Inklusive deiner Familie. Deshalb bist du mit von der Partie, nicht wahr?«

Mitleidig drückte Pippa Nantes Hand.

Er wandte den Blick ab. »Keine besonders schöne Sache, wenn man die eigene Familie in Verdacht hat. Es macht mich völlig fertig«, murmelte er.

»Tröste dich, hier ist so gut wie jeder verdächtig. Wer weiß, welche Leichen Jochen noch im Keller hat. Und womit Lutz die Marthalers erpresst hat. Und welchen Grund Viktor haben könnte. Und … und … und …«

»Das ist und bleibt das Problem«, bestätigte Nante, »es gibt jede Menge Kandidaten.«

»Inklusive Luis, dir und mir«, erwiderte Pippa und seufzte.

»Genau das ärgert mich maßlos!« Nante runzelte die Stirn. »Hättest du dir etwa träumen lassen, plötzlich als Verdächtige bis zum Hals in einem Mordfall zu stecken? Ich jedenfalls nicht. Und dann kann man noch nicht einmal selbst etwas unternehmen, um die eigene Unschuld zu beweisen.«

»Oder die Schuld des Mörders«, sagte Pippa nachdenklich.

Sie stand auf und ging die paar Schritte ans Ufer. Rechts von ihr endete der pompöse Zaun, der Erdmanns Parzelle von der der Peschmanns trennte. Nur ein kleiner Schritt, und wir sind auf Erdmanns Grundstück, dachte sie, und niemand kann uns sehen, wenn wir uns von hinten an das Haus heranschleichen …

Pippa drehte sich zu den beiden Männern um.

»Wir müssen einfach beweisen, dass es niemand von uns war. Etwas anderes bleibt uns gar nicht übrig. Also gehen wir jetzt systematisch vor – wie bei einer guten Übersetzung. Da lese ich zuerst den Text ganz durch. Dann recherchiere ich über das Thema, bis ich alle Fachbegriffe kenne. Anschließend sehe ich mir den Stil genauer an – und wenn ich alle Einzelheiten und Vokabeln verstanden habe, sehe ich plötzlich klar. Die Übersetzung ist nur noch eine Niederschrift in einer anderen Sprache, bei der ich nicht mehr lange über jeden Satz nachdenken muss.«

»Du sprichst in Rätseln«, sagte Freddy.

Pippa grinste die beiden Männer an. »Kein Rätsel – wir beginnen mit der Recherche. Und zwar sofort. Auf geht's!« Sie wand sich um den Zaun herum und stand auf Erdmanns Parzelle. »Los, worauf wartet ihr denn noch?«

»Was hast du vor?«, fragte Nante.

»Ich will mir alles ganz genau ansehen und die Einzelheiten verstehen. Das mache ich so lange, bis ich die Sprache des Mörders kenne, kapiert? Ich bin sicher, wir finden bei Lutz Hinweise.«

»Hat Fräulein Bolle mal ein Ziel, nutzen Proteste nicht mehr viel«, reimte Nante spontan.

»Und das ist noch harmlos ausgedrückt«, sagte Freddy und stand auf, um seiner Schwester zu folgen.

Pippa stand am Pool, als die beiden sie einholten. Das Wasser war abgelassen, und ein süßlicher Duft hing in der Luft.

»Riecht noch nach Lutz«, sagte Freddy schnüffelnd und fing sich dafür einen warnenden Blick Nantes ein.

Aber Pippa hatte seine Bemerkung nicht gehört. Sie ging in der Dunkelheit weiter Richtung Haus und versuchte, Einzelheiten zu erkennen. Das Windlicht in Nantes Hand flackerte unbeständig und brachte nicht allzu viel Licht, aber plötzlich erhellte ein Blitz die Szenerie und machte Pippa auf ein kleines Seitenfenster aufmerksam, das lediglich angelehnt war.

»Räuberleiter«, befahl sie, und Freddy gehorchte.

Pippa stieg auf seine verschränkten Hände und zwängte sich ächzend durch das kleine Fenster. Ab morgen halte ich strenge Diät, dachte sie, nein, besser: Ich werde mich nicht mehr in derart absurde Situationen bringen.

Sie purzelte in einem kleinen Abstellraum auf den Boden, rappelte sich wieder hoch und sah aus dem Fenster. »Terrassentür!«, kommandierte sie.

Sie öffnete den Männern die Tür, und die beiden schlüpften schnell hinein, weil in diesem Moment die ersten schweren Regentropfen vom Himmel fielen.

»Wie gut, dass das Siegel nur an der Haustür klebt«, bemerkte Nante trocken.

»Wie gut, dass das Gewitter erst morgen Mittag kommt«, schoss Pippa zurück.

Im Gegensatz zu den anderen Häusern auf Schreberwerder war das Erdmann'sche Domizil ein Palast. Allein das Wohnzimmer hatte die Grundfläche jedes beliebigen Häuschens auf der Insel. Echter Parkettboden und eine geschmackvolle, teuer wirkende Wohnlandschaft in Rehbraun verströmten gediegene Eleganz. Auf dem gläsernen Esstisch standen die Reste eines Essens für zwei Personen und ein glänzender

Champagnerkübel, in dem eine leere Flasche mit dem Hals nach unten steckte.

Wie ein altertümlicher Nachtwächter seine Laterne, trug Nante das Windlicht vor sich her und folgte Pippa auf Schritt und Tritt.

Im Schlafzimmer stießen sie auf ein zerwühltes Bett und die aufgerissene, leere Packung eines Kondoms. Eine der Bettdecken lag auf dem Boden, und die Vorhänge waren geschlossen. Im Bad stand die gläserne Tür der großzügigen Duschkabine offen, und zwei große, benutzte Handtücher lagen davor.

Sie kehrten zurück ins Wohnzimmer.

»Im Schlafzimmer war der Mörder nicht«, sagte Pippa.

Freddy sah sie verblüfft an: »Und wieso?«

»Weil Lutz es, nachdem er seine Gespielin wieder aufs Festland gebracht hatte, nicht mehr bis ins Schlafzimmer geschafft hat.«

Nante und Freddy wechselten einen erstaunten Blick.

»Jetzt fragt ihr euch, woher ich das weiß, nicht wahr?«

Die beiden Männer nickten.

»Ganz einfach: Lutz hätte mit Sicherheit sofort aufgeräumt, damit Angelika nichts merkt. Außerdem sind die Spuren im Bad besonders verräterisch, denn die beiden haben gemeinsam geduscht. Sieht man an den zwei Handtüchern, die vor der Dusche auf einem Haufen liegen.«

»Und wieso ist das der Kripo nicht aufgefallen?«, fragte Freddy bissig.

»Kein Sexleben«, konterte Pippa blitzschnell.

In der Küche zeugten Spuren von einem gemeinsam genossenen Espresso.

»So viel Zeit haben die beiden sich immerhin noch genommen, einen guten Lavazza zu trinken, bevor es wieder an Bord ging«, stellte Pippa mit Kennermiene fest.

Freddy hatte unterdessen die Kühlschranktür aufgerissen und begutachtete interessiert den Inhalt.

»Hmm ... Gänseleberpastete! Krabbencocktail! Und eine Gemüselasagne!« Er seufzte sehnsüchtig. »Und keiner da, der diese wunderbaren Dinge essen darf. Tragisch. Wirklich tragisch.« Er nahm ein Glas Kaviar, öffnete den Deckel und schnüffelte daran. »Was meint ihr, hat die Spurensicherung eine Inventarliste erstellt?«

Pippa und Nante nickten synchron.

Freddy stellte das Glas widerstrebend zurück an seinen Platz und schloss den Kühlschrank. »So eine Verschwendung!«

»Dafür sind wir nicht eingebrochen, dass du eventuelle Beweismittel futterst, du Vielfraß«, sagte Nante amüsiert, »wer weiß, welche wichtigen Informationen unsere Miss Holmes gerade aus diesem Krabbencocktail lesen kann.«

»Dazu müsste ich ihn näher untersuchen.« Pippa ging auf Nantes scherzhaften Ton ein. »Watson – meine Lupe!«

»Ich mache gern einen Geschmackstest«, bot Freddy hoffnungsvoll an.

Nante prustete. »Nee, im Ernst: Ich glaube, bei der Polizei sollten deutlich mehr Frauen arbeiten. Irgendwie habt ihr einen anderen Blick für diese Dinge. Lebensnaher.«

»Wieso? Es gibt doch jede Menge Frauen bei uns«, sagte Freddy.

»Im Fernsehen vielleicht, mein Freund. *Tatort*-Kommissarinnen gibt es ohne Ende, aber das ist doch nicht die Wirklichkeit.«

»Denkste«, fauchte Freddy, »es gibt im höheren Dienst ein Gleichgewicht – ja, da staunst du? Es gibt in Berlin fast exakt so viele Kommissarinnen wie Kommissare.«

»Dann ist es eben Pippas ganz spezieller Blick, der uns

hilft. Das ist vielleicht sogar die Lösung: Amateure sehen mehr als Kommissare, die nur nach Vorschrift gehen.«

Draußen kam das Unwetter in Fahrt. Fast ohne Pause donnerte und blitzte es, und der Regen prasselte vom Himmel.

Pippa, Nante und Freddy waren auf dem Weg in Lutz' Erdmanns Arbeitszimmer, als ein gleißender Blitz das Wohnzimmer erhellte. Der Schreck fuhr Pippa durch Mark und Bein: Für eine Zehntelsekunde glaubte sie den Umriss eines hochgewachsenen Mannes an der Terrassentür zu erkennen. Ihr Herz klopfte wild.

»Habt ihr das gesehen?«, keuchte sie.

»Was gesehen?«, fragte Freddy.

Pippa nahm allen Mut zusammen und spähte aus der Terrassentür. Ein Blitz tauchte den Garten in grellweißes Licht. Nirgends eine Menschenseele.

»Achtzehn Einwohner und hundert Gespenster«, sagte sie leise zu sich. »Ich dreh' wohl langsam durch.«

Abrupt drehte sie sich um und ging hinüber in Erdmanns penibel aufgeräumtes, kleines Arbeitszimmer. Ein riesiger Plan der Insel dominierte eine Wand – der Plan, den Lutz bei seiner Party den Insulanern präsentiert hatte. Akkurat beschriftete Ordner füllten ein Stahlregal mit Glasböden.

»Parzellenkäufe« stand auf einem der Rücken. Pippa zog den Ordner heraus und schlug ihn auf.

Sie pfiff leise durch die Zähne. Der Ordner enthielt einen einzigen Kaufvertrag, geschlossen zwischen Lutz und dem Ehepaar Marthaler. Pippa hielt den Atem an und blätterte bis zur letzten Seite. Da prangten die beglaubigten Unterschriften von Lutz Erdmann, Heinz Marthaler – und Ida.

Parzelle 5 gehörte einem Toten.

Kapitel 28

Der Sturm tobte wütend über die Insel und ließ die Zweige des Apfelbaums gegen das Fenster peitschen. Seit Stunden schüttete es wie aus Eimern. Pippa schlief unruhig. Sie wälzte sich auf dem schmalen Klappsofa in der Kästner'schen Wohnküche schwitzend hin und her. »Nein, bitte«, murmelte sie, »was wollt ihr denn alle von mir ... lasst mich doch in Ruhe ...«

»Das hättest du wohl gern«, zischte die Traum-Ida böse, »du bist genau so ein Parasit wie mein versoffener Gatte! Ihr hängt euch an einen Wirt und saugt ihn aus, und hinter meinem Rücken macht ihr gemeinsame Sache mit dem Feind ... deshalb musste ich den Feind auslöschen ... und schon schmort Lutz in der Hölle!«

Gerdi Kästner kam herangestürmt. Sie trug einen Kampfanzug in Tarnfarben und schwang einen Säbel.

»Ich bin zu allem bereit, um meine Familie zu schützen, hörst du?«, bellte sie. »Stephan schwafelt und schwafelt und schwafelt nur von Rache. Wenn ich nicht gehandelt hätte, würden wir in einer kleinen Mietwohnung in Borsigwalde verkümmern, und die schönen Zeiten auf Schreberwerder wären nur eine schmerzhafte Erinnerung. Wer meiner Familie zu nahe kommt, muss sterben! Lutz war Schmutz. Ich habe es für meine Kinder getan!«

Sie fuchtelte der zurückweichenden Pippa mit der Waffe

vor dem Gesicht herum. Pippa drehte sich um und wollte fliehen, aber sie war von Insulanern umzingelt.

»Wenn man einmal getötet hat, ist das nächste Mal ganz einfach«, sagte Viktor mit starrem Zombie-Gesicht, »wirklich, ganz einfach ... ich musste Schreberwerder den Frieden zurückgeben, den Lutz zerstört hat ... ich musste es tun.«

Viktor wurde beiseitegestoßen von Angelika, die mit gesträubten Haaren kreischte: »Alle wollten Lutz und mich auseinanderbringen! Alle! Niemand gönnt ihn mir ... und du bist die Allerschlimmste! Aber jetzt ...«, ihr Gesicht verzog sich zu einem irren Grinsen, »... jetzt kann ihn mir niemand mehr wegnehmen ... jetzt gehört er mir allein ... mir ganz allein.«

Etwas traf Pippas Kopf. Sie fuhr herum und sah sich Luis gegenüber, der ein ganzes Bündel Spargelstangen hielt und eine nach der anderen wie Dartpfeile nach ihr warf.

Pippa hob abwehrend die Hände, aber Luis lachte hämisch und machte weiter. »Du bist so wat von een strunzblödet Weibsbild, Pippa. Hältst dir für ausjeschlafen, und dabei hab ick dir von Anfang an verarscht ... war dett 'n Spaß! War et nich oberschlau von mir, die Räuberpistole mit deinen anjeblichen Verfolger auszubaldowern? Sogar die Bullerei ist druff rinjefallen – und keener verdächticht mich mehr!«

»Im Mittelalter wäre ich ein hervorragender Papst geworden, denn ich habe keine Moral«, gurrte Jochen Peschmann mit Samtstimme. »Erst der Vater, dann die Söhne ... wer sich mir in den Weg stellt, muss sterben ...«

Er verbeugte sich schwungvoll vor der entsetzten Pippa und machte Platz für Karin.

»Mord ohne Motiv ... perfekt, nicht wahr, Pippa?« Karins Lächeln mit gebleckten Zähnen verzerrte ihr Gesicht zu einer furchterregenden Grimasse. »Das hättest du von deiner lustigen, sanften besten Freundin nicht gedacht, stimmt's? Aber ich bin eine gute Tochter, und mein Vater ein guter Lehrmeister. Ich gucke nicht zu, wie hier alles den Bach runtergeht. Ich nicht. Da greife ich lieber zur Selbsthilfe. Mein Motiv heißt Status quo auf Schreberwerder, und den habe ich wiederhergestellt.«

»Ich bin sehr enttäuscht von dir, Pippa«, maulte Herr X beleidigt und stieß immer wieder mit einem großen Meißel nach ihr, »du hast alle verdächtigt, nur mich nicht. Du meinst wohl, so ein kleiner kiffender Möchtegern-Künstler wie ich ist zu einem Mord nicht fähig? Niemand nimmt mich ernst ... an dieser perfekten Tarnung habe ich jahrelang gefeilt ... sogar Reggae habe ich dafür gehört ...«

Er stand direkt vor Pippa, die zu fassungslos war, um sich rühren zu können.

»Tu es! Tu es! Tu es!«, brüllten die Insulaner im Chor und klatschten rhythmisch in die Hände. Herr X holte mit dem scharfen Werkzeug weit aus und ...

»Nein!«, schrie Pippa und fuhr hoch.

Ihr Herz klopfte wild. Sie war schweißgebadet. Einen angstvollen Moment lang wusste sie nicht, wo sie war, bis sie in der Schwärze um sich herum ein sanftes Licht schimmern sah: das Nachtlicht in Form eines Sterns, das den Kästner-Kindern in der Dunkelheit den Weg zur Toilette wies. Ganz langsam normalisierten sich Atem und Herzschlag.

Sie ließ sich wieder in die Kissen sinken. Einen derart plastischen Alptraum hatte sie seit Jahren nicht gehabt.

Das Schlimmste ist: Es stimmt, dachte sie, jeder Einzelne hatte einen Grund – und die Gelegenheit –, Lutz umzubringen ... und wenn es wie beim krausen X nur wäre, weil Lutz ihn immer wieder gedemütigt und beleidigt hatte ... und wenn ich schon bei Herrn X bin: Er war im Knast, aber warum? Und wieso kennt Schmidt ihn so gut? Ob er früher beim Rauschgiftdezernat war? Aber selbst wenn, Herr X wird kaum gesessen haben, weil er mit ein paar Gramm Gras erwischt wurde. Er muss also Schlimmeres getan haben. Vielleicht sogar ... nein, das traue ich ihm nicht zu. Puh, wenn ich so weitermache, verdächtige ich mich bald noch selbst ...

Sie setzte sich abrupt auf.

Moment mal ... und wenn ich tatsächlich verdächtigt werde? Schließlich bin ich es, die in der Mordnacht über die Insel gegeistert ist! Hoffentlich ist Annette Julius bald vernehmungsfähig, damit wir endlich mehr über diese verfluchte Nacht erfahren ...

Pippa stand auf und tapste zum Kühlschrank. Müde und verwirrt trank sie einen Schluck Mineralwasser, dann ließ sie sich erschöpft wieder auf das Sofa fallen. Ab sofort würde sie sich von der abstrusen Idee verabschieden, diesen Fall zu lösen. Wenn sie sich selbst gegenüber ehrlich war, musste sie sich eingestehen, dass sie Angst vor der Aufklärung und ihren Konsequenzen hatte, denn Kommissar Schmidt hatte recht: Einer der netten Insulaner war ein Verbrecher. Und sie war sich nicht sicher, ob sie wirklich wissen wollte, welcher.

Sie hörte dem monotonen, meditativen Rauschen des Regens zu und schlief langsam wieder ein – traumlos.

Verdammt, wer drückt mir Eiswürfel an die Beine? Und wieso ist es plötzlich so furchtbar eng hier?

Pippa öffnete die Augen und fand sich von den Kästner-

Zwergen umzingelt, die sich mit eiskalten Füßchen unter ihre Decke geschmuggelt hatten. Sie kicherten und kuschelten und tuschelten leise miteinander und sahen Pippa erwartungsvoll an. Ein harter, flacher Gegenstand unter Pippas Wange entpuppte sich als das geliebte Kistenbuch.

»Bist du wach?«, flüsterte Emil ihr ins Ohr. »Mama und Papa schlafen noch. Wir können das Buch zu Ende lesen.«

»Und wenn das Buch aus ist, fangen wir wieder von vorne an«, piepste die kleine Lotte.

»Oder wir lesen ein neues Buch«, schlug Anton vor, »vielleicht das *Dschungelbuch*. Mama mag das nicht vorlesen. Sie gruselt sich vor der bösen Schlange.«

»Wir singen dir das Lied von Kaa, der Schlange, vor«, bot Emil an, »dann wirst du wach.«

Bevor Pippa protestieren konnte, sangen die Kinder: *»Hör auf miiiiiich, glaube miiiiiir, Augen zuuuuu, vertraue miiiiir, schlafe saaaanft, süß und feiiiiin, will dein Schuuuutzengel seiiiiin ...«*

Pippa stellte neidlos fest, dass der Engelschor das hypnotische Lispeln der Schlange aus dem berühmten Zeichentrickfilm virtuos imitierte. Ihr Widerstand brach. »Schon gut, schon gut! Ihr habt mich überredet. Ab wo soll ich denn lesen?«

»Noch mal die Stelle, wo Emil dem Kassierer beweist, dass der böse Mann mit dem steifen Hut der Dieb ist«, kreischten die Kinder begeistert. »Das ist die spannendste Stelle!«

Pippa schlug das Buch auf und las vor: *»Halt!, schrie Emil plötzlich und sprang in die Luft, so leicht war ihm mit einem Male geworden. Halt! Ich habe mir im Zug das Geld mit einer Stecknadel ins Jackett gesteckt. Und deshalb müssen Nadelstiche in den drei Scheinen zu sehen sein! Der*

Kassierer hielt das Geld gegen das Licht. Den anderen stockte der Atem. Der Dieb trat einen Schritt zurück. Der Kassierer trommelte nervös auf dem Tisch herum.«

»Der Junge hat recht!«, jubelten die Kinder im Chor.

Pippa nickte. »Genau. *Der Junge hat recht, schrie der Kassierer, blaß vor Erregung. In den Scheinen sind tatsächlich Nadelstiche!«*

»Und hier ist die Nadel dazu!«, riefen die Kästner-Zwerge.

»Richtig«, sagte Pippa und wollte weiterlesen, stutzte aber irritiert. Ein Gedanke spukte durch ihren Kopf, unklar und verschwommen, zu vage, als dass sie ihn hätte fassen können. Gebannt starrte sie auf die gerade gelesenen Zeilen.

»Weiter, weiter!«, rief Emil ungeduldig.

Pippa riss sich zusammen und versuchte, sich auf die nächsten Sätze zu konzentrieren. Ihr Magen flatterte nervös, und ihre Stimme bebte, als sie langsam fortfuhr: *»Und hier ist die Nadel dazu, sagte Emil und legte die Stecknadel stolz auf den Tisch. Gestochen habe ich mich auch.«*

»Der arme Emil. Er musste sogar weinen, weil es so doll geblutet hat«, wisperte Luise.

Nadel … gestochen … Blut …

»Nadel«, sagte Pippa laut.

Der undeutliche Gedanke nahm Gestalt an und erfüllte sie mit Grauen.

Sie sprang wie elektrisiert aus dem Bett.

Pippa hetzte die Dorfstraße entlang, verfolgt von den vergnügt quietschenden Kindern der Kästners, die vor Begeisterung über dieses wunderbare neue Spiel völlig aus dem Häuschen waren. Wie Pippa rannten sie barfuß und im Schlafanzug über die Insel. Keine einzige der großen Pfützen, die der nächtliche Regen hinterlassen hatte, war vor ihnen sicher.

»Matschpampe!«, schrie Anton und pflügte durch eine besonders große Wasserlache. Verzückt patschten auch die anderen Zwerge mitten hindurch und sprangen kichernd im Wasser herum, bevor sie wieder hinter Pippa herliefen.

Schwer atmend rannte Pippa ins Labyrinth, streifte dabei die Tropfen von den Blättern der Hecke und war schnell nass bis auf die Haut. Aber nichts konnte sie aufhalten. In der Mitte des Labyrinths ließ sie sich auf die Knie fallen. Sie beugte sich unter die Bank und begann wie eine Besessene mit bloßen Händen zu graben.

Als Pippa sich wieder aufrichtete, hielt sie die Plastiktüte mit dem Geocache in den Händen. Sie blickte in die erwartungsvollen Gesichter der Kinder, die mittlerweile ebenso mit Schlamm bedeckt waren wie sie selbst.

»Was willst du aus der Kiste rausnehmen, Tante Pippa?«, fragte Lotte neugierig.

»Und was willst du reintun?«, wollte Luise wissen.

»Nimm meinen Schlafanzug, der ist sowieso hinüber!«, krähte Emil und begann, sein Oberteil aufzuknöpfen.

»Der passt nicht rein«, sagte Pippa abwesend.

Sie starrte den Geocache an. Dann entfernte sie vorsichtig die schützende Plastikhülle und stellte die Kiste auf die Bank.

Los, mach das Ding auf, du Memme, befahl Pippa sich selbst und atmete tief durch. Zögernd streckte sie die Hand aus, entriegelte den Verschluss und klappte den Deckel hoch. Die Kinder reckten gespannt die Hälse. Sie sahen zwei Knöpfe, die gelbe Gummiente, den Fahrplan der *Rieke* und den benutzten Fahrschein.

»Die Hutnadel fehlt«, sagte Pippa leise, wie zu sich selbst.

»Was?«, rief Anton entrüstet. »Da hat einer nur was rausgenommen und nix dafür reingetan?«

»Spielverderber!«, rief Emil.

»Wird der Bösewicht jetzt bestraft, Tante Pippa?«, fragte Luise.

Pippa starrte unverwandt auf den Inhalt des Geocache.

»Das will ich doch schwer hoffen«, murmelte sie.

Sie richtete sich auf und wurde sich plötzlich der Situation bewusst: Die Kinder der Kästners hockten nass und schlammbeschmiert um sie herum und zitterten in der kühlen Morgenluft. Nicht, dass die Kälte der Rasselbande etwas ausgemacht hätte, dafür war das Spiel im Matsch viel zu interessant.

»Los, ab nach Hause, sofort raus aus den nassen Klamotten und rein in die Badstube«, kommandierte sie betont munter, »guckt bloß mal, wie ihr ausseht, ihr kleinen Ferkelchen. Ab durch die Mitte, bevor eure Mama mit mir schimpft.«

Pippa hatte keine Lust, sich von Gerdi den Kopf abreißen zu lassen. Schaudernd dachte sie an die zu allem entschlossene Löwenmutter, die im Kampfanzug durch ihren Alptraum gespukt war …

»Du siehst selbst aus wie ein Ferkelchen«, gab Emil naseweis zurück, »und sie wird uns nicht böse sein, weil wir doch Detektive sind und einen Dieb erwischen müssen! Einen Kistendieb!«

Wenn's nur das wäre, dachte Pippa und seufzte.

Schnell klappte sie die Kiste zu und steckte sie zurück in die Plastiktüte. Hoffentlich hatte sie keine Spuren zerstört!

»Im Gleichschritt Marsch«, befahl sie, »und: Parole …«

»Emil!«, brüllten die Kinder im Chor und folgten ihr im

Gänsemarsch aus dem Labyrinth heraus und zurück nach Hause.

Eine knappe Stunde später saß Kommissar Schmidt Pippa gegenüber am Küchentisch der Kästners. Pippa trank kleine Schlucke aus dem Teebecher, den Gerdi ihr hingestellt hatte. Sie war trocken und angezogen, nur ihre Haare waren noch feucht und lockten sich dadurch stärker, als ihr lieb war.

Schmidt blickte mit unbewegtem Gesicht in die Kiste, die in der Mitte des Tisches stand.

»Eine Hutnadel also«, sagte er schließlich. »Sie sind der Meinung, dass die gesuchte Mordwaffe eine Hutnadel ist, und zwar, weil eben diese Nadel fehlt.« Er sah sie skeptisch an. »Das ist noch kein Beweis. Jeder x-beliebige Geocacher kann etwas aus der Kiste genommen haben.«

»Wenn es ein Geocacher gewesen wäre, läge dafür ein anderer Gegenstand im Cache.«

»So, so. Und was zum Beispiel?«

Pippa schüttelte unwillig den Kopf. »Völlig gleichgültig. Von mir aus eine Rolle Toilettenpapier. Fakt ist: Sechs Teile müssten drin sein, es sind aber nur fünf. Und als ich den Kindern aus dem Buch vorgelesen habe, hat es auf einmal Klick gemacht.«

»Hm.« Seinem Gesicht war anzusehen, dass seine Zweifel noch immer nicht ausgeräumt waren.

»Verstehen Sie denn nicht?«, rief Pippa aufgeregt. »Alle waren dabei, als wir die Hutnadel in die Kiste getan haben, alle wussten von ihr! Wir haben sie gegen das Buch getauscht!«

Der Kommissar verdrehte die Augen. »Welches Buch denn jetzt schon wieder?«

»Das Kistenbuch, Menno!«, rief eine Kinderstimme. »*Emil und die Detektive*!«

Pippa und Schmidt fuhren herum. Die Kästner-Zwerge hatten sich angeschlichen und lungerten auf der Treppe herum, die zum Schlafboden führte.

»Und Sie sind auf die Nadel gekommen, weil Sie den Kindern aus diesem Buch vorgelesen haben?«, fragte Schmidt.

»Genau«, sagte Anton, »Tante Pippa hat vorgelesen, und als die Stelle kam, wo Emil mit der Nadel bewiesen hat …«

»… dass der böse Herr Grundeis der Dieb ist, da ist sie plötzlich aufgesprungen und losgerannt«, fiel Emil ihm ins Wort, und die beiden Mädchen nickten ernsthaft.

»Und dann hat Tante Pippa die Kiste ausgegraben und war ganz dreckig. Wie ein kleines Ferkelchen«, fuhr Anton fort.

»Wie ein kleines Ferkelchen sah Tante Pippa aus?« Schmidts Mundwinkel zuckten. »Schade, dass ich nicht dabei war.«

Anton nickte eifrig. »Du kannst das nächste Mal mitspielen. Dann kannst du auch die Kistenregeln lernen. Tante Pippa hat ganz tolle Ideen!«

»Daran zweifle ich keinen Augenblick«, murmelte Schmidt mit unüberhörbarer Ironie in der Stimme, und Pippa spürte, wie ihr das Blut in den Kopf stieg.

»Und wie muss ich mir so eine … Hutnadel vorstellen?«, fragte Schmidt.

Pippa zog einen Zeichenblock, der auf dem Tisch lag, heran und malte mit einem Filzstift die Hutnadel auf.

»So sieht sie aus«, sagte sie und schob den Block zu Schmidt. »Pia Peschmann kann es Ihnen bestätigen, sie hat sie mir geschenkt.«

Schmidt musterte die Zeichnung. »Sieht gefährlich aus«, konstatierte er schließlich.

»Spitz und dünn und sehr scharf«, sagte Pippa langsam

und akzentuiert. Sie verschränkte die Arme vor der Brust und sah Schmidt herausfordernd an.

Gerdi Kästner kam an den Tisch und räumte demonstrativ die Teetassen ab. Sie warf Pippa und Schmidt einen beredten Blick zu.

»Tante Pippa erzählt dem netten Kommissar die Geschichte jetzt woanders weiter. Hier wird nämlich jetzt gefrühstückt.«

Pippa und Schmidt verließen die Parzelle der Kästners. Zu Pippas Überraschung ging der Kommissar durch das pompöse Gartentor auf Erdmanns Parzelle und steuerte auf die Haustür zu.

»Hier?«, fragte Pippa zweifelnd. »Sollten wir nicht woanders hingehen? Das Haus ist doch versiegelt.«

Kommissar Schmidt zog die Augenbrauen hoch. »Das hat Sie gestern Nacht doch auch nicht gestört.«

»Freddy und Nante haben Ihnen erzählt …?«

Seine Miene war undurchdringlich, aber seine Augen blitzten amüsiert. »Schon nicht schlecht, Frau Bolle, aber noch nicht ganz korrekt.«

Pippa starrte ihn entgeistert an. »Sie waren letzte Nacht auch auf der Insel und haben uns …? Der Mann an der Terrassentür!«

Schmidt grinste. »Ich konnte gar nicht so schnell in den Pool hechten, wie ich mir blaue Flecken geholt habe.«

Er benutzte Lutz Erdmanns Hausschlüssel, um das Siegel aufzuschlitzen, und öffnete die Tür. Mit einer Geste bat er Pippa, einzutreten, aber sie stand wie festgenagelt.

Plötzlich fiel es ihr wie Schuppen von den Augen. »Es war Ihre Idee, dass wir Erdmanns Palazzo durchsuchen!«

Schmidt lächelte noch etwas breiter und ging ins Haus.

Pippa folgte ihm kopfschüttelnd. »Ich bin so eine Idiotin! Das hätte ich mir eigentlich denken können. Schließlich kenne ich meinen Bruder: Er würde niemals seinen bequemen Arbeitsplatz durch so ein Himmelfahrtskommando riskieren. Ihre Methoden sind wirklich bemerkenswert, Herr Kommissar.«

»Kojak ist mein großes Vorbild«, antwortete Schmidt trocken, »ich habe zwar nicht seine Glatze, dafür aber sein Gehirn.«

Pippa ließ sich von seinem Lachen für einen Moment anstecken, wurde aber rasch wieder ernst.

»Und was sollte diese vermeintlich konspirative Aktion bezwecken?«

»Ich hoffte, dass Sie sich an mehr Details erinnern, wenn Sie mit Freddy und Nante noch einmal alles in Ruhe durchgehen. Ohne den Druck eines offiziellen Verhörs. Ich halte Sie für eine sehr gute Beobachterin. Und wie ich mittlerweile weiß, sind Ihnen einige Dinge aufgefallen, die uns ganz unwichtig erschienen.«

»Freddy hat Ihnen also heute Nacht noch alles brühwarm erzählt! Wahrscheinlich liegt er deshalb jetzt im Tiefschlaf. Ich habe vorhin bei ihm angerufen und es ewig lange klingeln lassen, aber wenn er einmal schläft, können Sie Kanonen neben ihm abfeuern, ohne dass er aufwacht!«

»Also bin ich immerhin die Nummer zwei in Ihrer Telefonliste«, scherzte Schmidt, »das betrachte ich als Kompliment.«

Flirtet er etwa mit mir? dachte sie flüchtig, aber die Situation war zu aufregend, als dass das jetzt eine Rolle gespielt hätte.

»Aber etwas Wichtiges konnte er Ihnen nicht erzählen«, sagte sie. »Das ist mir selbst gerade erst klargeworden.«

Schmidts Gesicht zeigte Neugier. »Und das wäre?«
Pippa spürte, wie ihr Herz klopfte.
»Ich weiß, wer Lutz getötet hat.«

Kapitel 29

Setzen wir uns doch, Frau Bolle«, sagte Schmidt.

Er ging durch den Raum, setzte sich auf das breite Sofa und klopfte auffordernd mit der flachen Hand neben sich auf das Polster.

Pippa war fassungslos. Die Bombe, die sie hatte platzen lassen, erwies sich als tonnenschwerer Blindgänger. Sie stemmte die Hände in die Hüften.

»Ist das nicht der Moment, in dem Sie atemlos vor Ehrfurcht hauchen sollten: Wer ist es?«

Schmidts Gesicht war undurchdringlich. »Das gehört sich nur im umgekehrten Fall: Die vor Bewunderung dahinschmelzende Amateurdetektivin hängt an den Lippen des gutaussehenden Kommissars, der den Fall dank seiner Cleverness und Kombinationsgabe lückenlos aufklärt.«

Er klopfte wieder auf das Polster.

»Setzten Sie sich endlich.«

Wir stecken mitten in einem Mordfall und ich erlaube diesem vierschrötigen blonden Hünen, mit mir zu flirten, dachte Pippa verblüfft. Dabei war ich sicher, immer noch auf Leos gut geölten Latin-Lover-Charme konditioniert zu sein. Ich bin auf dem Weg der Genesung, ich merke wieder, dass es zwei Geschlechter gibt. Ich bin sicher, dass Schmidt mich schützen wollte, als er Luis' Theorie, ich hätte was mit Lutz, diskret behandelt und die Überprüfung Freddy und Nante überlassen hat.

Pippa gab sich einen Ruck und setzte sich neben Schmidt.

»Okay, großer Meister, dann beeindrucken Sie mich. Wer ist meiner Meinung nach der Mörder?«

»Aber liebe Frau Bolle.« Der Kommissar schüttelte amüsiert den Kopf. »Wir wollen doch nicht, dass Sie mogeln.«

Er zog einen Stift und einen kleinen Notizblock aus der Jackentasche, riss ein Blatt heraus und gab es Pippa.

»Schreiben Sie den Namen auf das Blatt, falten es zusammen und geben es mir. Erst dann sage ich Ihnen, was Sie glauben.«

Pippa tat beleidigt. »Typisch Mann. Ich hatte Sherlock Holmes schon immer in Verdacht, dass er Watson jeden kleinen Erfolg missgönnt. Aber bitte!«

Sie schirmte das Blatt mit der Hand vor Schmidts Blicken ab und schrieb den Namen des Mörders auf das Papier. Sie faltete den Zettel betont sorgfältig und reichte ihn ihrem Gegenüber.

Schmidt nahm den Zettel zwischen seine Hände, schloss die Augen und imitierte die salbungsvolle Stimme eines Wahrsagers: »Ich sehe ... ich sehe einen Namen ... er wird immer deutlicher ... es ist ... Josef Krause!«

Er öffnete die Augen und sah Pippa erwartungsvoll an.

Pippa war ehrlich erstaunt. »Das krause X? Warum bitte schön sollte ich das krause X verdächtigen?«

»Wir haben seine Fingerabdrücke im Bad gefunden.«

Pippa winkte ab. »Und die der restlichen Insulaner und meine und Nantes und zig andere Fingerabdrücke mehr. Ganz sicher nicht nur im Bad. Wir waren alle auf Erdmanns Party eingeladen. Wer zur Toilette wollte, musste ins Haus. Und der eine oder andere wird die Gelegenheit genutzt haben, sich genauer umzusehen. Wann sieht man schon mal ein Haus, das selbst *Schöner Wohnen* ins Schwärmen bringt?«

»Außerdem besitzt Ihr Herr X eine gute Portion kriminelle Energie – immerhin war er länger Gast auf Planet Tegel«, fuhr Schmidt fort.

Pippa runzelte die Stirn. »Bitte, wo?«

»In Deutschlands größtem Gefängnis«, antwortete der Kommissar.

»Ach so«, sagte Pippa ironisch, »es werden einfach die üblichen Verdächtigen beschuldigt! Das mag bei der Polizei gang und gäbe sein, aber wir Hobbyschnüffler halten uns etwas darauf zugute, unvoreingenommen vorzugehen. Allerdings«, Pippas Grinsen strafte ihre letzten Worte Lügen, »interessieren würde es mich schon: Was hat unser sanftes Lamm denn angestellt? Dürfen Sie darüber reden?«

»Der Mann ist rechtskräftig verurteilt. Im Namen des Volkes. Und da gehören Sie dazu.«

Er machte eine Kunstpause, und Pippa beugte sich ungeduldig vor. »Raus damit, Kommissar Schmidt!«

»Urkundenfälschung. Ihr krauses X war einer der besten Fälscher für Pässe und Urkunden, die ich je kennengelernt habe. Jedenfalls hoffe ich für ihn, dass die Vergangenheitsform hier richtig gewählt ist. Er war ein echter Künstler in seiner Branche. Der Mann hätte sogar die Stasi gefoppt. Als wir ihn geschnappt haben, wollte er gerade seinen Tätigkeitsbereich erweitern: Er hat dem Grundbuchamt einen überaus echt aussehenden Erbschein für ein Berliner Mietshaus untergejubelt. Die haben es eigentlich nur gemerkt, weil sich aus Australien ein weiterer Erbe meldete, der von einem Verwandten namens Josef Krause nichts wusste.«

Pippa pfiff anerkennend durch die Zähne.

»Nicht schlecht. Stilvoller, als alten Damen die Handtasche zu klauen. Was hat er bei seiner Verhaftung gesagt?«

Schmidt lächelte. »Er hat unsere Ermittlungsarbeit gelobt. Er sagte – ich zitiere: *Alles steht und fällt mit der Recherche.*«

»Wie recht der Mann hat«, sagte Pippa trocken, »und genau aus dem Grund habe ich ihn auch nie verdächtigt. Also: Welcher Name steht auf meinem Zettel?«

»Zugegeben, Krause war ein Schuss aus der Hüfte ...«

»... und eigentlich müsste ich beleidigt sein, weil Sie mir nicht mehr zutrauen. Aber ich bin milde gestimmt und gebe Ihnen noch eine Chance. Also?«

Schmidt lächelte siegessicher. »Ida Marthaler.«

»Nicht schlecht. Ida drängt sich geradezu auf. Freddy hat Ihnen von dem Kaufvertrag erzählt?«

»Ich weiß ebenfalls von Erdmanns Erpressung und der Drohung, Ida Marthalers guten Ruf als Pädagogin zu zerstören, indem er sie als Dealerin bloßstellt. Wer weiß, wozu sie in ihrer Panik fähig war. Wenn er sie wirklich bei der Polizei oder auch nur bei der Schulbehörde angeschwärzt hätte, wäre alles verloren gewesen, was sie sich aufgebaut hat.«

Der Kommissar forschte in Pippas Gesicht nach einer Reaktion, aber ihre Miene war undurchdringlich.

»Heute Morgen in aller Frühe wollten wir sie verhören«, fuhr er fort, »aber dann kam Ihr Anruf.«

»Da hat Ida ja Glück gehabt«, sagte Pippa. »Ich denke, Sie sollten sich den Vertrag erst genauer ansehen.«

Schmidt lächelte. »Schon geschehen. Nicht nur das: Ich habe ihn bei mir.«

Pippa schlug sich mit der flachen Hand vor die Stirn. »Stimmt – ich hätte beinahe vergessen, dass Sie bei meiner nächtlichen Aktion vom Pool aus heimlich die Fäden gezogen haben. Sie haben nicht zufällig vor, sich hier ein Grundstück zuzulegen? Die Preise auf Schreberwerder dürften gerade im Keller sein. Sie und Ihre seltsamen Methoden würden bestens zu dieser wilden Bande passen.«

»Noch ein Kompliment von Frau Bolle, heute muss mein Glückstag sein!« Schmidt strahlte.

»Das haben Sie gesagt.«

Pippa sah auf ihre Armbanduhr.

»Es ist jetzt acht Uhr. Ida ist Frühaufsteherin. Wenn Sie die Sache mit dem Vertrag klären wollen, ist jetzt die richtige Zeit. Ich bringe Sie hin.«

Sie stand auf.

»Nach dem Gespräch haben wir eine Verdächtige weniger und können uns ganz auf den Täter konzentrieren.«

Ida Marthaler öffnete die Tür. Wenn sie überrascht war, den Kommissar zu so früher Stunde zu sehen, hatte sie sich gut unter Kontrolle und ließ sich nichts anmerken.

»Kommen Sie bitte herein, Kommissar Schmidt«, sagte Ida und öffnete einladend die Tür. Als Pippa sich zum Gehen wandte, fügte sie hinzu: »Bleib doch bitte, Pippa.«

Pippa sah Schmidt fragend an.

Der nickte. »Von mir aus gern. Gegen einen … Beistand ist nichts einzuwenden.«

Sie folgten Ida in die Wohnküche. Leise Schnarchgeräusche drangen durch eine geschlossene Tür und zeugten von Heinz Marthalers Anwesenheit.

»Ich möchte Ihnen etwas zeigen, Frau Marthaler«, sagte Schmidt und zog den zusammengefalteten Kaufvertrag aus der Innentasche seiner Jacke.

Ida strich das Papier glatt und blätterte den Vertrag langsam durch. Sie erstarrte, und ihr Gesicht wurde blass, als sie die Unterschriften sah. Für einen Moment schwankte sie, und Pippa bereitete sich darauf vor, die schockierte Frau aufzufangen, sollte diese in Ohnmacht fallen.

Aber Ida Marthaler fasste sich wieder, straffte die Schultern und stieß die Tür zum Schlafzimmer auf, in dem ihr Gatte schlief. Sie zog ihm die Decke weg und rüttelte ihn. Heinz fuhr erschrocken hoch und blinzelte verwirrt auf den Vertrag, den Ida ihm unter die Nase hielt.

»Heinz, erklär das bitte«, sagte sie ruhig. »Dem Herrn Kommissar – und mir.«

Sie deutete auf Schmidt, der mit Pippa von der Wohnküche aus die Szene beobachtete.

»Ist doch jetzt nicht mehr wichtig«, grunzte Heinz Marthaler verschlafen und ließ sich wieder zurückfallen, »Erdmann ist tot, und der Vertrag damit null und nichtig. Dafür weckst du mich auf?«

»Hast du meine Unterschrift gefälscht, Heinz?«

Wie kann sie nur so ruhig bleiben? dachte Pippa. Bitte, Heinz, sag jetzt nicht, dass Herr X Idas Unterschrift … bitte nicht!

Aber ihre Sorge war unbegründet, denn Marthaler sagte: »Gefälscht? Jetzt übertreib nicht, Ida. Immerhin sind wir verheiratet. Du unterschreibst unsere Urlaubskarten doch auch für mich mit.«

Ida Marthaler sah mit unbewegtem Gesicht auf ihren Gatten hinunter. Dann wandte sie sich ab und riss die Tür des Kleiderschranks auf. Sie schnappte sich eine Reisetasche vom Schrank und stopfte Heinz' Kleidung hinein.

»Was … was machst du da?«, nuschelte der, aber sie brachte ihn zum Schweigen, indem sie einen Stapel Unterhosen auf sein Gesicht warf.

»Die erste Fähre geht um neun. Die wirst du nehmen.« Sie holte tief Luft. »Ich will dich nicht mehr sehen. Du gehst in unsere Wohnung, und ich werde hierbleiben, bis ich eine Entscheidung getroffen habe.« Sie sah Schmidt an. »Ist das für Sie in Ordnung?«

Schmidt nickte. »Solange er in der Stadt und zu unserer Verfügung bleibt.«

»Du hast gehört, wie du dich zu verhalten hast, Heinz. Halte dich daran.«

Marthaler setzte sich auf. »Aber Ida ... du kannst doch nicht einfach ... Versteh mich doch! Angelika hat mir auch zugeredet. Sie sagt, du hast einfach zu wenig Verständnis für mich.« Heinz Marthaler bekam einen verklärten Gesichtsausdruck. »Die Angelika, das ist mal eine Frau! Loyal und treu. Die weiß, was sich in einer Beziehung gehört. Frauen sollten immer für ihre Männer da sein, sagt sie ... in guten wie in schlechten Tagen.«

Jetzt knallt sie ihm eine, dachte Pippa, aber wieder reagierte Ida anders als erwartet.

Ihr Blick war beinahe mitleidig, als sie sagte: »Das setzt gegenseitiges Vertrauen voraus, Heinz. Das hast du mit meiner ... dieser Unterschrift zerstört.«

Ihr Gesicht wurde hart.

»Und jetzt raus hier.«

Ida Marthaler knallte die Schlafzimmertür hinter sich zu, setzte sich zu Pippa und Schmidt an den Esstisch und gab dem Kommissar den Vertrag zurück.

»Szenen einer Ehe, hm?«, sagte sie mit einem verlegenen, etwas schiefen Lächeln, dem man die mühsam gewahrte Selbstbeherrschung ansah.

»Hätte Ingmar Bergman nicht besser drehen können«, entgegnete Pippa. »Ich bewundere dich, Ida. Du hast Stärke bewiesen.«

Ida zuckte kraftlos mit den Schultern, starrte auf die Tischplatte und zeichnete mit dem Zeigefinger das Karomuster der Plastiktischdecke nach. Immer wieder fuhr der Finger an den bunten Linien entlang, hinauf und hinunter, von links nach rechts, von rechts zurück nach links.

Als sie schließlich den Kopf hob, waren ihre Augen tränenfeucht. Sie schluckte und sagte: »Danke, Pippa.«

Mit unerwartet fester Stimme fuhr sie fort: »Und jetzt wäre ich gern allein. Sobald Heinz weg ist, werde ich mein Haus von oben bis unten putzen. Ich muss den Gestank eines Dämons vertreiben.«

Pippa und Schmidt gingen langsam zurück zu Erdmanns Haus.

»Glauben Sie ihr?«, fragte Pippa.

»Vor allen Dingen glaube ich ihm, diesem armen Trottel«, sagte Schmidt. »Ob er wirklich gedacht hat, dass er damit durchkommt? Ich würde mich mit einer Frau wie Ida Marthaler nicht anlegen.«

»Jetzt bleibt Ihnen nur noch eine Chance.« Pippa lächelte triumphierend. »Ich bin ehrlich gespannt, Herr Kommissar. Wer ist der Mörder?«

»Der Mörder ist immer der Gärtner«, schoss Schmidt zurück.

Pippa lachte. »Stimmt. Auf Schreberwerder ist dieser Spruch Programm.« Dann wurde sie wieder ernst. »Und Gärtner kennen sich mit Kaliumchlorid aus. Aber nur einer hatte einen Grund, auch Felix zu töten.«

Sie hatten Erdmanns Parzelle erreicht und standen vor dem Haus.

»Sie glauben wirklich, Ihr Mörder hat beide Brüder auf dem Gewissen? Unsere Leute sind da vorsichtiger. Erinnern

Sie sich. Das Ergebnis der Untersuchungen lautet: Mord an Felix Maier nicht nachweisbar.«

»Ich bin mir absolut sicher.«

»Irgendwelche Beweise?«

»Nicht nur einen. Kommen Sie.«

Pippa zog Schmidt ins Haus und weiter in Lutz Erdmanns Arbeitszimmer. Dort holte sie den Ordner mit der Aufschrift *Parzellenkäufe* aus dem Regal und öffnete ihn.

»Beweis Nummer eins.«

Schmidt sah verdutzt zwischen dem Vertrag in seiner Hand und dem Ordner hin und her. »Und? Der Ordner ist leer.«

»Eben. Und genau das sollte er nicht sein.«

»Sollte er nicht?«

»Denken Sie nach, Herr Kommissar.«

Er starrte noch ein paar Sekunden verständnislos auf den leeren Ordner, dann ging ihm ein Licht auf. »Parzelle 6. Angelika Christ.«

»Der Kandidat hat hundert Punkte.«

»Der Vertrag kann irgendwo anders abgeheftet sein.«

»Ich dachte, Ihre Leute hätten hier jeden Millimeter durchsucht und jedes Blatt Papier mindestens zweimal umgedreht. Und? Wurde der Kaufvertrag über Parzelle 6 gefunden?«

»Das nicht«, sagte Schmidt zögernd, »aber vielleicht ist er bei Erdmanns Anwalt deponiert.«

»Nie im Leben.« Pippa schüttelte den Kopf. »Parzelle 6 war die erste, die er verkauft hat. Der Vertrag wurde mit großem Tamtam vor aller Augen auf der Party unterzeichnet, demonstrativ. Den Vertrag hatte Lutz immer griffbereit, und er müsste hier abgeheftet sein. Es sei denn ...«

Sie sah Schmidt erwartungsvoll an, und wie erhofft vervollständigte er ihren Satz.

»... dass irgendetwas Angelika Christ veranlasst hätte, ihm die Parzelle nicht mehr verkaufen zu wollen und sie sich den Vertrag zurückholte.«

»Wie zum Beispiel die nächtlichen Aktivitäten ihres Verlobten mit einer gewissen Architektin. Beweisführung abgeschlossen.«

»Nicht schlecht. Und Beweis Nummer zwei?«

»Angelika hat jahrelang als Krankenschwester gearbeitet. Zwar nur als Betriebskrankenschwester, aber gewisse Dinge verlernt man nicht, zum Beispiel ...«

»... wie und wo man eine Hutnadel ansetzen muss, um jemanden lebensgefährlich zu verletzen.«

»Genau. Oder wie man jemandem unauffällig eine tödliche Dosis Kaliumchlorid verabreicht.«

»Und warum sollte sie das getan haben?«

»Als ultimativen Liebesbeweis für Lutz, so verdreht das auch klingen mag. Felix stand ihren Plänen im Weg.«

Schmidt schien nicht überzeugt. »Angelika Christ hat für den Zeitpunkt von Felix Maiers Tod ein Alibi. Sie besuchte ihren Vater im Altenheim.«

Pippa winkte ab. »Das Heim ist in Heiligensee. Sie ist aber Wasserstadt ausgestiegen, sagt Nante. Für einen Spaziergang zum Heim ist das die falsche Havelseite.«

»Aber machbar. Es gibt Pendelfähren«, gab Schmidt zu bedenken. »Das ist kein Beweis, dass sie im Krankenhaus war, aber immerhin eine wichtige Beobachtung. Bei der Befragung hat Angelika Christ jedenfalls nicht erwähnt, dass sie ins Krankenhaus gegangen ist. Sie hat nur von einem Besuch bei ihrem Vater gesprochen. Und der hat das Alibi bestätigt. Allerdings erschien er uns aufgrund seiner altersbedingten Gedächtnislücken nicht mehr der ideale Zeuge. Andere Heiminsassen oder Pflegepersonal erinnerten sich leider auch nicht an die genauen Zeiten ihrer Anwesenheit.«

»Sehen Sie? Angelika hatte Zeit und Gelegenheit, sowohl Felix als auch Lutz zu ermorden.«

»Gewagte Behauptungen, liebe Frau Bolle, reichen leider nicht. Wir brauchen Beweise.«

Pippa sah ihn herausfordernd an.

»Sie sind doch für Ihre ungewöhnlichen Maßnahmen bekannt, Kojak. Dann überlegen Sie sich jetzt eine, die Angelika Christ überführt – sonst mach' ich das alleine.«

Kapitel 30

Die Uhr schlug Mitternacht.

Pippas Herz begann hart zu hämmern, in ihren Handflächen bildete sich Schweiß. Sie blieb stehen und starrte auf das Ziffernblatt der antiken Uhr auf dem Kaminsims. Sie schluckte und wünschte sich die Gelassenheit der goldenen Frauenfigur, die auf dem schwarzen Marmorgehäuse saß und las.

Unruhig nahm Pippa ihre Wanderung durch Dorabellas Wohnzimmer wieder auf, verweilte schließlich am Fenster und starrte hinaus in die Nacht. Der Wind heulte um den Doppelbungalow und ließ die Fensterläden klappern.

Welcher Teufel hat mich geritten, mich wieder in Gefahr zu begeben, dachte sie nervös, das ist die gerechte Strafe für meine große Klappe.

Sie setzte sich an den Tisch und versuchte, ihre Atmung zu beruhigen. Stück für Stück ging sie den Plan noch einmal durch. Hatte sie alles bedacht? Konnte wirklich nichts schiefgehen? Noch war es Zeit, die Aktion abzubr…

Sie fuhr zusammen, als es an der Eingangstür klopfte.

Showtime.

Pippa ging zur Tür und zögerte noch einmal kurz, um sich die Hände an der Jeans trockenzureiben. Sie zwang sich ein gelassenes Lächeln ins Gesicht und öffnete.

»Angelika. Schön, dass du meiner Einladung gefolgt bist.«

Angelika Christs Gesicht war ausdruckslos. Sie ging an Pippa vorbei ins Haus. Misstrauisch sah sie sich um.

»Wir sind allein?«

»Natürlich sind wir allein. Was wir zu besprechen haben, geht niemanden außer uns etwas an.« Pippa zeigte auf das Sofa. »Setzen wir uns doch.«

Angelika ignorierte die Aufforderung und inspizierte aufmerksam den Raum. Als sie an der Tür zum Bad vorbeikam, öffnete sie diese wie zufällig. Sie warf einen Blick hinein und ging dann langsam zum Esstisch. Sie steckte die Hände in die Taschen ihrer Strickjacke und sah Pippa an.

Setz dich endlich hin, dachte Pippa.

Als hätte Angelika ihre Gedanken gehört, setzte sie sich auf die äußerste Kante eines Stuhls. Ihr Körper wirkte gespannt wie eine Stahlfeder.

Pippa atmete auf. Angelika war neugierig, damit war die Voraussetzung für das Gelingen des Plans geschaffen.

Das Spiel konnte beginnen – und musste bis zum Ende gespielt werden.

Langsam und ruhig, bewusst jede hektische Bewegung vermeidend, ging Pippa zum Geschirrschrank und holte zwei Weingläser heraus. Ein Tablett mit einer geöffneten Flasche von Dorabellas Schlehenwein stand bereit. Pippa stellte die Gläser dazu und trug alles hinüber zum Tisch.

Angelika beobachtete sie scharf, als Pippa die Gläser füllte.

»Du bist nervös. Deine Hände zittern.«

Pippa entrang sich ein Lachen und setzte sich. »Natürlich bin ich nervös. Unser Gespräch kann mein Leben ändern. Unser beider Leben.«

Sie hob ihr Glas.

»Ich möchte einen Toast ausbringen. Auf uns! Frauen, die wissen, was sie wollen, und sich holen, was ihnen zusteht!«

Angelika Christ hob zögernd ihr Glas, nippte aber nur, ohne Pippa aus den Augen zu lassen. Ihre Stimme hatte einen aggressiven Unterton, als sie sagte: »Warum ich? Ich dachte, Karin wäre deine beste Freundin, warum hast du mich ausgesucht?«

Jetzt ist meine ganze Schauspielkunst gefragt, dachte Pippa und verzog verächtlich den Mund.

»Karin? Machst du Witze? Die hat sich in ihrer Bilderbuchwelt eingerichtet. Kein Ehrgeiz, keine Ambitionen. Die hat verlernt, über den Tellerrand hinauszusehen. Sie hat alles, was sie je wollte: einen Mann, zwei Kinder, eine schöne Wohnung.« Sie lehnte sich zurück und sah Angelika herausfordernd an. »Wer nicht mehr vom Leben erwartet, verdient auch nicht, mehr zu bekommen.«

»Du bist eifersüchtig auf sie«, sagte Angelika lauernd.

Pippa zuckte mit den Schultern. »Vielleicht. Wenn es Eifersucht ist, dass mich ihre selbstgefällige Gelassenheit rasend macht, dann bin ich wohl eifersüchtig.«

Angelika Christ nickte wissend. Ihre verkrampften Hände lockerten sich.

»Ich brauche eine Frau, die tickt wie ich«, fuhr Pippa fort. »Eine Frau, die über Leichen geht, um ihre Ziele zu erreichen.«

Angelikas Gesicht blieb ausdruckslos. »Ich war sehr erstaunt, als ich deine Einladung bekam.«

Sie zog einen Zettel aus der Jackentasche und las vor: *»Du willst das Hanf-Hotel? Du willst Schreberwerder für Dich? Ich weiß einen Weg, wie Du alles bekommen kannst: mit meiner Hilfe – und Beteiligung. Näheres heute um Mit-*

ternacht in Dorabellas Haus. P. B.« Sie hob den Blick. »Ich muss schon sagen – recht theatralisch.«

Das aus dem Mund der Königin der theatralischen Auftritte, dachte Pippa. Laut sagte sie: »Ja, vielleicht habe ich ein wenig übertrieben, aber ich bin eine leidenschaftliche Frau. Genau wie du. Außerdem ...« Pippa beugte sich vor und senkte die Stimme. »Wir haben keine Zeit zu vergeuden. Wir müssen sofort handeln. Wir haben nur eine Chance.«

»Chance, wofür?«, fragte Angelika mit hochgezogenen Augenbrauen.

Pippa ließ ein paar Sekunden verstreichen, bevor sie antwortete: »Die Chance, unsere Zukunft zu sichern. Die Chance auf ein Leben in Wohlstand, das wir uns verdammt noch mal verdient haben, nach allem, was wir durchgemacht haben. Du und ich, wir haben das gleiche Schicksal erlitten.«

»Ach, tatsächlich? Nicht, dass ich wüsste.«

»Wir haben beide geglaubt, eine glückliche Zukunft vor uns zu haben an der Seite des Mannes, den wir lieben. Und wurden wir nicht beide ausgenutzt, hintergangen und betrogen?«, sagte Pippa eindringlich. »Einen Unterschied gibt es allerdings: Du bist mutiger als ich. Mein Mann lebt noch.«

Angelikas Gesicht versteinerte, aber sie erwiderte nichts.

Verzeih mir, Leo, und du auch, Karin, dachte Pippa, das alles geschieht im Dienste der Wahrheit. Und wie es aussieht, muss ich sogar noch eins drauflegen, um Angelika zu knacken ...

»Niemand gönnt uns unser Glück, Angelika. Andere Frauen nehmen uns unsere Männer weg. Es ist nicht fair, dass Frauen wie Karin, die haben, was wir uns wünschen, uns damit trösten, dass der Schmerz irgendwann vergehen wird!« Pippa schlug mit der flachen Hand auf den Tisch.

»Was wissen die schon von Verlust? Gar nichts wissen die! Und nichts von dem Hass, der uns auffrisst!«

Endlich blitzte in Angelikas Augen Interesse auf.

»Sprich weiter«, sagte sie langsam.

Na also, frohlockte Pippa innerlich, hab ich dich endlich so weit.

»Wir müssen zur Selbsthilfe greifen. Zusammen. Uns nehmen, was uns zusteht.«

»Und wie?«

Pippa lächelte. »Ganz einfach.«

Ihr Herz schlug bis zum Hals, als sie ein Papier aus der Schublade des Tisches zog und hochhielt.

»Dieses Papier, meine Liebe, ist ein Erbschein für die Parzellen 4 und 5. Und für eine gewisse, besonders große Parzelle.«

Angelika schluckte und leckte sich die trockenen Lippen. »Lutz' Grundstücke«, flüsterte sie.

Pippa nickte selbstgefällig. »Ganz recht. Lutz' Grundstücke. Wäre doch schade, wenn die Parzellen in die falschen Hände gerieten, findest du nicht auch?«

Angelika Christ musterte sie aus zusammengekniffenen Augen.

Du liebe Güte, dachte Pippa nervös, sie weiß doch nicht etwa, dass Ida bereits mit uns …

Weiter kam sie nicht, denn Angelika sprang auf, zeigte zitternd mit dem Finger auf sie und rief mit schriller Stimme: »Du hattest also doch etwas mit meinem Lutz, deshalb hast du den Erbschein! Ich wusste es! Wie du ihn immer angeglupscht hast mit deinen Kuhaugen! Als ich dich in jener Nacht von seiner Parzelle schleichen sah, dachte ich, du hättest endlich aufgegeben, deshalb …«

Sie stoppte sich selbst, als ihr bewusst wurde, wie viel sie in ihrem Zorn preiszugeben drohte. Langsam setzte sie sich wieder und atmete tief durch.

»Das ist eine Fälschung«, sagte sie schließlich.

Pippa nickte. »Selbstverständlich ist das eine Fälschung.« Sie nahm die Urkunde und betrachtete sie eingehend. »Eine sehr gute Fälschung, wenn ich mir diese Bemerkung erlauben darf.« Sie legte das Blatt wieder auf den Tisch und sah es liebevoll an. »Meine beste Arbeit bisher.«

Angelika wirkte irritiert. »Damit kommst du nie im Leben durch, das kann ich mir einfach nicht vorstellen.« Sie stand auf. »Wenn wir sonst nichts zu besprechen haben ... Ich brauche meinen Schlaf, ich möchte morgen in aller Frühe meinen Vater besuchen.«

Danke für das Stichwort, dachte Pippa erleichtert, ich hatte schon befürchtet, ich hätte es verpatzt.

»Ah, dein lieber Vater. Er lebt in Heiligensee, nicht wahr?«

Angelika wähnte sich auf sicherem Terrain und entspannte sich wieder.

»In einem wunderschönen Seniorenheim. Ich werde dort am nächsten Ersten ...«

»Wenn man nach Heiligensee will, geht man in Tegelort von Bord der *Rieke*«, unterbrach Pippa sie und fuhr beiläufig fort: »Wenn man in Wasserstadt aussteigt, hat man ein anderes Ziel.«

Angelika stand auf und lief unruhig auf und ab. »Ich wollte mir ein wenig die Beine vertreten. Es war ein sonniger Tag.«

Pippa hielt den Atem an. Angelika fragt nicht nach, welchen Tag ich meine, dachte sie entsetzt und triumphierend zugleich, ich hatte recht mit meinem Verdacht!

»Wasserstadt liegt auf der einen und Heiligensee auf der anderen Seite der Havel«, sagte sie ruhig.

Angelika blieb abrupt stehen. »Worauf willst du hinaus?«

Pippa gab sich ungerührt. »Ich will dich erpressen.«

»Mich?« Angelika lachte trocken. »Bei mir ist nichts zu holen.«

Wieder falsch reagiert, Angelika, dachte Pippa. Du hättest sagen müssen, dass es nichts gibt, womit ich dich erpressen kann. Ich wünschte, Kommissar Schmidt wäre jetzt bei mir. Er wüsste genau, was man an dieser Stelle sagen und fragen müsste, um an ein Geständnis zu kommen. So etwas lernen die doch auf der Polizeischule. Aber: Alle Mörder machen Fehler … darauf muss ich bauen.

»Du kannst mir die Hälfte deines Besitzes bieten, die Hälfte von all dem, was dieses Dokument dir sichert, wenn ich deinen Namen eintrage. Als Erbberechtigte. Du warst Lutz' Verlobte. Niemand wird anzweifeln, dass er dir alles hinterlässt.«

Angelika kam an den Tisch und griff nach dem Erbschein. Sie studierte das Schriftstück ausgiebig und konstatierte: »Sieht echt aus.«

»Das wird dir jedes Gericht bestätigen. Der Unterschied ist selbst für Fachleute nicht zu erkennen«, sagte Pippa … was daran liegen könnte, dass es ein echter Erbschein ist, den Herr X meisterhaft manipuliert hat, dachte sie.

Angelika ging zum Fenster und sah hinaus, achtete aber sorgfältig darauf, hinter der Gardine verborgen zu bleiben.

Pippa erkannte, dass Angelikas Angst und Misstrauen noch immer starke Gegner waren und dass sie sich nicht den kleinsten Fehler erlauben durfte, wenn sie die Mörderin entlarven wollte.

Angelika drehte sich um und zeigte auf den Erbschein. »Du bist Übersetzerin. Wieso kannst du so gut fälschen?«

»Habe ich an meiner Hochschule gelernt«, sagte Pippa,

»dort wurden auch Kalligraphie-Kurse angeboten, Plakatmalerei, Kunstschrift ... das ganze Programm. Ich habe alle belegt und mein Können später ausgebaut und verfeinert.« Sie zuckte mit den Achseln. »Auftraggeber für Übersetzungen stehen nicht gerade Schlange vor meiner Tür. Da muss ich mir ab und an ein kleines Zubrot verdienen. Ich bin es einfach leid, keine Miete zahlen zu können und von der Barmherzigkeit anderer Leute abhängig zu sein.«

»Das kenne ich«, murmelte Angelika, und dann, lauter: »Und jetzt willst du deine Talente für Schreberwerder einsetzen. Und was willst du da genau von mir?«

Pippa fühlte sich unbehaglich, weil Angelika stand und sie selbst saß, versuchte aber, sich diese Unruhe nicht anmerken zu lassen.

»Du sollst mir zu einem Stück vom Kuchen verhelfen – aber bitte mit Sahne.«

Angelika sah lauernd auf Pippa hinab. »Genauer.«

»Ich erstelle den perfekten Erbschein. Du legst ihn dem Grundbuchamt vor.«

»Und das soll funktionieren?«

»Todsicher. Da kenne ich mich aus. Dank eines Übersetzungsauftrages über Erbrecht. Es ist ganz einfach: Ohne Erbschein kein Erbe. Der Erbschein dokumentiert dein Recht zu erben. Jeder, dem du den Erbschein vorlegst, kann sich auf seine Richtigkeit verlassen. Das nennt man *Öffentlicher Glaube*, nachzulesen in Paragraph 2366 des BGB.«

Angelika runzelte ungeduldig die Stirn. »Paragraphen interessieren mich nicht.«

»Befindet sich im Nachlass eine Immobilie, sagt Paragraph 35 Absatz 1 der Grundbuchordnung«, fuhr Pippa unbeirrt fort, »so ist der Nachweis der Erbfolge gegenüber dem Grundbuchamt anhand eines Erbscheins zu führen.«

Angelika starrte auf das Dokument. »Den ich dann ja habe.«

»Den du dann ja hast«, bestätigte Pippa. »Und schon gehört uns halb Schreberwerder.«

»Halb Schreberwerder ist nicht genug für das Hotel.«

Herrje, setz dich endlich wieder hin, dachte Pippa zunehmend nervös. Ihr Magen flatterte.

»Natürlich reicht die halbe Insel nicht«, sagte sie leichthin. Zuerst bringe ich Karin dazu, die Parzelle zu verkaufen. Sie wird mir meine Zukunft als leitende Kraft im Hanf-Hotel nicht verbauen wollen.«

»Darauf soll sie hereinfallen?«

»Ich weiß genau, welche Knöpfe ich bei ihr drücken muss. Sie fühlt sich hier ohnehin nicht mehr wohl, seit ... seit die Polizei hier Dauergast ist. Und wenn Karin verkauft, wird Viktor nachziehen, garantiert.«

»Dann werden es die beiden Verrückten, der Irre Luis und dieser Pseudo-Künstler, auch nicht mehr lange hier aushalten ...«, sagte Angelika nachdenklich. Ihr Gesicht hatte sich aufgehellt.

Pippa zog es vor zu schweigen. Sie nickte nur.

»Peschmanns sind so gut wie in Toulouse.« Angelika kam allmählich in Fahrt. »Diesen Kapitän werde ich einfach überbieten.«

»Bleiben noch die Kästners«, gab Pippa zu bedenken.

Angelika machte eine wegwerfende Handbewegung. »Leichtes Spiel. Bei denen müssen wir lediglich die gleichen Fäden ziehen wie Lutz. Kästner wird einknicken wie ein Strohhalm.«

Pippa atmete auf. Angelika hatte *wir* gesagt. Doch statt eines Triumphgefühls, Angelika so weit manipuliert zu haben, fühlte Pippa tiefen Ekel.

Angelika stolzierte hoch erhobenen Hauptes und mit verklärtem Blick durch Dorabellas Wohnzimmer, geistig völlig entrückt in die Phantasie einer glorreichen Zukunft, die nur durch Mord und Betrug zu erreichen war. Mit dem Rücken zu Pippa blieb sie stehen und sagte: »Selbstverständlich werde ich mir eine neue Architektin suchen, schließlich hat die Julius Lutz auf dem Gewissen. Hätte sie ihre Krallen von ihm gelassen, würde er heute noch leben.« Sie lachte hämisch. »Kein Stehvermögen, diese Frau. Findet Lutz und bricht zusammen. Vernehmungsunfähig – lächerlich. Mit so einem Zuckerpüppchen kann ich nicht arbeiten.«

Sie verstummte und dachte nach. Dann fuhr sie zu Pippa herum und fauchte: »So weit der schöne Plan. Aber warum sollte ich mit dir teilen wollen?«

Pippas Herz machte einen verängstigten Hüpfer. Sie riss sich zusammen und sagte: »Nun, wir kennen beide dein kleines Geheimnis. Deine *beiden* Geheimnisse.«

Angelika legte den Kopf schräg und musterte sie abschätzend. »Keine Ahnung, was du meinst, Pippa.«

Pippa rang sich ein souveränes Lachen ab. »O bitte, du beleidigst meine Intelligenz. Du hattest Zeit, Gelegenheit und vor allem ...«, Pippa legte eine Kunstpause ein, um den Köder angemessen zu platzieren, »... vor allem hattest du den Mut, dir die beiden ungleichen Brüder vom Hals zu schaffen.«

Angelika kam drohend einen Schritt auf sie zu, aber Pippa hob die Hand.

»Versteh mich nicht falsch, ich habe nicht vor, mit meinem Wissen zur Polizei zu rennen. Absolut nicht. Schon gar nicht zu diesem arroganten, kleingeistigen Kommissar Schmidt.«

Angelika entspannte sich ein wenig, stand aber geduckt wie ein lauerndes Raubtier.

Kaltschnäuzigkeit siegt, dachte Pippa und fuhr fort: »Ich

hatte gehofft, jemanden von deinem Kaliber zu finden. Allein könnte ich den Plan nicht durchziehen.«

Angelika lächelte geschmeichelt. »Ihr Leute aus dem Elfenbeinturm. Euch fehlt die richtige Energie. Immer nur Worte, Worte, Worte ... Aber wenn es wirklich darauf ankommt, fehlt euch der Mumm.« Herrje, jetzt zitiert sie auch noch Hamlet, dachte Pippa schaudernd.

»Dann lass mich von dir lernen«, bat Pippa, innerlich zitternd vor dem, was jetzt noch kommen würde, »und erkläre mir, wie du die beiden ...«

»Du willst wissen, wie ich Felix und Lutz umgebracht habe? Warum sollte ich dir das erzählen?«

Danke für das Geständnis und Fehler Nummer vier, liebe Angie, dachte Pippa.

»Ich stelle es mir so vor ...« Pippa unterbrach sich schnell, als Angelika empört nach Luft schnappte.

»*Ich* erzähle, wie es gewesen ist«, fauchte Angelika.

Pippa nickte hastig. »Natürlich. Nur du hast das Recht dazu.«

»Allerdings.« Angelika lächelte versonnen bei der Erinnerung an die Morde. »Bei Felix habe ich im Wasser einen Wadenkrampf vorgetäuscht und um Hilfe gerufen. Leise, natürlich, damit nur er mich hören konnte. Dann habe ich ihn immer tiefer ins Wasser hineingelockt. Dieser Trottel, wie kann man nur so dämlich sein: Nichtschwimmer und helfen wollen.« Sie runzelte die Stirn. »Leider hat es nicht gereicht. Die *Rieke* kam, und Nante musste sich prompt als Held aufspielen.«

Pippa war eiskalt geworden, sie fühlte sich wie gelähmt. Also war es doch kein Badeunfall, dachte sie. Hoffentlich gehorcht mir meine Stimme jetzt noch.

»Und warum Felix?«

»Die gute Pippa ist also doch nicht so clever, wie sie denkt«, höhnte Angelika. »Er stand unseren Plänen im Weg, ist doch klar.«

»Und deshalb bist du ins Krankenhaus …«

»Sogar zwei Mal! Einmal, um mich zu orientieren, und dann ein zweites Mal, um die Sache zu erledigen. Schon seltsam, wenn man nur einmal irgendwo auftaucht, ist man verdächtig, aber je öfter man kommt, desto selbstverständlicher wird man akzeptiert.« Angelika kicherte irre. »Beim ersten Mal habe ich aus dem Schwesternzimmer eine Tracht mitgenommen. Niemand hat mich beachtet, als ich in sein Zimmer ging, um ihm das Kaliumchlorid zu verabreichen. Das ideale Mittel. Der perfekte Mord. Ich wusste, damit kann mir nichts nachgewiesen werden.«

Sie verstummte und kaute auf ihrer Unterlippe.

»Und Lutz?«

Angelikas Gesicht verdüsterte sich. »Mein Vater hatte recht: Lutz war meiner nicht würdig. Er wusste nicht zu schätzen, dass ich Felix nur für ihn getötet habe. Ich frage dich: Kann eine Frau einen größeren Liebesbeweis erbringen? Welche andere Frau hätte das für ihn getan?«

Pippa schüttelte den Kopf, aber sie hütete sich, Angelikas Redefluss zu unterbrechen.

»Annette Julius ganz bestimmt nicht!«, ereiferte diese sich weiter, »die hat Lutz nicht wirklich geliebt. Die hat nur die Beine breit gemacht, um an lukrative Aufträge zu kommen.« Angelika schnaubte verächtlich.

»Und deshalb hast du gewartet, bis sie wieder weg war?«

»Denkst du, ich war scharf auf Zuschauer? Oder hatte Lust, gestört zu werden? Von Luis vielleicht? Oder von der cleveren Frau Bolle?« Ihr Gesicht verzog sich zu einem breiten Lächeln. »Und dann bin ich ins Labyrinth und habe deine hübsche Hutnadel ausgebuddelt.«

»Verstehe, kleine Absicherung«, sagte Pippa heiser. »Damit war die Mordwaffe im Zweifel mir zuzuordnen.«

Angelika lachte, als wäre ihr ein besonders guter Streich gelungen. »Das habe ich mir gut ausgedacht, nicht wahr? Als ich zurückkam, war Lutz samt Gespielin weg. Ich war so wütend ... Der sollte mich kennenlernen. Die Julius sollte gefälligst ihre Finger von meiner Parzelle lassen, und sie sollte *ihn* nicht bekommen. Lutz gehört mir ganz allein. Mir allein ... sie kann von Glück sagen, dass sie nicht mehr auf der Insel war, als ich ...«

Sie verstummte und starrte gedankenverloren vor sich hin.

»Was hast du dann getan?«, fragte Pippa schließlich.

»Ich habe in seinem Arbeitszimmer nach meinem Vertrag gesucht. Ich wollte ihn vernichten – dieser Fremdgeher hatte das Recht auf meine Parzelle für immer verwirkt. Aber der Vertrag war nicht im Ordner. Und plötzlich stand Lutz hinter mir.« Sie ballte die Fäuste, dass ihre Fingerknöchel schneeweiß wurden. »Als ich mich auf mein vierzehntägiges Rücktrittsrecht berief und meinen Vertrag zurückverlangte, lachte er mich aus. Er holte den Vertrag aus seiner Aktentasche und hielt ihn mir unter die Nase.«

Angelika presste die Lippen zusammen.

»Und weißt du, was er mir zeigte?«, rief sie wild.

Pippa schüttelte eingeschüchtert den Kopf.

Angelika fuhr sich hektisch mit der Hand über die Stirn. »Das Datum meiner Unterschrift. Er hatte den Vertrag um einen Monat vordatiert. Die Frist war abgelaufen. Und nicht nur das: Es stand ein Passus im Vertrag, dass ich ihm die Parzelle unentgeltlich abtrete, im Tausch für eine Anstellung im Hanf-Hotel, falls das Projekt jemals realisiert wird! Stell dir das vor! *Falls!*«

Pippa musste ihre Empörung über Lutz nicht spielen.

»Dieser Aasgeier! Ich wäre ausgeflippt! Ich hätte ihm irgendetwas über den Schädel gezogen, ganz sicher. Stiehlt dir alles, was du hast, nutzt deine Liebe aus …«

»… und denkt, er kommt damit durch!«, schrie Angelika völlig außer sich. »Er kriegt alles und ich kriege gar nichts? Nicht mit mir!«

»Das konntest du nicht zulassen.«

»Richtig! Er hat nur bekommen, was er verdient hat. Ich habe ihn bestraft.«

»Und wie?«

Angelika stutzte und wurde schlagartig ruhig. »Was soll die Frage? Du weißt doch genau, wie Lutz gestorben ist.« Sie musterte Pippa stirnrunzelnd und sagte langsam: »Dieser Schlaumeier von Kommissar, mit dem du ständig die Köpfe zusammengesteckt hast … und dein Bruder ist ein Bulle … Moment mal! Das hier ist eine Falle, richtig? Du bist nicht besser als Lutz! Du hast mich die ganze Zeit belogen!«

Ehe Pippa reagieren konnte, hatte Angelika die Hutnadel in der Hand. Wie eine Furie stürzte sie sich auf die sitzende Pippa und nahm sie in den Schwitzkasten.

Pippa keuchte, als sie die Spitze der Nadel an ihrem Hals spürte.

»Ich lasse mich nicht erpressen, hörst du?«, zischte Angelika direkt an Pippas Ohr. »Auch von dir nicht, du verdammte Lügnerin. Du wirst mein Leben nicht zerstören, du nicht, du miese, kleine …«

Sie verstärkte den Druck der Nadel auf Pippas Hals, und Pippa stöhnte gequält auf.

Angelika kicherte. »Du weißt alles, und es wird dir nichts mehr nützen …«

Mit einem Krachen flog die Schranktür zu Herrn X' Bungalow auf, und Schmidt und Freddy stürzten ins Zimmer.

»Keine Bewegung! Polizei!«, rief Schmidt, die Pistole im Anschlag.

Freddy warf sich auf die überraschte Angelika Christ, die vor Wut und Enttäuschung wie eine Besessene kreischte und blind mit der langen Nadel nach ihm stach.

»Wenn du meinen Bruder verletzt, wirst du das bereuen«, brüllte Pippa, holte aus und versetzte Angelika Christ einen Kinnhaken, der diese zu Boden schickte. Sofort ließ Freddy die Handschellen um Angelikas Handgelenke klicken.

Pippa weinte vor Erschöpfung, als sie Freddy umarmte. Ihr Blick fiel auf Kommissar Schmidt, der seine Pistole sicherte und breit grinste.

»Ihr habt euch ganz schön Zeit gelassen«, schnauzte sie ihn an.

Sie ließ Freddy los und rieb sich den Hals.

»Was hat euch aufgehalten?«

»Wir greifen ein, wenn wir alle Informationen haben, die wir brauchen. Mit ein bisschen Kollateralschaden muss immer gerechnet werden«, sagte Freddy und wich erstaunlich flink aus, als Pippa nach ihm schlug. Er zwinkerte Schmidt zu. »Jahrelanges Training als kleiner Bruder.«

Er bückte sich und zog Angelika auf die Füße. Als er sie durch den Raum führte, drehte Angelika sich noch einmal zu Pippa um, spuckte nach ihr und fauchte: »Ich habe dich vom ersten Moment an gehasst.«

»Sieht so aus, als hätte ich eine Feindin fürs Leben gefunden«, sagte Pippa und seufzte.

Sie sahen Freddy und Angelika nach, wie sie durch die Haustür verschwanden.

Schmidt lächelte Pippa an. »Arroganter, kleingeistiger Kommissar, ja?«

»Haben Sie mich deshalb so lange zappeln lassen?«

Schmidt schüttelte lachend den Kopf.

»Danke für Ihre Hilfe, Pippa. Fühlt sich gut an, wenn ein Fall gelöst ist.«

Pippa lächelte zurück. »Fühlt sich gut an, wenn man dabei helfen konnte.«

Epilog

Schreberwerder hielt Hof.

Auf karierten Picknickdecken, alten Perserteppichen und bunten Kissen saßen Insulaner und Besucher und genossen die warme Sommersonne und das opulente Speisenangebot. Tapetentische ächzten unter Schüsseln mit Salaten, Platten mit Buletten-Pyramiden, köstlichen Süßspeisen und Kuchen. Matthias Wittig und Stephan Kästner standen am qualmenden Grill und achteten darauf, dass sich Gemüsespieße, Steaks und Würstchen nicht in Kohle verwandelten.

Pippa lehnte an Herrn X' Fahnenmast und betrachtete das Genrebild in seinem Garten.

»Na, Kleene? Schön, oder?«

Bertie Bolle legte den Arm um die Schulter seiner Tochter und drückte sie an sich.

Pippa nickte. »Danke, dass ihr das Picknick nach Schreberwerder verlegt habt.«

Bertie Bolle lachte. »Wir wollten nur Luis zurückbringen.« Er zwinkerte ihr zu. »Er brauchte eine Eskorte, damit er nicht auf halber Strecke umkehrt, um seine lautstarken Diskussionen mit Ede Glassbrenner fortzusetzen. Luis war drauf und dran, die friedliche Transvaal 55 in eine Außenstelle von *Bonnies Ranch* zu verwandeln.«

Pippa knuffte ihren Vater liebevoll in die Seite. »Stimmt, Luis macht auch dir noch was vor, Papa.« Sie machte eine

Pause und sagte mehr zu sich selbst, als zu ihrem Vater: »Und jetzt zum Höhepunkt des Tages.«

Sie nahm die Fahnenleine und schlug damit gegen den Metallmast. Das Geräusch brachte ihr die Aufmerksamkeit der munteren Gesellschaft.

Aber ehe Pippa sprechen konnte, ergriff Viktor das Wort.

»Liebe Gäste aus dem Transvaal, liebe Nachbarn, herzlich willkommen bei unserer kleinen Feier zu Ehren der jungen Dame, die uns unseren Inselfrieden zurückgebracht hat. Liebe Pippa, vielen Dank für deinen Einsatz.«

»Durch den wir endlich mal wieder lecker essen können!«, rief Freddy mit vollem Mund und erntete Applaus.

»Durch dich, Pippa, ist Schreberwerder wieder zu dem idyllischen Fleckchen Berlin geworden, das es vor den Ereignissen der letzten Wochen war«, fuhr Viktor fort.

»Ick weeß nich, ick weeß nich«, murrte Luis, »keene Ahnung, wer sich nu die Parzellen von Erdmann krallt. Ick bin zu alt für böse Überraschungen.«

»Es wird nur noch eine einzige Überraschung geben«, sagte Pippa und winkte Herrn X, der sich bisher schüchtern im Hintergrund gehalten hatte. Er übergab Pippa ein mehrseitiges Dokument, das sie auf einen bereitstehenden Campingtisch legte.

»Ohne Herrn X wäre es nicht gelungen, Angelika zu überführen. Er hat den Erbschein, den Kommissar Schmidt bereitgestellt hat, meisterhaft manipuliert.«

»Klatschen!«, schrie Luis, und alle jubelten frenetisch.

Herr X verbeugte sich tief, um seine Verlegenheit zu verbergen.

Pippa hob die Hände. »Außerdem ist Herr X Gründungsmitglied des Vereins *Glückliches Schreberwerder e.V.*, dessen fünfjähriges Bestehen wir heute feierlich begehen.«

Die Gesichter der Insulaner zeigten gelindes Erstaunen bis Verwirrung.

»Wie sich alle Insulaner erinnern werden«, fuhr Pippa fort, »wurde damals eine Satzung entwickelt, die nach den Ereignissen der letzten Tage erstmalig zum Tragen kommt – jedenfalls sobald die fehlenden Unterschriften geleistet sind. Dazu würde ich allen gerne noch einmal Paragraph 13 in Erinnerung rufen. Viktor, würdest du bitte vorlesen?«

»Gern.« Er streifte Pippa mit einem fragenden Blick und las vor: *»Jede Parzelle, die beim Ableben des Besitzers nicht an nahe Familienangehörige vererbt werden kann, geht automatisch in das Gesamtvermögen des Vereins Glückliches Schreberwerder e.V. über und wird zu Gemeinschaftseigentum erklärt. Paragraph 13 kommt ebenfalls zur Anwendung, wenn der Besitzer eines Grundstücks durch gesetzwidriges Verhalten rechtskräftig zu mehr als fünf Jahren Freiheitsentzug verurteilt werden sollte. Schreberwerder, 10. Juni 2006, gezeichnet … Dorabella von Schlittwitz, Erdmann senior …«*

Viktor starrte fassungslos auf die Unterschriften, blickte Pippa an, danach Herrn X, dann wieder das Dokument. Seine Mundwinkel zuckten amüsiert, als ihm ein Licht aufging. Dann nahm er den bereitliegenden Stift und setzte seinen Namen unter die Vereinssatzung.

Er richtete sich auf und rief: »Der Nächste, bitte!«

Schlagartig kam Leben in die Insulaner, die der Szene gespannt gefolgt waren. Sie sprangen auf und bildeten eine Warteschlange, um das Dokument zu unterschreiben.

Karin und Matthias stellten sich neben Pippa.

»Das habt ihr gut gemacht«, raunte Matthias, »so konnte Herr X endlich beweisen, dass er außer dem X auch alle anderen Buchstaben des Alphabets beherrscht.«

Pippa kam nicht dazu etwas zu entgegnen, denn die Kasulke-Schwestern übergaben ihr ein flaches Paket.

Pippa strahlte. »Liebe Freunde, die Transvaal 55 hat ein Gastgeschenk mitgebracht, das ich stellvertretend an Herrn X übergeben möchte.«

»Auspacken! Auspacken!«, skandierten alle im Chor.

Herr X öffnete das Paket. »Eine Fahne!«

Er zog den schweren Stoff heraus. Karin half ihm, die Flagge auseinanderzufalten.

Auf havelblauen Grund hatten die Kasulke-Schwestern die Insel Schreberwerder gestickt. Alle Parzellen waren deutlich im nierenförmigen Umriss der Insel zu erkennen. Im Halbkreis darüber bildeten glänzend goldene Buchstaben den Schriftzug *Glückliches Schreberwerder e.V.*

»Die Piratenflagge ist jetzt überflüssig, und da …«

Pippas Worte gingen im allgemeinen Jubel unter, als Herr X die Inselfahne hisste. Als sie im lauen Wind flatterte, deklamierte Nante:

»*Wenn Pippa löst 'nen schweren Fall,*
dann endet er mit großem Knall.
Frau Bolle, wir zieh'n unsren Hut,
denn: Ende gut – ist alles gut!«

Danksagung

Mit besonderer Freude bedanken wir uns bei allen, die dazu beigetragen haben, dass Pippa nach Schreberwerder ziehen konnte:

Dank an …

… all unsere Berliner Freunde, die aus der Recherche in der Nordberliner Inselwelt reines Vergnügen machten

… die Inselbewohner, Schrebergärtner und Skipper der Privatfähren, die uns nicht nur wichtige Informationen, sondern jede Menge Lokalkolorit lieferten

… die Berliner Wasserschutzpolizei

… den unerschöpflichen, oft unterschätzten Norden von Berlin, der vom Afrikanischen Viertel bis hoch nach Heiligensee mit vielen schönen Überraschungen aufwartet. Ein Buch über diese Ecke der Stadt zu schreiben ist wie Urlaub machen

… Jürgen, der seine Urlaube nach unseren Recherchereisen richtet und jeden Teil von den Interviews bis hin zur Lösung der Computerprobleme unterstützend begleitet

… Frau Julia Wagner vom Ullstein Verlag, deren Wellenlänge sich so wunderbar mit unserer traf. Danke, dass Pippa so »cosy« sein darf!

… unsere großartige Agentin Margit Schönberger, die immer weiß, was sie für uns will – und sich nicht nur dafür unsere Bewunderung und Freundschaft sichert

… alle, die sich Zeit genommen und unser Manuskript gelesen haben: Gerdi, Sabine, Simone, Martina B., Marilen, Carla, Kirsten und Martina L. Eure Kritik und Hinweise auf kleine und große Fehler haben uns sehr geholfen.

Jut war det mit EUCH! Echt knorke!

List Lese Lust
JEDEN MONAT NEU DAS LESEN GENIESSEN
Entdecken Sie die schönen Seiten des Lesens mit unseren List-Taschenbüchern!
List

Drei Frauen brennen durch …

Tessa Hennig

Mutti steigt aus

Roman

ISBN 978-3-548-60967-6

Maria, Elke und Sigrun sehen sich nicht auf der Warteliste fürs Altersheim. Die drei eingeschworenen Freundinnen haben ganz andere Pläne: Gran Canaria, das Rentnerparadies, wartet auf sie. Eines haben sich die drei dabei fest vorgenommen: Männerfreie Zone! Kein Wunder, denn Maria will ihrem verstorbenen Gatten für immer treu bleiben. Elke hat vom anderen Geschlecht die Nase voll. Und für Sigrun sind die Herren der Schöpfung die schlechteren Frauen. Doch dann hält die Insel nicht nur in Sachen Männer so manche Überraschung für sie bereit …

Kapitel 3

Es gibt zwei Arten von »Ankommern«. Die einen brauchen nach der Anreise erst einmal Ruhe, die anderen treibt die Neugier sofort hinaus in das fremde Terrain. Maria gehörte offenbar zur Gruppe der Letzteren, was Elke, die es sich gerade im Licht der untergehenden Sonne in einem Korbsessel auf der Terrasse bequem gemacht hatte, ziemlich kalt erwischte, als Maria gegen die Tür ihres gemeinsamen Zimmers klopfte.

»Ich bin's«, trällerte sie gutgelaunt.

Woher nahm Maria nur diesen Elan? Sigrun blieb nichts anderes übrig, als ihrer besten Freundin in Unterwäsche die Tür zu öffnen. Wie in alten Zeiten im Skilager.

»Ich möchte noch ans Meer. Kommt ihr mit?«, fragte Maria mit Nachdruck.

Sigruns Make-up war noch tadellos. Gute Karten also.

»Klar«, tönte es vom Balkon.

»Ich zieh mir nur noch schnell was über.« Sigrun hasste es, sich bei der Auswahl eines Kleides zu hetzen, aber in diesem Fall wollte sie mal ein Auge zudrücken.

Sigrun übernahm beim gemeinsamen Ausflug zum Meer die Führungsrolle, was Maria ganz recht war, schließlich kannte ihre Freundin die Insel am besten. Irgendwie fühlte Sigrun sich an vorderster Front auch sehr gewohnt an. In zweiter Reihe hinterherzulaufen hatte außerdem den Vorteil, weniger auf den Weg achten zu müssen und mehr mitzubekommen, zum Beispiel den gutgekleideten älteren Herrn in Lacoste-Outfit, der Sigrun von Kopf bis Fuß musterte.

Auch Elke, die neben Maria lief, war der bewundernde Blick des Mannes offenbar nicht entgangen.

»So viel Glück möchte ich auch mal haben«, beschwerte sie sich.

Die arme Elke! Ein glückliches Händchen hatte sie in der Auswahl ihrer Männer bisher ja nicht bewiesen. Sie ein bisschen zu trösten, konnte nicht schaden.

»Wer weiß, vielleicht findest du auch irgendwann den Richtigen.«

»Den Richtigen? Den gibt's nicht, jedenfalls nicht für mich«, stellte Elke ohne den Schatten eines Zweifels fest.

»Du hattest Glück mit deinem Edgar.« Sigrun musste Elkes Bemerkung trotz des heftig tosenden Abendwindes aufgeschnappt haben und warf Elke einen unübersehbaren mahnenden Blick zu.

Einfach rührend, zu sehen, wie sehr alle um sie besorgt waren. Sigrun würde nun bestimmt versuchen, sie möglichst schnell auf andere Gedanken zu bringen. Maria war gespannt darauf, was ihre Freundin sich einfallen lassen würde, um sie vermeintlich aufzumuntern, und prompt sondierte Sigrun in blindem Aktivismus das Terrain nach möglichen Ablenkungen.

»Die Postkarten da drüben, die solltet ihr euch mal ansehen.«

Maria war sich sicher, dass Sigrun den Postkartenstand

rein zufällig ins Visier genommen hatte. Dennoch eine nette Geste, und tatsächlich hatte der Stand sehr schöne Ansichtskarten. Ein Panoramamotiv der Dünen hatte es ihr besonders angetan. »Vielleicht sollte ich Robert noch heute eine Karte schreiben, damit er sich keine Sorgen macht«, überlegte Maria laut.

»Wie ich ihn kenne, macht er sich sowieso keine Sorgen.«

Sigrun traf ins Schwarze. Auch das war Sigrun. Etwas schönzureden war ihr fremd, und genau diese Charaktereigenschaft schätzte Maria so sehr an ihr.

»So schlimm ist er nun auch wieder nicht. Er hat mich zum Flughafen gefahren.«

»Hat er es von sich aus angeboten?«

Maria schwieg.

»Na also!«

»Er ist viel unterwegs ... eigentlich hast du ja recht.«

Ein leichter Ostwind bewegte den Sand, umgarnte die Blätter der Palmen und Sukkulenten, die spärlich aus dem von der untergehenden Sonne rot gefärbten Wüstenteppich sprossen. Vom Anblick der Dünen konnte Maria anscheinend gar nicht genug bekommen – eine große Erleichterung für Elke. Vielleicht hatten sie sich ja doch die richtige Ecke auf der Insel ausgesucht. Der anstrengende Spaziergang dünauf, dünab bereitete Maria offensichtlich großen Spaß.

Nun machten sich die vielen Stunden im Fitnessstudio bezahlt. Elke hatte keine Mühe, die Gipfel der großen Dünen zu erklimmen, Sigrun und Maria dagegen gerieten dabei ganz schön ins Schwitzen, aber die Anstrengung lohnte sich. Was für ein herrliches Panorama. Der Sand schimmerte rötlich, die Dünen warfen geheimnisvolle lange

Schatten. Die Sonne hüllte jene Bungalowsiedlung, die sie bereits von der Anhöhe der Schnellstraße aus gesehen hatten, in einladend warmes Licht.

»Das sind wieder diese Bungalows«, stellte Maria zu Elkes Zufriedenheit fest.

»Sind die nicht wunderschön? Stell dir nur vor, einer davon steht sogar zum Verkauf.«

Da war er wieder, der sanfte Druck, bei dem sich Elke erneut ertappte.

»Das können wir uns doch bestimmt nicht leisten.«

Maria schien angebissen zu haben.

»Kommt darauf an«, warf Sigrun ein.

Elke schluckte. Sie wusste ganz genau, dass es einzig und allein darauf ankam, ob sie Maria für ihr Traumobjekt begeistern konnten.

»Am besten, wir besprechen das alles bei einem gemütlichen Abendessen.«

Jeden Tag im Freien essen zu können, war für Maria eines jener unschlagbaren Argumente, die ihr den Gedanken an ein Rentnerleben unter Palmen ein Stück näher brachten. Der ruhig gelegene Tisch, auf dem ein geschmackvoll arrangiertes Blumengesteck seinen verführerischen Duft verströmte, und der Blick aufs Meer, das im Licht des Mondes mit sanfter Brandung gegen das Ufer schlug, luden nach einem opulenten Menü förmlich zum Träumen ein.

»Ich kann mich nicht erinnern, wann ich das letzte Mal so lecker gegessen habe«, würdigte sie das Dreigängemenü à la carte, zu dem sie Elke und Sigrun eingeladen hatten.

»Uns geht es so richtig gut.« Damit erhob Elke das Glas zu einem Toast. »Auf deinen ersten Tag.«

Maria stieß gerne mit an. »Und darauf, dass wir uns über

all die Jahre nicht aus den Augen verloren haben.« Drei Gläser trafen im Gleichklang zufriedener Seelen aufeinander.

»Um ganz ehrlich zu sein, ich hätte nicht gedacht, dass es hier so schön ist. Überlegt mal, wir könnten jeden Abend auf unserer eigenen Terrasse sitzen ...«

»Und ich hätte nicht gedacht, dass du auch nur den Gedanken in Erwägung ziehen könntest«, gab Sigrun zu. »Bei Elke war ich mir übrigens auch nicht so ganz sicher.« Sie wandte sich Elke zu, die sie fragend ansah. »Um ein Haar hättest du dich doch in ein neues Eheabenteuer gestürzt.«

Die Neuigkeit überraschte Maria gewaltig. Elke hatte sich über ihre Beziehungen bisher am Telefon immer sehr zurückgehalten, was vermutlich auch daran lag, dass Maria immer sehr viel von sich erzählte. »Was war eigentlich los mit diesem ...« Maria versuchte sich an den Namen des letzten Freundes von Elke zu erinnern.

»Bruno«, stellte Elke mit unverkennbarem Schmachtblick klar. »Er hat ja so was von gut ausgesehen und war sehr nett. Ich war richtig verknallt ... Wir haben uns super verstanden, ja, ich hab sogar darüber nachgedacht, ihn zu heiraten.«

Maria verstand die Welt nicht mehr und warf ihr einen dementsprechend verwirrten Blick zu.

Elke schien eine halbe Ewigkeit zu brauchen, um sich aus ihrer Verklärung zu lösen.

»Aber dann ist wieder Schema F abgelaufen«, fuhr sie auf einmal ganz sachlich fort.

»Was macht er denn beruflich?«, wollte Maria wissen.

»Er ist Schuhverkäufer in der Frankfurter Innenstadt, und früher war er mal Leistungssportler. Das sieht man ihm heute noch an.«

»Schade. Gutaussehende Männer in diesem Alter sind eine Rarität.« Sigruns Mund tat Wahrheit kund.

Entweder waren sie verheiratet, nach Rosenkriegen mit ihren geschiedenen Partnern seelisch ausgemergelt oder verwitwet. Was Letzteres in Sachen Beziehungsinteresse bedeutete, davon konnte Maria ein Lied in vorderster Reihe des Chors der einsamen Frauen singen.

Elke amüsierte sich über Sigruns Interesse. »Du kannst ihn gerne haben.«

»Er wollte dein Geld?« Maria beschloss, nun doch etwas mehr über Elkes letzten Anlauf in Sachen Liebe zu erfahren.

»Alle wollten bloß mein Geld.«

»Einfach so?« Sigruns Neugierde war offenbar auch geweckt.

»Er hat mich darauf angesprochen, ob wir im Ernstfall finanziell füreinander einstehen würden. Sprich, er wollte mein Geld.«

»Hat er dich angepumpt?«, bohrte Maria nach.

»Nein, das nicht, aber … Wenn du drei Ehen hinter dir hast, in denen es am Ende nur um Geld ging … Wahrscheinlich bin ich die einzige Frau auf der ganzen Welt, die ihren Ehemännern auch noch Unterhalt zahlen durfte.« Elke untermauerte ihre Worte mit einem kräftigen Schluck Wein.

»Hat er dich nun um Geld gebeten oder nicht?« Maria regte es auf, wenn jemand eine einfache Frage nicht kurz und knapp beantwortete.

Elke spielte für einen Moment mit ihrem Weinglas. »Nein, hat er nicht.«

»Woher willst du dann wissen, dass er genauso ist wie deine Exmänner?«

Elke wurde das Thema sichtlich unangenehm, und Maria nahm sich vor, nicht weiter nachzufragen.

»Hak ihn doch einfach ab.« Sigrun sprach Maria aus der Seele. Männer sollten sowieso kein Thema mehr für sie sein, zumindest brauchte man sie nicht, um zu dritt an einem der schönsten Plätze der Welt glücklich zu sein.

»Was glaubst du, weshalb ich hier bin«, erwiderte Elke resolut, was auf Maria aber nicht sonderlich überzeugend wirkte. Sie spürte, dass ihre Freundin immer noch unter der Trennung litt.

»Männer! Ich hab es euch ja immer gesagt. Du kannst nicht mit ihnen leben, aber auch nicht ohne sie.« Solche Sprüche passten ganz und gar nicht zu Elke. So langsam machte Maria sich Sorgen.

»Also, ich kann ganz gut ohne einen Mann leben«, gab sich Sigrun selbstbewusst.

Höchste Zeit, das Thema zu wechseln.

»Erzählt mir von dem Bungalow.«

Elkes Miene hellte sich augenblicklich auf. Wie auf Knopfdruck zog sie aus ihrer Tasche ein ganzes Bündel mit Prospekten heraus.

»Der Immobilienmarkt ist ganz schön abgegrast, jedenfalls was die schönen Objekte betrifft.«

Schon hatte Maria einen Hochglanzprospekt vor sich liegen. »Die Anlage hat einfach alles, was man braucht. Einen eigenen Pool, einen Hausmeister. Man kann zu Fuß zum Einkaufen gehen … und natürlich diese traumhafte Lage.«

Maria blätterte durch den beeindruckenden Prospekt. »Sind die Bungalows denn möbliert?«

»Das ist in Spanien gar nicht so unüblich«, wusste Elke ganz sicher. »Die Anlage ist einfach toll.«

»Phantastisch«, fügte Sigrun hinzu.

Maria sah sich erneut in einem Synchronspringerturnier. Sigrun und Elke grinsten zeitgleich und perfekt orchestriert. Ihr heutiger Auftritt würde für eine Goldmedaille reichen. Die beiden führten etwas im Schilde. Es wurde allerhöchste Zeit, ihren Freundinnen auf den Zahn zu fühlen.

»Was kostet die Immobilie denn?«

Elke schluckte. Maria sah ihr an, dass sie sich ein zuversichtliches Lächeln förmlich abringen musste. Es entging Maria auch nicht, dass Sigrun bei dieser Kernfrage gleich den Rest ihres Weines herunterkippte.

»Für ein normales Apartment für drei Personen zahlt man schon so um die hunderttausend, aber natürlich ist die Lage dann nicht so gut. Das sind Wohnungen und Häuser, wie wir sie auf dem Weg vom Flughafen gesehen haben«, führte Elke ganz sachlich aus.

Deshalb hatte sie sich also die Betonbunker ansehen müssen. Maria durchschaute Elkes Strategie, was man ihr offenbar ansah. Sigrun und Elke wurden sichtlich nervös.

»Diese Anlage, wie soll ich sagen ...«

»Beste Lage«, warf Sigrun ein.

»Jetzt redet nicht so lange um den heißen Brei herum.« Marias Geduldsfaden wurde immer dünner.

»Nun ja, es ist schon eine beachtliche Summe.«

Maria beschloss, den geschäftlichen Teil des Abends etwas abzukürzen. So teuer würde das neue Zuhause ja wohl nicht sein. Dennoch entschied sie sich dazu, gleich mal etwas höher zu greifen. »Zweihunderttausend?«.

Elke und Sigrun wechselten besorgniserregende Blicke.

»Mehr?«

Elke fasste sich ein Herz: »Es sind vierhundertfünfzigtausend.«

In ihrem langen Geschäftsleben hatte Maria schon einige Überraschungen erlebt, aber diese Summe erschütterte sie für einen Moment bis ins Mark. Erst mal tief Luft holen.

»Wir können natürlich auch nach etwas Einfacherem Ausschau halten.«

Maria las in Elkes Augen, dass diese Möglichkeit zwar rein theoretisch bestand, aber nicht dem entsprechen würde, was sie sich vorstellten. Schön war sie ja, die Anlage. Ein sehr überzeugender Prospekt, der immer noch in ihren Händen lag.

»Das ist zugegebenermaßen mehr, als wir ausgeben wollten.«

Elke nickte schuldbewusst. »Aber dafür bekommen wir auch mehr.«

Sigrun wirkte absolut von dem Objekt überzeugt. »Ich hab zeit meines Lebens hart gearbeitet, und wer weiß, wie lange wir noch leben.«

»Wichtig ist natürlich auch, dass der Wert des Objektes erhalten bleibt«, fügte Elke hinzu.

Maria bekam angesichts des schönen Abends, dieser schier unwiderstehlichen Broschüre und des durchaus überzeugenden Überredungs-Pingpongs ihrer Freundinnen leichte Hitzewallungen, was sicher nicht an dem warmen Klima lag, sondern eher an dem Umstand, dass sie sich in diesem Augenblick bewusstmachte, weshalb sie wirklich hier war. Die Insel einfach nur mal unverbindlich ansehen? Sigrun und Elke hatten sich offenbar schon so weit aus dem Fenster gelehnt, dass Maria jetzt unmöglich einen Rückzieher machen konnte. Und das wollte sie auch gar nicht. Andererseits war die Summe stattlich, um nicht zu sagen uferlos. Elke und Sigrun mussten ihr wohl angesehen haben, wie sehr sie sich von ihnen überrumpelt fühlte. »Wir können uns den Bungalow ja morgen mal ansehen, ganz unverbindlich«, versuchte Sigrun sie zu beschwichtigen.

Das Objekt ihrer Begierde lag direkt an der Avenida Gran Canaria, der Luxusmeile von Playa, die sich halbkreisförmig um die Dünen zog und an der sich die schönsten und wohl auch teuersten Anwesen gruppierten. Die gepflegten Vorgärten und die üppige Bepflanzung sprachen dafür, dass sich jemand regelmäßig um die Anlage kümmerte. Die meisten Bungalows waren eher klein, ganz in Weiß, mit Eisenbeschlägen und schweren Holztüren. Dazwischen gab es größere Häuser, die alle mit einer Dachterrasse ausgestattet waren. Schmale Wege führten zu einem zentralen Swimmingpool, der von saftigem Gras – eine Seltenheit an der Südspitze der Insel – eingesäumt war.

Maria inhalierte die frische Luft vom Meer, die in der Mittagshitze für etwas Abkühlung sorgte. Jetzt nur nichts überstürzen. Einen klaren Kopf bewahren, sagte sie sich, als sie die Anlage betraten. Aus den guten Vorsätzen wurde jedoch nichts. Elke kam nämlich auf die alberne Idee, sie raten zu lassen, welches Haus die beiden als ihr künftiges Zuhause auserkoren hatten. Es fühlte sich in dem Moment fast so an wie Ostern im Garten von Marias Eltern, wo sie Jahr für Jahr nach Eiern und Geschenken gesucht hatten. Ein Riesenspaß, auch noch, als sie schon erwachsen waren. Gute Traditionen soll man fortführen. Warum also nicht? Maria ging zum Pool, der einen Rundblick über die Bungalows ermöglichte. Statt der Ostereier suchte sie nun ein Haus. Die freudige Anspannung war jedoch die gleiche geblieben.

»Vielleicht da drüben?«, mutmaßte sie.

Elke musste herzhaft lachen. Maria machte sich in dem Moment klar, dass ihr Geschmack noch erlesener zu sein schien als Sigruns sicherer Instinkt für Qualität, die auch hier ihren Preis hatte.

»Wenn du eine Million lockermachen kannst.«

Maria erschrak. Das Haus wirkte wie eine kleine Villa. Die Terrasse war komplett mit Blumen geschmückt, pinkfarbenen Bougainvillen, die sich von dem Weiß des Hauses besonders gut abhoben. Ein zweites Objekt in unmittelbarer Nähe war etwas kleiner und sah unbewohnt aus.

»Es wird wärmer«, gab Elke Maria zu verstehen, als sie in die richtige Richtung sah. Das war es also, ihr neues Zuhause.

»Eigentlich sollte der Makler längst hier sein«, bemerkte Sigrun ungeduldig.

»Vielleicht ist ja offen.«

Elke stürmte voran. Sie konnte es kaum erwarten, das Haus wiederzusehen. Hoffentlich würde es Maria gefallen. Dass sie sich fasziniert umblickte, war sicherlich mal ein gutes Zeichen. Einige freundliche Gesichter von potentiellen Nachbarn nickten höflich zum Gruß in ihre Richtung. Andere beäugten sie neugierig, taxierten sie als mögliche Käuferinnen. Soweit Elke dies nach dem ersten Eindruck beurteilen konnte, lag der Altersdurchschnitt bei über fünfzig. »Die meisten hier sind aus Deutschland. Ein paar Spanier und Skandinavier«, belehrte sie Maria und Sigrun, die sie zum Haus begleiteten.

Als sie ihr neues Heim in spe erreichten, merkte Elke deutlich, wie angespannt Maria war. Ihre Hand fuhr in einer fast zärtlichen Bewegung an der Brüstung der Terrasse entlang. Spätestens jetzt fiel Elke die schwere Last, die sie die letzten Tage über geplagt hatte, von den Schultern. Sie wusste nun, dass es Maria hier gefallen würde.

»Klimaanlage, moderne Einbauküche, komplett renoviert. Hier hat bis letztes Jahr ein deutsches Ehepaar aus Stuttgart gewohnt.« Brauchte es noch mehr Überredungskunst?

»Wollen Sie sich ein wenig umsehen?«, fragte eine männliche Stimme, die wie aus dem Nichts zu kommen schien.

Sigrun und Maria fuhren überrascht herum. Von der Terrasse des Nebengebäudes trat ein braungebrannter Mann um die fünfzig, der sie mit einem warmen Speedy-Gonzalez-Lächeln begrüßte.

»Miguel Hernandez oder einfach nur Miguel«, stellte er sich galant vor.

Sigrun ergriff die Initiative. »Elke und Maria. Ich bin Sigrun. Wir sind mit dem Makler verabredet.«

»Der kommt immer zu spät, wenn er denn kommt. Ein Wunder, dass er überhaupt etwas verkauft.«

Marias Leidensmiene aufgrund dieser in Aussicht gestellten Wartezeit schien empathische Gefühle, um nicht zu sagen pures Mitleid bei Miguel zu wecken.

»Ich hab einen Schlüssel, wenn Sie wollen?«, bot er charmant an.

»Wo haben sie den denn her?« Elke gedachte ihm etwas auf den Zahn zu fühlen.

»Ich hab jahrelang für die ehemaligen Besitzer die Blumen gegossen. Die waren ja oft in Deutschland.«

Miguels Grinsen hatte etwas Lausbübisches und war unwiderstehlich. Elke musterte ihn. Er wirkte sehr gepflegt, trug ein seidenes Halstuch und, was ihr sofort ins Auge stach, ein perfekt gebügeltes kurzärmliges Hemd. Seine

Bewegungen waren geschmeidig, seine Stimme sanft. Als Miguel ihnen aufschloss, zog Sigrun sie zur Seite und flüsterte ihr »Eine Tunte« ins Ohr.

»Du meinst …«, erwiderte Elke.

»Na klar, das sieht doch ein Blinder.«

Das Haus war ein Traum in Weiß, das von massiven Holzelementen geschickt gebrochen wurde. Maria steuerte schnurstracks auf die Küche zu, denn dies war der Raum, in dem sie sich für gewöhnlich am liebsten aufhielt. Gemütlich musste sie sein und geräumig. Eine Küche sagte zudem viel über das ganze Haus aus. Miguel begleitete sie, hatte ihr sogar galant die Tür aufgehalten. Elke und Sigrun inspizierten in der Zwischenzeit die anderen Räume im oberen Stockwerk.

»Das Haus ist sehr gepflegt. Die Leute waren nicht oft hier«, bemerkte Miguel, als er sich in der Küche umsah.

»Wie lange sind Sie schon auf Gran Canaria?«

»Eine halbe Ewigkeit. Ab einem gewissen Alter hört man auf, die Jahre zu zählen«, sagte er mit einem Lächeln.

»Sie sind doch noch recht jung«, wandte Maria ein.

»Das täuscht, meine Teuerste. Mein Spiegel sagt mir jeden Morgen etwas anderes.«

»Da können wir uns ja die Hand reichen, aber da muss man durch«, solidarisierte sich Maria mit ihrem netten Nachbarn. Den müssen wir uns warmhalten, dachte sie.

»Genau das sage ich auch immer. Haltung bewahren, Contenance.« In seiner Stimme lag ein Hauch von Aristokratie und zugleich etwas Damenhaftes, das Maria schmunzeln ließ. Miguels positive Ausstrahlung und sein gepflegter Humor kamen gut bei ihr an.

»Sie sollten den Makler herunterhandeln. So viele Interessenten für das Haus gibt es nicht. Ich kriege von nebenan aus alles mit.«

Elke drängte sich in die Küche. Sie wurde immer hellhörig, wenn es um Verhandlungen ging. »Uns hat er erzählt, es gebe zahlreiche Interessenten.«

»Ich fürchte, er hat recht«, desillusionierte Sigrun die beiden. Durch die geöffnete Terrassentür hatte sie den Makler in Begleitung eines Ehepaars Mitte vierzig, das in Anbetracht der Anzahl von Goldketten, die um den Hals der Gattin baumelten, sehr finanzkräftig aussah, zuerst bemerkt.

Maria hielt es nicht mehr in der Küche. Ein anderer Bewerber? Das kam nicht in Frage. Diese Küche gehörte ihr, und niemand sollte es wagen, ihr das Allerheiligste streitig zu machen.

»Wenn Sie mich fragen, ein Berliner Geschäftsmann mit seiner Goldelse.« Miguel verzog verächtlich das Gesicht. »Seien wir doch mal ehrlich. Wer will schon neben solchen Leuten wohnen? Überhaupt, diese Karohosen! So was tragen doch nur noch Gruftpuppen auf dem Golfplatz.«

Miguel hatte es spätestens jetzt geschafft, Marias Herz zu erobern. Sigrun ging es offenbar genauso. Ihr warmes Lächeln zeugte von großer Sympathie für ihren Nachbarn in spe. Maria wusste, dass sie derbe Sprüche liebte, und für einen Nachbarn wie Miguel würde sie töten. Mit ebenjenem Killerblick empfing sie nun den Makler, eine wieselgleiche, hagere Gestalt mit Hakennase, der fast aus den Schuhen kippte, als er sah, dass bereits jemand im Haus war.

»Wir hatten einen Termin. Sie erinnern sich«, fuhr ihn Sigrun angriffslustig an.

Maria bewunderte sie für ihre natürliche autoritäre Ausstrahlung und den schneidenden Ton in ihrer Stimme.

»Hola«, mehr brachte der Makler nicht hervor, als sich die Frauenfront bedrohlich vor ihm aufbaute.

»Was geht hier eigentlich vor?«, wollte der Berliner Karohosenträger wissen.

»Hier hat wohl jemand einen desolat geführten Terminkalender«, setzte Sigrun nach.

»Tut mir leid, Señoras, meine Sekretärin …«

Die »Goldelse« machte Anstalten, das Haus zu betreten. Maria war froh, dass Sigrun sich ihr wie eine Löwin entgegenstellte. Sigruns Gesten und Körperhaltung, vor allem aber ihr stechender angriffslustiger Blick wirkten fast etwas bedrohlich, wenn auch der Situation angemessen.

»Also, ich muss doch sehr bitten. Wir haben auch einen Termin. Herbert, jetzt sag endlich mal was!« Die Stimme der Frau, die wie das piepsige Gekläffe eines Chihuahuas klang, war Maria unerträglich.

»Komm, Schatz, wir trinken einen Kaffee, bis die Damen fertig sind«, lenkte ihr Gatte jovial ein.

Gott sei Dank musste Maria diese Leute nicht länger ertragen. Zumindest hatten sie nun eine kleine Verschnaufpause. Auch der Makler wirkte erleichtert.

»Wie lange brauchen Sie?«, wollte Herbert wissen.

»Vielleicht eine halbe Stunde?«

Miguel mischte sich ein. »Also, das ist ja mal nicht die feine englische Art. Sie können die Damen doch nicht durch das Haus hetzen.«

Karo-Herbert wurde die Diskussion zu dumm. Er nahm seine Gattin an der Hand und zog mit den Worten »Die können sich das Haus ja sowieso nicht leisten« von dannen.

Als Maria die Bemerkung, die der Unsympath im Gehen lautstark und somit für alle unüberhörbar von sich gab, mitbekam, verengten sich ihre Augen.

»Wie ich Ihnen schon sagte, die Anlage ist sehr begehrt. Ich fürchte, ich kann den ursprünglichen Preis nicht mehr halten.«

»Was soll das heißen?« Wenn es ans Eingemachte ging, konnte Maria auch ziemlich schnell auf den Punkt kommen.

»Die anderen Interessenten wären bereit, noch ein wenig mehr zu investieren, für den Umbau ...«

»Ich dachte, die Anlage sei renoviert. Was gibt es denn da umzubauen?«, fauchte Sigrun den Makler an. So wütend hatte Maria ihre Freundin noch nie erlebt.

»Wenn ich mich recht erinnere, gab es bei Ihnen doch noch Probleme mit der Finanzierung.«

Von wegen Umbau oder Finanzierung. Ein Preistreiber war er, und so etwas konnten sie ihm nicht durchgehen lassen.

»Die haben sich eben geklärt«, trat Maria ihm resolut entgegen.

»Wir haben Ihr schriftliches Angebot, gültig bis morgen«, sagte Sigrun bestimmt. Von einem schriftlichen Angebot wusste Maria zwar noch nichts, aber wenn es eines gab, umso besser. Nun wurden ihr Sigruns und Elkes konspirative Blicke und ihre Synchronschwimmerauftritte vollends klar. Die beiden waren also sogar schon zwei Schritte weiter, als sie ursprünglich hatten verlauten lassen. Suchten sich ihre Freundinnen doch glatt, ohne auf sie zu warten, ein Haus aus und ließen sich auch noch ein Preisangebot machen. Egal. Das Haus war wunderschön, und die beiden hatten es sicher nur gut gemeint. Der Makler schien sich erst jetzt wieder daran zu erinnern.

»Am Preis wird nicht mehr gedreht.« Sigruns eiskalter Blick und der scharfe Ton sorgten für Totenstille im Haus.

»Tja, dann ... geben Sie mir bitte bis morgen Bescheid. Zehn Uhr«, lenkte der Makler etwas kleinlaut ein.

»Machen wir!«, gab ihm Maria mit auf den Weg.

»Adios, Señoras. Es war mir ein Vergnügen.«

Miguel schüttelte ungläubig den Kopf. »Das glaube ich nicht. Eine Schande ist das. Also wenn es nach mir ginge, ich würde mich sehr freuen.«

Maria musste das alles erst einmal verdauen. Sie ging nach draußen auf die Terrasse und blickte auf die weite Dünenlandschaft, die sich vor ihr bis zum Meer erstreckte. Nein, dieses Haus gehörte ihnen. Sie fühlte sich auf einen Schlag stark, fast wie die Heldin aus ihrem Lieblingsfilm Vom Winde verweht, den sie mit Edgar unzählige Male gesehen hatte. Sie war in diesem Moment mindestens so trotzig wie Scarlett O'Hara. »Das Land ist das Einzige, wofür es sich zu arbeiten lohnt, zu kämpfen und zu sterben. Denn nur das Land ist ewig, sonst nichts.«

Elisabeth Herrmann
Die siebte Stunde

Kriminalroman. www.list-taschenbuch.de
ISBN 978-3-548-60854-9

Ein teuflisches Spiel, ein rätselhafter Selbstmord und ein quälendes Geheimnis: Als Joachim Vernau an einer Privatschule die Jura AG übernimmt, begegnen ihm die Schüler voller Feindseligkeit. Sie leben in ihrer eigenen Welt und sind fasziniert von dunklen Ritualen. Rollenspiele sind doch harmlos, denkt Vernau. Doch als er herausfindet, was hinter dem Schweigen der Schüler steckt, ist es schon fast zu spät.

»Elisabeth Herrmann kann schreiben – und wie.«
Anne Chaplet

»Eine unglaubliche Story« *Für Sie*